www.bbulmedia.com

수상한 男子

수상한 男子

초판 1쇄 찍음 2015년 5월 6일
초판 1쇄 펴냄 2015년 5월 12일

지은이 | 정유나
펴낸이 | 정 필
펴낸곳 | (주)뿔미디어

편집장 | 이재권
기획 · 편집 | 정시연

출판등록 | 2002년 9월 11일 (제1081-1-132호)
주소 | 경기도 부천시 원미구 소향로 17, 303(두성프라자)
전화 | 032)651-6513 / 팩스 | 032)651-6094
E-mail | dahyangs@naver.com
블로그 | http://blog.naver.com/dahyangs
홈페이지 | http://bbulmedia.com

값 9,000원

ISBN 979-11-315-6404-2 03810

수상한 男子

DAHYANG ROMANCE STORY

정유나 장편 소설

Contents

프롤로그

「온몸이 심장이 된다. 큰 리듬이 나를 통과한다. 그래, 사랑!
                                         – 정유란」

화려한 사이키 조명이 쉴 새 없이 돌아가고 정신없이 빠른 템포
의 음악이 클럽 안 가득 시끄러웠다. 사람들은 그 음악에 맞춰 미
친 듯이 몸을 흔들어 대며 신나는 표정을 짓고 있다.

'이름이 유리라서 머릿속도 유리처럼 투명한 건가? 아무것도 담
지 않아요? 닭입니까? 금붕어예요? 아님 비둘기? 뭐 문제 있어
요?'

오늘 오후, 회사에서 자신을 삐딱한 시선으로 바라보며 오만하
게 말하던 팀장이 떠오르자, 유리가 앞에 놓인 맥주병을 잡아 벌컥
벌컥 들이마셨다. 그녀의 눈이 이글이글 불타오르는 활화산 같다.

"뭐? 닭? 비둘기? 금붕어? 이 나쁜 놈! 개 싸가지!"

"뭐라고?"

옆에 앉아 있던 은지가 데시벨이 높은 음악 소리 때문에 잘 들리지 않는다는 표정을 지으며 소리쳤다.

"개 싸가지라고!"

유리가 고래고래 소리 지르며 말하자, 은지가 눈을 크게 떴다.

"누가?"

"팀장!"

그러자 은지가 난 또 무슨 말이라고, 하는 표정으로 피식 웃었다.

"야! 그런 인간쓰레기 같은 놈 자꾸 생각하지 말고, 나가서 춤이나 추자. 스트레스 확, 날려 버리자고. 응?"

은지는 유리의 속상함 같은 것은 관심도 없다는 듯 스테이지에서 몸을 흔들고 있는 남자들에게 은근한 추파를 던지고 있었다.

"빨리 나와. 나 먼저 나간다."

더 이상 참을 수 없었던지 은지가 벌떡 일어나 짧은 스커트를 단정하게 매만지더니, 사람들이 뒤엉켜 몸을 흔들고 있는 사이를 비집고 들어가 어디론가 사라졌다.

"휴! 친구고 뭐고 다 필요 없다. 하긴, 닭한테 무슨 친구가 있겠어. 금붕어한테 친구 있는 것 봤어? 에이!"

유리가 제 입술을 잘근잘근 씹어 먹을 듯 깨물다가, 또 맥주를 병째 들고 마신다. 벌써 몇 병째인지 테이블에는 빈 병이 수북이 쌓이고 있고, 그녀의 얼굴은 취기로 벌게지기 시작했다.

"이하선! 너! 이 나쁜 놈! 아이! 근데 화장실이 어딨지?"

안주도 없이 맥주만 마셔서일까, 화장실이 급해진 그녀가 몸을 휘청휘청거리며 일어나 화장실 표시가 있는 쪽으로 발길을 옮겼다. 비틀비틀, 흔들흔들 불안하기 짝이 없는 걸음걸이였다.

그런데 이상했다. 분명 화장실 표시를 따라왔는데 아무리 찾아도 화장실이 보이지 않았다.

눈을 끔뻑이며 흐릿해진 시선으로 화장실을 찾아 이리저리 고개를 돌리며 걸었다. 그러다, 퍽!

유리가 앞에서 다가오는 사람의 어깨에 몸을 부딪침과 동시에 발에 걸려 휘청 넘어지려는 순간, 그 사람이 그녀의 팔을 낚아채듯 잡아 재빨리 일으켜 세웠다.

순식간의 일이었다.

이에 당황한 유리가 고개를 숙여 그 사람에게 인사를 한다.

"고맙습니다. 정말 고맙습니다."

그리고 고개를 들어 그 사람을 바라본 순간,

뭐지? 어디서 많이 본 사람인데?

술기운에 정신이 흐트러지는 것을 간신히 하나로 모아 다시 찬찬히 살펴보던 유리의 입이 떡어 벌어졌다.

"티, 팀장님?"

"……."

"이하선 팀장님?"

"사람 잘못 보셨습니다."

피식, 그의 얼굴 위로 살짝 웃음이 스쳤나! 싶은 그때, 그 남자가 유리를 스쳐 지나갔다.

잠시 멍한 상태로 그의 뒷모습을 바라보던 그녀가 고개를 재빨리 휘젓고는 그 남자를 따라가서 등을 탁탁 두드린다. 술 때문에 이미 간이 배 밖으로 나온 그녀는 용감했다. 그러자 그가 무뚝뚝하게 뒤돌아보았다.

"에이! 팀장님 맞잖아요. 이하선 팀장님. 아니세요? 호호, 맞는데."

"아닙니다."

"아하하하! 에이! 팀장님 맞잖아요! 쑥스러워서 저 모르는 척하시는 거죠?"

"관심 있으면 관심 있다 직접적으로 말하시죠. 이런 식으로 촌스럽게 접근하지 말고."

쌀쌀맞고 냉정하게 뇌까린 그가 그녀를 지나쳐 사라진다.

"아니, 뭐 저런……. 아니면 아닌 거지. 아이씨! 저렇게 생긴 사람들은 성격이 왜 다 거지 같은……."

이상하다. 분명히 팀장이랑 똑같이 생겼는데, 본인이 아니라고 하니 유리는 의아하기만 했다. 취기에 자꾸 감기는 눈을 부릅뜨고 사라져 가는 그의 뒷모습을 뚫어져라 바라봤다.

그런데 자세히 보니 아닌 것도 같았다. 팀장은 짧고 단정한 헤어스타일인 데 반해 저 남자는 어깨까지 내려오는 머리를 뒤로 헐겁게 묶고 있질 않은가. 게다가 의상스타일 역시 팀장과는 다르다. 물론 회사에서만 봐서 평상복 입은 걸 보지는 못했지만, 팀장 성격에 저런 너덜너덜한 티셔츠에 벗겨질 것 같은 바지는 입지 않으리라.

그리고 갑자기 팀장의 시도 때도 없이 손을 닦는 모습이 떠오르자 유리는 저도 모르게 피식 웃었다.

'하긴, 그런 강박증 환자가 이런 세균이 득시글거리는 곳에 올 리가 없지.'

그렇게 자신이 잘못 봤다 생각한 유리가 다시 화장실을 찾아 두리번거렸다.

'아하하하! 바로 코앞에 있었는데 못 찾았다니. 이 바보, 바보!'

광산에서 금이라도 발견한 것처럼 기쁨에 겨워 흔들흔들, 푸식 푸식 웃으며 화장실에 들어갔다 나온 유리가 시원한 표정을 짓는다. 그새 취기가 더 올랐는지 그녀의 얼굴이 잘 익은 고추처럼 새빨갛고 터지려고 한다.

'아후! 더워, 더워! 답답해! 답답해! 왜 이렇게 덥고 답답하지!'

시원한 바람이라도 쏘이면 좀 나아지려나, 생각한 그녀가 비틀비틀 계단을 올라와 밖으로 나왔다.

6월 중순, 봄도 아니고 여름도 아닌 계절은 뭔가 애매모호했다. 정신이 확 들 만큼 찬바람이 불었으면 좋으련만 미적지근하다.

입을 쭉 내민 그녀가 제 무릎에 턱을 괴고 쭈그려 앉아 눈을 감았다. 그러자 자신을 중심으로 지구가 빙글빙글 도는 것도 같고, 마치 놀이기구를 타고 뱅글뱅글 도는 것도 같았다.

"아하하하! 재밌다. 재밌어. 아하하하!"

혼자 쭈그려 앉아 비틀비틀, 눈을 감고 신나는 표정으로 짝짝짝! 박수까지 치더니, 어깨를 들썩들썩한다. 머리에 꽃이라도 꽂아 줘야 할 판이다.

'아아! 이제 들어가서 어디 신나게 몸 좀 흔들어 볼까!'

으잇차! 신나는 표정으로 몸을 일으키며 눈을 번쩍 뜬 순간,

"앗! 깜짝이야"

팀장처럼 생긴 아까 그 남자가 오토바이를 타고 앉아서 자신을 물끄러미 내려다보고 있는 것이 아닌가. 그 표정에 어떠한 감정도 담고 있지 않아, 무슨 생각을 하는지 파악할 수 없다.

순간 그녀의 온몸에 소름이 좌아악 끼치며 등골이 오싹해진다. 그 표정이 영락없이 팀장의 것이었기 때문이다.

"티, 팀장님?"

"……."

행색은 달라도 얼굴은 완전 팀장이다. 아무리 봐도 저렇게 똑같을 순 없다. 쌍둥이가 아니고서야.

"팀장님 맞죠? 이하선 팀장님 맞잖아요. 이상하네. 완전 팀장님인데……."

"……."

여전히 무뚝뚝 표정 없는 그를 바라보다 유리가 박장대소하기 시작한다.

"아하하하. 아아! 이제야 알겠어요. 몰골이, 하하하! 이래서 하하하! 팀장……. 우우웁!"

유리가 비틀비틀 서서는 그 남자를 향해 팀장이 맞다고 자신에차서 소리를 지르는 순간, 갑자기 그 남자가 한 손으로 그녀의 머리를 끌어와 유리의 입술에 제 입술을 가져다 대었다. 그리고 마치오래된 연인처럼 찐하고도 깊은 키스를 퍼부었다.

"우우우우웁!"

유리가 갑작스런 상황에 빠져나오려 발버둥을 쳤지만, 그녀의머리를 잡고 있는 손이 얼마나 억세고 힘차던지 도무지 그의 입술에서 벗어날 수가 없었다.

한참 동안 그녀의 입술을 제 마음껏 탐한 그가 이제 되었다는표정으로 그녀를 놓아주었다.

짝!

유리가 당황함에 그 남자의 뺨을 있는 힘껏 때리자, 그 남자가씨익 웃으며 말한다.

"이런 걸 원한 게 아니었나? 아까부터 팀장이니 뭐니 하면서 접근한 건 너잖아?"

어이를 상실한 유리가 말이 안 나오는지 눈을 크게 뜬 채 벙끗

거리기만 하자 남자는 태연자약하게 말했다.

"오해였다면 미안하군. 잘 가요, 레이디."

그러면서 그녀에게 한쪽 눈을 찡긋하고 고급스러워 보이는 오토바이와 함께 사라졌다.

"아이씨! 야! 이 나쁜 놈아! 이 개……. 아이! 뭐 저런 게……. 에이!"

그때 은지가 그녀의 가방을 들고 헐레벌떡 뛰어나왔다.

"야! 정유리. 뭐야! 갑자기 사라지면 어떡해. 한참 찾았잖아. 유리…… 야! 너 왜 그래?"

갑작스럽게 벌어진 청천벽력 같은 상황에 술이 확 깨 버린 유리가 은지의 손에 들려 있던 가방을 휙 낚아채 들고, 버스정류장을 향해 걸어갔다. 그 발걸음에 짜증이 잔뜩 묻어 있다.

아무래도 오늘은 일진이 안 좋아도 너무 안 좋은 날인가 보다. 하루 종일 팀장한테 시달린 것도 모자라, 팀장과 똑같이 생긴 남자한테까지 수모를 당했으니 말이다.

'내 이것들을 부숴 버리고 말 거야. 이하선! 그리고 이하선 닮은 너! 다 부숴 버리겠어!'

소리 없는 그녀의 외침이 온 세상에 둥둥 울리는 것만 같았다. 주먹을 꽉 쥐고 길을 걷고 있는 그녀의 표정이 비장하다. 한여름에 서리라도 내리게 할 기세다.

1. 수상한 남자

3개월 전.

대한민국 최고의 권위를 자랑하는 국가교육정책기관.

이제 대학원을 갓 졸업하고 신입 직원으로 들어온 유리의 표정이 희망으로 부풀어 있다.

학교 다니면서 얼마나 오기를 희망했던 곳이었던가. 요즘처럼 취업하기가 하늘에 별 따기인 시절에 꿈에 그리던 직장에 입사하게 되었으니, 그녀는 마치 구름 위를 걸어 다니는 듯 황홀했다.

얼마간의 신입 직원 연수를 마친 유리는 기초정책팀에 배정을 받게 되었고, 오늘 첫 출근을 하게 된 것이다. 인사팀장을 따라 기초정책팀장실에 발을 들인 그녀가 최대한 환하고 부드럽게 미소 지으려 노력하고 있었다.

"이 팀장! 여기 이번에 새로 입사한 신입 직원. 정유리 씨."

인사팀장의 소개에 이 팀장이라는 사람이 자리에서 일어나 그녀

쪽으로 다가온다. 그녀를 바라보는 표정이 무뚝뚝하다.

"안녕하세요."

유리가 상냥하게 웃으며 인사했건만 그는 여전히 무뚝뚝하게 고개만 살짝 끄덕이고 만다.

"이번에 아주 좋은 성적으로 입사했어요. 게다가 예쁘기까지 하고, 하하. 그러니 여러 가지로 도움이 많이 될 거야. 잘해 봐요."

인사팀장이 그의 등을 툭툭 두드리고는 나갔다. 자기 임무는 끝났으니 알아서 하라는 표정이었다.

"따라와요."

그의 뒤를 따라 그녀가 들어간 곳은 기초정책팀 사무실. 7명의 직원들이 이 팀장의 등장에 모두 우르르 일어섰다. 남자가 셋, 여자가 넷이다.

"오늘부터 같이 일하게 될 정유리 씨예요. 알아서들 인사하세요. 자리는 빈자리 사용하시고."

그러더니 찬바람을 일으키며 사라졌다.

"안녕하세요. 정유리입니다. 잘 부탁드리겠습니다."

정중하게 몸을 반으로 접어 인사하자, 사람들이 밝게 웃으며 반갑다는 인사를 건넸다.

"반가워요."

"어우! 젊은 피가 들어오니 사무실에 생기 좀 돌겠는걸. 안 그래도 우중충했는데. 호호호."

나이가 제법 많아 보이는 여직원이 말했다.

"나이가 몇 살?"

"네, 스물여섯입니다."

"아이고! 어리다. 어려. 우리팀에서 제일 막내네? 호호호."

그렇게 말한 여직원을 시작으로 그들이 서로 주고받는 눈빛이 심상치 않다. 뭔가 봉 잡았다는 표정들이었다.

첫날이라 어리벙벙하고 정신없는 유리가 빈자리에 앉아 낮은 한숨을 깊게 내뱉고 있다. 긴장감으로 굳어 있던 몸이 영 펴지질 않았기 때문이다. 뭐부터 먼저 해야 되지? 사무실을 두리번거린다. 그때, 김아라 과장, 제일 나이 많아 보였던 그 여직원이 그녀를 불렀다.

"정유리 씨! 이리 좀 와 봐."

"네."

그녀가 잽싸게 일어나 다가갔다.

"이 서류, 팀장님께 좀 갖다 드리고 올래? 검토해 달라고 하면 아실 거야. 부탁."

"네, 잘 알겠습니다."

유리가 사무실문을 닫는 순간, 직원들의 웃음소리가 새어 나왔다.

"호호호! 이제 팀장한테 갈 일 있음 죄다 쟤 시키면 되겠다."

"야호! 이제 내가 안 가도 되는 거죠? 팀장한테만 갔다 오면 하루 종일 기분이 나빠서 말이죠."

"그나저나, 잘 적응할까요? 순진해 보이는데!"

"아, 몰라. 복불복이지, 뭐."

똑똑! 대답이 없다. 똑똑똑!

역시 대답이 없어 들어가야 하나 말아야 하나 고민하고 있는데, 문이 벌컥 열렸다. 깜짝 놀란 유리가 두 눈을 크게 뜨고 있자, 이 팀장이 낮은 톤으로 말한다.

"무슨 일이죠?"

"아, 네! 저……. 이것 가져다 드리라고……."

"누가요?"

"김아라 과장님께서……."

그 순간 그가 미간을 찌푸리며 서류를 받아 들고 안으로 들어갔다. 머뭇머뭇 서 있던 유리가 돌아가려는 순간, 그가 그녀를 불렀다.

"들어와요."

"네."

살짝 문을 닫고 그가 앉아 있는 책상 앞에 다소곳이 서서 팀장실 이곳저곳을 두리번거렸다.

마치 교수연구실과도 같이 사방이 책으로 가득하다. 책장의 책들은 모두 주제별로 잘 분류되어 꽂혀 있고, 그가 앉아 있는 책상의 물건들은 딱딱 제자리에 각을 맞춰 정리되어 있다. 꽤나 정리정돈을 좋아하는 사람인가 보다. 그녀의 시선이 책장에서 그에게로 향한다.

나이는 30대 초반 정도, 단정하게 잘 손질된 머리, 뚜렷한 이목구비에 준수한 외모, 깔끔한 정장슈트 차림의 그는 세련되고 댄디하다. 한마디로 잘생겼다.

흐뭇한 표정으로 그를 바라보던 유리가 살짝 미소 지었다. 이제 시선은 그를 지나 그의 명패로 향했다.

「기초정책팀장 이 하 선」

이하선? 이하선염 할 때 그 이하선?

"쿠쿡!"

갑자기 웃음이 피식 삐져나왔다. 그녀도 예측하지 못한 웃음이었다. 그러자 그가 뭐 잘못 먹었냐는 표정으로 그녀를 바라본다.

"아!"

그의 이상야릇한 표정에 유리가 황급하게 고개를 숙였다.

"내가 웃기게 생겼나요?"

냉랭하다. 차갑기가 한겨울 계곡물 같다.

"아, 아니요. 그게 아니라……."

그녀의 말은 더 들어 볼 필요도 없다는 듯 그가 다시 서류에 시선을 둔다.

째깍째깍! 10분, 20분, 30분……. 벌써 30분째, 팀장은 서류를 검토하고 있고 유리는 꿔다 놓은 보릿자루처럼 서 있다.

'아아! 다리 아파 죽겠네. 언제까지 이렇게 서 있어야 하지? 가도 되냐 말해 볼까? 어쩌지?'

마음속에서 계속 갈등과 고민을 반복하던 유리가 더 이상 못 참겠다는 듯 입을 열었다.

"저, 저 팀……."

"이거 다시 작성하라고 전해 주세요. 뭘 고쳐야 할지는 내가 다체크했다고 하시고."

"네."

서류를 받아 들고 나가려는 그녀에게 그가 낮은 소리로 말했다.

"그리고 이거!"

그가 또 다른 서류를 건넸다.

"앞으로 정유리 씨가 맡을 과제예요. 안에 연구계획서 있으니깐잘 읽어 보고, 전체적인 연구 플랜과 관련된 참고문헌들 찾아서 주제별로 묶어 놓으세요. 아! 그리고 다음 주에 전문가협의회 진행할거니깐 필요한 것들 준비하고요."

"참고문헌……. 전문가협의회요?"

"……."

당황한 유리가 그를 조용히 바라봤다. 도무지 무슨 소린지 잘 이해가 안 되었기 때문이다.

"저, 그것은 어떻게 준비해야……."

"그런 것까지 내가 일일이 다 말해 줘야 하나? 어린애도 아니고?"

그의 힐난하는 듯한 말투에 유리의 얼굴이 시뻘겋게 달아올랐다. 귓불이 화끈거렸다.

"네, 네. 죄송합니다. 팀장님. 잘 알겠습니다. 잘 준비하겠습니다. 전문가……. 그것요."

그러고는 재빨리 팀장실을 빠져나왔다. 복도에 선 그녀가 손으로 부채질을 해 대며, 화끈 달아오른 얼굴을 식히고 있다.

'아휴! 아무래도 보통 분이 아니신가 보네. 무서워라.'

가슴을 쓸어내린 그녀가 다시 사무실로 돌아오자, 직원들이 눈을 반짝반짝거리며 그녀를 탐색하기 시작한다.

"왜 이렇게 늦었어?"

김아라 과장이 호기심 가득한 표정으로 물었다.

"네, 팀장님께서 서류 검토 다 하실 때까지 기다리느라고, 아참! 이것 전해 드리래요. 다시 작성하라고……."

유리로부터 서류를 받아 든 김아라의 안색이 순식간에 흐려졌다.

"까아아아악!"

서류를 보자마자 날카로운 비명과 함께 책상에 털퍼덕 주저앉고는 울상을 지었다.

"왜요? 과장님."

"직접 봐."

무더기로 다가선 직원들이 유리가 건네준 서류를 보더니 다들 입을 떠억 벌렸다. 그리고 고개를 절레절레 흔들었다. 온통 빨간색 글씨로 도배가 된 서류를 들고 모두 한숨을 푹푹 내쉬고 있었다.

"아무래도 과장님, 오늘 퇴근하시긴 글렀겠어요."

김태평 대리가 그녀를 위로한답시고 건넨 말이 오히려 그녀를 자극했나 보다.

"야!"

그녀의 외마디 외침에 모두 조용히 자리로 돌아가서는 열심히 일하는 척했다. 유리도 슬금슬금 그녀의 눈치를 보며 자기 자리로 돌아와 앉았다. 사무실 분위기가 시베리아보다도 더 차갑다. 휴! 살벌하다. 살벌하기가 이를 데 없다. 낮은 한숨을 내쉰 유리가 팀장이 건네준 자료 속 연구계획서를 꺼내어 읽기 시작했다.

'초중등 교육 연계 강화 방안 연구, 연구기간 1년, 연구책임자 이하선, 예산……. 휴우!'

어렵다. 첫날인데 아무도 친절하게 설명해 주는 사람이 없다. 원래 직장이란 곳이 이런가.

전문가협의회. 생소한 단어. 다음 주에 한다는데 무엇을 어떻게 준비해야 하는 건지.

"저…… 죄송한데요. 전문가협의회라는 거요. 어떻게 하는 거예요?"

옆에 앉아 있는 여직원에게 물어봤다. 유리를 바라보는 그녀의 눈빛에 귀찮음이 잔뜩 묻어 있다. 잘못한 것도 없는데 괜스레 눈치가 보인다.

"일단 참석자들 명단 작성해서 그분들께 공문 보내고, 자료집 만들고, 협의회 기안이랑 예산 집행 기안 올리고, 협의회 장소 미리 예약하고, 명찰과 명패 만들고, 방명록 만들고……."

도무지 무슨 소린지 하나도 모르겠다. 좀 자세히 친절하게 가르쳐 주면 좋으련만.

유리의 눈에 걱정이 서렸다. 꿈에 그리던 직장이었는데, 하루 만에 꿈속 아름답던 직장 이미지가 무너지려 하고 있다. 이에 유리가 눈을 꾹 감았다 뜨며 자세를 바로잡았다.

'아하하하! 오늘만 이런 걸 거야. 원래 회사라는 곳이 다 살벌하다며. 아자아자! 파이팅! 정유리. 할 수 있어. 넌 잘 할 수 있다고.'

그녀의 다짐이 비장하다.

입사 세 달째.

삐! 삐! 내선번호, 373.

팀장 번호다. 심장이 쿵 내려앉았다.

유리가 부들부들 떨리는 손으로 수화기를 집어 들었다.

"네, 팀장님."

―정유리 씨. 좀 보죠.

"네……."

전화를 끊고 팀장실로 향하고자 일어선 그녀에게 사무실 직원들이 동정의 눈빛을 보내고 있다. 오늘만 벌써 몇 번째 불림을 당하고 있는 것인가. 저 불림이 그냥 불림이 아님을 잘 알기에 그녀를 바라보는 그들의 시선에 안쓰러움이 잔뜩 묻어나고 있다.

팀장실로 들어선 유리의 얼굴에 긴장감이 가득하다.

"이거 벌써 몇 번째죠?"

"세, 세 번째입니다."

"무슨 문제 있어요?"

"네?"

"내가 봤을 때 정유리 씨는 문제가 아주 심각합니다. 그렇지 않고서야 같은 실수를 세 번씩이나 반복할 순 없죠."

"죄송합니다."

팀장은 큰소리 한 번 내지 않는다. 목소리를 높이는 일도 없다. 그저 조용히 침착하게 냉랭한 어투로 조곤조곤 잘못을 지적한다. 그것이 더 무섭다.

"가져가서 다시 해 와요."

"네, 죄송합니다. 팀장님."

그녀의 손에 건네진 서류 역시 온통 빨간색 글씨로 도배되어 있다. 벌써 세 번째 수정이다. 무슨 회의자료 하나 만드는 데 이렇게 까다롭단 말인가. 내용 수정도 그렇지만, 오타를 발견해 내는 능력도 가히 신의 수준이다. 또 글자 모양이 다르거나, 글자 크기가 다른 것도 못 봐 준다. 문단 나눔에서 줄이 맞지 않아도 인상을 찡그린다.

그래서 유리가 팀장에게 들고 가기 전 눈을 까뒤집고 오타 및 기타 잡스러운 것을 잡아내려 그렇게 심혈을 기울이건만, 그럼에도 불구하고 오류를 발견해 내는 그의 능력은 가히 혀를 내두를 정도였다.

아니, 내용이 중요하지 이런 잡스러운 것들이 뭐가 중요하냐고 항변하고 싶지만, 사실 내용도 엉망인가 보았다. 그래도 난 이제 입사한 지 삼 개월밖에 안 됐고 충분히 잘 할 수 있는 재능과 능력을 갖추었으니깐 괜찮아, 라고 스스로 위로하고 싶지만 매일 팀장에게 주눅이 들어 도무지 발전 가능성이 보이지 않는다.

왜 그 있잖은가. 사람이 너무 주눅 들면 능력도, 재능도 사라진다는 사실.

한숨이 절로 나왔다. 사무실 책상으로 돌아와 모니터 화면을 켜는데, 김아라가 다가와 서류를 조용히 바라보고 있다.

"쯧쯧쯧, 어쩌니. 불쌍해서. 그래도 우리는 여러 명이 공동으로 투입되는 대형과제라 일도 분담하고 책임도 분담해서 부담이 훨씬 적은데, 유리 씨는 혼자 모든 일을 다 감당하고 있으니 어쩐다니. 들어오자마자 운도 지지리도 없어요."

위로한답시고 시작한 김아라의 말이 오히려 유리의 염장을 지르는 듯하다.

"어쩔 수 없죠, 뭐. 그래도 처음 맡은 과제이니 열심히 하려고요."

유리가 괜찮다는 표정으로 살며시 미소 짓자, 김아라가 조소를 얼굴 가득 띠었다.

"그래, 신입의 자세가 그래야지. 당연히, 암. 그런데 유리 씨. 전에 이거 담당했던 조원이 하도 스트레스를 받아서 그 뭐지? 기……. 뭐였더라."

"기꾸지요!"

멀리 김태평이 귀를 쫑긋 세우고 듣고 있다가 무슨 신나는 일이라도 발견한 사람처럼 목소리를 높여 말했다.

"아! 맞다, 맞아. 기꾸지. 그런 희귀한 병에 걸려 결국 퇴사했잖아."

"기……꾸지요? 그게 뭔데요?"

유리의 눈이 왕방울만 해졌다. 도무지 이 사람들이 지금 무슨 말을 하고 있는 것인지 어안이 벙벙하다. 위로를 해 주려는 것인가, 아님 염장을 지르려는 것인가.

"그게 스트레스를 하도 많이 받으면 스트레스가 신체화돼서 터져 버리는 병이래. 뭐, 열이 39도까지 올라가서 안 떨어진다나 어쩐다나. 볼거리처럼 붓기도 한다고 했던가. 하여튼 유리 씨도 조심하라는 거야."

목이 타는지 손에 든 커피를 한 모금 마신 후, 김아라가 다시 말을 시작했다.

"팀장이 무슨 말을 하더라도 한 귀로 듣고 한 귀로 흘려버려. 나처럼 마음을 편안하게 가지라고. 매사 일일이 반응하면 힘들어서 직장 생활 못 한다. 알았지? 넌 힘들면 나한테 말하고. 그래도 내가 선배니깐 조언 정도는 해 줄 수 있어. 호호호."

"네……. 감사합니다."

유리가 잠시 김아라의 위로스럽지 않은 위로의 말을 듣고 더 심란해진 마음을 추스르고 있는데, 자리로 돌아간 김아라의 입에서 예사 그 비명 소리가 날아들었다.

"꺄아아아악!"

"왜요?"

멀리서 김태평이 소리쳤다.

"팀장이야. 팀장이 전화했다고!"

새파래진 얼굴로 그녀가 신경질적인 반응을 보였다. 자신의 마음이나 편안하게 다스리시지. 매번 팀장한테 전화가 올 때마다, 팀장실에 갔다 올 때마다, 매번 저 비명 소리가 함께 따라다니니 이제 아예 귀에 딱지가 앉을 지경이었다.

그때 조용하게 일만 하던 최현우가 슬그머니 자리에서 일어나 유리의 책상에 캔커피 하나를 놓고, 스윽 사무실 밖으로 사라졌다.

「힘내요, 유리 씨.」

음료수에 붙어 있는 포스트잇에 그의 자상한 마음을 담은 글씨가 나부끼고 있다. 그것을 바라보는 유리의 마음이 따뜻해졌다.

입사했을 때부터 동료인지 적인지 도통 모르겠는 직원들 사이에서 유일하게 동료임을 확인시켜 주고 있는 사람이었다. 언제나 말없이 조용하게 그녀를 도와주거나 아니면 이렇게 위로해 주거나 했다.

그러나 최현우의 위로도 잠시, 갑자기 귓가에서 팀장의 차분한 목소리가 윙윙 울리기 시작했다.

'정유리 씨는 문제가 아주 심각합니다.'

'문제가 심각하다고? 쳇! 지는 처음부터 잘했나!'

유리가 보이지 않는 팀장을 향해 눈꼬리를 치켜뜨고 이를 드르륵 갈았다.

그렇게 입사 세 달째, 유리는 그동안 팀장한테 말 그대로 들들 볶였다. 얼굴색 하나, 눈빛 하나 변하지 않고 들들 볶는 것이 그의 특징이었다. 그렇게 매일 들들 볶이고, 까이고 두드려 맞아 상처투성이에 피투성이가 되었다. 그녀의 두 눈 아래로는 다크서클이 깊게 내려앉았고, 정신은 혼미했다.

처음 입사했을 때, 매사 꼼꼼하고 차분하고 추진력 있는 그의 스타일이 은근 매력적이라 생각했었다. 고등학교, 대학교 모두 조기졸업에 미국 유명 대학에서의 최단기 박사학위 수여로 그곳에서조차 전설이 되었다던 화려한 스펙, 게다가 그가 손만 대었다 하면 아무것도 아닌 연구가 최고 우수 연구로 선정되는 신의 손을 지녔다.

단연코 능력 짱! 실력 최고! 그를 따라올 자 아무도 없었다. 때문에 원장의 신임을 두텁게 받고 있는 그는 차기 본부장 승진 1순위였다.

25

그러니 그를 칭송하는 소리가 회사 곳곳에서 쏟아져 나오는 것은 당연한 일. 더욱이 그의 수려하고 조각 같은 외모가 그것을 더욱 부추기고 있었다. 교육관련 연구기관이라는 특성에 맞게 여자박사들이 대거 포진해 있는 이곳에서 그의 인기는 하늘을 찔렀다.

여자라면 누구라도 그에게 호감 한 번 정도는 가졌을 것이리라. 그러니 당연히 유리도 그러한 여자들 중에 한 명이었고, 처음 그의 모습에 살짝 호감 비슷한 감정이 일었던 것도 사실이었다.

그러나 그것으로 끝! 더 이상 좋은 감정은 없다. 대신 그녀의 눈빛에 저주가 서렸다.

입사 초기 별보다 더 반짝거리던 눈빛이었다. 그러나 입사 한 달째에 이르러 절망의 눈빛으로 바뀐 그 눈빛은 이제 그를 향한 저주로 가득했다.

차갑기는 한겨울 계곡물 같고, 독기 가득한 말투는 상대방의 오금을 저리게 한다. 또한 까칠하기가 밤송이보다 더 심하고, 부하 직원의 자존심 따위 상관없다는 듯 행동하는 그는, 한마디로 싸가지다.

'내가 너를 저주하게 된 건 내 잘못이 아니다. 바로 너! 이하선! 네가 나를 이렇게 만든 것이다. 그러니 나를 탓하지 마라. 이 모든 상황의 원흉은 바로 너! 너 이하선이란 말이다.'

유리뿐만 아니라, 기초정책팀에 몸담고 있는 팀원들은 죄다 그를 증오하고 미워했다.

심지어 그를 몰아내고자 모임까지 만들었으니, 이, 물, 모!

이하선을 물리치는 모임! 이물모. 회원 여섯 명.

말도 안 되는 유치한 장난에 휩쓸리기 싫었던 최현우와 이제 갓 입사한 유리를 제외한 나머지 팀원들이 회원이었고, 김아라가 회장이었다. 김아라는 어떻게 해서든지 회원 수를 늘리고자 안간힘을 썼고, 지금 유리를 포섭하고자 한창 노력 중이었다.

두근거리는 마음을 진정시키고 유리가 하선의 방문 앞에 서서 노크를 했다. 아까 그 자료의 수정을 마친 뒤 열 번 이상 검토한 후 가져온 것이다. 이것이 마무리되어야 오늘 퇴근할 수 있다.

네, 그의 차분하고 낮은 음색이 안에서 들려오자 유리가 살며시 문을 열고 들어섰다.

"팀장님, 수정 다 했습니다. 검토해 주세요."

그가 무뚝뚝 그녀에게 시선 한 번 주지 않은 채 자료를 받아 들고 검토를 시작했다.

긴장감으로 그녀의 심장이 터질 것 같다.

'제발, 무사히 넘어가라. 제발……'

그때 그의 미간이 좁혀지고 인상이 일그러지기 시작하며 아랫입술을 안으로 말아 깨문다.

안 좋은 신호였다. 짧은 기간 파악한 그의 습관. 마음에 들지 않으면 나오는 저 표정. 이에 유리가 눈을 슬쩍 감았다. 이제 곧 불호령답지 않은 그만의 나무람이 시작될 터, 이미 마음의 준비를 단단히 하고 있는 그녀였다.

찌이익! 찌익! 찍찍!

그런데 곧 날아들어야 하는 꾸지람 대신 갑자기 종이 찢겨지는 소리가 조용한 팀장실 안으로 쩌렁쩌렁 울렸다. 놀란 토끼눈이 되어 버린 유리가 황망한 표정으로 그를 바라보자, 무뚝뚝 심각한 표정의 그가 유리를 뚫어져라 바라봤다.

그리고 한 박자 쉬었다 천천히 일어서더니, 연구실 구석에 놓여 있는 세면대로 가서 비누거품을 잔뜩 묻혀 손을 꼼꼼히 씻는다.

'또 씻어?'

그는 말 그대로 시도 때도 없이 손을 씻어 댔다. 오늘만 해도 벌써 몇 번째 손 씻음인가. 아니, 지금이 손을 씻을 상황이냐 말이다. 유리는 긴장감에 목이 바짝바짝 타들어 가고 있는데, 자신은 유유히 손이나 씻고 있다니.

어이없는 그녀가 그를 바라보다 시선을 재빨리 거두었다. 손을 다 씻었는지 그가 수돗물을 잠갔기 때문이다.

그러더니 그녀를 스쳐 지나가 창가에 걸려 있는 수건에 제 손을 닦는다. 그가 스쳐 지나간 자리에 향긋한 소나무 향이 묻어 있다.

"정유리 씨!"

낮고 조용하고 차분하게 말하는 그의 목소리는 객관적으로 상당히 근사하다.

그녀를 부르면서 수건을 각이 지게 탁탁 접어 다시 옷걸이에 걸어 두는 그의 뒷모습, 특히 역삼각형 모양의 단단한 어깨와 늘씬한 긴 다리, 그것을 지탱해 주는 튼실한 허벅지가, 미치도록 섹시하다.

와이셔츠를 둘둘 접어 말아 올린 팔뚝 위로 굵은 푸른색 심줄이 툭툭 불거진다. 아, 만져보고 싶을 만큼, 유혹적이다.

"정유리 씨?"

"네, 네?"

잠시, 하선의 근사한 모습에 넋을 잃고 있던 유리가 화들짝 놀라며 답한다.

"학교 어떻게 들어갔어요?"

"네?"

"혹시 잔디 깔고 들어갔나?"

"……."

"졸업논문 본인이 쓴 것 맞아요? 이 실력으로 어떻게 졸업했지?"

"……."

"다시 만들어 오세요. 시간은 내일 오전까지. 그만 나가 보시죠."

그녀의 심장이 조금 전 그의 손에서 찢겨 나간 서류처럼 갈기갈기 찢어지고 있었다. 팀장실을 나온 그녀의 두 눈에서 참고 참았던 눈물이 솟구쳐 나오기 시작했다.

이런 모욕까지 당하다니!

사무실로 돌아가기 애매했던 유리가 회사 옥상으로 올라갔다. 멀리 한강대교를 지나다니는 차들이 장난감처럼 보이는 곳에 서서, 그녀가 주저앉아 하염없이 울기 시작했다. 입사 후 처음으로 흘리는 눈물이었다.

그동안 이를 꽉꽉 물면서 울지 않으려 애썼으나, 오늘은 도무지 참을 수가 없었다. 그리고 자존심에 큰 상처를 입었다. 마음속에 조금이나마 남아 있었던 그에 대한 일말의 호감도 깡그리 지워 버렸다.

얼마나 울었을까. 신나게 한바탕 눈물을 쏟고 나자, 어쩐지 마음 한편이 조금은 시원해지는 것도 같았다. 손으로 머리와 옷매무새를 단정히 한 그녀가 두 주먹을 불끈 쥐고, 입을 앙다물고 결연한 표정으로 사무실로 돌아왔다.

'그래, 어디 해 보자. 누가 이기나 해 보자고. 네가 마음에 안 들면 마음에 들 때까지 내 만들어 주리! 그래, 이깟 회의자료 하나 가지고 오늘 하루 종일 나를 들들 볶았다 이 말이지?'

이를 득득 갈며 유리가 컴퓨터 자판을 툭툭 두드리기 시작했다.

나름 자기도 좋은 대학에 입학하여 훌륭한 성적으로 졸업했건만 사사건건 트집에 저따위 말도 안 되는 억지소리로 사람의 억장을 무너뜨리다니. 용서할 수 없다.

유리는 조용히 복수의 칼날을 갈기 시작했다. 어떻게 복수를 해야 할지 머릿속이 복잡하다.

얼마나 머리를 쥐어짜며 자판을 두드렸을까, 유리가 회심의 미소를 지으며 일어섰다. 내일 오전까지 만들라 했지만, 두 시간도 안 돼서 만들었다. 이번 것은 이하선이 지난번 회의 때 만들었던 것과 거의 흡사하게 만들었으니 그도 더 이상 트집을 잡을 수는 없을 터.

만일 또다시 트집 잡으면 네가 만든 것과 똑같이 했다, 한 방 먹일 기세로 그녀가 그의 방문 앞에 다가섰다.

심호흡을 깊게 내뱉은 그녀가 똑똑! 그의 방문을 두드렸다.

"네."

멀리 안쪽에서 들려오는 그의 낮은 목소리. 조심스럽게 방문을 열었더니, 어라!

'또 씻어?'

그가 또 손을 닦고 있었던 것이다.

'이상한데. 아무래도 수상해. 아무래도 무슨 강박증 환자 아냐?'

심리학을 전공한 그녀가 이제 그를 수상한 눈빛으로 바라봤다. 손을 닦아도 너무 닦고 있는 것이다. 저러다 지문이 다 닳아 없어질 판이다. 무슨 흙을 만지며 일하는 사람도 아닌데 왜 저리 자주 손을 씻냔 말이다.

궁금해 죽겠지만, 사적인 질문에는 절대로 답해 주는 사람이 아니기에 호기심을 목 뒤로 꿀꺽 넘기고 그에게 자료를 내밀었다.

"빨리 만들었네요?"

"네."

그를 쏘아보았다. 날카롭기가 칼날과도 같다. 지금 이 상황에서 자신이 할 수 있는 복수는 그를 노려보는 것밖에 없다고 생각하자 갑자기 어깨가 축 처졌다. 이에 유리가 낮게 한숨을 내쉬었다.

그가 자료를 살펴보자 심장이 두근두근 가빠지기 시작했다.

한참 동안 어떤 감정도 읽을 수 없이 무표정으로 일관하던 그가, 자료를 책상에 내팽개치듯 던지고 그녀를 뚫어져라 바라봤다.

"정유리 씨!"

"네."

"이름이 유리라서 머릿속도 유리처럼 투명한 건가? 아무것도 담지 않아요? 닭입니까? 금붕어예요? 아님 비둘기? 뭐 문제 있어요?"

"네?"

"지난번 내가 만든 회의자료와 똑같이 만들어 오면, 어떡합니까? 회의 주제와 안건이 그때와 다르고 참석하는 사람들 역시 그때와 달리 반대 기관 소속인데, 이렇게 똑같이 만들어 오면……. 회의를 하자는 겁니까, 망치자는 겁니까?"

철커덩, 심장이 깊은 바다 속으로 추락했다. 그리고 덧붙여 날아온 한 방.

"됐어요. 더 이상 만들지 말아요."

"……."

"이제 정유리 씨는 명찰이나 만드는 그런 단순한 업무나 하는 걸로!"

"티, 팀장님……."

"나가 보시죠."

마음이 갈기갈기 찢겨진 채 너덜너덜 팀장실을 나온 그녀가 털퍼덕 복도에 주저앉았다. 이제 더 이상 눈물도 나오지 않았다. 부글부글 속만 끓어오를 뿐이다.

❖❖❖

"야! 정유리. 너 그렇게 엎어져 누워 있지만 말고 나랑 클럽이나 가자. 응?"

"싫어. 너나 가."

"야, 이 지지배야. 그럴수록 기운 차리고 신나게 놀아야지. 가서 스트레스 뼁 날려 버리자. 신나는 음악에 몸을 맡기고 마구 흔들다 보면 얼마나 시원한지 몰라. 가자, 응?"

"야! 내가 지금 이 상황에 클럽이나 가서 놀게 생겼냐? 쓰레기에 닭이란 소리까지 듣고!"

유리가 침대 아래에 있던 이불을 끌어와 제 몸에 칭칭 감았다.

"그럼 그만둬."

"뭐?"

저것이 친구인지 원수인지, 팀장 때문에 속상해 미치겠는데 옆에서 더 부채질이다. 화장대 앞에서 벌써 몇 시간째 옷을 갈아입으며 유리를 약 올리고 있었다.

"그렇게 스트레스받고 상처받는 회사 뭣 하러 다녀. 그냥 확 그만두고 다른 데 알아봐."

"내가 너냐? 시도 때도 없이 그만두게."

대학 때부터 같이 한집에 살고 있는 은지는 자기 좋을 대로 행동하고 다니는 기분파였다. 그래서 졸업 후 옮겨 다닌 회사만도 벌써 몇 번째인지 몰랐다. 직장 상사나 동료가 조금만 싫은 소리를 해도, 일이 조금만 힘들고 고되어도, 때로는 자기 적성에 전혀 맞지 않는다는 이유로, 수도 없이 그만두고 새로운 직장을 구했다. 참으로 신기하게도 은지는 그만두면 금세 다른 직장을 잡아 왔다. 그것도 능력이라면 대단한 능력인 셈이었던 것이다.

그러더니 무역 업무를 하던 작은 중소기업을 몇 달 다니지도 못하고, 아무래도 본인은 사무직 체질이 아니라며 후다닥 그만두었다. 그리고 최근, 패밀리레스토랑의 점원으로 일하기 시작했다. 재주도 참으로 좋았다.

"시도 때도 없이 그만둬도 난 너처럼 구시렁대면서 다니진 않는다고. 어차피 행복하게 잘 먹고 잘 살자고 하는 짓인데 마음이라도 편해야지!"

"모든 사람들이 너처럼 잘 먹고 잘 살자고 회사를 다니는 것은 아니야. 먹고살기에 어쩔 수 없어 힘들어도 꾹 참고 다니는 거라고."

"그래. 어차피 사람마다 모두 가치관이 다른 거야. 회사에 대한 너와 내 가치관도 서로 다르니 더 이상 왈가왈부 그만하고, 빨리 일어나 옷이나 갈아입어. 너 클럽 한 번도 안 가 봤잖아. 가자. 끝내줘. 후회하지 않을 거야."

"아이! 싫은데."

은지의 끈질긴 꼬임에 유리가 툴툴대며 일어섰다. 마음 한편 신나게 술 마시고, 춤추면서 하루 종일 머릿속에 콕 박혀 있던 이하선, 그 인간쓰레기를 떨쳐 버리고 싶었던 것이다.

그리고 그날 밤, 신나는 음악과 화려한 사이키 조명 아래서 그녀는 이하선과 닮은 남자와 마주쳤고, 자신의 의지와 전혀 상관없이 키스와 모욕을 당하고야 말았다.

때문에 오늘 하루 종일 들들 볶인 이하선과, 이하선 닮은 정체불명의 남자를 향한 유리의 분노는 극에 달했다.

참을 수 없었다. 똑같이 생긴 남자 둘이, 하루 종일 자신을 조롱하고 능멸했단 생각에 피가 거꾸로 솟는 듯 느껴졌다.

이에 집으로 돌아가는 길목, '다있소'에 들어간 유리가 말끔한 남자 인형 하나를 사 들고 나왔다. 이렇게라도 해야 오늘의 분이 조금은 풀릴 것만 같았기 때문이다.

"이 인형은 뭐하게?"

그녀를 졸졸 따라온 은지가 호기심 가득한 표정을 지었다.

"할 게 있어."

비장함을 가득 담은 그녀의 눈빛이 무서웠다. 한여름 서리가 내릴 듯했다. 그러고는 집으로 들어온 유리가, 재빨리 네임펜을 들고 와서 그 인형 이마에 무언가를 적었다.

이하선, 재수탱이!

그러더니 그 인형을 바라보는 표정이, 기괴했다. 마치 무녀(巫女)가 접신을 하는 것처럼 온몸에서 기괴한 기운을 마구 뿜어 대며 인형을 날카롭게 보고 있었다. 얼마나 불타는 눈빛으로 노려보는지 인형에 구멍이라도 날 판이었다.

얼마나 그러고 있었을까. 갑자기 벌떡 일어선 유리가 화장대 서랍을 마구 뒤지더니 송곳을 꺼내 왔다.

그리고 그 인형의 심장팍을 향해 퍽! 퍽! 퍽! 마구 찌르기 시작한 것이다. 그 모습에 은지가 몸을 살짝 떨었다. 오금이 저렸기 때문이다.

6년을 같이 살아온 친구였는데, 새삼 그녀의 모습이 낯설었다.

그리고 무서웠다.

❖❖❖

다음 날.

이를 악물고 출근한 그녀의 눈빛이 어제와 다르다. 뭔가 비장하고 단호하다. 오자마자 가방을 자기 자리에 내려놓은 유리가 쿵쿵 김아라를 향해 다가갔다.

"과장님!"

김아라를 부르는 목소리가 단호하다.

"응. 왜?"

"저, 모임에 들어가겠습니다."

"무슨 모임?"

"이! 물! 모!"

갑자기 김아라의 눈이 휘둥그레지면서 안면 가득 회심의 미소를 짓기 시작했다.

드디어 회원 한 명 추가!

"좋다! 좋아! 잘해 보자고."

그녀의 외침에 최현우를 제외한 사무실 모든 직원들의 눈빛이 의미심장하게 반짝거린다.

삐! 삐! 내선번호 373.

"뭐니? 회의 들어가기 전부터 왜 부른다니?"

팀장은 유리를 호출했건만, 김아라가 더 성질을 부리고 있었다. 이제 한편이니 걱정해 주는 척하는 것이다.

그런데 유리의 표정은 뭔가 의미심장하다.

살며시 일어나 손님용 커피 잔에 조용히 원두커피를 따르고 있다. 쟁반에 잘 받쳐 들고 팀장실 앞까지 간 유리가 입꼬리를 씨익 말아 올리더니, 언젠가 드라마에서 봤던 장면을 떠올리며 커피 잔에 퉤! 침을 뱉는다.

'으흐흐흐!'

복수 시작. 소심하다. 그렇지만 이렇게라도 골탕을 먹여야 속이 시원하겠다.

똑똑!

"네."

"안녕하세요. 팀장님. 이거."

책상에 커피 잔을 내려놓는 그녀를 하선이 의아하게 바라보고 있다.

웬 안 하던 짓을 하냔 표정이다.

"모닝커피 드시라고요."

유리가 살짝 미소 짓는다. 그러자 그가 눈짓으로 책상 위에 올려져 있는 자신의 머그컵을 가리켰다. 그 안에서 짙은 커피 향과 함께 김이 모락모락 올라오고 있었다.

'에이씨! 한발 늦었군.'

"정유리 씨 드시죠."

"네, 네?"

'아이씨! 나보고 마시라고?'

하선이 커피를 한 모금 들이켜더니 안 마시고 그대로 서 있는 유리를 보며 말했다.

"안 마시고 뭐합니까?"

"아, 아니요. 전…… 괜찮습니다."

"왜요? 커피에 뭐 침이라도 뱉었습니까?"

아아! 이 남자 혹시 천리안! 강박증에 두 얼굴도 모자라 천리안까지!

"네, 네? 아이, 설마……. 그럴 리가요."

유리의 목소리가 기어들어 간다.

하선의 무심한 듯, 그러나 강요가 섞인 듯 보이는 눈빛에 그녀가 어쩔 수 없이 눈을 질끈 감고 자신의 타액이 섞인 커피를 꿀꺽 들이켰다.

'우웩! 우웩!'

자신의 것인데 왜 구역질이 나오는지 모를 일이다. 제길! 당했다. 그녀의 표정이 다시 어두워졌다.

"정유리 씨, 이 자료 오늘 점심시간 전까지 정리해서 가져다주세요. 오후에 교육부 가지고 들어갈 자료니 신경 써 주시고요."

"네."

유리가 싸한 표정으로 한가득 자료를 받아가지고 나오는데, 뒤에서 하선이 낮게 부른다.

뒤돌아보니 창가 앞에 서 있는 그가 아침 떠오르는 햇살에 반짝 눈부셨다.

순간, 어젯밤 클럽에서의 그 남자와 하선의 얼굴이 겹쳐졌다. 갑자기 그에게 당했던 키스가 떠오르자 얼굴이 화끈거렸다. 그런데 정말로 그 남자, 팀장인 건가? 수상하다! 아무리 생각해도 똑같이 생겼다.

"정유리 씨!"

"네……."

"이번엔…… 잘 할 수 있겠죠?"

"네."

"검토할 시간 없이 바로 교육부 가지고 가야 하니……."

"네, 팀장님. 무슨 말씀이신지 잘 알겠습니다."

차갑고 냉랭한 어조로 답했다. 이제 그를 향한 그녀의 말투에서 상냥함이라곤 찾아볼 수 없었다. 나름 소심하게 복수하고 있는 그녀였다.

그리고 눈을 아래로 내리깔고 방을 나가는 그녀의 뒷모습을 지그시 바라보던 그가, 피식 웃었다.

점심시간. 구내식당에서 간단하게 점심을 해결한 직원들이 회사 매점 한 귀퉁이에 모여 앉아 쑥덕쑥덕 무엇인가를 수군거리고 있다. 팀장이 회의가 끝나자마자 교육부로 들어갔음을 알게 된 직원들의 얼굴에 미소가 마구 피어올랐다.

"일단 우리가 이렇게 회원이 또 한 명 추가되었으니 이제 일을 도모할 때가 된 듯합니다."

김아라가 주위를 두리번거리며 낮게 소곤거렸다.

"어떻게 도모해야 된단 말입니까?"

김태평 역시 소곤대며 말한다. 표정은 무슨 독립투사와도 같다.

"글쎄요……. 일단 일로써 팀장을 몰아내는 것은 불가능하다고 봅니다."

"그렇지. 일로써는 못 당하지. 워낙에 철두철미하고 완벽하기가 하늘을 찌르는 사람인데……. 우리가 서류나 논문을 가지고 장난치는 것은 불가능해."

"맞아요."

유리는 아무 말 없이 그들이 수군대는 말만 가만히 듣고 있었다.

'뭐야! 별 뾰족한 수도 없으면서 무조건 팀장을 몰아내겠다는 거였어? 아나! 참! 대책 없기는 이 사람들도 마찬가지네……'

속으로 한심함을 삼키며 유리가 입을 앙다물고 있었다.

그때 김아라가 뭔가 기발한 생각이 떠올랐다는 듯 눈을 반짝였다.

"한 가지 있어. 완전히 몰아낼 수 있는 방법!"

"그게 뭔데요?"

"치명적인 단점이나 약점을 찾는 거야."

"치명적인 약점? 단점? 그게 뭔데요?"

"이를테면, 정신적으로 심각한 결함을 지녔다거나……"

'정신적으로 심각한 결함?'

갑자기 유리의 머릿속으로 하선이 시도 때도 없이 손을 박박 닦아 대던 모습이 떠오른다.

"아니면 도덕적으로 사생활이 난잡하다든가……"

'사생활이 난잡?'

갑자기 유리의 머릿속으로 어젯밤 클럽에서 마주친 이하선과 똑같이 생긴 남자의 모습이 떠올랐다. 그러면서 뭔가 알 수 없는 두근거림이 심장을 타고 전해져 오고 있다.

어쩌면 생각보다 빨리 그를 몰아낼 수도 있겠단 생각이 들자, 쾌감을 동반한 짜릿함도 느껴졌다.

"그런데 그런 일로 몰아낼 수 있을까요?"

김태평이 호기심 가득한 표정을 짓는다.

"응, 이곳은 국가교육기관이야. 게다가 공공기관이라고. 우리나라 교육 정책을 다루는 곳에 있는 사람이 정신이 이상하다든가, 사생활이 난잡한 것을 봐줄 리가 없지. 특히나 도덕성을 매우 강조하고 있는 이 기관에서 말이야. 그러니 그런 것을 중점적으로 찾아보자고. 뭐, 이와 관련해서 떠오르는 것들 없어?"

유리는 이미 그와 관련해서 짚이는 것이 두 가지나 있지만, 아직 확실하지 않기에 말을 아껴 두기로 했다.

사실, 삼 개월 동안 터득한 김아라 과장도 그렇게 믿을 만한 사람은 못 되었기 때문이다. 나중에 혹시라도 일이 잘못되면 자신이 몽땅 덤터기를 쓸 수도 있었다. 그런데 한 가지는 궁금했다. 이에 조심스럽게 입을 열었다.

"저…… 혹시요. 팀장님께서 왜 그렇게 손을 자주 씻으시는지 아세요?"

유리의 질문에 모두들 눈을 동그랗게 뜨고 그녀를 의아하게 바라봤다.

"누가? 팀장이?"

"네."

"이상하네. 난 팀장이 손 씻는 것 한 번도 못 봤는데. 다른 사람들은 어때?"

"저도 나름 오래 팀장님을 봐 왔지만 손을 자주 씻는 건…….잘 모르겠는데요."

"저도요. 금시초문이에요."

"뭐야? 유리 씨? 확실해? 손을 자주 씻는다는 게?"

"아하하! 제가 잘못 알았나 봐요. 자주라기보다는……. 제가 몇 번……."

유리의 이마에 송골송골 식은땀이 배어 나왔다.

'뭐야! 손 씻는 모습은 나만 본 거야? 이상하네. 내가 방에 들어갈 때마다 손을 씻던데. 수상해. 정말 수상해.'

유리가 고개를 갸웃거리고 있는데 김아라가 그녀에게 한마디 했다.

"그렇게 허접한 정보 말고 뭔가 확실한 걸 내놓으라고. 자자! 다들 뭐 없어?"

김아라의 재촉에 다들 고개만 갸우뚱했다. 도무지 완벽하고 까칠하고 재수 없는 것을 제외하고는 그가 지니고 있는 치명적인 약점이 뭔지 잘 모르겠는 표정들이었다.

"근데요……. 저 혹시 팀장님 쌍둥이세요?"

이건 또 무슨 소리냐는 듯 모두 뜨악한 표정으로 유리를 바라봤다.

"아니! 팀장 외동이라고 들었는데!"

"몰랐어?"

외동? 외동이라고? 오케이. 그럼 쌍둥이는 확실히 아니군. 일단 하나의 가능성은 사라졌다. 큰 수확이다.

"어머! 업무 시간 다 됐어요."

한소미가 시계를 보더니 소리쳤다. 그러자 모두들 엉거주춤 일어섰다. 다들 일하기 싫은 눈치였다.

"그럼 오늘 이물모 회의는 이쯤에서 접어 두고, 이제부터 찾아보자고. 팀장의 치명적 약점을 말이야. 도덕적으로 확 내몰 수 있는 결정적인 단서를 말이야. 알았지?"

"넵!"

유리도 그들을 따라 뭉그적거리며 걸음을 떼는 순간, 현우가 그녀의 옆으로 다가와 나란히 걸었다.

"유리 씨, 유치한 이런 무리에 휩쓸리지 말아요. 업무적으로 스트레스받는 걸 가지고 몰아내니 어쩌니 하는 건……."

"감사해요, 대리님. 그런데, 전 유치해도 팀장님, 몰아내고 싶네요. 제가 나갈 순 없으니까요."

현우를 바라보는 그녀의 눈빛에 단호함이 배어 있다.

'그래, 내가 나갈 순 없다. 어떻게 들어온 직장인데…….'

순간 그녀가 이를 악물며 사무실로 성큼성큼 걸어 들어왔다. 그 뒤에서 현우가 안타까운 눈초리로 그녀를 바라보고 있었다.

조용한 오후. 직원들이 노곤해진 몸과 나른해진 표정으로 긴장을 풀고 있다. 한 번씩 누군가의 하품 소리만 사무실 안을 휘감고 돌았다.

"까아아악!"

그때, 김아라의 찢어지는 괴성에 모두들 혼비백산하여 그녀를 바라보았다.

"왜요?"

언제나 늘 그녀의 비명에 오로지 반응해 주는 김태평이 물었다.

"팀장 왔어. 호출이야. 아! 짜증나."

김아라가 벌써 어두워진 낯빛으로 사무실을 빠져나갔다. 갑자기 나른함에 빠져 있던 직원들의 어깨에 긴장감이 가득 감돌고 있다.

유리도 알 수 없는 긴장감으로 몸에 힘이 들어간다.

30분 후. 팀장실에 갔다 온 김아라가 온통 붉어진 얼굴로 문을 박차고 들어와, 서류를 자신의 책상 위로 패대기쳤다.

"아이씨! 재수 없어. 나보다 나이도 한참이나 어린놈이, 사사건건 트집이야."

그녀가 씩씩대자, 모두들 이해한다는 표정을 지었다.

유리도 저 기분, 저 더러운 느낌, 이제 이해된다. 또 얼마나 당했으면 저러나 싶자, 안쓰러움이 묻어난다.

모두 김아라 앞으로 모여들어 그녀를 응원하고 위로하고 있다. 거기에 팀장 욕을 한마디씩 거들었다.

"원래, 인간성 바닥인 사람이잖아요. 과장님이 이해하세요."

"맞아요. 전 가끔 팀장을 바위에 매달아 바다에 빠트려 버리고 싶을 정도예요."

유리도 그녀 앞으로 다가가 위로의 눈빛을 보내고 있었다. 단지 최현우만 자신의 책상에 앉아 씁쓸한 눈빛을 띠고 있다.

그때 사무실 문이 벌컥 열림과 동시에 이하선이 등장했다.

갑작스런 그의 등장에 김아라를 중심으로 서 있던 사람들의 얼굴이 창백해지고, 놀란 표정을 수습하느라 정신이 없었다.

"호호호. 어머, 팀장님. 어쩐 일로……."

하선을 당장이라도 죽일 것처럼 욕하며 으르렁대던 김아라가 표정을 싹 바꾼 뒤 한없이 상냥하고 친절한 태도로 일관하자, 다른 사람들 역시 공손한 미소를 지으며 그를 바라보고 있었다.

이 황당한 상황에 당황하여 표정이 굳어 있는 사람은 유리뿐이었다.

"김아라 과장님, 이 서류 놓고 가셨더군요."

그가 무표정으로 무뚝뚝하게 말했다. 차콜 그레이 슈트를 몸에 걸친 그의 모습이 오늘따라 유난히 멋스럽다.

"어머나! 이 정신머리 좀 봐. 호호호. 전화를 하시지 않고, 그래서 이것 때문에 일부러 오신 거예요? 우리 팀장님, 자상도 하시지. 호호호."

'우, 우리 팀장님? 자, 자상?'

유리가 정신을 놓고 있는 와중에 김태평 역시 한마디 거들었다.

"아이고, 우리 팀장님이 인물만 훤칠하고 능력만 최고가 아니라, 인간성 또한 갑이시잖습니까? 갑! 하하하."

"맞아요. 맞아. 하하하."

"팀장님! 오늘 정말 멋있으시네요. 호호호."

모두들 호들갑으로 난리가 났다. 그 앞에서 아부성 짙은 발언을 내뱉느라 그들의 머릿속이 모터 돌아가듯 윙윙 돌아가는 것이 눈에 보일 정도다. 이런 그들 때문에 유리의 억장이 무너지고 있었다. 이렇게 가식적이고 위선적인 사람들과 함께 무엇인가 일을 도모하였다니.

'미쳤지. 내가 미쳤어……. 휴우!'

유리가 뜨악한 표정으로 그들을 바라보고 있는데, 그들의 칭찬에 한마디 대꾸도 없던 그가 유리를 향해 낮게 말했다.

"정유리 씨! 내 방으로 잠깐 오시죠."

"네……."

그가 복도 끝으로 사라지자마자 가식적인 그들의 표정에서 웃음기가 사라지고 다시 그를 잡아먹을 듯 이글거리는 표정을 지었다. 이에 유리는 어이없이 웃고 말았다.

그리고 어쩌면 이하선만 두 얼굴을 지닌 것이 아니라, 우리 모두 제각기 서로 다른 얼굴을 지니고서는 필요에 따라 상황에 적합한 얼굴, 아니 가면을 꺼내 쓰면서 살아가고 있을지도 모른다는 생각이 문득 스치고 지나갔다.

팀장실. 책상 앞에 가만히 서 있는 그녀를 그가 힐끔 쳐다보더니 다시 서류로 눈길을 가져갔다. 그리고 천천히 서류에 무엇인가를 적던 그가 또 그녀를 힐끔 쳐다봤다.

'왜 저래? 뭐 잘못 먹었나?'

자꾸 자신을 흘끔거리며 바라보는 그의 눈빛에 무안해진 그녀가 시선을 창문 밖으로 옮겼다. 멀리 녹색이 짙게 드리워진 푸른 산이 보였다.

'좋구나. 휴!'

산을 보니 왜 갑자기 한숨이 나오는지 모를 일이었다. 그때 하선이 낮게 부른다.

"정유리 씨."

"네."

"다음 주 목요일에 부산에서 교육담당자 대상 워크숍이 있을 예정입니다. 오늘 교육부 관계자와 협의하고 나온 내용이에요. 그러니 각 시도교육청 담당 장학사와 주요 대학 교수님들께 공문 보내시고, 참석 여부 확인한 다음 워크숍 장소 예약해 두세요."

"다음 주 목요일 당일 진행인가요?"

"아니요. 일박이일입니다. 그러니 참석 수에 따라 숙소도 잡아야겠죠."

"예산은 어디에서 집행하나요?"

"지금 과제에서 하시죠."

"네, 잘 알겠습니다."

"그리고……."

웬일인지 그가 말끝을 흐린다. 생전 처음 말을 흐리는 그를 유리가 의아한 듯 바라보고 있다.

무슨 할 말이 더 남았나? 잠자코 기다리는데 멀뚱멀뚱 그녀만 바라볼 뿐 더 이상 말하지 않고 있는 그였다. 그런데 그의 눈빛이 평소와 다르다. 무뚝뚝 무심하던 눈빛이 아니라, 뭔가 상당히 난감하고 당황하고 있는 듯 보였다.

"……팀장님……. 무슨?"

"저기……. 흠흠……."

이젠 아예 헛기침까지 하고 있다. 그의 색다른 모습에 유리는 점점 의아하기만 하다.

그때, 그가 안 되겠다는 듯 자리에서 벌떡 일어서더니 그녀 가까이 성큼성큼 다가왔다. 순간 흡! 유리가 숨을 들이켰다. 그에게서 향기로운 소나무 향이 났다.

한참 동안 그녀 앞에 서 있던 그가, 상당히 난감한 표정으로 유리를 향해 손을 뻗는 순간,

"엄마야!"

당황한 유리가 놀란 눈으로 두어 걸음 뒤로 물러서자, 그가 미간을 좁히고 인상을 쓰더니 낮게 읊조렸다.

"정유리 씨, 블라우스 단추가 풀어졌어요."

"네, 네에?"

하선의 말에 고개를 숙여 자신의 옷을 황급히 바라보자, 그가 고개를 절레절레 흔들었다.

"아니, 앞이 아니라 뒵니다."

"뒤, 뒤요?"

맞다. 오늘 자신이 입은 블라우스는 뒤에서 단추를 잠그는 형태였다. 아무래도 정신없던 출근 준비에, 미처 단추를 모두 채우지 못했나 보다. 이에 유리가 황급히 손을 뒤로 돌려 단추가 있는 부분을 만져 보니, 이럴 수가!

가운데 부분 단추가 두 개나 풀려 있는 것이 아닌가. 때문에 브래지어 끈이 다 보였을 것이다. 이 생각에 갑자기 유리의 얼굴이

새빨개지기 시작했고, 당황함에 손이 자꾸 미끄러지고 있어서 잘 잠겨 지지 않았다.

'아니, 어떻게 이걸 본 거지? 다른 사람도 아니고 하필 왜 저 인간, 이하선이 이걸 보냔 말이야. 아아!'

맞은편에서 그녀의 허둥대는 모습을 팔짱을 낀 채로 물끄러미 바라보던 그가, 자신의 아랫입술을 살짝 깨물고는 그녀의 등 뒤로 다가섰다.

"가만히 있어요."

그의 절제되고 낮은 음색에 순간 그녀의 몸이 얼어붙었다. 심장은 미친 듯이 뛰기 시작했다.

그가 그녀의 긴 머리를 하나로 모아 앞으로 넘겨주고는 단추를 채우기 시작한다. 등 뒤에서 느껴지는 그의 손길이 부드럽다. 왜 부드럽고 감미롭게 느껴지는지 모를 일이었다.

이에 그녀 역시 제 입술을 깨물었다. 그리고 얼음처럼 굳어 버린 몸은 그가 단추를 다 채우고 앞으로 다가섰을 때까지도 움직이지 못하고 있었다.

"다 됐습니다."

눈만 끔뻑끔뻑이며 그를 바라보았다. 이미 혼이 빠져나갔나 보다.

"이제 그만……. 나가 보시죠."

"……네? ……아! 네……."

고맙다는 인사도 못 하고 황급히 그의 방에서 나온 유리가 숨을 헐떡이며 쉬기 시작했다. 그동안 차마 쉬어지지 않았던 숨을 한꺼번에 몰아쉬고 있었던 것이다. 그리고 복도에서 얼이 빠진 채 미동도 않고 있던 그녀가 일그러진 표정으로 자신의 머리를 쥐어뜯으며 알 수 없는 신음소리와 함께 발을 동동 구르기 시작했다.

'아아아아!'

일 못한단 소리 듣는 것도 모자라, 이제 칠칠맞다는 소리까지 들을 판이었다. 조용히 그녀가 소리 없는 절규를 토해 내고 있었다.

한편, 유리가 빠져나간 문을 지그시 바라보던 하선이 소리 없이 싱긋 웃었다. 눈빛은 따뜻했고, 표정은 부드러웠다. 평소 그녀를 대하던 그것과 완전 딴판이다.

휴우! 낮은 한숨을 잇새로 내뱉은 그가 성큼성큼 걸어가 와이셔츠 소매 단추를 풀어 둘둘 말아 올린 다음, 손을 씻기 시작한다. 비누 거품을 양손 가득 담고 슥슥 닦아 낸다.

"후후!"

물로 거품을 헹구던 그가 갑자기 웃음을 터트린다.

"하하하하!"

그동안 참고 참았던 웃음이었는지 그의 웃음이 간만에 유쾌하고, 싱그러웠다.

왜 웃음이 나오는 건지, 그도 잘 모르겠다.

그날 밤.

선글라스를 낀 유리가 푹신한 헝겊의자에 몸을 최대한 낮게 숙이고 앉아 주위를 두리번거리고 있었다. 시끄럽고 빠른 음악에 맞춰 몸을 흔들고 있는 남자들의 얼굴을 하나, 하나 뚫어지게 바라보며 작전을 개시 중이다.

오늘의 작전명, 이하선의 정체를 밝혀라! 그녀의 표정이 비장하다.

"야! 정유리. 이거 너무 무모하단 생각 안 드냐?"

"뭐가 무모해?"

"네가 지금 하고 있는 행동. 네가 무슨 첩보영화 주인공이냐? 너 지금 굉장히 웃기거든!"

안 그래도 어두컴컴한 조명 탓에 실내가 잘 보이지도 않는데, 선글라스까지 끼고 두리번거리는 유리를 한심스럽게 바라보던 은지가 고개를 절레절레 흔들었다.

"내 행동이 뭐? 내가 살자고 하는 짓이다. 잔말 말고 넌 나가서 춤이나 춰. 난 그때 만난 그 남자 찾아야 해."

"왜 찾아야 하는데? 그 남자 찾는 거하고 네가 사는 거하고 무슨 상관인데?"

"그 남자가 아무래도 팀장 같단 말이야. 반드시 찾아서 정체를 밝혀야 해."

"만일 팀장이면 어쩔 건데?"

"흐흐흐. 팀장이면 폭로해야지."

"뭘? 뭘 폭로할건데?"

"사생활이 난잡하다고."

"허!"

기가 막힌 표정의 은지가 유리를 뚫어져라 쏘아보았다.

"야! 클럽에 오면 다 사생활이 난잡한 거냐? 그럼 난? 나도 난잡한 거겠네?"

은지가 유리를 향해 날카롭게 내질렀다.

"오은지! 좀 조용히 해 줄래? 나 지금 너랑 노닥거릴 시간 없다고."

그러자 은지가 입을 삐죽이며 스테이지로 나갔다.

'그래, 클럽에 온다고 다 난잡한 건 아니지. 하지만 팀장 같은 인간이 페이스오프 형태로 클럽에 나타난다면 뭔가 뒤가 구리다는 거야. 네가 몰라서 그래. 이하선 그 인간이 어떤 인간인지를. 떳떳하면 왜 변장을 하고 오겠냔 말이다. 분명 뭔가 있는 것이 분명해.'

그런데 아무리 찾아봐도 그 정체불명의 남자는 보이지 않았다. 오늘은 오지 않은 것인가.

'휴!'

유리가 잠시 숨 좀 고를 심산으로 앞에 놓인 맥주잔을 집어 들고, 벌컥벌컥 들이켰다. 괜한 긴장감으로 목이 바싹바싹 타들어 가고 있었기 때문이다.

"어이! 아가씨. 나랑 춤출래요?"

건들건들 어떤 남자가 다가와 추파를 던지고 있다.

"됐어요. 저 남자 있어요."

유리가 차갑게 말하자, 그가 한쪽 입꼬리를 아니꼽다는 듯 올리며 사라졌다.

'하여간 남자들이란.'

자신은 지금 남자들과 어울리기 위해 이곳에 온 것이 아니다. 그 남자의 정체를 밝히고자 온 것이기에, 그 임무 이외에는 전혀 관심이 없었다.

'그러나저러나, 이 남자 오늘 안 온 거 아냐? 찾아야 하는데. 꼭 찾아서 정체를 밝혀야……'

그때 고개를 타조처럼 길쭉하게 빼고 클럽 이곳저곳을 탐색하던 그녀의 눈에 그가, 이하선을 꼭 닮았는데 정체는 모르겠는 그 남자가 그녀의 레이더망에 포착됐다.

'잡았다! 역시 내 예감은 적중이라니깐. 저 봐! 저 봐라! 내 저럴 줄 알았어. 역시 난잡이군!'

다름 아니라, 그 남자가 양팔에 하나씩 여자들의 허리를 감고는 클럽 안 구석진 곳에서 히히덕거리고 있었던 것이다. 그녀들을 바라보는 그의 눈빛이 끈적끈적하다.

'하! 오늘도 어김없이 변장을 하셨겠다. 이하선 팀장님!'

어깨까지 내려오는 머리를 질끈 하나로 묶고, 앞에 욕설 가득 영어로 프린트되어 있는 헐렁한 민소매 티셔츠에 다리 라인이 다 드러나도록 딱 붙는 청바지. 거기에 주렁주렁 매달고 있는 목걸이와 팔찌들.

객관적으로, 멋있긴 하다. 이처럼 세련되고 섹시한 이미지를 풍기고 있는 것도 모자라 수려한 외모까지 그것을 받쳐 주고 있으니, 여자들이 그 남자 주위에 몰려 있는 것이 어쩌면 당연한 일일지도 모르겠다.

그런데 왜 이런 남자의 모습에, 유리의 심기가 불편해지는 것이란 말인가. 괜히 입술을 씰룩이며 생각했다.

'뭐야! 지가 연예인이야? 완전 웃겨. 완전. 근데 하나도 안 어울리시네요. 팀장님.'

사실 이하선은 정장슈트 차림일 때가 가장 근사하다. 몸에 딱 붙는 핏은 그의 탄탄한 다리를 더욱 길게 만들어 보였고, 셔츠를 둘둘 말아 올릴 때 두드러지는 그의 푸른 심줄은 사실 은근 섹시했다.

또한 넥타이를 매고 있는 모습은 어떠한가. 그에게 복수의 칼날을 갈기 직전에 사실 유리는 넥타이가 되어서 그의 목에 달려 있고 싶을 정도로 멋있게 보였던 적도 있었다.

'내가 지금 무슨 생각을 하고 있는 거야. 네가 미쳤구나. 미쳤어.'

허튼 생각에 고개를 절레절레 젓고 있는데 어느 사이 은지가 다가와 앉았다.

"유리야, 이러지 말고 나가서 놀자. 응?"

"쉿! 찾았어."

"찾았어? 어디?"

"저기."

유리가 손끝으로 가리키는 곳을 은지가 호기심 어린 표정으로 바라봤다.

"저 사람이 진짜 니네 팀장이야?"

"응, 그런 것 같아."

"이야, 잘생겼다……. 근데 확실해?"

"응, 일단 얼굴이 너무 똑같이 생겼어. 행색은 완전 다르지만……."

"그럼 아닐 수도 있잖아. 니네 팀장 닮은 사람일 수도……."

"은지야, 이게 무슨 막장 드라마냐? 똑같은 사람이 얼굴에 점 하나 찍고 나오면 다른 사람이 되는 거냐고? 상식적으로 저렇게 똑같이 생겼는데, 게다가 키도 비슷하고, 체구도 비슷하고, 나이도 비슷하고, 심지어 목소리도 비슷한데. 어떻게 전혀 다른 사람일 수가 있냐고!"

"그런가? 그럼 이제 어떻게 정체를 밝힐 건데?"

갑자기 유리가 멍한 표정을 지었다. 어떻게? 아직 생각해 보지 않았다. 일단 정체를 밝히겠다는 강한 의지만 앞세웠을 뿐 구체적인 계획은 세우지 않았던 것이다. 이에 은지가 혀를 끌끌 찼다.

"네가 그렇지, 뭐. 내 이럴 줄 알았다. 항상 의욕만 앞서서 방방 떴지 대책이 없어요, 대책이. 도무지 애가."

"야! 너 내 편 맞아?"

"어어어! 저 남자 여자들하고 어디로 가는데?"

은지가 다급히 소리치자, 유리가 벌떡 일어나 그쪽으로 따라갔다. 반쯤 허리를 수그리고 잘 보이지 않는 선글라스는 입까지 내리고, 조심스럽게 그 남자의 뒤를 따라나서는 그녀의 꼴이 참으로 우스웠다.

"쯧쯧. 영화를 너무 봤어. 봐도 너무 많이 봤어."

멀어져 가는 유리의 뒷모습을 은지가 한심스럽다는 듯 바라보고 있었다.

'어? 이상하다. 어디로 갔지? 분명 이쪽 복도로 왔는데.'

유리가 구석진 복도 통로에 서서 주위를 두리번거리고 있다. 그 남자와 여자들이 분명 이쪽으로 들어왔는데 귀신처럼 사라진 것이다. 그때 복도 끝 쪽 룸에서 여자들의 높은 웃음소리와 남자의 낮은 웃음소리가 들려왔다.

'저기 있군.'

직감적으로 저 방 안에 들어갔음을 확신한 그녀가 그곳 문에 귀를 바짝 갖다 대고는 무슨 얘기를 하는지 귀 기울여 듣기 시작했다. 하나라도 건져야 한다. 저 남자가 팀장이라는 사실을 꼭 밝혀야만 한다.

그런데 아무리 귀를 문에 바짝 갖다 대도 웅성대는 소리만 흘러나올 뿐, 자세한 얘기는 들리지 않는다. 이에 유리가 문에 자신의 온몸을 밀착시키고 듣고 있는데 누군가 그녀의 어깨를 톡톡 건드렸다.

"뭐 하는 거야?"

화들짝 놀란 그녀가 황급히 문에서 떨어져 나와 목소리가 들린 곳을 쳐다보니, 쿵! 그 남자였다. 저 방 안에 들어가 있어야 하는 그 남자, 팀장을 닮은 그 남자가 빙긋 웃으며 자신을 바라보고 있는 것이 아닌가.

민소매 아래로 드러나 있는 그의 팔뚝이 단단했다. 그 순간 왜 그것이 먼저 눈에 들어오고 난린지.

"뭐 하냐니깐?"

그가 퉁명스럽게 말한다. 그러나 그의 눈빛엔 장난기 가득한 웃음이 섞여 있다.

"저……. 그것이……. 그러니깐……."

말할 수가 없지. 어떻게 내가 너의 정체를 밝히기 위해 미행했다고 말할 수 있겠냔 말이다. 유리가 당황해서 어물어물거리고 있는데 그가 한 발자국 앞으로 다가섰다.

이에 놀란 그녀가 뒤로 한 발자국 물러났더니 등이 문에 가서 닿았다. 그러자 그가 두 팔을 올려 그녀를 사이에 두고 문에 양 손을 짚고 섰다. 영락없이 그의 품 안에 갇힌 꼴이 되었다. 큰 키의 그가 그녀를 위에서 내려다보는 눈길에 온몸이 저릿했다.

두근두근! 미쳤나 보다. 이 상황에 심장은 왜 두근거리는지, 진정 미친 것이 분명했다.

"나 찾았나?"

'으……. 미치겠네…….'

대답 대신 고개만 살래살래 흔드는 그녀였다.

"왜? 오늘은 팀장님이라고 안 부르지?"

'아아. 나를 기억하고 있다. 망했다. 아니지. 나를 안다는 것은 진짜 팀장이란 얘기?'

"아직도 내가 팀장처럼 보이나?"

허스키한 목소리가 그녀의 목에 와서 감긴다. 끄덕끄덕 유리가 소심하게 고개를 끄덕인다.

"어디가? 어디가 너의 팀장처럼 보이지?"

"생긴 게……요."

"다시 잘 봐."

그러더니 자신의 얼굴을 그녀 얼굴 가까이 밀착해 다가왔다. 너무 놀라서 당황한 그녀가 제 손등으로 입술을 가렸다. 그날 그한테 당한 키스가 생각났기 때문이다.

"뭐지? 이 행동은? 내가 키스라도 할까 봐?"

그가 재밌다는 듯 활짝 웃으며 그윽하게 바라본다.

"지난번에 허락도 없이 했잖아요……. 키스……."

"하하하하."

뭐가 재미있는지 그는 계속 웃어 댔다.

"사과하세요."

유리가 새초롬한 표정으로 그를 쏘아보았다.

"뭘?"

"그날 무례하게 굴었던 거요. 그리고 왜 자꾸 반말하세요?"

"내가 네 팀장이라며. 그럼 당연히 반말하는 거 아닌가?"

"아니거든요. 우리 팀장님은 절대로 반말하지 않거든요! 개 싸가지에 까칠 대마왕이긴 하지만, 당신처럼 무례하지는 않다고요."

'하! 내가 지금 뭐라고 한 거지? 우리 팀장? 무례하지 않아? 아아, 완전 미쳤구나, 정유리. 그 사람을 감싸고 있다니.'

뭔가 블랙홀에라도 빠진 것처럼 유리의 정신은 뒤죽박죽이었다.

"하하하. 내가 네 팀장이 아니라는 걸 본인 입으로 시인한 건가, 지금? 역시 나한테 꼬리치기 위한 수작이었던 거야?"

"아, 아니거든요. 이보세요!"

"좋아. 그럼 여기서 이럴 게 아니라 호텔이라도 갈까?"

"뭐어! 아니, 이 사람이 진짜."

그녀가 그의 장난에 붉으락푸르락 정신을 못 차리고 있다. 빠져 버렸다. 블랙홀에, 그것도 아주 제대로 걸려들었다.

그때 갑자기 그녀가 기대고 있던 문이 안에서 나오는 누군가에 의해 활짝 열렸다. 그에 유리가 균형 한 번 제대로 잡아 보지도 못하며 뒤로 벌러덩 넘어가는 순간, 그 정체불명의 남자가 그녀의 팔을 잡아 자신의 품으로 끌어당겼다.

순간, 유리는 자신의 의지와 상관없이 그에게 안겨 버렸다. 그에게서 소나무 향이 피어올랐다. 그러자 갑자기 물속에 잠겨 있을 때처럼 사방은 조용해졌고, 아무 소리도 들리지 않았으며, 정신은 멀리 안드로메다로 날아가 버렸다.

그런 그녀를 품에 안고 있던 그가 알 수 없는 묘한 미소를 지으며, 유리를 더욱 세차게 끌어안았다. 간신히 정신을 차린 뒤 그 남자의 품에서 빠져나오려 하자, 그가 더욱 세게 그녀를 끌어안고는 놓아주지 않았다.

"이거 놓으세요."

"싫은데."

"경찰에 신고할 거예요."

"마음대로."

"이거 놔. 이 나쁜 자식아."

"까탈을 부리니 더 매력적이군."

"미친놈!"

그러자 그가 갑자기 유리를 벽으로 밀어붙이고, 그녀의 두 손을 자신의 한 손으로 모아 잡아 벽 위로 올려놓고는 곧바로 입술을 향해 돌진했다.

"우우웁!"

그런데 이상하다. 거칠게 밀어붙이던 그의 키스가 점점 시간이 지남에 따라 부드럽고 달콤하게 느껴지기 시작한 것이다.

그러자 잔뜩 힘을 주고 있던 몸의 긴장이 스르르 풀리면서, 자신도 모르게 그의 입술과 그의 부드러운 혀를 받아들이고 있었다. 심지어 사랑하는 남자와 키스를 하는 것 같은 착각에 사로잡히기까지 했다.

순간, 그 남자가 유리의 달라진 반응에 부드러운 미소를 지으며 더욱 깊고 깊은 키스를 퍼부었다. 감은 두 눈썹이 파르르 떨리고, 그녀를 끌어안고 있는 손길이 애틋하기까지 하다.

한편, 유리의 어처구니없는 행동에 못마땅한 은지는 혼자서 몸을 흔들며 놀다가 지루해져서 다시 유리를 찾기 시작했다. 그런데 아무리 찾아도 없다.

"어디 간 거지? 혹시 지난번처럼 밖으로 나갔나?"

이에 은지가 자신의 가방과 유리의 가방을 챙겨 밖으로 나왔다. 그랬더니, 아니나 다를까. 넋을 놓고 유리가 바닥에 앉아 있었다. 그 몰골이 가관이었다.

"정유리, 왜 이러고 있어?"

"⋯⋯은지구나⋯⋯."

혼이 나가 버렸다. 나가도 보통 나간 것이 아닌가 보다.

"왜 이러고 있냐니깐!"

"은지야⋯⋯. 나 좀⋯⋯ 집에 데려다줘⋯⋯."

기운이 하나도 없는 유리의 목소리에 은지가 그녀를 부축해서 일으켜 세웠다.

"그 남자는? 팀장 맞아? 정체 밝혀냈어?"

"몰라, 몰라. 뭐가 뭔지 하나도 모르겠어."

"너도 참."

그리고 다가오는 택시를 잡아 세운다.

"택시!"

'나 보고 싶으면 언제든지 이곳으로 와. 기다릴게, 레이디.'

열정적인 키스를 마치고, 자신의 귓가에 대고 낮고 허스키하게
속삭이던 그 남자의 모습이 떠오르자 유리가 눈을 질끈 감았다.

'아아! 어떡해! 어떡해! 생판 처음 보는 남자와…… 아니지, 아
니지. 어쩌면 팀장일지도 모르는데…… 키스에…… 포옹까지…….
진짜 팀장이면 어떡하지? 아아! 난 망했다. 난 망했어…….'

그녀의 마음이 심란하고 어수선하다. 뒤숭숭 말도 아니다. 이제
는 차라리 그 남자가 팀장이 아니었으면 좋겠다.

'하나님, 부처님, 제발! 그 남자가 팀장이 아니게 해 주세요. 그
냥 팀장이랑 똑같이 생긴 전혀 다른 모르는 남자인 걸로 해 주세
요. 네?'

"아아아아!"

유리가 택시 유리창에 얼굴을 붙이고 괴로움으로 일그러진 표정
으로 한숨을 토해 내고 있었다. 이 모습을 보며, 은지는 한심스러
운 표정으로 고개를 절레절레 젓기 시작했다.

집으로 돌아온 뒤 샤워를 마치고 나온 유리가 아직까지도 뭔가

에서 벗어나지 못한 흐리멍덩한 눈빛으로 은지 앞에 앉았다. 자꾸만 그 정체 모를 남자와 나눴던 키스가 떠올랐다. 이건 도대체 무슨 현상인지, 혼란스럽다.

"은지야."

"응."

새벽 1시, 케이블 영화채널에 눈을 고정하고 있는 은지는 유리의 말에 건성건성 답한다.

"너, 혹시 생전 처음 보는 남자와 키스해 봤어?"

"……."

그제야 은지가 자세를 바로잡고 앉아 유리를 멀뚱멀뚱 바라보았다.

"아, 아니. 그러니깐. 음……. 그 있잖아……."

"너 혹시, 그 남자랑 키스했니?"

"어? 어어? 아, 아니……. 아니야……."

"……."

그러고 보니, 클럽에서부터 유리의 태도가 이상하긴 했다. 그 남자의 정체를 밝힌다고 사라졌던 유리가 혼비백산해서 밖에 앉아 있었던 것도 그렇고, 아직까지 멍한 저 표정도 이상했다. 분명, 무슨 일인가 있었다.

"불어. 똑바로! 너! 그 남자랑 키스한 것 맞지?"

용한 무당처럼 매서운 눈빛으로 자신을 다그치는 은지의 말에 유리가 고개를 숙이더니, 난감한 표정으로 고개를 끄덕인다.

"세상에! 남자 알레르기가 심한 정유리가 키스를? 그것도 처음 본 정체 모를 남자와? 진짜야?"

유리는 남자 알레르기가 있다. 그것도 몹시 심하게. 그녀는 이

성적으로 다가오지 않는 남자와는 아주 잘 지냈다. 또한 멋진 남자를 보면, 평범한 여자들처럼 그 남자에게 호감도 갖는다. 그런데 그렇게 친하게 잘 지내다가도, 또 호감을 갖고 있다가도, 그 남자가 조금이라도 이성적으로 다가오거나, 호감을 드러내면 유리의 태도는 180도 달라진다.

자신에게 고백을 하는 순간, 그 남자가 징그럽게 느껴지며 몹시도 싫어진다나? 한마디로 남자를 제 마음속에 받아들이지 않는 것이다. 아니, 받아들이지 못한다는 표현이 더 정확하겠다.

무슨 일 때문인지는 모르지만, 하여튼 그녀는 남자 알레르기가 심하다. 때문에 스킨십에도 매우 민감하던 그녀가 키스를 했다고 하니, 은지는 놀라지 않을 수가 없었던 것이다. 그것도 모르는 남자와.

"응……. 아무래도 내가 미쳤나 봐. 어쩌지? 만일 정말로 그 남자가 팀장이면……. 난 어쩌지?"

"그러니깐……. 제대로 말해 봐 봐. 키스를 당한 거야? 아니면 너도 같이 한 거야?"

"처음엔…… 그 남자가 강제로……. 그런데 그게, 참 이상하게도……. 나중엔 나도 같이……. 아아! 나 완전 놀았었나 봐."

"와! 이거 진짜 대박사건이다. 하하하하. 정유리, 대박이다."

"야아! 이제 나 어쩌지? 답을 줘 봐, 응?"

"무슨 답? 원나잇이 빈번한 세상에, 키스 한 번 한 것 가지고 웬 호들갑이야. 됐어. 잊어버려. 그러면 돼. 그리고 이 사건을 긍정적인 신호로 받아들여 봐. 드디어 남자 알레르기가 사라지고 있는 것일지도 모르잖아!"

'한 번이 아닌데……. 그런데 진짜 팀장이면 어떡하지? 아아!

난 망했다.'

남자 알레르기고 뭐고, 유리의 신경은 온통 그 남자가 팀장이면 어떡하냐로 가 있었다. 이제, 그 남자가 팀장이면 안 되는 이유가 생긴 것이다.

다음 날.

다음 주 부산 워크숍 때문에 유리는 정신이 하나도 없었다.

기안 하나 올리는 데도 왜 이렇게 시간이 오래 걸리는지. 행정은 뭐가 이리 까다로운지. 계속 반려(返戾)당하고 있는 중이다. 이거는 이것 때문에 안 되고, 저거는 저것 때문에 안 되고, 도무지 안 되는 것투성이다. 일을 하라는 건지 말라는 건지.

유리가 툴툴대면서 행정실과 사무실을 계속 왔다 갔다 하고 있다. 다른 할 일도 산처럼 쌓였는데 행정이 발목 잡고 있어서 잔뜩 화가 났다.

그때 삐삐! 내선번호 373.

안 그래도 바빠 죽겠는데 팀장까지 한몫해 주시고 계시다. 이번엔 또 무슨 일로 부르는 것인지.

똑똑!

"부르셨어요. 팀장님?"

"네, 다음 주 워크숍 준비 잘 돼 가요?"

"네⋯⋯. 그럭저럭요."

"그럭저럭? 그럭저럭하면 안 됩니다. 이번 워크숍은 교육부 담당자 및 원장님까지 참석하시는 자리라서 매우 중요합니다. 차질 없이 꼼꼼히 잘 준비해야 한다고요."

"네, 알겠습니다."

그가 말하는데 유리는 아까부터 계속 시선을 바닥에만 두고 답하고 있었다.

어제 클럽에서의 일 때문에 그의 얼굴을 제대로 쳐다보지 못하겠던 것이다. 아직, 그 남자가 팀장과 동일인물이라는 확실한 증거는 없었지만, 그래도 너무 닮았기 때문에 그냥 민망했다. 또 어제 팀장실에서 있었던 블라우스 단추 사건도 민망하긴 마찬가지였다.

"정유리 씨!"

"네."

"오늘 오후 두 시에 워크숍과 관련해서 회의 진행하겠습니다. 준비해 주세요."

"네, 알겠습니다."

"나가 보시죠."

계속 바닥만 바라보며 답하고 있는 그녀를 하선이 물끄러미 뚫어져라 바라봤다. 평소 그녀답지 않은 행동에 그도 의아한 모습이다. 뭔가 항상 당황하거나, 어쩔 줄 몰라 하거나, 자신을 쏘아보거나, 통통거리거나 할 때도 자신의 눈은 똑바로 마주하던 그녀였다.

그런데 오늘, 단 한 번도 자신과 눈을 마주치지 않는 그녀가 이상하다.

저녁 시간. 정신없이 밀려드는 손님들 때문에 레스토랑은 분주했고, 서빙을 하는 직원들은 눈코 뜰 새 없이 바빴다. 은지도 무거운 접시를 들고 동분서주하느라 정신이 없었다.

"은지 씨, 이거 5번 테이블!"

"네!"

파스타와 샐러드가 가득 담긴 접시를 들고 주방에서 홀(Hall)로 나가는데 누군가 재빨리 그녀 앞으로 다가오더니, 손에 든 접시를 휙 낚아채서 가져갔다.

"어?"

깜짝 놀라 그 사람을 바라보니, 무열이 빙그레 웃으며 말한다. 무열은 파트타임으로 아르바이트를 하는 대학생이었다. 은지보다 세 살이나 어렸으나 하는 짓은 애어른처럼 예의 바르고, 책임감이 강한 아이였다. 때문에 레스토랑 직원들 모두, 그를 좋아했다.

"누나, 여긴 제게 맡기고 좀 가서 쉬세요."

"어…… 고마워!"

'귀여운 자식. 후후.'

싹싹하고 착한 아이였다. 특히 해맑은 미소가 아름다운 청년이었다. 그런 무열의 뒷모습을 흐뭇하게 바라봤다. 남몰래 자신을 도와주고 있는 무열 때문에 그녀의 마음이 따뜻해진다. 훈훈해진다.

2. 마음의 동요

하선이 다음 주 심사 예정인 중간 보고서 작성에 정신없다. 그 와중에 핸드폰이 시끄럽게 울렸다. 액정을 본 그가 무표정하게 통화 버튼을 눌렀다.

-엄마야, 아들!

"네, 어머니. 어쩐 일이세요?"

-어쩐 일은! 엄마가 아들한테 전화도 못 하니? 네가 하도 연락을 안 하니깐 엄마가 한 거야. 별일 없이 잘 지내니?

하선이 오른손으로 핸드폰을 그러잡은 채, 의자에서 일어나 창가 쪽으로 향했다.

"늘 그렇죠 뭐. 별일 없으시죠? 아버지도 잘 계시고요?"

-그래, 우리야 늘 그렇지. 밥도 잘 챙겨 먹지?

꽉 닫혀 있던 창문을 밀어 문을 활짝 열었다. 장맛비에 축축한 공기가 그의 전신을 휘어 감는다.

"그럼요. 걱정하지 마세요. 저 잘 지내고 있어요."

―하선아. 너 그러지 말고, 그냥 미국 들어와서 우리와 같이 살면 안 되겠니? 가족도 없는데 뭐한다고 너 혼자 한국에서 그 고생이야.

잠시, 서늘한 공기에 크게 숨을 들이마신 하선이 바지 주머니에 왼손을 찔러 넣으며 나지막이 말했다.

"전 여기가 좋아요. 마음이 더 편해요."

―휴우! 마음이 편하다니 엄마가 더 이상 뭐라 할 말이 없구나. 그래, 혹시 사귀는 여자는 없니?

창밖 멀리 푸른 산을 바라보다가, 갑자기 하선이 미간을 찌푸렸다.

"없어요. 그럴 맘도 없구요."

―그럴 맘이 없다니. 이놈아, 우리 생각도 좀 해 줘라. 하나밖에 없는 아들이 평생 총각귀신으로 늙어 죽는 꼴을 보란 말이니?

"그냥 포기하세요. 어머니."

―하선아! 언제까지 그럴 거니? 이제 그만, 그 아이……

"어머니! 저 지금 바쁩니다. 나중에 또 연락드릴게요."

―휴! 알았다. 알았어. 어쨌거나 건강 잘 챙기고.

"네. 들어가세요. 어머니."

전화 통화를 마친 하선이 낮은 한숨을 내쉬고는 다시 저 멀리, 푸른 산으로 시선을 던졌다. 아침부터 내린 장맛비에 촉촉하게 젖어 든 세상이, 쓸쓸하다. 마치 그의 마음을 반영이라도 하는 것처럼 한없이 적막하고 고독하다.

'어머니, 전 이제 어떤 여자를 만나도 가슴이 뛰지 않습니다. 아마도 저주받았나 봅니다.'

창가를 바라보던 그의 눈동자가 아득히 젖어 들며 그날의 일을 떠올리기 시작한다.

6년 전. 미국 일리노이주에 위치한 종합대학.

장대한 나무에 붙어 있는 푸른 나뭇잎들이 기분 좋은 봄바람에 일렁이며 그 아래 누워 책을 읽고 있는 하선의 얼굴로 밝은 햇살을 흩뿌리고 있다.

빠듯한 수업 스케줄 때문에 정신없이 바쁘게 살아오던 하선이 오늘 모처럼 빈 시간을 여유롭게 즐기고 있다. 그의 표정에 흐뭇함이 스며 있다.

"다시 해!"

그때 그의 여유로움을 방해하며 불현듯 성태가 나타나, 그 앞에 털퍼덕 주저앉았다. 표정에 불만스러움이 가득하다.

"뭘 다시 해?"

하선이 귀찮다는 듯 미간을 찌푸렸다.

"내기. 다시 해."

"싫다. 번번이 지면서 뭘 또 하자고."

다시 책으로 시선을 돌리며 말하는 그의 말투가 퉁명스럽다. 그러자 성태가 하선이 읽고 있던 책을 잽싸게 낚아채고는 씨익 웃는다.

"이번에는 내 차를 걸게. 너 내 차 마음에 들어 했잖아."

"……?"

하선의 표정이 어리둥절 의아스럽다. 얼마나 큰 내기길래 자신의 차까지 건단 말인가.

성태는 하선과 가장 친한 친구였다. 고등학교를 같이 다녔고, 현재는 대학도 같이 다니고 있다. 서로 지겨울 정도로 붙어 있던 그들이 자주 하는 놀이는 바로 내기!

사실, 남에게 지는 것을 못견뎌하는 성태는 항상 모든 것에서 일등이었다. 공부도, 외모도, 성격도 그 지역에서 그를 따라올 자가 없을 정도였다. 그런데 어느 날, 불현듯 나타난 하선으로 인해 그는 공부도, 외모도, 성품도 그밖에 수많은 것들에서 일등 자리를 내주어야했다.

처음 성태는 하선을 경쟁자로 간주하고, 이를 악물고 자신이 놓친 일등 자리를 되찾으려 무던히 애를 썼다. 그러나 노력하면 할수록 그의 절망감과 패배감은 깊어만 갔다.

그렇게 몇 번의 좌절감을 맛본 성태는 이내 그 좌절이 체념이 되었고, 결국 하선을 자신의 가장 친한 친구로 만듦으로 인해 자신의 부족함을 달래야만 했던 것이다.

이것 때문일까. 성태는 단 한 번이라도 하선을 이겨 보고자 끊임없이 내기를 걸었고, 대부분의 결과는 하선의 승리로 끝났다. 이렇게 작고 소소하게 시작된 내기는 결국 그들의 즐거운 놀이로 발전하게 된 것이다.

차를 건다는 말에 하선이 몸을 벌떡 일으켜 앉더니 호기심 가득한 표정을 지었다.

"무슨 내긴데?"

"유혹."

"유혹?"

"응, 누가 먼저 여자를 유혹하느냐! 어때? 재밌겠지?"

"미친놈!"

"뭐가? 재밌잖아. 한번 해 보자고."

이제 다른 걸로는 이길 수 없다 생각한 성태가 밤새 고민하고
고민한 끝에 생각해 낸 기가 막힌 내기였다. 사실 하선에게 다가오
는 여자들은 무수히 많았으나, 막상 하선은 여자에게 별 관심을 보
이지 않았다. 반면 성태는 여자에게 작업 걸기 대가(大家)로 통할
만큼, 그가 손을 뻗친 여자치고 넘어오지 않은 여자가 없을 정도였
으니, 여자 유혹하는 것을 내기로 하면 백전백승! 자신이 이길 것
이라 확신했던 것이다.

"싫어. 사람을 상대로 하는 내기는 안 한다."

하선의 말투가 단호하다.

"자식, 솔직히 말해 봐. 너 자신 없어서 그렇지? 사실 네가 뭐
여자한테 그렇게 어필하는 스타일도 아니고."

느물느물, 성태가 하선을 향해 능글맞은 웃음을 지었다.

"됐다. 가서 공부나 해라."

"오호! 처음 보는 미슨데, 신입생인가? 휘이익!"

성태가 신이 난 표정으로 누군가를 향해 휘파람을 불어 댔다.
무심하게 그의 시선이 머무는 곳을 바라본 하선은 순간 얼음이 되
었다.

덩치가 크고 콧대가 높은 서양 여자들 사이에 아담하고 이목구
비가 오밀조밀한 동양 여자는 한눈에 그의 시선을 사로잡기에 충
분했다. 긴 생머리가 가지런한 그녀는 단아했다. 옆에 함께 서 있
는 서양 여자에게 미소를 짓고 있는 그녀의 모습은 고혹적이었고,
아름다웠다.

자신도 모르게 넋을 잃고 바라보던 하선의 귓가로 성태의 음흉
한 목소리가 날아들었다.

"저 여자 어때?"

"뭐가?"

"저 여자 유혹하기. 기간은 한 달. 반드시 한 달 안에 저 여자 마음과 몸, 둘 다 먼저 얻는 사람이 이기는 게임. 어떠냐?"

"……."

"만일 네가 내기 안 한다면 그냥 내가 가서 꼬실 거다. 간만에 발동 좀 걸려 주시는 여잔데! 내 장담하는데 일주일 안에 넘어온다. 내 일주일 안으로 저 여자 따먹는다. 저렇게 순진하고 도도하게 생긴 걸(girl)들이 침대에선 얼마나 화끈한지 아냐! 흐흐흐."

성태가 능글맞게 웃으며 일어서서는 그녀에게 다가가려 하는 순간, 하선의 절제된 목소리가 공기 중으로 낮게 깔렸다.

"할게. 한다……. 내기!"

여전히 시선은 그녀에게 두고 있는 상태로 그의 마음에 살짝 설렘이 일고 있었다. 생애 처음으로 유혹하고 싶은 여자가 나타난 것이다.

한편 성태는 내기를 받아들인 하선을 의외의 표정으로 바라보다, 이내 음흉하고도 간교한 웃음을 지었다. 이번에는 절대로 자신을 이길 수 없을 것이라 장담하는 표정이었다.

똑똑!

누군가의 노크 소리에 회상에 젖어 있던 하선의 정신이 제자리로 돌아왔다.

"들어오세요."

살며시 문을 열고 들어오는 사람은 유리였다. 여전히 시선을 아래로 두고는 그의 눈길을 피하고 있었다.

"회의 준비 다 됐습니다."

"알았어요. 곧 갈게요."

"네."

그녀의 말투와 태도가 상당히 차갑다. 얼음공주가 따로 없다. 그런 그녀가 할 말만 하고는 찬바람을 일으키며 쌩하니 밖으로 나가는 모습을 물끄러미 바라보던 그가 묘하게 미소 지었다.

'정유리. 당신 정말…… 특이해.'

입사 첫날부터 지금까지 다채롭게 변화하고 있는 그녀의 표정과 행동은 참, 특이했다. 처음에 분명 그녀는 자신에게 호감의 눈빛을 드러냈었다. 모든 여자들이 그러하듯이 그녀도 마찬가지의 눈빛을 보냈던 것이다.

그런데 어느 날부터 자신을 바라보는 눈빛이 서늘해지고, 날카로워졌다. 심지어 이제는 쳐다보지도 않는다. 자신이 아무리 험한 독설로 상처를 입혀도 다른 여자들은 자신 앞에서 끝까지 아부성 짙은 미소를 유지하다 뒤돌아서서 죽일 듯 헐뜯는데 그녀는 달랐다.

직접적이고 노골적으로 그를 향해 적대적 눈빛을 마구 쏘아 대고 있는 것이다. 나름, 소심하게 시위하고 있는 듯 보인다. 이런 모습에 하선은 자꾸만 그녀에게로 눈길이 간다. 관심이 간다.

회의실로 들어서자, 직원들이 우르르 일어서며 그를 향해 아부성 짙은 미소를 날렸다. 오로지 유리만 똥 씹은 표정이었다.

하선이 가장 상석에 앉자 직원들 모두 정자세로 자리에 앉아 그를 바라봤다.

"다음 주에 교육담당자 연계 워크숍 있는 것 다들 아시죠?"

"그럼요, 팀장님. 그게 얼마나 중요한 행산데 저희가 모르겠습니까!"

씩씩한 김태평이 유쾌하게 대답했다. 김태평은 이름처럼 매사 태평하고 느긋하며 긴장감을 잘 느끼지 못하는 인물이었다. 때문에 김아라의 까다롭고 변덕스러운 성격을, 오로지 김태평만이 잘 받아 주고 있기도 했다.

"그래서 말인데요. 지금 정유리 씨 혼자 그 큰 행사를 감당하기가 많이 벅찬 것 같습니다. 아직 신입이기도 하고요."

그의 말에 유리가 찌릿 그를 노려보며 생각했다.

'흥! 그러시겠지. 내가 하는 일은 죄다 마음에 안 든다 이거지 지금? 그래서 다른 사람들을 투입시키겠다?'

그때, 하선이 유리를 바라보자 그녀가 화들짝 놀라 재빨리 그의 눈을 피하며 고개를 숙였다.

"그래서요? 팀장님."

김아라가 한껏 상냥하게 웃으며 말하지만, 벌써 하선의 입에서 무슨 말이 나올지 감을 잡은 그녀의 눈빛만은 서늘하다.

"그래서, 여러분들께서 정유리 씨를 도와 함께 준비해 줬으면 좋겠다는 겁니다. 일이 많으니 역할 분담을 하면 더 좋겠죠."

역시나 상냥하게 웃던 김아라를 중심으로 팀원들의 얼굴이 순식간에 굳어지기 시작했다.

"네, 잘 알겠습니다. 팀장님. 안 그래도 정유리 씨 혼자 너무 버거운 것 같아 나눠서 하려 했거든요."

최현우가 웃으며 답했다. 그러자 유리가 그를 보고 고맙다는 의미로 가볍게 고개를 끄덕이며 미소 지었다.

"팀장님! 저희도 할 일이 태산입니다. 지금 저희 각각의 업무가 얼마나 많은지는 팀장님도 잘 아실 텐데요. 그런데 거기에 정유리 씨 일까지 맡아서 하라는 말씀이신가요?"

그때 얼굴 표정이 몹시도 못마땅한 김아라가 정면으로 반박에 나섰다. 나이는 하선보다 다섯 살이나 많았고, 입사 시기를 보더라도 자신이 하선보다 선배이니, 그녀는 사실 하선이 무섭지 않았다.

"네, 물론 여러분들 업무가 많은 것은 잘 알고 있습니다. 그런데 지금 가장 급한 것은 다음 주 워크숍입니다. 그리고 일을 하는 데 있어서 내 업무, 남의 업무가 따로 있습니까? 모두 같은 회사 일 아닙니까?"

"여지껏 그런 전례는 없었습니다. 팀장님 오시기 전에도 이런 일은 없었다고요. 물론 워크숍 당일 저희가 모두 파견 나가서 도와주는 것은 당연히 할 일입니다. 그러나 행사 전부터 이렇게 팀 내 전 직원이 투입된 적은 없었다고 말씀드리는 겁니다. 그렇게 되면 저희 업무에도 상당한 지장이 발생한단 말입니다."

그녀의 말에 몇몇의 직원들이 동의한다는 듯 고개를 끄덕였다. 특히 한소미의 고개가 가장 크게 움직였다.

"어떤 지장이 발생하죠?"

낮고 절제된 하선의 표정과 말투가 매서웠다. 이미 화가 난 상태다.

"업무 결과의 질이 안 좋아질 수 있다는 말입니다."

김아라가 자신의 대답에 만족한 듯 어깨를 으쓱했다. 한소미가 테이블 아래로 소리 없는 박수를 치고 있다. 반면에 유리는 안절부절못하기 시작했다. 자신의 일 때문에 이 소란이 있나 싶자 좌불안석에 마음이 불편했던 것이다.

"그래서 김아라 과장님 업무 결과는 매번 그렇게 엉망진창입니까? 그렇게 자신의 업무에만 충실한 결과가 고작 그런 쓰레기란 말입니까!"

순간, 회의실이 쥐 죽은 듯 조용해졌다. 하선은 입을 앙다문 채로 김아라를 노려보고 있었고, 수치심에 김아라의 얼굴은 새빨갛게 변했다. 그러자 일부 직원들이 유리의 얼굴을 날카롭게 쏘아보기 시작했다. 너 때문에 이 사달이 벌어졌다, 탓하는 듯 보였다.

'아! 그냥 가만히나 있지. 누가 도와줄 사람 필요하다고 했니? 아이, 정말 미치겠네.'

이 어색하고 난감한 분위기를 어쩔 것이냐 말이다. 이제 회의가 끝나고 사무실로 돌아가면 사람들의 반응이 어떨지는 불 보듯 뻔하다. 자신을 탓하며 엄청난 원망을 쏟아부을 것이 자명했다.

모두 자신이 맡은 업무 이외에 다른 것이 추가될까 전전긍긍, 민감한 사람들이었다. 아무리 같은 직장 내 일이라고 하더라도 사람들은 철저하게 자신의 일과 남의 일을 분리하며, 조금이라도 자신에게 피해가 올까 경계가 심했다.

그저 월급 받는 만큼만 일하면 되지 더 많은 일을 하면 손해라는 생각이 저변에 깔려 있는 듯했다. 때문에 업무가 많아서 혼자 이리 뛰고 저리 뛰고, 밤늦게까지 야근을 하거나 점심을 먹지 못하며 일을 하고 있어도, 도와줄까? 라고 말하는 사람은 거의 없었다. 단지 최현우만이 조금씩 그녀의 일을 도와주었을 뿐이다.

"조직이 하는 일에 있어서 남의 일과 자기 일의 경계는 없습니다. 여러분이 뭔가 단단히 착각하고 있는 것 같은데요. 지금부터 모든 업무 중단하시고, 연계 워크숍 관련 업무만 진행하는 걸로 합니다. 김아라 과장님을 제외한 다른 분들 또 다른 의견 있습니까?"

그의 어조가 단호했다. 김아라처럼 반대 의견을 냈다가는 칼 맞아 죽을 표정이다. 다들 그의 눈치만 슬금슬금 보며 속으로는 불평불만이 많아도 겉으로는 아무 내색도 못 하고 있다.

"그럼 오늘 회의는 이것으로 마치도록 하지요."

그러더니 벌떡 일어나 성큼성큼 회의실을 빠져나갔다. 그의 걸음걸이도 매우 화나 보였다.

"야! 정유리! 너 뭐니? 대체 팀장한테 뭐라고 했길래 저 인간이 생전 안 하던 소리야?"

김아라가 팀장한테 열 받은 것을 유리한테 퍼붓기 시작했다.

"저, 저, 죄송해요. 과장님. 그런데 전 정말 아무 말도 안 했어요."

유리가 기어들어 가는 목소리로 말한다. 괜스레 주눅이 들었다. 팀장과 달리 이 사람들하고는 적대적인 관계가 되면 안 된다. 그러면 정말로 회사 다니기 힘들어진다.

"그런데 정말로 이상하잖아요. 이것보다 더 큰 행사도 많이 했지만, 한 번도 사전에 도와주란 얘기 없었잖아요. 저는 지난번 교육담당자 연수 삼박사일 진행, 저 혼자 다 했다고요. 이상하네."

한소미가 눈을 가늘게 뜨고 유리를 바라보며 의심스럽단 표정을 지었다. 마치 유리가 팀장에게 무슨 말이라도 해서, 그가 저런 행동을 했다는 투다.

하지만 자기네들도 잘 알지 않는가. 팀장이 누구의 말 따위를 듣고 의사 결정하는 사람이 아니라는 것을.

유리가 매우 난감한 표정으로 어쩔 줄 몰라 하고 있었다.

"자, 다들 진정하시죠. 이건 정유리 씨 잘못이 아니지 않습니까? 그리고 사실 바쁜 동료 도와주는 것은 당연한 일입니다. 안 그래요?"

현우가 조용하고 차분하게 말하자, 김아라가 쿵 탁자를 한 번 세게 치고 일어나 나갔다. 뒤를 이어 다른 직원들도 우르르 빠져나 갔다. 단지 사색이 된 유리와 현우만 회의실에 남아 있을 뿐이었 다.

"유리 씨."

"죄송해요, 대리님."

"유리 씨가 뭐가 죄송해요. 다들 업무가 많아 예민해져서 그런 거니 신경 쓰지 마요."

"네, 대리님. 감사합니다."

사무실로 돌아오자 찬바람이 쌩쌩 불었다. 이 분위기를 어쩌면 좋단 말인가. 잘못한 일도 없는데 죄스러운 이 상황이 참 힘들다.

이에 유리가 사람들을 향해 조심스럽게 입을 열었다.

"저, 죄송합니다. 본의 아니게 저 때문에 마음 상하게 해 드려 서요. 워크숍 일은 저 혼자 다 할 수 있습니다. 그러니 신경들 쓰 지 마세요."

그러나 아무도 대답이 없었다.

'이하선. 너는 도대체 나한테 왜 그러는 거니?'

늦은 저녁.

시간은 벌써 아홉 시를 훌쩍 넘기고 있었다. 아무도 없는 텅 빈 사무실에 유리 혼자 정신없이 일에 몰두하고 있다.

정말 워크숍 한 번만 더 했다가는 몸이 남아나질 않겠다. 정신 적으로, 육체적으로 완전 녹초가 되었다.

사회생활 만만치 않다더니 정말 그랬다. 그것을 몸소 뼈저리게 느끼고 있는 중이다. 꿈속 아름답던 직장이미지, 이제 모두 무너졌다. 세상에 아름다운 직장이란 없다.

그때 사무실 문이 빼꼼히 열리고 누군가 뚜벅뚜벅 들어왔다.

"유리 씨."

고개를 들어 보니, 현우가 빙그레 웃으며 서 있다.

"어어! 대리님. 어쩐 일이세요? 뭐 놓고 가셨어요?"

"아니요. 이것!"

"그게 뭐예요?"

"초밥. 유리 씨 저녁도 못 먹었죠?"

순간 유리의 가슴이 감동의 물결로 일렁였다. 진짜 너무 고마웠다. 그래, 어쩌면 이런 좋은 동료가 있기에, 그래도 희망을 갖고 다시 열심히 일에 몰두할 수 있을지도 모르겠다.

"아아! 정말 감사합니다. 대리님. 일부러 저 때문에 오신 거예요?"

"일부러는 아니고, 회사 앞에서 모임이 있었어요. 지나가다가 우리 사무실에 불 켜져 있길래 당연히 유리 씨라고 생각했죠. 많이 했어요?"

"……그렇죠, 뭐."

"괜찮아요?"

"뭐가요?"

"아까 낮의 일."

"네…… 괜찮아요."

유리의 표정이 씁쓸해졌다. 그러자 그녀를 바라보는 현우의 눈에 안타까움이 담겼다.

"배고플 텐데 어서 먹어요. 옆에 있어 줄게요."

"저…… 대리님."

"네?"

"저…… 술 좀 사 주세요."

현우가 그녀의 말에 잠시 당황한 듯하더니 이내 활짝 웃었다. 그 웃음이 깔끔한 이미지와 함께 부드럽게 어우러진다.

회사 앞 실내 포장마차.

닭발을 뜯고 있는 유리의 얼굴이 벌겋다. 벌써 두 병째 소주가 비워지고 있는 중이다.

"대리님~"

"네, 유리 씨."

혀가 꼬부라진 유리와 달리 현우는 멀쩡하다. 뭐가 그렇게 분한 지 닭발을 향해 분노를 터트리며 아작아작 씹어 먹는 그녀 때문에 현우는 아까부터 웃음보가 터져 정신없다. 게다가 저렇게 닭발을 맛있게 먹어 대다니.

"대릿님!"

"말해요. 유리 씨."

"이하선…… 팀장……니……임. 도대체 저한테…… 왜 그러는 지 아세요?"

이하선을 힘주어 말할 때 그녀의 눈에서 불꽃이 파박, 일어난다. 이글거리는 그 눈빛 속에서 하선을 향한 원망이, 분함이, 속상함이, 뭔지 모를 답답함이 넘쳐흐른다.

"뭐가요? 팀장님이 유리 씨한테 어떻게 하는데요?"

"막…… 사람을…… 막…… 무시하고…… 막 가슴을 후벼 파는…… 말만 하고. 또…… 나보고 막…… 닭이라고. 금붕어……

에…… 유리라서 유리냐고…… 잔디 깔았냐고…… 나쁜 자식!"

횡설수설. 완전 맛이 갔다. 그래도 현우는 그녀가 무슨 말을 하는지 이해한다는 듯 부드러우면서도 뭔가 안심한 표정으로 웃었다.

"팀장이 워낙 성격이 꼼꼼하고 철두철미해서 그럴 거예요. 유리 씨한테 나쁜 감정이 있어서 그런 건 아닐 겁니다. 그러니 유리 씨도 너무 상처받지 말고…… 유리 씨?"

어느새 테이블 위에 고개를 박고 있던 그녀의 숨소리가 깊어졌다. 그런 그녀를 보며 현우의 눈빛 역시 깊어졌다.

그때 유리의 핸드폰이 발랄한 음악 소리와 함께 전화가 왔음을 알렸다. 이미 깊은 수면에 빠진 그녀를 보고 난감해하던 현우가 대신 전화를 받았다.

"네, 정유리 씨 핸드폰입니다."

─여보세요? 누구세요?

"네, 저는 같은 직장에 근무하는 최현우라고 하는데요. 그러는 그쪽은 정유리 씨와 어떻게 되시죠?"

─네, 전 유리 친구고, 룸메이트예요. 유리가 올 시간이 지났는데도 안 와서요.

"마침 잘됐습니다. 유리 씨가 지금 술이 너무 취해서 인사불성이거든요. 집을 알려 주시면 제가 댁까지 모셔다 드리겠습니다."

─아니에요. 거기 위치 알려 주시면 제가 데리러 갈게요. 회사 앞이면 저희 집하고 그렇게 멀지 않거든요. 20분이면 도착하니깐 알려 주세요.

유리의 친구라는 사람과 통화를 마친 현우는 테이블 위에 엎드려 있는 유리를 말없이 바라만 보고 있었다.

현우가 알려 준 장소에 도착했더니 유리가 식당 테이블에 머리를 박고 누워 쿨쿨 자고 있었다. 그 모습에 어이가 없는 은지가 고개를 절레절레 흔들었다.

그런데 같이 있겠다던 그 최현우라는 남자의 모습은 보이지 않았다.

"뭐야! 술 취한 여자만 놔두고 혼자 집에 간 거야? 이거이거, 이 남자 매너가 영 꽝이구만. 그러나저러나 야! 정유리, 왜 이렇게 많이 마셨어. 일어나. 집에 가자. 응?"

은지가 낑낑대며 간신히 유리를 어깨에 들쳐 메고는 기다리던 택시에 태워 바로 출발했다.

"유리야, 정유리. 일어나. 집에 다 왔어. 응?"

은지가 유리의 어깨를 잡고 그녀를 흔들어 깨웠다.

"으응? 여기가 어디?"

"어디긴 어디야, 집이지. 일어나, 어서 내려."

은지가 유리의 손을 잡아끌고 택시에서 내렸다. 훅! 후덥지근한 여름 밤공기가 그녀들의 뺨에 뜨뜻하게 다가왔다.

택시에서 내린 유리가 눈을 끔뻑끔뻑거리며 한동안 정신을 차리지 못하더니 갑자기 눈을 부릅뜨고는 다시 길가로 걸어가기 시작했다.

"어머. 유리야, 정유리! 집은 이쪽인데 너 어디 가?"

은지가 그녀를 따라갔다. 아무래도 저렇게 마구잡이로 행동하는 것을 보니 술을 너무 많이 마셨나 보다.

"나 만날 사람이 있어."

"누구? 이 밤중에 누굴 만난다고?"

"팀장 닮은 그 사람."

"또오? 또 정체 밝히러?"

"응. 반드시 꼭 확인해야 돼."

"폭로고 뭐고 그만둬라. 이러다 너 미칠 것 같아. 정신 좀 차려."

그러나 유리는 은지의 말을 귓등으로도 듣고 있지 않았다. 오늘은 기필코 밝히고야 말겠다 결심했다.

팀장 때문에 이제는 팀원들과의 사이까지 멀어질 판이었다. 죽기 아니면 까무러치기!

그가 나가든지 자신이 나가든지, 둘 중에 하나. 이미 주사위는 던져졌고, 활시위는 당겨졌다.

"그 사람이 정말로 팀장이라면 난 이제 회사 못 다녀."

"왜?"

"그 남자랑 키스에 포옹까지 했는데 어떻게 다녀? 너 같으면 다닐 수 있겠어?"

"……."

만일 그 남자가 정말로 팀장이라면 복수고 뭐고 다 잡아치우고 회사를 그만둬야 할 것이고, 아니라면 제대로 복수를 시작할 참이었던 것이다.

이렇게 계속 당하고만 살 수 없다. 그렇다고 회사를 그만둘 수도 없다. 어떻게 들어온 직장인데. 게다가 첫 직장을 입사 삼 개월 만에 때려치울 순 없지. 그것도 누구 때문에.

그런데 만일, 그 남자가 정말로 팀장이라면, 모든 것이 다 물거품이다. 왜냐하면 키스에 포옹까지 했는데 팀장이 그것을 역으로 이용한다면, 오히려 그를 몰아내려다 자신이 내쫓김을 당하는 것도 모자라 아주 심한 모욕감을 맛볼 것이기 때문이다.

그럴 순 없지. 그러기 전에 차라리 내 손으로 그만두리라.

"그럼, 들어갔다 와. 난 여기서 기다리고 있을게."

유리의 고집에 클럽까지 함께 따라온 은지가 입구에서 아이를 타이르듯 조곤조곤 말한다.

"알았어. 갔다 올게."

쿵쾅쿵쾅! 쿵쿵쿵!

오늘따라 크게 들려오는 비트의 음악이 그녀의 머리를 더욱 어지럽게 만들고 있었다. 클럽 구석구석을 다 돌며 찾고 있는데 쉽지가 않았다.

아직 술기운이 남아서인가. 머리가 어지럽고 빙빙 돌고 있었다. 그래서인지 그녀는 용감했다. 눈에 뵈는 것이 없었다. 이미 치사량을 먹어치운 술기운이 그녀를 용감하게 만들었다.

이 남자 나타나기만 해 봐라, 이를 득득 갈며 찾고 있는데. 정말 나타났다. 지난번 그 복도에 위치하고 있는 룸에서 그가 스윽 나온 것이다. 마치 마중이라도 나온 사람처럼.

그가 빠져나온 룸 안에서는 여자들의 웃음소리가 시끄럽게 따라나왔다.

'하! 역시 난잡하시군. 내가 미쳤지. 저런 남자와 키스를 하다니.'

유리는 이런 남자와 키스를 했던 자신의 입술을 뜯어 버리고 싶었다.

한편, 용감하게 복도 통로를 가로막고 자신을 날카롭게 쏘아보며 서 있는 유리를 보고 그 남자가 또 너나는 표정으로 피식 웃었다. 진짜 용감하다. 투지 하나는 끝내준다. 그러고는 천천히 그녀 앞에 다가와 선다.

위아래 블랙 가죽바지에 블랙 가죽 재킷을 입고 있는 그가 오늘은 어쩐지 팀장이 아닌 것처럼 보이기도 했다. 그가 이하선이 아니었으면 하는 간절한 마음이 그녀의 눈에 반영된 것일까.

"나 보고 싶어서 온 건가? 레이디!"

그의 말투가 시크하다.

"아니요. 확인할 게 있어서요."

"또 그 팀장 타령인가?"

그가 미간을 찌푸린다.

"아니죠?"

"뭐가?"

"이하선 팀장님 아니죠?"

"……."

그가 묘한 미소를 지으며 그윽하게 바라봤다. 그 눈빛에 무언가 알 수 없는 감정들이 복잡하게 얽혀 있었다.

"아니라고 말해 주세요!"

"……."

"아니라고 말해 주세요. 제발!"

차갑게 말하던 그녀의 눈가가 갑자기 촉촉이 젖어 들었다. 순간, 그가 당황한다.

"이제는 내가 팀장이 아니어야 되는 건가?"

"네. 아니라고 대답만 해 주면 이제 다시 찾아오지 않을게요.

그러니 제발 말해 주세요."

"왜? 지난번에는 반드시 팀장이어야 할 것처럼 굴더니만, 왜 갑자기 오늘은 내가 팀장이 아니어야 하는 거지?"

"그건……. 그건 말할 수 없어요."

그녀가 시무룩하게 고개를 숙이자 한참 무언가를 생각하던 그가 무뚝뚝 말했다.

"그럼 나도 대답할 수 없어."

그가 차갑게 대꾸했다.

그러자 유리가 고개를 번쩍 들고 그를 원망의 눈초리로 바라봤다. 그러다 이내 눈물을 뚝뚝 흘리고 말았다. 술이 시키는 짓이다.

"당신이 진짜 우리 팀장님이면, 내가 더 이상 회사를 다닐 수 없잖아요."

"……."

"당신하고 키스도 하고 포옹도 했는데……. 내가 어떻게……. 아무렇지도 않게……. 다닐 수 있겠어요? 안 그래요?"

참 어이가 없다. 고작 이런 이유 때문에 갑자기 자신이 팀장이면 안 된다고 하는 것인가. 순간 웃음이 터져 버렸다. 이 여자의 정신세계가 궁금하다.

"하하하하!"

그러자 유리가 눈을 동그랗게 뜨고 황당하게 바라봤다.

"뭐예요? 왜 웃어요?"

한참 깔깔거리고 웃던 그가 허리를 숙여 그녀의 눈에 시선을 맞추며 지그시 바라봤다. 순간 그녀는 숨을 멈췄다. 정신도 점점 아득해졌다.

이 남자 정말 이상하다. 자꾸 자신의 숨을 멈추게 만든다. 자꾸 자신의 심장을 요동치게 만든다. 자꾸만…….

"나와 술 한잔 더 할래? 레이디?"

"아니요. 사양할게요."

"왜? 이미 얼큰하신데. 한잔 더 하지?"

"당신하곤 안 미셔요."

"나하곤 안 마신다? 그러면 곤란해질 텐데?"

"뭐가요? 뭐가 곤란해요?"

"내가 그쪽 팀장인지 아닌지, 대답 듣고 싶은 것 아니었나? 난 단둘이 술 한잔 마시면서 말해 줄 생각이었거든. 우리가 술 한잔 정도는, 같이 마셔도 될 사이인 것 같은데. 아닌가?"

이 남자 또, 블랙홀로 그녀를 빨아들이려 하고 있다.

"……"

"마음대로 해. 그럼, 잘 가! 레이디."

그가 돌아서서 그녀와 반대편 복도로 걸어간다. 잠시 그의 뒷모습을 바라보던 유리가 멍하게 서 있다.

술기운 때문인가. 머리와 마음이 따로 놀고 있다. 머리로는 저 남자와 술을 마시면 안 된다고 생각하면서도, 마음은 그 남자를 따라가고 싶었던 것이다.

'아! 미치겠네.'

도대체 이 감정은 무슨 감정인 건가!

왜 하필 팀장 닮은 저 남자와 엮여서는 이 지경까지 이르렀는지, 자신의 운명이 가혹하다 생각했다. 그러다 사악한 악마가 그녀의 귓가에서 소곤거렸다. 따라가, 저 남자 따라가, 라고 부드러운 목소리로 속삭였다.

"저, 저기요! 알았어요. 알았으니깐 같이 술 마시면 꼭, 말해 줘야 해요."

그러자 그 남자가 유리를 향해 돌아서서는 그윽하게 미소 짓는다. 그럴 줄 알았다는 표정도 함께 섞여서 말이다.

룸 안으로 들어왔더니, 치장이 화려한 여자들이 모여 앉아 깔깔거리고 있다가 유리의 등장에 의아한 표정을 지었다. 그러다 자신들과 달리 수수한 모습의 유리를 외계인 보듯 위아래로 훑어봤다.

"모두 나가."

그가 낮게 말하자 그녀들, 몹시 못마땅한 표정을 지으며 방에서 빠져나갔다.

"앉지."

그가 소파를 가리키며 말했다.

"뭐 마실래?"

"맥주요."

맥주병을 집어 들고 잔에 따라 유리에게 건네준 뒤, 자신은 양주를 집어 들었다.

인생은 아이러니의 연속이다. 극과 극은 항상 같이 존재한다. 불행과 행복이 함께 존재하듯, 미움과 좋음의 감정도 함께 존재하는가 보다. 그를 미워하면서도 그와 함께 있고 싶은 이 마음 자체가 그야말로 아이러니다.

"마셔."

"……."

그 이후, 그는 어떤 말도 하지 않고 그저 양주를 홀짝이며, 그녀를 지그시 바라만 본다. 무심한 듯 속을 알 수 없는 눈빛. 미치겠다. 그의 뜨거운 눈빛에 유리는 어쩔 줄 몰라 하며, 시선을 룸 이곳저곳으로 옮기고 있다. 마치 바늘방석에 앉아 있는 것처럼 불편하고, 거북스럽다. 괜히 따라 들어왔나, 후회가 밀려온다.

얼마나 그러고 있었을까, 한없이 적막하고 부담스러운 이 상황이 몹시도 견디기 힘들었던 유리가 벌떡 일어섰다. 됐다. 저 남자가 팀장인지 아닌지 몰라도 된다. 이러다 온몸의 피가 다 말라죽을 판이다.

"저 가 볼게요. 됐어요. 말 안 해 줘도 돼요."

차갑고 냉정하게 내뱉은 유리가 뒤돌아서서 문을 열고 복도로 나와, 출구 쪽으로 걸어가기 시작했다. 그때, 그녀를 따라 나온 그 남자가 복도에 서서 유리를 바라보며 소리쳤다.

"아니야. 난 네 팀장이 아니야. 그러니 회사 그만두지 않아도 돼. 레이디."

갑자기 광명을 찾은 듯 그녀의 눈빛에 환한 빛이 서리더니 그를 돌아보며 활짝 웃었다. 그 순간, 그 남자가 멈칫! 모든 행동을 멈춘다. 그녀의 아름답고 환한 미소가 그의 뇌리에 깊게 들어와 박혔기 때문이다.

"감사해요. 솔직히 말해 줘서."

그러더니 재빨리 뒤돌아 복도를 빠져나갔다. 살짝 비틀거리는 발걸음에 경쾌함이 묻어 있다. 그때 그 남자가 그녀의 뒷모습에 대고 소리쳤다.

"그런데 그 팀장이란 남자. 어떤 사람이야?"

그러자 그녀는 대답 대신 오른손 가운뎃손가락을 높이 위로 번쩍, 치켜 올렸다. 고개도 돌리지 않고 말이다. 그리고 다시 유유히 걸어 클럽을 빠져나갔다.

"하하! 하하하! 하하하하하!"

그녀의 당차고도 엉뚱한 모습에 그가 미친 듯이 웃어 대기 시작했다. 참 특이하다. 특이한 여자임에 확실했다. 그리고 순진하다. 정말로, 순진하다.

자신의 아파트로 돌아온 그 남자가 거실 소파에 가죽 재킷을 벗어 던졌다.

거실 통유리로 되어 있는 창을 통해 밖에서 쏟아져 들어오는 한강변 아름다운 야경의 불빛이 전등을 켜지 않아도 거실을 환하게 밝혀 주고 있었다. 깔끔하게 잘 정돈된 그의 아파트는 모던하고 심플했다.

'휴우!'

낮은 한숨을 내쉰 그가 거실 장식장 위 액자에 꽂아 일렬로 세워 놓은 사진들을 조용히 바라봤다. 그 사진들 모두 그 남자와 어떤 여자, 단둘이 찍은 것들이다.

그중 한 개의 사진을 집어 올리더니, 부드럽고 따뜻한 눈빛으로 그 사진 속 여인을 바라봤다. 사랑스런 미소도 함께 스미고 있다.

"사랑해……."

작고 낮은 목소리로 사진 속 여자에게 사랑을 속삭인 그가 액자를 내려놓고, 곧장 샤워실로 들어갔다. 그러더니 머리에 쓰고 있던 가발을 벗어 세면대 옆으로 휙 던지고는 나머지 입고 있던 옷도 모두 벗었다. 거울에 비친 그의 단단한 몸이 은은한 조명을 받아 섹시하다.

"후후!"

순간 아까 클럽에서의 일이 떠올라, 그가 피식피식 웃으며 샤워기에 물을 틀었다. 긴장감을 떨쳐 낸 미소가 부드럽고 편안하다. 쏟아지는 물줄기 아래로 들어서자 탄탄하고 매끈한 그의 몸 위로

물방울이 부드럽게 방울져 떨어져 내린다.

"하하하!"

샤워를 하며 하선이 웃기 시작한다. 하하하하! 자꾸만 떠오르는 유리의 순진무구한 모습에, 하하하하! 그는 그렇게 밤새도록 웃고 또 웃었다.

"모두 고생 많았습니다. 오늘보다 더 나은 내일을 위해 모두 집에 돌아가셔서 푹 쉬시기 바랍니다."

"네, 고생 많으셨습니다."

점장의 말에 직원들의 얼굴에 밝은 미소가 떠올랐다. 몸이 힘들어서 그렇지 활기차게 일할 수 있는 분위기가 은지는 참 마음에 들었다.

오늘은 유리가 부산으로 워크숍을 간 날이라, 집에 혼자 들어갈 생각을 하자 갑자기 마음 한구석이 쓸쓸해지기도 하는 밤이었다.

"누나, 은지 누나!"

레스토랑을 나서 버스정류장으로 향하는데 무열이 그녀를 따라오며 웃었다.

"응. 무열이구나."

"집에 가세요?"

"응, 그래야지."

은지의 대답에 무열이 뭔가 할 말이 있는 듯 미적미적거렸다.

"왜? 무슨 할 말 있어?"

"아니. 저 누나. 날씨도 덥고 그런데 저랑 시원하게 맥주 한잔

안 하실래요?"

"맥주?"

안 그래도 싸늘한 집에 혼자 들어가기 싫었던 은지가 무열을 보고 씨익 웃으며 고개를 끄덕였다.

"좋아! 오늘은 이 누나가 쏜다!"

"정말요? 와와! 신난다."

환하게 웃는 그의 미소가 순진무구하다. 티 없이 맑다. 그때, 갑자기 무열이 은지의 손을 잡고 걸어갔다. 이 모습에 당황한 은지가 손을 빼내려 하자, 무열이 환하게 웃으며 말했다.

"누나 손이 너무 차서요. 따뜻해지면, 놔 드릴게요."

그 순간, 갑자기 은지의 마음으로 따뜻한 바람이 또 불고 지나갔다.

김아라가 등록대에 나란히 앉아 참석자 명단과 명찰을 정리하고 있는 한소미를 무표정으로 바라보고 있었다. 의자에 편하게 기대어 다리를 절반쯤 꼬고 앉아 있는 모습이 마치 자기가 팀장이라도 되는 양 기세등등했다.

그때, 유리가 이마에 땀을 주렁주렁 매달고는 동에 번쩍, 서에 번쩍 홍길동도 왔다 울고 갈 정도로 바쁘게 뛰어다니며 등록대를 스쳐 지나갔다.

"과장님, 정유리 씨 저렇게 바쁜데 우린 여기 이렇게 가만히 앉아 있어도 되는 걸까요? 괜히 미안해지네."

한소미가 입을 쭉 내밀고 멀어져 가는 유리의 뒷모습을 바라보고 있었다.

"내비 둬. 저렇게 겪어 봐야 단련이 되는 거라고. 그래야 나중에 더 큰 행사 맡아도 도와 달라, 어쩐다, 잔말이 없을 것 아냐."

김아라가 입을 삐죽이며 말했다.

"그렇긴 해도……."

왠지 살짝 미안한 감정이 들었던 한소미였지만 김아라의 말에 금세 남의 일 바라보듯 했다.

한편, 유리는 곧 있으면 시작되는 워크숍 마지막 점검을 위해 분주하게 뛰어다녔다. 처음 맡은 큰 행사였고, 특히 하선이 매우 중요하게 여기는 일이라 더 긴장하지 않을 수 없었다.

워크숍 장소에 들어왔더니 현우와 김태평이 음향 장비 및 빔 프로젝터가 잘 작동되는지 마지막 점검을 하고 있었다. 유리의 등장에 현우가 싱긋 웃으며 다가와서는 그녀의 손에 무겁게 들려 있는 간식 박스를 대신 받아 들고는 테이블 위에 내려놓았다.

"고맙습니다."

"여기 장비 다 점검했는데, 나도 도와줄게요."

그러면서 박스 안에 있던 과자와 음료수, 생수를 하나씩 들고, 전문가들이 앉을 자리에 차곡차곡 올려놓았다. 많이 해 본 솜씨인지 그의 손이 능숙하고 빨랐다.

"특강해 주실 분과는 연락했어요? 시간 맞춰 잘 오시는지."

"네, 어젯밤에 통화했는데요. 걱정 말라고 하시더라고요."

그녀의 말에 현우가 부드럽게 웃었다. 처음치고 그녀는 찬찬히 잘 하고 있었다. 일의 앞뒤 순서에 맞게 허둥대지 않고, 잘 준비하고 있었다. 그런 유리의 모습에 현우가 따스한 응원의 눈길을 주었다. 그러자 유리도 환한 미소로 고마운 마음을 대신했다.

멀리서 이 두 사람의 모습을 바라보던 하선이 살짝, 미간을 찌푸린다.

"정유리 씨!"

그러고는 무심한 듯 무표정으로 다가가 그녀 앞에 섰다. 소나무 향이 피어오른다. 그러자 환하게 웃고 있던 그녀의 얼굴이 순식간에 차갑게 돌변했다. 팀장이 다가옴과 동시에 현우는 멀찌감치 서있는 태평에게로 걸어갔다.

"네, 팀장님."

"이 정도면 잘 준비된 것 같습니다. 수고 많았어요."

'팀장님이……. 칭찬을 했어……. 입사 이후 처음으로……. 칭찬을…….'

잠시 그의 칭찬에 멍하던 유리가 냉정함을 되찾고는 그를 바라보았다.

"감사합니다."

"그런데 특강 해 주실 박문영 교수님과는 연락됐나요? 이제 시작 30분 전인데."

"네, 어젯밤에 통화했는……."

"정유리 씨, 지금 어젯밤에 통화한 것이 마지막이란 말은 아니겠죠?"

"……그게 마지막…… 맞는데요. 그런데 걱정하지 말라셨어요. 시간 맞춰 오시겠다고……."

"이런! 오늘 오전에 최종 확인했어야죠. 그러다 무슨 일이라도 생겨 못 오게 되면 정유리 씨가 책임질 겁니까?"

칭찬의 순간 잠시 부드러워졌던 그의 눈빛에 다시 날카로움과 냉정함이 서린다.

"죄, 죄송합니다. 지금 다시 해 보겠습니다."

그리고 뒤돌아서서 최근 기록 맨 상단에 떠 있는 박문영 교수의 전화번호를 눌렀다.

띵띵띠딩딩…….

여러 번의 벨소리가 울렸음에도 교수는 전화를 받지 않았다.

-지금은 전화를 받을 수 없어…….

몇 번의 재다이얼에도 그의 전화는 묵묵부답이었다. 이에 점점 호흡이 가빠지고 심장이 두근거리는 유리였다. 다 된 밥에 코 빠트린다는 옛 속담이 이런 경우인가. 잘 했다 칭찬까지 받았는데, 일이 이렇게 틀어지다니 말이다.

"저…… 전화를 안 받으시는데요…….."

"제길! 어쩐지 뭔가 조용하다 싶었더니만……. 이런……."

갑자기 하선의 얼굴이 사납게 변하더니, 유리를 매섭게 쏘아보았다. 그도 당황한 것인가.

"죄, 죄송합니다……."

"지금 죄송하다는 말이 나옵니까! 일이 완전 엉망진창으로 망가지게 생겼는데요! 도대체 생각이 있는 겁니까, 없는 겁니까. 일의 앞뒤, 뭐가 우선순위고, 가장 중요한지, 제발 생각 좀 하란 말입니다. 이깟 간식 따위 정리하며 남자 직원과 히히덕거리는 것이 가장 중요하다 생각한 겁니까?"

그때, 하선의 전화벨이 울렸다. 유리를 날카롭게 쏘아보던 하선이 이를 악물며 전화를 받았다.

"아! 네, 교수님. 지금 저희 직원이 여러 차례 전화……. 네, 네. 알겠습니다."

전화를 끊은 그가 흥분된 마음을 차분히 가라앉히며, 아직 화가 가득한 얼굴로 그녀를 바라보았다.

"오늘 아침, 교수님께서 분명히 정유리 씨에게 전화를 하셔서는 급한 일 때문에 한 시간 정도 늦겠다 양해를 구하셨다고 하시는데……. 미리 이 사실을 알았다면 대책이라도 세웠을 것 아닙니까. 도대체 어찌 된 겁니까?"

"네에? 제게 전화를 하셨다고요. 아닌데요. 전 그런 전화 받지 못했어요……."

정말로 이상한 일이었다. 자신은 진짜로 그런 전화를 받은 기억이 없었기 때문이다. 이에 하선이 이마로 흩어져 내려온 머리를 뒤로 쓸어 넘기며, 화를 꾹꾹 눌러 참고는 최대한 절제되고 낮은 어투로 말했다.

"그래서 정유리 씨는 안 된다는 겁니다. 평생 프로가 아닌 아마추어밖에 될 수 없단 증거입니다. 실수를 인정하지 않고, 도망칠 생각부터 하고 있는 그 자세가 벌써 틀렸다는 겁니다."

또박또박 힘주어 말하는 그의 눈빛이 매서웠다.

"전화를 받고 안 받고가 중요한 게 아니라, 오전에 유리 씨가 먼저 전화를 해서 한 번 더 확인을 했었어야 합니다. 이것이 일의 순서라고요. 알겠습니까! 만일 일이 크게 잘못되면 정유리 씨가 책임져야 할 부분이 있을 겁니다."

낮게 뇌까린 그가 터벅터벅 걸어가 원장님이 쉬고 계시는 휴게실로 사라졌다.

머릿속이 하얗게 텅 비어 버린 유리는 그 순간, 수치심도 좌절감도 아무것도 느낄 수 없었다. 그저 일이, 이 상황이 잘 해결되기를 바라는 마음이 가득했다. 자신 때문에 워크숍을 망쳐 버릴 순 없기 때문이다.

한편, 멀리서 이 모습을 초조하게 지켜보던 한소미의 낯빛이 흑색으로 변해 있었다. 다름 아니라, 잠시 유리가 핸드폰을 테이블에 놓고 화장실에 간 사이 자기가 그 교수의 전화를 받았었는데 그만 깜빡 전달하는 것을 잊어버린 것이었다.

그렇다고 정의의 용사도 아니고 지금 팀장에게 달려가 진실을 알릴 생각은 추호도 없었다. 유리에게 조금 미안하긴 하지만, 일단 자신이 먼저 살고 볼 일이었기 때문이다.

와! 짝짝짝짝!

하선이 고개를 숙여 인사하자, 워크숍을 진행하는 회의실에서 우레와 같은 박수가 쏟아져 나왔다. 맨 앞 귀빈석에 앉아 있던 원장과 교육부 관계자도 매우 만족스런 얼굴이었다.

바로, 특강 당사자인 박 교수가 늦는 시간 동안 하선이 선진교육사례에 대한 강의를 했던 것이다. 사전, 아무런 준비도 하지 못했음에도 불구하고, 그의 강의는 그 누구의 것보다도 더 명쾌하고 분석적이었으며 논리적이었다. 최고의 강의였다. 그를 바라보는 원장의 눈빛에 애정이 가득 담기고 있었다.

또한 팀원들의 얼굴에도 잠시나마 그를 향한 존경의 표정이 나타났다. 정말 놀랍고 대단한 실력이 아닐 수 없었다.

그들과 함께 서 있던 유리가 안도의 한숨을 내쉬며 슬며시 회의실을 빠져나왔다. 매우 다행이라는 생각이 들었다. 오늘은 이상하게 하선에 대한 원망의 마음이 일지 않았다. 어쨌거나 자신이 잘못해서 벌어진 일이었으니 그의 말이 틀리지 않았다.

한편, 어깨가 축 처져서는 기운 하나 없이 조용히 밖으로 사라지는 유리를 하선이 단상에 서서 바라보고 있다. 그 표정이 씁쓸하다.

'내가 너무 심했나⋯⋯.'

상처받았을 그녀의 마음이, 신경 쓰인다. 가슴께로 알싸한 통증이 스치듯 지나간다.

늦은 저녁, 모든 워크숍 일정이 끝나고 모두 자기 숙소로 돌아갔지만 가슴이 답답했던 유리는 해안가로 내려왔다. 멀리 화려한 불빛으로 반짝거리는 광안대교가 바라보인다. 그 아름다운 해안가에 앉아, 후덥지근한 공기 중으로 깊은 한숨을 날려 보냈다.

'그래서 정유리 씨는 안 된다는 겁니다. 평생 프로가 아닌 아마추어밖에 될 수 없단 증거입니다.'

아까 오후, 자신을 매섭게 책망하던 하선이 떠오르자, 그 답답함은 더욱 깊어만 갔다. 그와 자신은 전생에 무슨 사이였을까. 어떤 관계였기에 현생에서 이렇게 악연으로 만났단 말인가. 답답했다.

그러나 그것도 잠시, 아하하하하하!

그녀가 미친 듯이 웃어 댔다. 자꾸만 땅으로 꺼지는 마음을 다시 끌어 올리기 위한 그녀만의 방법이었던 것이다. 이렇게 미친 듯이 웃어 대면 조금 기분이 풀어졌다. 제임스-랑게(James-Lange Theory: 정서관련 심리학 이론)가 그랬다지 않던가. 눈물이 나니깐 슬픈 것이고, 웃으니깐 행복한 것이라고!

그래서 유리는 슬프거나 우울해지면 일부러 더 크게 웃었다. 혹시 진짜로 행복해질지도 모르니깐.

그렇게 혼자 크게 웃어 대던 유리가 벌떡 일어나 파도가 잔잔한 바다 속으로 첨벙첨벙 들어가기 시작했다. 너무 덥고 답답했다. 이렇게 물속에 들어가면 몸도, 마음도 시원해질 것만 같았기 때문이다.

한편, 혼자 있는 시간, 적막한 공간을 참을 수 없었던 하선 역시 해안가로 발을 내딛고 있었다. 그녀가 너무 보고 싶었다. 옆에 두고 사랑을 속삭이고, 키스하고 싶은 마음이 온몸을 휘감고 있었지만, 그럴 수 없었다. 그럴 수 없는 상황이, 답답하고 슬펐다.

해운대. 도시와 자연이 절묘하게 잘 섞여 아름다운 경관을 만들어 내는 곳. 밤에 바라보는 해운대의 야경은 이국적이었다. 그 이국적인 모습에 잠시 넋을 놓고 바라보던 하선의 눈가로, 그녀와 행복했던 시간이 떠오른다.

6년 전. 미국 일리노이주의 한 종합대학.

저 멀리, 그녀가 다가오고 있었다. 순간 하선의 마음이 설렘으로 두근거리기 시작했다. 학교 교정에서 그녀를 처음 본 순간부터 그는 그녀의 생각에 잠을 이룰 수 없었다. 이런 감정, 태어나서 처음인 듯했다.

첫눈에 반한다는 말, 그 말을 믿지 않았던 그였지만 그 말이 이루어질 수도 있단 사실에 몸서리가 쳐졌다. 그것은 마치 광활한 우주 속 수많은 별들 중 어느 한 개의 별이 갑자기 마음속으로 훅 하고 들어와 박혀 버려서는 계속해서 반짝이는 것과 같은 느낌이었다. 이 느낌을 어떻게 말로 표현할 수 있으랴!

점점 다가오는 그녀의 모습에 그가 살며시 벽 뒤로 자신의 모습을 감춘 다음 두근거리는 마음을 안고 슬쩍 미소 짓고 있었다. 그의 모습이 이제 막 나뭇가지에 솟아오른 여린 잎처럼 풋풋하고 파릇파릇했다.

학교 복도를 따라 긴 생머리를 흩날리며 다가오는 그녀가 거의 하선이 서 있는 벽 앞까지 다가오자 갑자기 그가 벽 뒤에서 툭 튀어나왔다.

"어머! 깜짝이야. 아아! 오빠. 놀랬잖아."

"하하하. 놀랐어? 대성공인데! 이거 받아."

그가 햇살처럼 환한 웃음을 지으며 그녀 앞으로 수북하고 풍성한 하얀 안개꽃 한 다발을 내밀었다.

"와아! 정말로 예쁘다."

작고 하얀 안개꽃을 한 아름 받아 든 그녀의 얼굴 위로 행복함이 스며들고 있었다.

안개, 작고 화사하며 순수한 이미지를 지닌 꽃, 맑은 마음, 사랑의 성공, 깨끗한 마음을 꽃말로 지닌 그 꽃은, 그녀가 가장 좋아하는 꽃이었고 동시에 그가 가장 좋아하게 된 꽃이기도 했다.

그녀는 안개꽃을 닮아 있었다.

"신께서 내게 천사를 보내 주셨어."

"천사?"

"응, 바로 너! 네가 나의 천사야."

"호호호. 오빠."

"맞아. 그래서 네 이름도 천사잖아. 미카엘라!"

미카엘라. 성경에 나오는 대천사. 그녀의 세례명임과 동시에 그녀의 이름. 하선은 미카엘라를 줄여서 미카라고 불렀다. 그녀는 하선이 미카라고 다정하게 불러 주는 것을, 매우 좋아했다.

"사랑해, 미카."

"나도 사랑해, 오빠."

일리노이주 근처 한적한 공원. 작은 호수 위에서 원앙 한 쌍이 즐겁게 노닐고 있었다. 하늘은 더없이 맑고 푸르렀으며, 싱그러운 바람은 한들한들 여린 나뭇잎들을 흩날리며 아름다운 꽃향기를 흩뿌리고 있었다.

그 나무 아래 앉아 있던 하선이 미카에게 사랑을 속삭이고는 살며시 그녀의 입술에 자신의 것을 올려놓았다. 달콤하고 부드러웠다. 기분 좋은 느낌이 온몸을 휘감고 돌았다.

그녀가 그의 손을 잡은 지 일주일 만의 키스였다. 하선은 성급하고 조급한 듯 빠르게만 다가서는 사랑을 별로 좋아하지 않았다. 모름지기 사랑이라는 감정이 유속이 빠른 강물처럼 정신없이 흘러만 가는 감정은 아니라고 생각했기 때문이다.

그래서 그는 아주 조심스럽고도 천천히 다가갔다. 서로에 대한 마음이 깊어지고, 신뢰가 깊어지며 굳건해질 수 있도록 서두르지 않았다.

키스를 마치고 난 그녀의 표정이 여린 분홍빛 복숭아처럼 쑥스러움으로 가득했다.

"오빠…… 나 처음이야…… 이게 첫 키스……."

"……난 처음이 아닌데…… 미안해서 어쩌지……."

"괜찮아. 대신 내가 마지막이라고 약속해 줘."

"……."

하선이 의아하게 바라보자, 그녀가 그의 목덜미를 끌어안으며 속삭였다.

"내가 오빠의 마지막 여자가 되었으면 좋겠어……."

"그래, 약속할게. 네가 내 마지막 여자가 될 거야. 미카. 앞으로 너 아닌 여자는 절대로 내 마음속에 들어올 수 없을 거야. 절대로!"

그녀를 안고 있는 그의 손에 힘이 들어갔다. 그것은 바로 그녀에 대한 깊은 사랑과 책임, 무슨 일이 있어도 절대로 그녀를 놓지 않겠다는 결심, 평생 너만이 나의 여자일 것이라는 다짐이었다.

아하하하하하!

'이게 무슨 소리지?'

행복하지만 아픈 추억에 빠져 있던 하선의 귓가로 멀리서 섬뜩한 여자의 웃음소리가 들려왔다.

아하하하하하!

억울한 누명을 쓰고 물에 빠져 죽은 처녀귀신인가. 아니면 밤에만 출몰하는 미친 여자인가.

잠시 당황하던 하선이 그 웃음소리의 정체가 유리라는 사실을 알고는 피식 웃었다. 다채롭다. 참 독특한 여자다.

멀찌감치 뒤에 서서 팔짱을 끼고는 혼자 미친 듯이 웃어 대는 유리를 물끄러미 바라보는 그의 시선이 부드럽다. 따뜻하다. 따스하다.

어어!

그런데 그 여자 갑자기 벌떡 일어나더니, 바다 속으로 성큼성큼 걸어 들어가기 시작했다. 순간, 얼굴이 백지장보다도 더 창백해진 하선의 눈동자에 그날의 일이 빠르게 스치고 지나갔다.

"안 돼! 안 돼! 미카!"

"……."

다리난간에 아슬아슬하게 서 있는 그녀 아래로 시카고 강이 새벽 여명에 빛을 발하며 유유히 흘러가고 있었다. 너무 이른 새벽이라 인적이 거의 없는 도시는 한산했다. 그곳에 하선의 절박하고도 애틋한 외침만 조용히 울리고 있었다.

"제발! 미카! 이리 와."

"……."

"미카! 제발. 이리 와. 내게 와. 응?"

슬프고도 절망이 가득 담긴 그녀의 눈빛이 그의 뇌리에 깊게 들어와 박히는 순간.

"안 돼!"

하선이 그녀를 따라 쏜살같이 달려가고, 첨벙첨벙 물속에 몸을 던져 물이 허리 높이까지 잠겨 있는 유리의 한쪽 팔을 거칠게 잡아, 번쩍 들어 안아 올리더니 뚜벅뚜벅 걸어 나왔다. 그 발걸음에 분노가 잔뜩 묻어 있다.

그리고 부드러운 모래사장 위에 그녀를 내팽개치듯 던져 버리더니, 그녀 얼굴에 제 얼굴을 바짝 들이대고는 잔뜩 성난 목소리로 소리쳤다.

유리는 순식간에 벌어진 상황에 아무 말도 못 하고 당황하고 있었다.

"당신! 목숨이 그렇게 하찮아? 이렇게 쉽게 끊어 버리면 당신은 그만이겠지! 하지만 남아 있는 사람들, 당신을 사랑하던 사람들이 받을 고통과 아픔은…… 생각해 보지 않았나? 매일 하루하루를 지옥 같은 세상 속에서 평생 죄책감을 안고…… 살아가야 할 사람들은…… 생각해 보지 않았냐고…….."

하선의 목소리가 살며시 떨리고 있었다. 눈빛은 마구 흔들리고 손끝은 파르르 떨렸다.

'내가 죽으려고 하는 줄 알았구나!'

이제야 그의 행동이 이해되었다. 그의 창백해진 모습에 유리는 차마 죽으려던 것이 아니라 너무 더워서 그랬다고, 너무 덥고 답답해서 시원한 바닷물 속에 잠시 몸과 마음을 식히고 싶어서 들어온 것이라고, 말을 할 수 없었다. 그리고 그의 색다른 모습에 당황하고, 놀라는 그녀였다.

그렇게 유리 앞에서 분노 가득한 눈빛을 지으며 흥분하던 그가, 갑자기 차분해지더니 그 눈빛에 분노 대신 애달픔을 잔뜩 담고 그녀를 와락 끌어안았다.

순간 그의 예상치 못한 행동에 유리는 너무나도 놀랐지만, 차마 그의 품을 뿌리치고 빠져나올 수가 없었다. 자신을 안고 있는 그의 몸짓은 너무 애틋했고, 표정은 너무나도 슬퍼 보였기 때문이었다.

그리고 쿵쾅쿵쾅, 빠르게 정신없이 뛰고 있는 그의 심장박동 울림이 그녀에게 그대로 전해져 다가왔다.

'이 사람…… 무슨 일이…… 있었던 건가?'

"미안해요."

한참 동안 유리를 안고 있던 하선이 그녀를 놓아준다.

"……팀장님……."

"오늘 낮에…… 있었던 일…… 때문에 이런 겁니까? 나 때문에…… 상처받아서?"

"아, 아니에요. 팀장님. 그것 때문이 아니라……."

"앞으론 조심하지요…… 혹시…… 정말로 상처받았다면…… 미안해요."

그 사람이 사과를 한다. 눈빛에 한없는 슬픔과 묘한 감정을 가득 담고, 그녀를 바라본다. 그 시선 때문에 유리의 머릿속이 혼란스럽다.

정신없이 숙소로 돌아온 유리가 샤워를 하며 조금 전 그의 모습을 다시 떠올렸다.

아무리 생각해도 조금 전 그 남자는, 평소 유리가 알던 팀장 같지가 않았다. 항상 인조인간처럼 감정 없이, 절제된 표정으로 일관하던 그였기에 감정적으로 흔들리고 매우 불안해하던 팀장의 모습은 낯설었다.

한편으로는 그제야 조금씩 그가 사람처럼 보이기 시작했다. 또한 그가 했던 말, 남아 있는 사람들이 받을 고통과 아픔이라고 했던가. 그가 남아 있는 사람들에 포함되는 건가.

순간, 그의 자주 손을 씻어 대는 모습과 피도 눈물도 없이 냉정하고 차갑게 굴던 모습이 동시에 겹쳐지면서 유리는 비로소 그에 대한 호기심이 살며시 일어난다.

그리고 샤워를 하던 유리가, 갑자기 휘둥그레진 눈빛으로 입을 벌리고 충격에 빠진 표정을 짓기 시작했다.

'나 보고 싶으면 언제든지 이곳으로 와, 레이디!'

클럽에서 그 남자에게 안겨 있을 때의 느낌과,

'미안해요. 유리 씨. 앞으론 조심하지요……'

조금 전 바닷가에서 팀장에게 안겼을 때의 느낌이 완벽하게 똑같이 일치했기 때문이었다.

그녀의 심장이 세차게 아래로 떨어져 내렸다. 혼란스러웠다. 이 모든 상황이, 매우 혼란스럽게 다가오기 시작했다.

한편 자신의 숙소로 돌아온 하선이 침대 모서리에 앉아 괴로운 듯 머리카락을 쥐어뜯고 있었다.

아! 그렇게 흔들리는 것이 아니었는데, 최대한 감정을 절제해야 했는데, 그만 자기도 모르게 불안해하는 모습을 보이고야 말았다. 하마터면 일을 그르칠 뻔했다.

간신히 맘을 추스른 그가 무덤덤한 표정으로 일어나 화장실로 들어가 샤워기에 물을 틀었다. 쏟아지는 물줄기를 가만 바라보던 그가 무언가를 곰곰이 생각하더니, 이내 옷을 벗고 샤워를 시작했다.

이제 어쩔 수 없다, 천천히 드러내자, 결심한다. 그의 표정이 상당히 복잡하고 미묘하다.

3. 색다른 남자

다음 날 오전, 조찬 겸 마지막 회의를 끝으로 연계 워크숍이 모두 끝났다.

"정유리, 수고했다."

김아라가 느물느물 다가와 유리에게 웃으며 말했다.

"네, 고맙습니다. 과장님. 도와주신 덕분이에요."

"얘는, 너 지금 내가 너 하나도 안 도와줬다 비꽈서 말하는 거니?"

"아, 아니에요. 과장님."

"정유리 씨!"

그때 회의실 안에서 현우가 유리를 부르자 그녀가 재빨리 그에게 다가갔다.

"왜요? 대리님?"

"그냥, 김아라 과장님이 또 시비 거는 것 같아서, 불렀어요. 하하."

이제 현우의 눈은 유리만 따라다니고 있다.

"감사해요, 대리님. 항상 제 편이 되어 주셔서요."

"별말씀을요. 여기 회의실은 내가 다 정리했어요."

"감사합니다."

유리가 고마움을 담아 활짝 웃자, 현우가 순간 멈칫했다. 그리고 마음속 깊은 곳에서 떨림이 올라왔다.

"유리 씨, 오늘 KTX 몇 시 차 예매했어요?"

"저 밤 10시 넘어서요."

"왜요? 왜 그렇게 늦게 가요? 워크숍은 지금 다 끝났는데……."

"사실 부산에 처음 와 봤거든요. 온 김에 여기저기 둘러보고 가려고요."

"아! 그렇구나. 부산이 처음이었군요. 좋아요. 그럼 내가 가이드해 줄게요."

"네?"

"고등학교 때까지 부산에서 살았었어요. 토박이와 마찬가지지요. 하하. 그러니 내가 가이드해 줄게요. 놀다가 함께 올라가요. 괜찮죠?"

"아야! 저야 그래 주신다면 외롭지도 않고 좋겠지만, 대리님께서 괜히 저 때문에……."

"나야말로 유리 씨와 함께한다면, 영광이죠. 어디가 가장 가 보고 싶어요?"

"음……. 태종대요. 해안 절경이 환상적이라고 하던데요."

유리가 꿈에 부푼 듯 기분 좋은 표정을 짓자, 현우가 활짝 웃었다.

"정유리 씨!"

그때, 그들 뒤에서 낮고 굵은 팀장의 목소리가 울려 퍼졌다. 깜짝 놀란 그들이 뒤돌아서서 그를 바라보았다. 얼핏 그의 눈에서 불꽃이 스치고 지나갔나, 생각했는데 다시 무심하고 냉랭한 표정이다.

"네, 팀장님."

그런데 이 남자, 언제 옷을 갈아입었는지 조금 전까지만 해도 깔끔한 차콜 그레이의 슈트 차림이었는데, 지금은 청바지에 캐주얼한 티셔츠 차림이다. 색다르고 신선해 보였다.

대답을 하며 가만 하선의 얼굴을 바라보자, 유리의 얼굴이 갑자기 화끈화끈 달아오르기 시작했다. 어젯밤 그에게 안겼던 일이 생각났기 때문이다. 뿐만 아니라, 팀장이 어쩌면 클럽의 그 남자일지도 모른다는 의구심이 다시 고개를 들고 있었다. 그러자 이번에는 클럽에서의 키스 장면이 떠올랐고, 붉어진 얼굴이 더 뜨겁게 달아올랐다.

그 모습에 하선이 이상하고 의아한 듯 유리를 바라보다 설핏 웃음을 떠올렸다 지웠다.

"미리 말하지 못해 미안한데, 오늘 워크숍 끝나고 부산시교육청에 들어가서 담당 장학관님 만나 뵙기로 했어요. 우리 연구의 일환으로 전문가 면담하기로 했거든요. 내가 인터뷰 진행하면 유리 씨가 받아 적어야 하는데, 가능하겠죠?"

"네, 팀장님."

유리가 당황해서 가만 현우를 바라보았다. 조금 전 그와 함께한 약속을 지킬 수 없게 되자 그녀의 눈빛에 미안함이 서렸다. 그러자 현우가 고개를 살짝 끄덕이며 자신은 괜찮다는 눈짓을 지어 보였다. 착한 사람이었다.

유리가 다시 현우에게 잔잔한 미소를 지어 보이자, 하선의 눈에서 불꽃이 번쩍 일었다 사라졌다. 마치 부싯돌에서 불꽃이 파팍 일

었다가 사라지는 것처럼 강렬한 눈빛이었다. 그러나 유리는 이 눈
빛을 보지 못했다.

"정유리 씨! 시간이 없어요. 올라가서 준비하고 짐 챙겨 내려와
요. 참, 기차표는 취소하시죠. 내 차로 이동해야 하니."

"네, 네?"

그럼 서울로 올라갈 때도 같이 가잔 말인가! 지금 한 말의 뜻이
그런 거란 말인가!

순간 유리가 당황함에 어쩔 줄 몰라 했다. 벌써부터 거북하고
어색해서 미칠 것 같은 느낌이 스멀스멀 올라오고 있었다.

"최현우 대리님도 고생 많으셨습니다. 자! 여러분 워크숍 준비
하시느라 모두 수고 많으셨고요. 오늘 일정은 이것으로 모두 끝났
으니 알아서들 자유 시간 가지시다가 올라가시면 되겠습니다. 그
럼 다음 주 월요일에 뵙도록 하지요."

하선의 말에 그 주위로 모여들었던 팀원들이 눈을 반짝이며 그
의 말을 경청하다, 해산하라는 말에 모두 박수를 짝짝 치며 즐거워
했다. 다만 최현우는 매우 아쉬운 표정이었고, 유리는 지옥에라도
떨어진 표정이었다.

이 모습에 김아라를 비롯한 팀원들이 다가와 위로의 눈빛으로
그녀를 바라봤다.

"고생해."

"고생하세요. 정유리 씨."

"맘 편하게 먹고, 인터뷰 잘하고 와요."

"네, 감사합니다."

울상을 짓고 있는 유리의 등을 한 번씩 톡톡 토닥이며 그렇게
그들은 다함께 우르르 사라졌다. 혹시 팀장의 마음이 바뀌어 자신

들까지 붙잡아 두지 않을까, 걸음아, 나 살려라 도망치듯 그렇게 빠져나갔다.

현우도 그들의 손에 이끌려 함께 나갔다. 모두 빠져나간 자리에 유리 혼자 덩그러니 남아 있었다. 아니지, 팀장도 있었지.

어깨를 축 늘어트린 그녀가 숙소로 올라가 짐을 들고 내려와 로비 출구로 나왔다.

"이리 줘요."

하선이 기다리고 있다가 그녀의 등장에 다가가서는 가방을 빼앗듯 낚아채 가져가더니, 자신의 하얀색 세단 뒷자리에 살며시 놓아두고는 조수석 문을 열었다.

그런데 그의 말투와 표정이 달라져 있었다. 냉정, 냉랭, 차갑기 그지없던 말투와 속을 모르겠는 무심한 표정이 아니라, 따뜻, 다정, 다감한 말투와 부드럽고 편안한 표정으로 그녀를 바라보고 있었다. 이런 그의 모습에 유리는 정신이 하나도 없다.

"타요. 유리 씨."

"네?"

갑작스럽게 돌변한 팀장의 행동에 잠시 넋을 잃고 있던 유리가 그의 부름에 화들짝 놀란다.

"타라고요."

싱긋 웃기까지 한다.

이 무슨 귀신의 조화란 말인가. 하룻밤새 그가 달라졌다. 어디 가서 영혼이라도 팔고 왔나? 그의 옆자리에 앉은 유리가 안절부절 못하고 있었다. 인간쓰레기, 개 싸가지였던 그 남자가 갑자기 친절한 젠틀맨이 되었다.

사람이 갑자기 변하면 단명한다던데, 유리는 이러다 정말로 그가 요절하는 것은 아닌지 은근히 걱정까지 되고 있는 판이다. 혹시, 어젯밤 일 때문에 그러는 건가? 그도 자신처럼 그 일이 신경 쓰이는 것인가! 이런저런 생각에 유리의 머리가 지끈지끈 아파 왔다.

"편하게 생각해요."

"네?"

운전대를 한 손으로 잡고 기어를 D에 놓자 차가 부드럽게 주차장을 빠져나간다. 운전을 하면서 시선을 앞으로 둔 하선이 조용하게 말했다.

"똥 마려운 강아지마냥 안절부절못하고 있길래."

"아······. 저······. 그게······ 그러니깐······."

"내가 불편해요?"

"······네, 조금요······."

아니라고, 불편하지 않다고 거짓말할 수도 있었지만, 지금은 왠지 그러고 싶지 않았다. 정말로 너무너무 심각하게 불편했다.

"미안해요."

"······?"

이 남자, 아무래도 미친 게 틀림없다. 어젯밤부터 지금까지 미안하단 말을 벌써 몇 번째하고 있는 것인지. 그의 이미지와 맞지 않다.

그는 미안해도 미안함을 느끼지 못하는 냉혈한이어야 하는데, 그래야 자신이 맘 놓고 증오하고 미워할 수 있지 않겠는가. 아직 제대로 된 복수도, 한 방 날리지도 못했는데 말이다.

"어젯밤······ 정말로 왜 그런 거예요? 나 때문에······ 진짜로······ 그랬던 건가요?"

그가 심각한 표정으로 그녀를 바라보았다. 눈빛에 알 수 없는 슬픔이 가득 차 있다. 순간 유리의 심장이 찌릿 저려 왔다. 아파 왔다.

'이 남자……. 아직까지도 내가 자신 때문에 죽으려 했다고 생각하는구나……. 그래서 이렇게 친절했던 거였구나…….'

이제야 이해가 되었다. 왜 그의 태도가 갑자기 돌변했는지를. 아무리 냉혈한이라 하더라도 자신 때문에 사람이 죽을 마음까지 먹었다는데 죄책감이 드는 것은 당연하겠지.

그러자 유리는 아주 심각하게 고민이 되기 시작했다. 사실대로 말해야 하나, 말아야 하나. 그녀의 머릿속이 복잡하다. 사실 죽으려 했던 것이 아니었다고 말한다면, 그는 다시 예전의 못된 팀장으로 돌아갈까? 그래서 자신을 다시 들들 볶을 것인가!

지금까지 자신이 봐 온 팀장이라면, 그러고도 남을 것 같다. 사실대로 모든 것을 털어놓는다면, 당장 차를 세우고 내리라고 할 것 같았다. 그러자 유리가 입을 앙다물고 비장한 표정으로 혼자 고개를 끄덕였다.

그래, 어차피 내가 일부러 속이려 한 것도 아니고 자신이 그렇게 오해하고 있는 것인데, 굳이 사실대로 얘기해서 물거품으로 만들 이유는 없다.

이 남자도 조금은 당해 봐야 한다. 그냥 그가 생각하는 대로 장단만 맞춰 주자, 이 정도 거짓말로 신께서 지옥에 보내시진 않겠지.

"……너무 속상한 마음에 저도 모르게 그만……. 그 일 때문에 놀라셨다면……. 죄송해요. 팀장님."

배우처럼 자연스러운 연기가 술술 나왔다. 배우를 해도 딱이겠다.

"이런…… 진짜였군……. 흠……."

그녀의 거짓 고백에 그의 표정은 정말로 심각해졌다. 심각함을 넘어 비통해 보이기까지 했다. 미간을 잔뜩 찌푸린 그의 얼굴이 죄책감으로 일그러지기 시작했고, 운전대를 잡고 있는 손끝이 파르르 떨렸다.

'뭐야, 진짜 심각하잖아. 괜히 그렇게 말했나? 이 사람 진짜 무슨 일 있었던 건가?'

마음속 양심이 동요하기 시작했다. 이제라도 사실대로 말해야 하나, 말아야 하나 다시 갈등이 시작되었다. 그러다 입사해서부터 지금까지 그에게 수없이 상처받아 멍투성이가 된 자신의 영혼이 피를 철철 흘리며 불쌍한 표정으로 눈앞에 등장했다.

'아니지. 나도 그렇게 당했는데, 이 정도 일쯤으로 마음 약해지다니. 이러면서 복수는 어떻게 하려고 했니? 정유리.'

그냥 잠자코 있는 걸로 그가 오해하게 내버려 두자 결심했다. 한참 아무 말도 없이 운전만 하던 그가 마침내 조용히 입을 열었다.

"미안해요, 유리 씨. 앞으론 상처 주지 않도록 조심할게요. 본의는 아니었으니 오해는 말아 줘요. 워낙에 내 성격이 지랄맞아서……. 다정다감한 스타일도 아니고, 더군다나 일이 우선이라고 생각해서…… 어쨌거나 내 잘못이 컸어요……."

정말로 잘못을 뉘우치는 듯 그의 진실 된 말과 태도에 다시 양심이 살짝 고개를 들고 일어섰지만, 이미 엎질러진 물. 다시 주워 담을 수 없는 상황이다. 저렇게 미안하다 사과를 수십 번도 더 하고 있는데 이제 와서 아니라고 할 수가, 차마 없었다.

이에 가만가만 고분고분한 태도로 유리가 고개를 숙이고 앉아 있자, 그가 흘끔 그녀를 바라보고는 희미하고 아리송한 미소를 지었다가 재빨리 심각한 표정으로 돌변했다.

"유리 씨……. 사과의 의미로 내가 맛있는 점심 사 주고 싶은
데……. 뭐 좋아해요? 어차피 점심 먹고 교육청 들어가야 해요.
인터뷰 시간이 점심시간 이후거든요……."

"뭐……. 아무거나……. 다 잘 먹어요. 팀장님 드시고 싶은 걸
로 드세요……."

"그러죠. 그럼."

"……네."

아니, 한 번은 더 물어봐야지. 딱 한 번 물어보고 말다니. 여자
에 대한 에티켓도 모르는 남자 같으니라고. 사실, 유리는 오늘 연
하고 부드러운 등심 스테이크가 당겼었던 것이다.

하선이 유리를 데리고 온 그곳은, 감탄이 절로 나오는 레스토랑
이었다.

벽면 한쪽이 온통 통유리로 되어 있고, 푸른 바다가 한눈에 바
라보이는 게 전망이 끝내줬다.

부산에서도 가장 유명하다는 스테이크 전문 레스토랑. 하선을 따
라 들어온 그곳이 스테이크 전문점이라는 사실을 알고는, 이 남자
이제 자신의 마음까지 투시하는 것은 아닌가 괜스레 불안해졌다.

그러나 그것도 잠시, 주방에서 풍겨져 나오는 맛있는 음식 냄새
에 모든 걱정과 고민을 내려놓고 유리는 그저 마냥 신난 표정이었
다. 뭐, 앞에 앉아 있는 팀장이 살짝 거슬리긴 했지만, 그 정도쯤
이야 참고 넘어가 줄 수 있다.

메뉴판을 천천히 넘기던 하선이, 유리를 지그시 바라보더니 낮
게 말했다.

"내가 주문해도 될까요?"

"네? 아, 네. 그러세요. 팀장님."

저 멀리 드넓고 푸른 바다 경관에 마음이 들떠 있는 유리가 그를 향해 활짝 웃어 보이자, 그가 멈칫한다. 그리고 재빨리 옆에 서 있는 직원에게 주문을 시작한다.

"양송이 크림수프 두 개, 등심스테이크 미듐으로 두 개, 시저 샐러드와 파인애플 주스 두 잔 주시죠."

순간 유리가 화들짝 놀라며 그를 바라보았다. 진짜 투시력이 있는 것인가. 자신이 좋아하는 양송이수프, 등심스테이크, 그것도 미듐에 시저 샐러드, 게다가 파인애플 주스까지.

마치 자신의 마음을 들여다본 사람처럼 완벽하게 일치하는 주문을 하고 있는 하선을 유리가 이상하게 바라보았다. 그러자 그가 싱긋 웃는다. 순간, 클럽의 그 남자와 팀장의 얼굴이 겹쳐진다. 머리 모양만 다를 뿐 똑. 같. 다.

"왜요?"

잠시 놀라움으로 마음속이 심란하게 요동치고 있는데, 그가 궁금하다는 표정을 지었다.

"아, 아니요. 주문하신 음식이 제가, 모두 좋아하는 것들이라…… 놀라워서요."

"유리 씨만이 아니라 나도 좋아하고, 여기 오는 사람들 대부분이 좋아하는 메뉴입니다. 이 집에서 가장 인기 있는 음식만 선별해서 고른 거예요."

그런 소소한 것에 큰 의미를 두지 말라는 듯 그의 표정은 무심하고, 무뚝뚝하고 단호했다.

"아…… 네……."

민망하다. 그럼 그렇지. 저 사람은 역시 팀장이었다. 그녀의 마음이 다시 냉랭해졌다.

그때, 부드러운 크림 향을 솔솔 풍기며 수프가 제공되었고 그것을 한 스푼 크게 떠먹은 유리의 입가로 잔잔한 미소가 떠올랐다.

가슴까지 훈훈해지는 맛, 혀끝에 감겨 들어오는 부드러운 느낌에 유리의 기분이 다시 좋아졌다. 맛있는 음식은 때로, 마법과도 같은 힘을 발휘한다. 입안에서 재료들이 조화롭게 섞여 들어가는 그 느낌은 잠시나마 부정적인 것들을 날리고 긍정성을 띄워 놓는다. 때문에 사람에 대한 경계심도 잠시 풀게 해 준다.

자신도 모르게 앞에 앉아 있는 하선을 향해 따뜻한 미소까지 지어 보이고 있다. 그런 유리를 물끄러미 바라보는 하선의 눈빛이 깊어지고 있었다. 천천히 그녀의 모습 위로 미카의 모습이 겹쳐졌다.

'아아! 오빠. 정말로 맛있어.'

활짝 천사처럼 웃고 있는 그녀를 바라보는 마음이 포근해지고 따뜻해지며 행복감으로 차오르려 하는 순간, 팀장님! 팀장님!

"네, 네?"

"아아! 정말로 맛있어요."

유리가 활짝 천사처럼 웃고 있었다. 이 모습에 하선이 끓어오르는 욕망을 절제하지 않고 그것을 온전히 눈 속에 담아 그녀를 뚫어져라, 강렬하게 바라보기 시작했다. 마치 지금 당장이라도 그녀를 안고 어떻게 해 버리고 싶은 충동과 욕망이 교차하는 강력한 눈빛이었다.

그러나 유리는 그의 그런 눈빛을 보지 못했다. 지글지글 맛있는 소리와 함께 나온 스테이크에 정신이 팔려 아무것도 보지 못했다.

"팀장님, 덕분에 정말 잘 먹었습니다. 호호."

맛있는 음식에 배가 든든한 유리가 큰 소리로 하선을 향해 인사했다.

"덕분에 나도 잘 먹었어요."

그도 조용하고 차분하게 답했다. 그리고 계속 싱글벙글 웃고 있는 그녀를 그윽하게 바라보던 그가 또 묘한 웃음을 짓고는 운전대를 어디론가 돌렸다.

한편, 맛있는 음식 하나로 기분이 최고에 다다른 유리가 창밖에 이어지는 아름다운 풍경에 콧노래를 흥얼거렸다.

'넌 참 단순해. 그거 알지? 어떻게 잔뜩 화가 났다가도 맛있는 음식 앞에만 앉으면 기분이 좋아지니? 참 대단한 능력이다.'

언젠가 은지와 대판 싸우고 난 뒤 은지가 화해의 의미로 갈비찜을 쏘던 날이었다. 환상적인 냄새를 흩뿌리며 김이 모락모락 나는 갈비 한 덩이를 행복한 표정으로 씹어 먹던 유리를 향해 한심한 표정을 지으며 말하던 은지가 떠올랐다. 웃음이 절로 나왔다.

"Don't speak~ I know just what you're saying~"

미끄러지듯 해안가를 달리고 있는 차 안에 그녀의 낮은 흥얼거림이 울려 퍼졌다. 창밖 풍경을 바라보며 조용하게 노래를 흥얼거리는 유리를 하선이 지그시 바라보더니, 피식 웃는다.

이제 그녀 머릿속에 하선은 없어 보였다. 더 이상 신경이 쓰이지도 않나 보았다. 혼자 희미한 미소를 지으며 한 손으로 운전하던 하선이 자신의 핸드폰을 집어 들고 무언가를 찾아 자동차 USB에 연결하자, 감미로운 선율이 차 안 가득 울려 퍼지기 시작했다.

You and me~ We used to be together~ Everyday together always~

그러자 창밖만 바라보던 유리가 눈을 휘둥그레 뜨고 하선을 바라보았다.

"⋯⋯."

"나도 좋아하는 노래예요."

하선이 핸드폰으로 찾아 틀어 놓은 노래는 다름 아닌 유리가 콧노래로 흥얼거렸던 No Doubt의 Don't Speak였던 것이다.

순간 유리의 마음속에 잔잔한 물결이 조용하게 일렁이기 시작한다. 좋은 음식과 마찬가지로 음악 또한 마술을 부린다. 그에 대한 경계심이 조금씩 풀어지자, 부드럽게 운전하고 있는 그의 옆모습이 살짝 멋있어 보이기 시작했다. 객관적이 아니라, 주관적으로 그가 근사해 보이기 시작했다.

그렇게 한참을 달려가던 그의 세단이 높은 절벽이 아름다운 태종대 주차장으로 들어섰다. 그러자 유리의 눈이 휘둥그레진다.

"어? 팀장님. 교육청으로 가는 것 아니었어요?"

"실은 아까 장학관님이 전화하셨는데, 오늘 인터뷰하기 힘들겠다고 하시더군요. 잘됐어요. 덕분에 이렇게 놀아 보고."

"아⋯⋯ 네⋯⋯."

오늘 이 남자 여러 가지로 유리를 놀라게 만들고 있었다. 자신이 현우에게 태종대에 가고 싶다고 했던 말을 들었는가. 의아한 표정의 유리가 먼저 차에서 내려 전망대 쪽으로 걸어가는 그의 뒤를 가만가만 따라갔다.

한편 먼저 앞서 걸어가는 하선의 얼굴 위로 장난기가 살짝 섞여 들어간 웃음이 피어올랐다 사라졌다. 사실, 인터뷰 같은 것은 있지도 않았다. 하루 종일 유리와 단둘이 있고 싶었던 마음에 하선이 꾸며 낸 일이었던 것이다. 자꾸만 이 여자가, 궁금해진다.

자연은 상처받은 모든 것들을 품고 보듬어 주는 위대한 치유의 능력을 지녔고, 더러워진 것을 깨끗하게 순화시켜 줄 수 있는 자정 능력을 지녔다.

이처럼 위대한 자연 앞에서 유리가 경건한 자세로 말을 잊은 채 서 있었다. 그동안 회사에서 받았던 스트레스와 팀장에 대한 미움의 감정이 저 넓고 푸른 바다 속으로 천천히 날아가는 느낌이었다.

뜨거운 태양열이 작열하는 한여름이었지만, 그녀의 마음은 한없이 시원하고 가벼웠다. 잠시 하선이 서 있는 곳을 바라보자, 그 역시 광활하게 펼쳐진 푸른 바다에 시선을 응시하고 가만히 서 있었다. 그런데 그의 눈이 한없이 슬프고, 애처로웠다.

순간 유리의 가슴 한쪽으로 또 알 수 없는 통증이 스치고 지나갔다. 저 남자 무슨 상처가 있는 것인가.

'남아 있는 사람들이 받을 고통과 아픔은…… 생각해 보지 않았나?'

자꾸만 어젯밤 그의 말이 문뜩문뜩 떠올랐다. 그에게 상처가, 아픔이 있음이 분명했다. 호기심이 살살 올라오기 시작했다. 그가 궁금해지기 시작했다.

그러나 이것은 여자가 남자에게 느끼는 이성(異性)적 호기심이 아니라, 사람이 사람에게 느끼는 인간적인 호기심일 뿐이라고 경계를 확실하게 구분 짓는 유리였다.

그때, 바다 쪽에서 불어온 시원한 바람이 그의 머릿결을 부드럽게 날리고 지나가자, 그가 고개를 돌려 유리를 바라보았다.

싱긋, 유리가 먼저 미소를 지어 보낸다. 그런데 그 남자, 무심하게 그녀만 바라볼 뿐 웃지 않는다. 민망했다.

올라오는 고속도로. 금요일 오후라 그런지 천안에서부터 조금씩 속도가 느려지기 시작한 도로는 어느 순간 주차장으로 변해 버렸다.

꽉 막힌 차 안. 조용하게 흘러나오는 음악 소리가 아니었다면 유리는 숨이 막혀 죽어 버렸을지도 몰랐다. 태종대에서 출발한 이후, 단 한 마디도 하지 않고 있는 하선 때문이었다.

다시 무심하고 냉랭해진 그의 표정은 말도 붙일 수 없을 만큼 차가웠고, 냉정했다. 운전하는 그의 옆모습을 살짝 훔쳐본 유리가 창밖으로 재빨리 고개를 돌리고 입을 실룩거렸다.

'휴우. 신경 쓰여 미치겠네, 사람을 들었다 놨다. 어쩌라는 건지…… 잠이나 자야겠다.'

지금 이 심리 상태로는 잠이 올 것 같진 않았지만, 차라리 눈을 감고 이 어색함을 벗어나는 것도 좋은 방법이라 생각한 그녀가 질끈 눈을 감아 버렸다. 그리고 정확히 5분 만에 그녀의 코에서 새근새근 단잠에 빠진 숨소리가 새어 나왔다.

언제 나왔는지 모를 달과 별이 여름 밤하늘에 총총히 떠 있다.

유리의 집 앞 주차장에 차를 세운 하선이, 아기처럼 순수한 표정으로 단잠에 빠져 있는 유리를 그윽하게 바라보고 있었다. 그리고 천천히 손을 올려 그녀의 얼굴로 흩어져 내려온 머리카락을 살며시 쓸어 넘겨 줬다. 그의 손이 한없이 부드럽고 애틋하다.

얼마 동안 지그시 바라만 보고 있던 하선이 무언가에 홀린 듯 천천히 다가가 고개를 숙여, 그녀의 이마에 살며시 키스했다. 입술에 닿는 촉감이 부드럽다. 아기에게서 풍겨 나오는 순수하고도 신선한 향기가 코끝에 살며시 맴돌았다.

순간 더없는 욕망과 욕구가 솟구쳐 올라왔지만, 그것을 절제하는 그의 표정이 힘들어 보였다. 태종대에서부터 그녀를 향해 솟구치는 욕망을 잘라 내고 참느라 얼마나 이를 악물었던가. 이것은 단순한 본능적 욕망이 아닌 감정적 욕망이었다. 사랑의 감정이 내보내는 갈망, 불타는 열망이었다.

"이제 곧…… 내게 오게 될 거야, 레이디."

거의 들리지 않을 정도의 낮은 목소리로 속삭인 하선이 차에서 내려 누군가에게 전화를 걸었다. 유리는 아무것도 모르고 여전히 단잠에 빠져 있었다.

잠시 후, 그를 향해 한 여자가 살며시 걸어왔다. 다가온 그 여자는, 바로 은지였다.

그들은 서로를 향해 고개 숙여 인사한 후, 의미심장한 눈빛을 주고받는다.

"잘 돼 가나요?"

"그럭저럭……."

누가 들을세라 조용하게 속삭이는 그들의 행동이 수상하고 조심스럽다.

샤워를 마치고 나오자 은지가 맥주 두 병을 꺼내 들고 앉았다.

"이리 와서 앉아. 시원하게 한 잔 마시자."

무더운 여름밤, 열어 둔 창문 사이로 미적지근한 바람이 들어오고 있었다. 하루 종일 하선 때문에 긴장으로 굳어 있었던 근육들이 욱신거린다.

"아! 시원하다. 속이 뻥 뚫리는 것 같다. 그지?"

은지가 먼저 꿀꺽꿀꺽 맥주를 마신 뒤 유리를 향해 활짝 웃었다. 역시 한 모금 시원하게 들이켠 유리도 캬아~ 소리를 내며 바닥에 병을 내려놓았다.

"워크숍인가 뭔가는 잘 끝났어?"

"응, 생각보다 잘 끝났어. 조금 소란이 있긴 했지만……."

"다행이네. 부산은 어땠어? 해운대 좋디?"

"좋더라. 특히 야경이 엄청 이국적이고 아름다워, 나중에 우리 같이 가 보자."

"싫다. 내가 왜 너랑 가냐? 남자랑 가야지. 크크크."

"지지배. 너 나중에 안 데려가 준다고 후회 마."

"그나저나, 니네 팀장 인간쓰레기 같진 않던데? 너 집까지 데려다준 거 보니깐 매너도 좋고, 생긴 것도 대박 잘생겼고. 아주 그냥, 외모가 쩔더라, 쩔어. 거의 뭐 연예인이라고 해도 믿겠던데."

"……."

갑자기 유리의 표정이 복잡다단해지기 시작했다. 뭔가 묘한 감정이 섞여 들기 시작한 것이다. 딱히 말로 설명할 수 없는 미묘한 감정이었다.

"왜? 무슨 일 있었어? 표정이 왜 그래?"

6년 이상을 함께 한집에서 동고동락(同苦同樂)한 친구답게 유리의 표정에서 그녀의 감정변화를 기가 막히게 잡아내는 은지였다.

"응, 사실은 부산에서 밤에 하도 답답하고 잠도 안 오길래, 혼자 해변에 나갔었거든…… 그리고 너무 덥고 답답해서 물에 들어갔었는데……."

한참 동안 유리의 얘기를 다 듣고 난 은지의 표정이 심각해졌다.

"혹시, 니네 팀장 과거에 무슨 엄청난 사연이 있었던 건 아닐까?

120

왠지 그랬을 것 같은 필(feel)이 오는데. 예를 들면, 사랑하는 사람이 죽었다거나…… 아니면 크게 잘못됐다거나…… 뭐 그런 거……."

"……정말 그런 사연이 있는 걸까?"

"그럴 수도 있잖아. 감정을 거의 드러내지 않던 사람이, 네가 물에 들어가는 걸 보고는 거의 폭발 수준이었다며. 그것과 관련되어 있는 어떤 상처가 너로 인해 촉발된 거지. 어쩌면 그 과거의 사연 때문에 지금 그렇게 냉혈한이 된 것일 수도 있겠다. 가능성은 있다고 봐."

은지가 유리의 표정을 유심히 바라보더니 계속 말했다.

"그렇게 생각하니깐 니네 팀장 참! 안됐다. 인간쓰레기가 아니라 굉장히 불쌍한 사람이었네. 이래서 사람은 겉모습만 가지고 판단하면 안 된다는 거야. 아이고! 불쌍해라. 생긴 건 엄청 잘생겨 가지고 그런 아픈 과거가 있었을 줄이야. 진짜 불쌍하다, 불쌍해!"

은지가 입을 쭉 내밀고 고개를 절레절레 저으며 안쓰러운 표정을 짓자, 유리 역시 심각한 표정을 지었다.

은지의 말을 듣고 보니, 만일 정말 그렇게 슬프고 아픈 과거를 지닌 사람이라면, 참으로 안됐다. 갑자기 팀장이 한없이 가엾고 측은하게 느껴지기 시작한다.

"어쨌거나, 그 일 이후로 너한테 잘해 준다는 거지? 니네 팀장 말이야."

"응, 아직까지는 그래. 담 주에 회사 나가면 또 어떻게 변해 있을진 모르지만……."

"야! 과거에 무슨 일이 있었는지는 모르지만, 잘 됐다. 너한텐 잘 된 일이야. 최소한 상처 주는 말은 더 이상 퍼붓지 않을 거 아니야. 또 죽을지도 모른다고 생각할 테니깐. 하하하."

"야! 넌 웃음이 나오냐?"

"웃지 않을 이유는 또 뭐냐. 즐겁게 살자. 즐겁게 살아. 응?"

"지지배."

띠리링!

그때 은지의 문자 알림음이 울렸다.

[누나! 푹 잘 자고 내일 봐요. 사랑해요. 무열.]

"후후! 자식."

문자를 확인한 은지가 빙그레 웃으며 기분 좋은 홍조를 띠자, 이 모습을 물끄러미 바라보던 유리가 호기심 가득한 표정을 지었다.

"누구야?"

"응, 우리 레스토랑에서 같이 일하는 녀석."

"그 녀석이 이 시간에 왜?"

유리의 질문에 은지가 맥주를 한 모금 마시더니, 비어져 나오는 웃음을 참지 못하고 하하, 웃었다.

"글쎄. 요 녀석이 내가 좋단다. 사랑한대나 어쩐대나. 하하하. 아직 머리에 피도 안 마른 녀석이. 웃기지 않냐?"

어제 저녁, 함께 맥주를 마시고 집으로 돌아오는 길목에서 무열은 은지에게 자신의 마음을 고백했다. 첫사랑이라고 했다. 레스토랑에서 은지를 처음 보자마자 사랑에 빠졌다고 했다. 그의 마음이 순수하고 투명해 보였으나, 은지는 그 마음을 받아 주진 않았다.

부담스러웠기 때문이다. 첫사랑이란 것이, 얼마나 위험한 것인지 너무나도 잘 알았기에, 함부로 그 마음을 받아 줄 수 없었다. 사실 은지는 첫사랑 이후, 사랑을 믿지 않게 되었다.

사랑이라는 단어 자체가 모순이었다. 사랑은 언제나 불친절한 대상일 뿐이었다. 깊은 고통과 절망만 안겨 주는 모순 덩어리, 사랑. 때문에 은지는 사랑이라는 단어 자체를 경멸했다.

한편 무열의 얘기를 하면서 표정이 점점 어두워지는 은지를 물끄러미 바라보던 유리가 재빨리 분위기를 바꿔 보고자, 일부러 더욱 명랑한 톤으로 입가에 야릇한 미소를 지은 채 말한다.

"넌, 어떤데?"

"뭐가?"

"그 아이 말이야. 너도 좋냐고?"

"나? 음……. 그것이……."

"좋은 거네. 저렇게 생각하는 척하는 걸 보니 좋은 거야. 천하의 오은지 양께서 싫어 봐. 당장 만나 주지도 않을 거면서. 일단 만나고 얘기 들어 보고 하는 걸 보면 너도 좋은 거야."

6년을 함께 산 친구였다. 때문에 유리가 자신의 마음속 상처를 건드리지 않고자 지금 일부러 더욱 명랑하게 행동하고 있음을 눈치챈 은지 역시 밝은 표정으로 고마움을 대신한다.

"음……. 같이 있으면 기분이 좀 좋아진다고 할까. 그 아이 미소가 굉장히 순수하고 아름답거든. 그리고 잘생기고 괜찮은, 그것도 연하가 좋아한다는데, 조금쯤은 호감이 가지 않을 사람이 어디 있니? 이 세상에."

"나! 나 있잖아."

"아아! 맞다. 정유리. 네가 있었구나. 너 좋다고 달려들면 걸음아, 나 살려라, 싫다고 도망치는 희귀종, 정유리. 하하하하. 내 옆에 있었어. 이런 희귀잡종 부류가. 하하하."

"뭐어? 희귀잡종 부류? 야! 오은지."

은지의 말에 다소 심각해지는 유리였다. 그러나 사실이었다. 자신은 남자를 받아들이지 못하는 운명을 타고났다. 그녀 스스로 그렇게 결론 내 버렸다. 그렇다고 막무가내로 남자를 멀리하는 것은 아니었다. 그들이 친구나 동료일 때는 매우 잘 지낸다. 그러다가 그 남자들이 호감과 이성의 감정을 품고 다가오기 시작하면 문제가 발생하고 만다.

상대방이 자신에게 좋아한다 고백을 하는 그 순간부터, 발끝을 시작으로 온몸에 벌레가 기어 다니는 듯 스멀스멀 혐오감이 올라왔던 것이다. 더불어 그 상대가 섬뜩하고 징그럽게 느껴지기까지 하니, 한때는 자신의 성(性) 정체성에 대해 심각하게 고민해 보기도 했을 정도였다.

거기에 남자의 손이 자신의 몸에 닿는 것에 대한 극도의 거부감도 함께였다. 마음으로 남자를 받아들이지 못하는데 몸이 그것을 받아들이지 못하는 것은 어찌 보면 당연한 일일 것이다.

그래서 유리 때문에 상처받고 울며 되돌아간 남자들이 얼마나 많았던가. 손이라도 잡을라치면 까무러치고, 고백을 했다가는 당장 매몰차게 걷어차이니 말이다. 그렇게 자신의 어처구니없는 운명을 숙명으로 받아들이며, 평생 혼자 살 팔잔가 보다 덤덤하면서도 씁쓸한 생각에 빠져 있던 유리의 귓가로 낮은 저음의 목소리가 들려왔다.

'나 보고 싶으면 언제든지 이곳으로 와. 기다릴게, 레이디.'

불현듯 떠오른 그 남자 때문에 유리의 눈이 순간 놀라움으로 커지기 시작했다. 그 남자. 그동안 경황이 없어서 깨닫지 못했었는데, 클럽에서의 그 남자에게 안겼을 때 그리고 키스했을 때, 아무렇지도 않았다. 오히려 그의 품과 키스가 황홀하게 느껴지며 그립기까지 했다.

'미안해요.'

더불어 해운대 바닷가에서 자신을 꼭 끌어안고 미안하다, 속삭이듯 말하는 팀장의 모습이 떠올랐다. 생각해 보니 팀장에게 안겼을 때도 아무렇지 않았다. 오히려 그의 품이 한없이 따뜻하고 푸근하게 느껴졌었다.

　'아아! 그 향기. 소나무 향.'

　그리고 그 남자와 팀장에게서 솟아오르던 향기, 소나무 향까지 똑같다. 이상하다. 정말! 이상했다. 팀장, 그리고 팀장 닮은 그 남자. 아무래도 동일인물 같다.

　그 남자가 자기는 팀장이 아니라고 했지만, 그 말을 곧이곧대로 믿은 자신이 어리석었다. 거짓말일 수도 있었는데, 한 치의 의심도 없이 그만 믿어버리고 말았다. 아니, 어쩌면 자신이 그렇게 믿고 싶었던 것 일수도 있었다. 그 남자와 팀장이 같은 사람이 아니기를 바라는 마음 때문에 그렇게 쉽게 믿어 버렸던 것일지도 모르겠다.

4. 마음의 끌림

어두운 밤. 불도 켜지 않은 거실 유리창 앞에 하선이 바지 주머니에 손을 넣은 채로 서서 멀리 한강변 아름다운 야경을 바라보고 있다.

빨갛고 노란 불빛들이 조화롭게 반짝이며 깊은 고뇌에 빠져 있는 하선의 얼굴 위로 아련한 빛을 드리우고 있었다.

잠시 어떤 생각에 깊이 빠져 있던 그가 천천히 주방으로 들어와 위스키를 병째 꺼내 들고 거실로 나오다, 장식장 위 가지런하게 진열되어 있는 사진 속 환하게 웃고 있는 여인에게로 시선을 고정시킨다. 그것을 바라보는 하선의 표정이 매우 슬프고 애달프다. 안타깝고 쓰라리다.

'나는 아직까지도 너에게서 벗어날 수가 없는데…… 이렇게 6년 내내 너 때문에 가슴 시리고 아픈 날들 속에 괴로웠는데…… 너는…… 너는……'

손에 들고 있던 위스키를 병째 한 모금 들이마신 그의 눈가로 한강대교를 건너는 자동차 전조등의 붉은 불빛이 일렁이며, 6년 전으로 빠져 들어간다.

"오빠, 오늘 즐거웠어."

귀뚜라미 울음소리가 구슬픈 가을 저녁, 꿈같은 데이트를 마친 하선과 미카가 그녀가 살고 있는 아파트 앞에 서서 아쉬운 작별을 나누고 있었다. 하루 종일을 함께했는데, 헤어진다고 생각하니 다시금 그녀가 그리워진다.

"헤어지기 싫다."

하선이 그녀의 허리를 한 손으로 휘어감아 자신의 품으로 끌어당긴 후, 키스했다.

"사랑해, 오빠."

꿈같은 키스를 마치고 미카가 천사처럼 웃으며 사랑을 속삭였다. 그 모습에 하선이 그녀를 또 자신의 넓은 품 안으로 끌어당기며, 대꾸했다.

"나도 사랑해, 미카. 들어가서 푹 자고, 내일 보자."

"응, 잘 가."

"그래, 들어가."

그녀를 집 안으로 들여보내고 행복으로 벅찬 가슴을 안고 뒤돌아 오는 그의 발걸음이 깃털처럼 가벼웠다. 이제 그녀는 하선의 전부가 되었다. 그녀 없는 삶은 상상도 할 수 없었다.

때문에 하선은 그녀와 함께 자신의 미래를 계획하고 꿈꾸기 시작했다. 사랑에 빠진 사람의 우주는, 그 사람을 중심으로 돈다. 하선도 마찬가지였다.

아기자기한 주택들이 가지런한 거리 위로 붉게 물든 단풍잎이 하나, 둘 소리 없이 내려앉고 있었다. 하선이 그 거리를 지나 자신의 집에 거의 도착했을 즈음, 갑자기 어떤 사내가 나타나 하선의 앞길을 가로막았다. 얼마나 많은 양의 술을 마셨는지 거리로 알코올 냄새가 진동을 했고, 그 사내는 똑바로 서 있을 수조차 없는지 몸을 휘청거렸다.

흐릿한 가로등 불빛에 자세히 살펴보니, 그 사내는 다름 아닌 성태였다.

"최성태!"

"그래, 나 성태다. 잘난 이하선을 평생 이기지 못하는 못난 새끼. 최성태란 말이다."

"왜 이렇게 술을 많이 마셨어. 들어가자."

하선이 그의 팔을 잡으려 하자, 성태가 휙 거칠게 하선의 손을 뿌리치며 그를 날카롭게 바라봤다.

"넌 좋겠다."

"뭐가?"

"미카엘라…… 내기에서 이겨서……."

"무슨 말이 하고 싶은 거야?"

내기라는 말에 하선의 표정이 심각하게 굳어지기 시작했다.

"미카엘라도 알고 있냐? 네가 내기 때문에 자신에게 접근했다는 거! 사실은 널 사랑하는 게 아니라 나랑 내기해서……."

"성태야, 최성태. 내가 너한테 내 진심, 이미 다 말했잖아. 처음엔 그래…… 그렇게 시작했지. 그런데 난 진심으로 그녀를 사랑해,

내기 때문이 아니었다고. 너도 알잖아. 내가 정말로 미카를 진심으로…… 서, 성태야……."

갑자기 성태가 그 앞에 무릎을 꿇고 앉았다. 조금 전까지 독기 가득했던 눈빛 대신 슬픔 가득한 고통이 서려 있었다.

"하선아…… 네가 나한테 한 번만 져 주면 안 되겠니? 다른 건 몰라도 이번만큼은 결과에 승복 못 하겠다. 네가…… 네가…… 나 한 번만 봐줘라. 응? 미카엘라, 나한테…… 양보해 줘. 나 이런 감정 처음이야. 정말로…… 이런 감정은…… 태어나서…… 그녀 때문에…… 미치겠어……. 갖고 싶어…… 갖고 싶어서 참을 수가 없어. 그런데…… 그녀는 나를 제대로 봐 주지도 않는다. 너 때문에…… 그러니 네가……."

"미친놈. 가라. 제정신 아닌 놈하고 말 섞기 싫다."

"하선아, 이하선. 너 내 친구잖아. 가장 친한 친구한테 한 번쯤 양보해 줄 수도, 져 줄 수도 있잖아. 미카엘라만 양보해 주면 평생 너한테 잘……."

"미카가 물건이야? 사랑이 물건이냐? 넌 사람도 사랑도 그렇게 물건 양보하듯 쉽니? 넌 미카를 사랑하는 게 아니야. 그저 다른 물건들처럼 소유하고 싶은, 갖고 싶은, 소유욕일 뿐이라고. 그런데 갖고 싶은 물건을 못 가지니 더 애가 타는 것이겠지. 그것을 사랑이라고 착각하고 있는 거라고. 사랑은 말이다, 성태야. 정말로 사랑한다면, 상대방이 원하는 것을 하게끔 배려……."

"됐다! 싫다면 싫다고 해라. 이 상황에서도 잘난 척은. 재수 없는 새끼! 이제부터 난 너와 친구 아니다. 그리고 미카엘라는…… 내가 어떻게 해서든 가져올 거다. 반드시 내 거로 만들 거다."

하선을 향해 독기 가득한 눈빛을 쏟아부은 성태가 비틀비틀 걸음을 옮겨 자신의 집으로 가 버렸다. 이 모습을 가만히 바라보고 있는 하선의 마음이 복잡하고 뒤숭숭하다. 이런 식으로 친한 친구를 잃고 싶지 않았는데, 씁쓸했다. 안타까움으로 하선의 마음이 답답했다.

휴우!

그의 깊은 한숨이, 낮게 내리깔리고 있는 밤공기에 섞여 어디론가 사라진다. 위스키를 연속으로 들이마시고 있는 하선의 눈가가 더욱더 깊어지고 복잡해진다.

고통을 끌어안고 사는 자(者)와 고통을 잊어버리고 사는 자(者), 둘 중 누가 더 행복하고 불행한 것일까. 하선이 스르르 눈을 감자, 또르르 눈물 한 방울이 볼을 타고 조심스럽게 흘러내렸다.

그러다 갑자기 소파에서 벌떡 일어선 하선이, 가죽바지와 가죽 재킷으로 갈아입고 집을 나섰다.

혼자 있는 시간, 적막한 공간을 참을 수 없었기에 소음 가득하고 혼자 있지 않아도 되는 곳, 클럽으로 향한다. 자신의 하얀색 세단 옆에 세워 놓은 고급 오토바이를 타고 서강대교를 달리자, 답답하고 갑갑했던 마음이 조금은 시원해지기 시작한다.

그 남자와 팀장, 팀장과 그 남자를 오가며 계속해서 무언가를 생각 중이던 유리가 침대에서 벌떡 일어나 앉았다. 도무지 잠이 오지 않았다. 그리고 자신의 직감이 그 남자가 팀장이 맞다 확신하고 있었다.

왜 진작 그 사실을 깨닫지 못했을까. 너무나도 완벽하게 일치하는 한 사람을 놓고, 단지 차림새가 조금 다르다고 해서 다른 사람이라고 믿어 버리다니. 이런 자신이 한없이 한심스러웠다.

'안 되겠다. 확인해 봐야겠어. 오늘은 반드시 확인해 봐야겠어.'

클럽으로 가면 있겠지. 언제나 늘 그곳에 있었으니깐, 오늘도 분명히 그곳에 있을 것이라고 생각한 그녀가 클럽으로 가기 위한 단장을 시작한다.

두근두근, 자꾸 가슴이 뛰고 떨리고 긴장된다. 호흡이 가빠지고 설렌다.

왜 이런 감정이 드는 것인지 잘 모르겠다. 그를 확인하러 가는 자리지만, 오늘은 왠지 예쁘게 치장을 하고 그 앞에 나타나고 싶었다. 그 남자든, 아니면 이하선이든지간에 두 사람 모두에게 잘 보이고 싶은 마음이 강했다.

두 남자 모두 처음부터 자신에게 강렬하게 다가온 사람들이었다. 그래서인지 지금까지 단 한 번도 그 남자와 팀장이 자신의 머릿속에서 사라진 적이 없었다. 이하선에게는 미움과 원망, 증오의 감정이 가득했다가 며칠 전부터 동정과 호기심의 감정으로 바뀌기 시작했고, 그 남자에게는 알 수 없는 강렬한 끌림과, 육체적 접촉에 대한 호기심으로 가득했었다.

그런데 이 두 사람이 같은 사람이었다고 생각하자, 갑자기 이 모든 감정이 하나로 합쳐지면서 혼란스러웠다.

어쨌거나, 은지의 옷장에서 클럽과 잘 어울릴 만한 블랙 스팽글 민소매 원피스를 꺼내 입자 그녀의 늘씬한 바디라인이 아름답게 드러났다. 은은하게 화장을 하고, 긴 머리는 빗어 단정히 넘겨 두고, 적당히 화려한 귀걸이와 팔찌를 착용하자 유리의 모습은 완벽하게 세련되고 아름다웠다.

'이제 됐다.'

거울 속 자신의 아름다운 모습에 심호흡을 깊게 내뱉은 유리가, 단잠에 빠져 있는 은지 옆에 메모지를 한 장 남겨 두고 집을 나섰다. 그를 확인하러, 아니 그를 만나러 클럽으로 향했다.

쿵쿵쿵쿵!

클럽은 요란한 음악 소리에 시끌벅적 왁자하고, 금요일 밤이라 그런지 사람들은 더욱더 북적댔고, 분위기는 뜨거웠다. 그곳에서 춤을 추고 있는 사람들과 술을 마시고 있는 사람들의 얼굴 위로 가지각색의 표정과 웃음이 끊임없이 피어오르고 있다. 그동안 일상에 지쳐 찌들었던 몸과 마음, 고단함을 한꺼번에 날려 버리기라도 하는 듯 그들의 몸짓과 표정은 활기찼다.

이제 유리는 두리번거리지도 않고 클럽에 들어서자마자 바로 한쪽 구석, 룸이 있는 복도로 향한다. 그녀의 표정은 단호했으나, 심장은 계속된 긴장감으로 정신없이 뛰고 있었다. 그 남자가 진짜 팀장이라고 해도 이제 모르겠다. 일단 확인 먼저 하는 것이 급선무였다.

복도에 들어서자마자 첫 번째 룸의 문을 천천히 열어 보았다. 없다. 유리가 자신을 의아하게 쳐다보는 사람들에게 죄송합니다, 작게 인사하고 문을 닫았다. 두 번째, 세 번째 룸에도 그는 없었다. 네 번째 룸 앞에서 잠시 호흡을 가다듬은 그녀가 천천히 문을 열었다.

쿵!

문을 열자마자 유리의 심장이 세차게 내려앉는다. 몇몇의 여자들이 일어나 노래를 부르고 춤을 추고 있는 사이, 저 멀리 소파에 혼자 앉아 고통스런 표정으로 위스키를 마시고 있는 그 남자의 모습이 눈에 들어온 것이다.

여러 사람들과 함께 있지만 지독히도 외로워 보이는 그 남자의 모습에 유리는 확신했다. 오늘따라 가발을 쓰고 있지 않은 그가, 이하선이었다는 것을. 깔끔한 슈트가 아닌 터프해 보이는 가죽재킷을 입었지만 그는 분명한 이하선이었다.

두근거리는 마음을 부여잡고, 유리가 천천히 그 남자에게로 다가갔다.

도대체 무슨 사연이 있는 것인가.

어떤 가슴 아픈 사연이기에, 매일 밤 변장을 하고 이곳에서 고통과 아픔을 달래고 있는 것인가.

어떤 사연이기에 매일 손을 그렇게 닦는단 말인가.

어떤 사연이기에 그렇게 냉혈한이 되었단 말인가.

유리가 안타까운 눈빛으로 그를 바라보기 시작했다. 노래를 부르고 춤을 추던 여자들이 모든 동작을 멈추고 유리를 의아하게 바라보았다. 그러자 잔을 들고 술을 마시다, 그녀의 등장에 살짝 당황의 눈빛을 띠던 그 남자가, 이내 무심하고 무뚝뚝한 표정으로 돌변한다.

"나 보고 싶어서 온 건가?"

"네……."

의외라는 듯 그가 씨익 웃더니, 유리의 등장에 어안이 벙벙해서 멀뚱멀뚱 서 있는 여자들을 향해 낮게 소리쳤다.

"다 나가!"

그러자 그녀들이 유리를 한 번 날카롭게 쏘아보고는 김샌 표정과 함께 밖으로 사라졌다. 이제 유리와 그 남자, 단둘이만 남게 된 그 공간은 조용했고, 문밖에서 새어 들어오는 시끄러운 음악 소리만이 직게 들릴 뿐이었다.

"앉지."

그 남자가 맥주잔에 맥주를 따르며 고갯짓으로 맞은편 소파를 가리켰다. 그리고 유리가 앉자 맥주잔을 넘기며 그녀를 뚫어져라 바라보기 시작했다.

평소와 달리 아름답게 치장하고 나타난 그녀는, 요염하고 도발적이었다. 그녀를 바라보는 그 남자의 눈빛이 깊어지며 그윽해졌다. 평소보다 다소 많은 양의 술을 마신 그는 더 이상 자신의 표정으로 드러나고 있는, 그녀에 대한 욕망과 욕구를 절제하지 않고 그대로 내버려 두고 있었다.

한편, 맞은편에 앉아 그 남자의 뜨거운 눈빛을 고스란히 받아내고 있던 유리가 더 이상 참지 못하고 맥주를 벌컥벌컥 들이켰다. 온몸이 데일 것처럼 그 눈빛은 뜨거웠고 열에 달떠 있었다.

팽팽한 긴장감이 두 남녀 사이를 훑고 지나간다. 서로의 몸은 점점 달아오르기 시작한다.

이 터질 듯한 긴장감을 먼저 깬 것은 그 남자, 이하선이었다.

"이제 말해 보지. 여기 온 진짜 이유! 또 팀장인지 아닌지 확인하러 온 건가?"

그가 낮은 목소리로 무표정하게 물었다.

"아니요."

차마 그렇다, 말할 수 없었다. 이미 저 남자가 팀장이라는 것을 확실하게 알았고, 그가 먼저 자신의 존재를 밝히지 않는 이상 먼저 나서서 정체를 알았다고 알리고 싶지 않았다.

그가 어떤 이유 때문에 자신의 정체를 숨기고 싶어 한다면, 모르는 척 넘어가 주는 것이 상대방에 대한 배려일 것이리라. 인간에 대한 예의일 것이리라.

"아니다…… 그러면 오늘은 뭣 때문에 온 거지?"

"그냥 답답해서 놀러 왔다가 당신이 있는지 없는지 확인해 보고 싶었어요."

유리의 마음은 자신도 모르는 사이, 이미 그에게로 넘어가 버린 듯 보였다. 자꾸만 마음이, 몸이 그쪽으로 끌려가고 있었다. 어쩌면 처음, 그와 키스를 했을 때부터 끌림이 시작되었는지도 모를 일이다. 머리로는 자신의 이런 행동이 도저히 이해가 안 되었지만, 몸과 마음이 자꾸 그를 향해 달려가고 있었다. 이런 강력한 끌림은, 불가항력적이었다.

"재미있군."

그 남자가 또 위스키를 들고 잔에 따르려는 순간, 유리가 다가가 그의 술병을 낚아챘다. 그러자 그가 놀란 눈빛으로 그녀를 바라본다.

"제가 따라 드릴게요."

"……."

술을 따르고 있는 유리를 바라보는 그의 눈빛이 다시 뜨거워졌다. 이 여자, 도저히 자신을 참을 수 없게 만들고 있었다. 불현듯 나타나, 오늘 하루 종일 간신히 내리 잡아 눌렀던 욕망에 다시 불을 지피고 있었다.

이제 어쩔 수 없다, 자신도 더 이상 참을 수 없다, 생각한 그가 그녀의 손목을 거칠게 잡아 자신 쪽으로 끌어당겨 무릎 위에 앉혔다.

두근두근.

순식간에 그 남자의 탄탄한 허벅지에 앉게 된 유리의 심장이 미친 듯이 뛰기 시작했다. 살포시 소나무 향과 진한 위스키 향이 섞여 코끝으로 다가와 알싸하게 맴돈다.

"왜! 왜 내가 있는지 없는지 확인해 보고 싶었지?"

낮고 허스키한 목소리와 함께, 원피스 밖으로 드러나 있는 유리의 매끈하고 부드러운 팔을 그가 손등으로 미끄러지듯 천천히 훑어 내렸다. 그의 손길은 짜릿했고, 유혹적이었다. 그녀는 그의 그런 행동을 제지하지 않고 그냥 내버려 두고 있었다.

"그냥…… 궁금했어요."

"그냥, 궁금했다……."

팔을 훑어 내리던 그의 손이 이번엔 그녀의 얼굴 위로 가 닿았다. 뺨을 부드럽게 타고 내려오던 손길이 사슴처럼 길고 가녀린 목덜미를 지나 쇄골 근처에 머물렀을 때, 유리는 눈을 질끈 감았다. 너무나도 강렬한 느낌에 심장이 멈춰 버릴 것만 같았기 때문이다.

그때, 그의 손길이 멈췄다.

그리고 하선은 자신의 무릎 위에 앉아 있는 유리의 허리를 한 팔로 휘어 감고 그녀를 무심하면서도 그윽하게 바라본다.

그 눈빛에 심장이 타들어 간다.

"이제 궁금한 것을 확인했으면, 가 보지. 여기 더 있으면, 당신 위험해질 수도 있으니 말이야."

말로는 가 보라면서도 그는 그녀의 허리를 놓지 않았다. 몸은 뜨거웠고, 숨결은 불규칙적으로 달떠 있었다. 유리 역시 파르르 떨리는 목소리로 조용히 그의 귓가에 입술을 가져다 대고 속삭인다.

"어떻게…… 위험해지는데요?"

이런 행동은 어디서 배웠는지, 그녀의 몸짓 역시 상당히 도발적이고 유혹적이었다.

유리는 지금, 깨닫고 있었다. 이 남자에게서는 남자 알레르기가 작동하지 않는다는 사실을.

그 자체만으로도 매우 의미 있는 일로, 어쩌면 그와 자신은 오래전부터 엮일 수밖에 없는 운명을 타고난 것일지도 모른다고 생각했다. 그리고 그의 강렬한 손길과 눈빛에 폭풍이 몰아치듯 그녀의 감정은 심하게 요동치고 흔들렸다.

유리의 질문에 하선이 그윽하고 매혹적으로 그녀를 바라보다 피식 웃었다. 그 웃음마저 미치도록 치명적이었다.

"정염으로 들끓고 있는 남자 앞에, 당신처럼 아름다운 여자가 유혹적으로 앉아 있다면 어떻게 위험해질 수 있을까? 멍청한 여자가 아니라면, 그만 가 보지. 그래도 그동안의 정(情)을 생각해서 곱게 보내 주는 거니……."

그러면서 허리를 잡고 있던 팔을 풀고 그녀를 옆으로 내려놓으려는 순간, 유리가 그의 목을 끌어안았다. 싫다. 이 남자를 놓기 싫었다. 그를 알고 싶고, 그를 느끼고 싶었다.

한편 자신의 목을 꼭 끌어안고 있는 유리 때문에 잠시 당황한 하선 역시 더 이상 참지 못하겠다는 듯 그녀를 세차게 끌어안은 다음, 잽싸게 그녀의 입술에 자기 것을 포갰다. 입술과 입술이 마주치고, 숨결과 숨결이 섞여 들어가기 시작한다.

곧이어 안으로 깊게 휘감고 들어오는 그의 혀는 격정적이고 거칠었으며 부드럽고 달콤했다. 그것을 받아들인 그녀의 온몸으로 짜릿한 전류가 흐르고 지나갔고, 그의 넓은 등을 더욱 세게 끌어당겨 자신의 몸을 그에게 바짝 밀착했다.

쿵! 쿵! 쿵! 쿵!

문밖에서 새어 들어오는 비트의 쿵쾅거림인지, 두 남녀의 세찬 가슴 떨림의 두근거림인지 정체를 알 수 없는 쿵쿵댐이 룸 안 가득 울려 퍼진다. 그녀를 안고 있는 그의 팔에 힘이 산뜩 들어갔고, 마치 다시는 놓치지 않겠다는 듯 몸짓은 애처로웠다.

그녀 역시 그의 모든 손길과 몸짓을 거부하지 않고 받아들이고 있었다. 다른 남자와 달리, 이 남자의 품은 포근함과 따뜻함으로 자신의 온몸을 휘어 감았고, 이 남자의 입술과 손길은 거부할 수 없는 치명적 마력으로 짜릿했다.

격한 감정으로 두 남녀의 몸은 점점 뜨겁게 달아오르기 시작했다. 이제, 이 남자가 팀장이어도 상관없었다. 이미 유리는 그에게 완전히 압도당하고 있었다. 그의 눈빛에, 손길에, 몸짓에 완전히 압도되었다. 생애 처음으로 느껴보는 강렬함이었다.

쿵! 쿵! 쿵! 쿵!

서로를 세차게 끌어안고 있는 두 남녀의 키스는 그렇게 멈출 줄 모르고 계속되었다.

어느새 밝게 새어 들어오는 아침햇살에 유리가 인상을 찌푸리며 잠에서 깼다.

깨자마자 그 남자, 하선의 얼굴이 떠올랐다. 찌뿌둥한 몸을 일으켜 세우고 지끈거리는 머리를 쥐어 잡았다. 은지는 벌써 출근했는지 보이지 않았다.

어젯밤, 클럽에서 집에 어떻게 돌아왔는지 잘 기억나지 않았다.

그의 오토바이를 타고 함께 오긴 했지만 그가 무슨 말을 했고, 어떤 표정을 지었는지 잘 기억나지 않았다. 다량의 술을 마신 것처럼 정신은 몽롱했고 의식은 흐리멍덩했다.

그저 집 앞에서 그가 자신의 이마에 살짝 키스를 했고, '또 언제 볼 수 있어요?' 라고 묻는 질문에 '더 이상 클럽에 오지 마, 이제, 나도 오지 않아.' 라고 답하고는 조용히 떠나 버린 것만 어렴풋이 기억났다.

이제 클럽에 오지 않는다, 무슨 의미일까.

더 이상 자신을 만나지 않겠다는 의미인가. 자꾸 자신과 엮이는 것이 싫어서? 그래서 오지 말라는 것인가?

자신의 마음은 이미 그에게 다가갔는데, 그는 네 마음 받을 수 없다, 난 아니다, 한발 뒤로 빼는 것인가. 갑자기 머리가 더 지끈거렸다. 심경이 복잡하다. 일어나서 화장실을 가려는 순간, 전화벨이 울린다.

"여보세요."

-딸, 엄마야. 오늘은 집에 올 거지? 너 얼굴 못 본 지 몇 주는 됐다. 아빠 삐쳤어. 너 안 온다고.

엄마의 목소리에 순간 왈칵 울음이 솟구쳐 올라오려는 것을 간신히 참았다. 때로는 몸과 마음 모두 지쳐 있을 때, 가족의 목소리를 듣는 것 자체만으로도 큰 위로가 된다.

"알았어. 엄마. 오늘 갈게."

-어어. 그래. 점심때 맞춰 와. 엄마가 너 좋아하는 배추지지미 해 놓을게.

"응, 이따 봐, 엄마."

기차역에서 대전 가는 기차를 탄 그녀가 창가에 앉아 멍하니 창밖 풍경을 바라보았다. 건물과 가로수, 먼 산이 스치고 지나가는 가운데, 하선의 얼굴이 그 풍경들과 겹쳐 나타났다 사라졌다를 반복하고 있었다. 이제 그녀의 머릿속은 온통 그 남자로 가득 찼다.

잠에서 깬 지 꽤 되었지만 아직까지 침대에 누워 일어나지 않고 있는 하선 역시 유리를 생각하고 있었다. 그녀의 향기로운 숨결, 매끈하고 부드러운 살결, 달콤한 입술을 생각하자 그의 몸 가운데서 뜨거운 것이 불쑥 올라온다.

그녀의 달라진 눈빛, 자신을 향한 애틋한 손길, 호감이 묻어나는 몸짓으로 자신을 온전하게 받아들인 어젯밤 그녀의 모습에 하선의 마음이 뜨거워진다.

이제 곧, 그녀가 자신에게 완전하게 다가올 날이 멀지 않았다고 생각하자 알 수 없는 벅찬 감정이 솟구쳤다. 동시에 깊은 슬픔도 함께 일었다.

그녀에 대한 양가감정(ambivalence)!

유리를 바라보면 기쁨과 슬픔이, 행복과 고통이, 희망과 좌절이 동시에 함께 몰려왔다. 이율배반적 감정이 그녀를 통해 느껴지는 것이다. 6년이라는 긴 세월, 미카가 남겨 놓고 간 트라우마인가!

이 긴 시간 동안, 하선은 감정이 전해 주는 모든 희로애락을 끊고 살았다. 마치 모든 통신선을 절단해 버리고 외딴섬에 고립되어 사는 사람처럼 감정이라는 선을 모두 잘라 냈었다. 때문에 그는 인간이었으나, 인간이 아니었다. 스스로를 그렇게 만들었다. 철저

하고도 처절하게 자기 스스로에게 형벌을 가했던 것이다.

특히 여자를 향한 그의 감정은 아예 죽었다고 해도 좋을 만큼 냉담했고, 무심했다. 사실 그가 스스로 감정을 절제하는 부분도 있었지만, 그의 심장이 그 어떤 매력적인 여자가 다가와도 전혀 반응하지 않았었다. 때문에 6년 동안 그의 심장을 뛰게 만든 여자는 단 한 명도 없었다.

그런데 그녀, 정유리!

처음 입사지원서를 검토하다 그녀의 사진을 보게 된 그 순간부터 그의 심장은 그녀를 향해 세차게 뛰기 시작했다. 마치 벼락을 맞은 것처럼 강력한 통증이 심장 전체를 훑고 지나갔다. 숨을 쉴 수조차 없었다. 그리고 정확히 그 시점부터 그녀를 향한 양가감정, 도저히 서로 모순되어 양립할 수 없는 이율배반적 감정이 움트기 시작한 것이다.

'유리, 미카. 미카, 유리.'

침대에 누워 머릿속에 이름을 떠올렸다 지웠다를 반복하던 하선의 표정이 복잡해지고 있었다.

그러자 그가 벌떡 일어나 화장실로 걸어가 샤워기에 물을 틀었다. 세차게 떨어지는 물줄기 아래, 고뇌에 젖은 그의 얼굴이 수려하다.

대전 집에 온 유리가 정원 한쪽에 놓여 있는 평상에 누워 밤하늘을 바라보고 있었다. 간만에 사랑이 듬뿍 담긴 엄마표 집 밥을 먹어서인가, 마음이 따뜻하고 푸근해졌다.

많지는 않지만 어두컴컴한 밤하늘, 몇 개 반짝이는 별들도 아름다웠다. 그때 엄마가 아빠와 함께 수박을 들고 나왔다.

"수박 먹자. 우리 딸."

엄마보다 아빠가 더 다정하게 유리를 불렀다. 엄마보다 더 많은 스킨십을 자식들에게 해 주고 있는 아빠는 말 그대로, 딸 바보, 아들 바보였다.

"회사는 힘들지 않고?"

"응, 그렇죠, 뭐. 직장 생활 다 만만치 않다고 하더니만 그 말은 맞는 것 같아요."

"어디 직장 생활만 그렇겠니. 사람 사는 세상 모두 만만치 않은 것을. 그 만만치 않은 세상 속에서도 어떤 마음가짐으로 살아가느냐, 그것이 중요한 거란다. 항상 긍정적인 생각과 태도는 긍정적인 결과를 불러오고, 부정적인 생각과 태도는 부정적인 결과를 불러오는 것이지. 우주에 떠돌아다니는 수많은 에너지 중 어떤 에너지를 끌어오느냐는 결국 자기한테 달려 있단 말이다. 무슨 말인지 알겠지?"

"네, 아빠. 그래서 항상 긍정적으로 생각하고 좋게 좋게 살려고 노력 중인데, 뭐 잘 안 될 때도 있잖아요."

무슨 말인가 아빠가 또 입을 열려고 하자, 엄마가 잽싸게 끼어들어 아빠의 입을 닫아 버렸다.

"아이고, 머리 아파라. 유리야, 네 아빠, 누가 교수 아니랄까 봐 또 강의 시작한다. 이번에 시작하면 아마 오늘 밤새도 모자랄 거다. 여보, 우리 딸 피곤해요. 그만 들어가 잡시다. 네?"

"허허, 사람 참. 알았어요. 들어갑시다. 유리야, 너도 모기 물린다. 어서 들어가 자라. 내일 새벽 아빠와 약수터 어때? 콜?"

"아하하. 콜! 아빠."

언제나 힘이 되어 주고 든든한 버팀목이 되어 주는 소중한 가족, 투닥투닥 서로에게 밉지 않은 표정을 지어 보이며 안으로 들어가는 엄마와 아빠를 물끄러미 바라보던 유리가 낮은 한숨을 내쉬었다.

자신도 먼 훗날, 그와 함께 엄마, 아빠처럼 저렇게 알콩달콩, 투닥거리면서도 그것이 인생 최고의 행복이라고 생각하며 소박하게 살 수 있을까. 그러다 갑자기 푸식 웃음이 새어 나온다.

'이봐요, 정유리 씨. 아직 시작도 못 했는데 벌써 나이 들어서 어떻게 살까를 걱정하다니, 참 너도 너다. 대책 없다. 정유리.'

방으로 들어오면서 잠드는 그 순간까지도 유리는 하선만 생각하고 있었다. 그의 생각이 머릿속에서 떠나질 않고 있었다.

여기가 어디지? 알 수 없는 공간에 서 있는 유리가 주변을 의아한 듯 바라보고 있었다.

"여기, 여기!"

"이쪽으로 패스! 패스!"

소리가 들리는 방향으로 고개를 돌렸더니, 운동장에 몇몇의 남자들이 축구를 하면서 뛰어다니는 것이 눈에 들어왔다.

'여기, 학교구나.'

그제야 아름다운 중세풍 건물이 여기저기 솟아 있는 이곳이 막연하게 학교 교정이라는 느낌이 들었고, 숲을 끼고 아담하게 들어앉아 있는 이곳은 학교 대운동장이라는 사실을 깨달았다.

의식과 무의식을 번갈아 오가는 몽롱한 상태로 저들의 밝은 웃음소리와 신나게 뛰어 달리며 공을 차는 학생들을 바라보던 유리는 공기 중으로 묘한 향기가 바람을 타고 지나가는 것을 느꼈다.

향긋한 솔향기 같았다.

바람이 불어오는 방향으로 고개를 돌리자 햇볕에 반짝이는 초록색 잎들은 서로 제 몸을 부딪치며 아름다운 소리를 만들어 내고, 쪽빛만큼 강렬한 하늘에는 흰색 물감을 흩뿌려 놓은 것처럼 구름을 바람의 방향으로 흘려보내고 있었다.

순간 흘러가는 구름 사이로 작열하는 해를 보았을까?

눈 속으로 강렬한 빛이 들어와 한동안 감고 있던 눈을 찡그렸다 뜨자 유리는 어느새 운동장 한가운데에 서 있었다.

왁자했던 운동장은 고요하게 숨죽이고 있었고, 아무 소리도 들리지 않았다. 축구를 하던 사람들도 주변에서 구경을 하고 있던 사람들도 모두 사라졌다.

순간 그녀의 가슴이 요동치기 시작했다.

묘하면서도 몽환적인 느낌이 들었고 빛과 바람과 하늘은 계속해서 오묘한 느낌을 만들어 내고 있었다.

그때 유리는 운동장 입구에서 사람 한 명이 걸어오는 것을 보았다. 누굴까?

빛에 젖어 있는 그녀의 눈은 그 사람의 형상조차 잡아내지 못했다. 사람이 맞기는 한 것일까? 점점 그 사람이 그녀에게 가까이 다가올수록 유리의 가슴은 미친 듯이 뛰었고, 그녀의 머리는 하얗게 텅 비어 갔다.

그렇게 그녀에게 점점 다가온 사람은 남자였다. 흰색 티셔츠에 청바지를 입은 그 남자는 키가 컸다. 유리가 한참을 올려다보아야 할 정도로 키가 크고 훤칠했다.

얼핏 그 남자가 미소를 짓고 있는 것이 보였다.

그런데 유리는 막상 그 남자의 얼굴을 자세히 볼 수가 없었다. 그 남자 등 뒤로 너무나 강렬한 빛이 그녀를, 아니 그 남자를 비추고 있었기 때문일까!

그렇게 그녀에게로 다가온 남자가 한동안 아무런 말도 없이 서 있더니 낮은 음색으로 말했다.

"당신을 기다리고 있었어…… 오래도록……. 이리로 와. 내게로 와……."

낮은 저음으로 또박또박 힘주어 말하던 그 남자가 유리의 어깨에 잠시 손을 얹고 가만히 있었다.

이 떨림이 그 남자의 손끝에서 전해져 오는 것일까? 아니면 그녀로부터 느껴지는 것일까?

순간 향기로운 바람이 다시 불어오고 그 남자 뒤에서 빛을 발하고 있던 태양이 또다시 유리의 눈에 강렬하게 들어와 박히는 순간, 그가 사라져 버렸다.

그녀의 머리는 정지되었고, 오로지 심장만이 요동치고 있었으며, 당황함으로 그녀는 그만 그 자리에 주저앉고 말았다.

그렇게 순식간에 이성이 정신을 차리기도 전에 지나가 버린 상황에, 당황하고 허망해하고 있는 유리의 코끝으로 좀 전에 맡았던 묘한 솔향기가 바람에 실려 날아갔다. 그 순간 가슴 저 깊은 곳에서부터 올라오는 알 수 없는 슬픔이 그녀의 심장을 훑고 지나갔다.

아프다. 너무 아파 눈물이 난다.

아픔이 끓어오르고 슬픔으로 눈물을 멈추지 못하겠다.

어둠의 긴긴 터널이 유리의 몸을 휘감아 돌아 그녀를 허공에 띄워 올린다.

그리고 정신을 잃었던가? 아니다 정신을 잃은 것은 아니다.

찾아야 한다. 그 남자를 빨리 찾아야 한다.

가지 마요. 가지 마요…….

그에게 소리치는 순간 번쩍!

눈이 떠졌다. 정신이 들지 않아 한동안 멍하게 누워 있었다. 베 갯잇이 눈물로 젖어 축축했다.

'아! 꿈이었구나. 꿈이었어.'

그런데 꿈치고는 너무나 현실처럼 생생한 그 꿈 때문에, 그날 밤 유리는 해가 뜰 때까지 침대 모서리에 앉아 쉽게 진정되지 않 는 가슴을 눌러 내리고 있었다.

"이거 밑반찬 몇 가지 담았어. 가서 은지랑 먹어."

엄마가 반찬통이 담긴 쇼핑백을 건네주면서 벌써 섭섭한 표정을 지었다.

"알았어요. 잘 먹을게."

아침부터 머뭇머뭇 무슨 할 말이 있는 것처럼 유리의 눈치만 살 피던 엄마가 침을 꿀꺽 삼키고 조심히 입을 떼었다.

"그리고 유리야. 저기 있잖아. 엄마 친구 영선이 아줌마. 그 아 줌마 이종사촌 조카가 있는데, 이번에 대기업에 취직도 하고, 아주 성품도 좋고 여러 가지로 괜찮다더라. 너 한번 만나 보지 않을래?"

"엄마…… 나 잘 알잖아. 더 이상 선 같은 거 안 봐요. 서로 민 망해지는 일 더 이상 안 한다고 했잖아요."

"그래, 그랬지. 그런데 평생 혼자 살 순 없잖아. 자꾸 누군가를 많이 만나다 보면, 그 이상한 남자 알레르긴지 뭔지……."

"엄마!"

"여보!"

유리와 아빠가 동시에 엄마를 불렀다. 그만하라는 의미였다.

"그래, 알았다, 알았어. 조심히 잘 가. 자주 좀 오고."

"응, 아빠 저 이만 가요. 또 올게요."

"그래, 아무 걱정 말고, 회사 잘 다녀. 스트레스도 네 맘먹기에 따라 달라지는 거야. 명심해라. 알았지? 우리 딸."

"넵! 아빠. 엄마. 사랑합니다. 하하하."

명랑하게 웃으며 사라지는 유리를 바라보고 있던 엄마와 아빠의 표정이 어느새 숙연해졌다.

"언제쯤이면…… 남들처럼 평범한 삶을 살 수 있을까요?"

엄마의 목소리가 떨어져 내리는 꽃비처럼 슬프다.

"너무 서두르지도 말고 조급해하지도 말자고요. 난 우리 유리가 그냥 저렇게 살아 있는 것 자체만으로도 감사하고 또 감사할 따름이니……."

아빠가 엄마의 손을 부드럽게 감싸 쥐었다. 그리고 희미한 미소를 지으며 멀리 사라져 가는 유리의 뒷모습을 안쓰럽게 바라보았다.

월요일 회사, 사무실에 앉아 있는 유리가 계속해서 전화기만 주시하고 있었다. 팀장에게 혹시나 호출이 오지 않을까 내심 기다리고 있는 눈치였다. 며칠 전까지만 해도 호출이 오지 않기를 밤마다 정화수를 떠 놓고 빌었건만, 이제 그녀는 그의 호출을 기다리고 있었다.

인생은 아이러니의 연속이다. 그렇게 복수하겠다 이를 득득 갈며 다니더니만, 이제 상처 입은 그를 위해 자신이 해 줄 수 있는 일이 무엇일까를 생각하고 있었다. 사람은 모순으로 가득 찬 동물이다.

그때, 컴퓨터 모니터로 최현우가 보낸 메시지가 떠올랐다.

[유리 씨, 오늘 저녁 시간 어때요? 저녁 사 주고 싶은데.]

그의 메시지 앞에서 유리는 잠시 망설였다. 저녁을 먹자는 말은 지극히 사적인 행동이었으므로 경계심이 일었다.

그녀의 마음을 눈치챘는가. 최현우의 메시지가 다시 떠올랐다.

[부담은 갖지 말고, 나 유리 씨한테 고민상담 좀 할 게 있어서요. 유리 씨 심리학 전공이라면서요. 부탁!]

이렇게까지 나오는데 거절할 명분이 없었다. 게다가 부산에서 그와 함께 관광하기로 한 약속도 지키질 못하지 않았던가. 그리고 평소 그가 자신에게 보내 준 친절과 배려를 생각한다면 이 정도쯤은 들어줘도 괜찮겠다, 생각했다.

이내 가벼운 마음으로 유리가 그에게 답장을 보냈다.

[좋아요. 대리님. 대신 상담료는 아주 비쌀 예정이랍니다.]

[콜! 콜!! 얼마든지!]

고개를 들고 최현우를 바라보자, 만면 가득 웃음을 짓고 있는 그가 신난 듯 휘파람을 낮게 불며 서류를 들고 사무실을 빠져나갔다.

벌써 오후 다섯 시. 퇴근 시간까지 1시간밖에 남지 않았다. 그런데 아직까지도 유리는 팀장을 보지 못했다. 간부회의가 있는 날이라 오전에는 당연히 보지 못할 것이라 예상했지만, 오후까지도 보지 못할 줄 몰랐다.

그를 보지 않음으로 인해 한없이 평화롭고 아름다운 날이 되어야 하건만, 지금 유리의 마음은 암울하다. 한 번 빠져들기 시작하자, 걷잡을 수 없는 감정이 그를 향해 회오리처럼 휩쓸려 가고 있었다. 자신의 감정 변화에 유리 스스로도 놀라고 있을 지경이었다. 처음 느껴보는 감정이었다.

그때, 팀장실을 다녀온 한소미가 의아한 표정을 지으며 들어왔다.

"오늘 팀장님 굉장히 이상한데요. 더위를 먹었나? 뭘 잘못 먹었나?"

"왜? 어떻게 이상한데?"

김아라가 눈을 반짝이며 일어서자, 다른 사람들 역시 고개를 타조처럼 길게 쭉 내밀었다.

"뭔가 얼이 빠져 있는 사람 같다고나 할까……. 평소의 그 냉철하고 절제된 모습이 아니에요. 뭔가, 하여튼 딱 꼬집어 말할 수 없지만, 나사 하나가 빠져나간 것 같아요. 혹시 팀장님 실연당한 것 아닐까요? 팀장한테도 이런 모습이 있었다니, 와우! 놀라워라!"

과장된 몸짓으로 어깨를 들썩이는 한소미의 말에 김아라가 얼씨구나 맞장구를 쳤다.

"실연당했대? 진짜? 세상에 팀장도 연애라는 걸 하나 보구나. 난 연애도 안 하는 진짜 인조인간인 줄 알았거든. 그런데 팀장을 뻥 차 버린 그 여자는 도대체 누굴까?"

이제 얘기의 방향은 팀장이 완전 실연당한 것으로 결론지어졌다. 이들의 대화에 유리의 표정이 심각해졌다. 무슨 일일까! 걱정과 호기심이 동시에 일어났다. 궁금해서 미치겠다.

팀장한테 갈 빌미를 찾아야 한다. 그래서 그의 얼굴을 직접 봐야 한다고 생각한 유리가 서류를 마구 뒤지며 그에게 다가갈 구실을 만들고 있었다.

"까아아악!"

그때 김아라가 소란스러운 비명을 내질렀다. 팀장한테 전화가 왔나 보았다. 한 번 거침없는 소리를 내지른 그녀가 매우 상냥한 목소리로 전화기를 들었다.

"네~ 팀장님. 아! 네. 그러시군요. 네, 알겠습니다. 그럼 안녕히 가세요."

처음과 달리 김아라도 고개를 갸웃하며 전화를 끊었다. 유리는 한껏 긴장된 표정으로 아라의 얼굴을 뚫어져라 바라보았다. 그녀의 입에서 나올 다음 말이 궁금했기 때문이다.

"팀장, 지금 퇴근한다네. 우리도 적당히 일 마무리되면 빨리들 퇴근하래. 목소리에 힘이 하나도 없어. 진짜 실연당했구나. 호호호."

순간, 그가 퇴근한다는 말에 유리의 마음이 풍선 바람 빠지듯 푸지직 소리를 내며 가라앉았다. 오늘 하루 종일, 그의 얼굴을 보고자 그렇게 학수고대했는데 보지 못하자 실망감에 가슴이 쪼그라들었다.

"뭐 좋아해요? 뭐든 말만 해요. 내가 다 사 줄게."

회사 정문을 빠져나오며 현우가 옆에 나란히 걷고 있는 유리에게 활짝 웃어 보였다. 기분이 매우 좋아 보였다.

"글쎄요. 전 다 잘 먹는데, 대리님 드시고 싶은 걸로 드세요."

입맛도 없고, 현우와 저녁을 먹고 싶은 마음도 없었다. 그러나 이미 한 약속이기에 유리가 최대한 예의를 갖추며 미소 짓고 있었다.

"에이, 그래도 이왕이면 유리 씨 먹고 싶은 걸로 먹어요. 한식,

중식, 양식 중에서 골라 봐요."

어쩐지 자신이 답하지 않으면 끝나지 않을 도돌이표처럼 느껴지
자, 회사 앞 즐비한 음식점 간판 중 가장 먼저 눈에 들어온 것을
대충 말해 버렸다.

"돼지껍데기!"

"……아! 돼지껍데……기. 하하하. 좋죠, 좋아요."

'참! 취향 독특하네. 지난번엔 닭발이더니만, 오늘은 돼지껍데
기. 하하하.'

좀 더 분위기 있고 근사한 곳에서 자신의 마음을 고백하고 싶었
는데 하필 돼지껍데기라니, 현우가 피식 웃으며 그곳으로 향했다.

한편, 유리와 현우가 나란히 걸어 나가는 것을 하선이 자신의
사무실 창가에 서서 무표정으로 바라보고 있었다. 미간을 살짝 찌
푸린 그의 눈빛이 매섭게 빛나기 시작했다. 그러다 안 되겠는지 의
자에 걸쳐 놓은 슈트 상의를 낚아채듯 집어 들고, 밖으로 나가려다
불현듯 떠오른 은지의 말에 주춤, 발길을 멈춰 세웠다.

'절대로 서두르지 말고, 먼저 다가가지도 마세요. 좋아한다는
말도, 그런 감정도 미리 들키면 안 돼요. 먼저 유리가 하선 씨에게
다가오도록, 그래서 자신이 먼저 사랑한다 고백하도록 만드세요.
그것이 봉인(封印)을 풀 수 있는 유일한 방법일 거예요.'

하선이 눈을 질끈 감았다 떴다. 그래, 서두르지 말자, 결심한 그
가 다시 창가로 다가가 회사 앞 상가로 들어가는 그녀의 뒷모습을
애달프게 바라보았다.

돼지껍데기만 어찌 먹으랴. 이 콜라겐 덩어리를 느끼지 않게
먹으려면, 소주의 도움이 절대적으로 필요한 일!

"자, 받아요. 유리 씨. 지난번에 보니깐 유리 씨 술 잘 마시던데요."

"조금 마셔요. 딱 기분 좋을 정도만요."

가득 따라준 소주잔을 유리가 들자 그도 자신의 잔을 들었다.

"우리의 행복한 앞날을 위해 건배!"

"건배!"

꿀꺽, 유리가 원 샷으로 술을 들이켜자 알코올이 목 뒤로 넘어가며 알싸한 느낌을 불러일으켰다. 현우가 그녀의 원 샷에 놀란 표정을 짓더니 이내 다시 잔을 채워 주었다.

"천천히 마셔요. 빈속인데."

그러면서 돼지껍데기 한 개를 유리 앞 접시에 올려놓았다.

"감사해요. 대리님."

"부산에서 장학관님 인터뷰는 잘 했어요?"

"네? 아……. 네, 잘 했어요."

왠지 인터뷰를 하지 않았다고 하면 안 될 것만 같은 느낌에 그만 거짓말을 해 버렸다. 유리가 그 당황함을 감추기 위해 고개를 살짝 숙였다.

"그러면 인터뷰만 하고 바로 올라왔어요? 아니면, 팀장님하고 어디 다른 데 또 갔었어요?"

"그냥 바로 올라왔어요."

또 거짓말을 해 버렸다. 왠지 팀장과 태종대에 갔었다고 말해도 안 될 것만 같았기 때문이다.

"그렇구나."

현우가 유리의 대답에 안심의 표정을 짓더니 돼지껍데기 한 개를 입에 넣고 기분 좋게 씹기 시작했다.

"이제 워크숍이라는 큰 행사도 무사히 잘 마쳤으니깐 무엇이든지 잘 할 수 있을 거예요. 유리 씨 생각보다 잘 해내더라고요. 강단이 있던데. 하하."

"감사해요."

현우가 자꾸 유리를 보고 웃었다. 그런데 그 웃음에 색이 입혀져 있었다. 그것을 모를 유리가 아니었다.

현우는 보통 일반적인 남자들이 좋아하는 여자를 앞에 두고 보내오는 눈빛과 표정, 네가 좋아 죽겠다는 눈빛, 곧 있으면 넌 내 것이 될 거라는 자신감 넘치는 표정을 짓고 있었던 것이다. 이에 유리는 벌써부터 스멀스멀 올라오는 혐오감으로 앉아 있기가 힘들었다.

'제발, 고백하지 말아요. 제발.'

"유리 씨, 나 고민이 있어요."

드디어 올 것이 온 건가! 유리가 눈을 부릅뜨고 그를 바라보았다.

"잠깐만요. 대리님. 아하하! 제가 술이 좀 취해서 오늘은 대리님 고민을 들어드릴 수가 없을 것 같네요. 나중에 멀쩡한 정신일 때 그 고민 얘기하시면 안 돼요? 원래 상담은 이렇게 하는게 아니거든요. 하. 하."

최대한 친절한 미소를 지어 보이자, 현우가 흐트러진 시선으로 유리를 바라보며 고개를 갸웃했다. 그런데 그 눈빛이 뭔가 달라져 있었다.

"내 고민은, 멀쩡하지 않을 때 들어도 상관없는데……."

"그래도요. 그래도 나중에 제대로……."

"당신, 좋아해요."

그가 고백을 하고야 말았다. 순간 그녀의 전신으로 소름이 좌아

153

악 하고 돋아 버렸다. 남자 알레르기가 제대로 발동하기 시작한 것이다.

"내가 유리 씨 좋아한다고요. 유리 씨도 괜찮으면 나 한번 만나 보지 않을래요?"

"……."

긍정도 부정도 없이 가만히 앉아 있는 그녀를 현우가 초조한 표정으로 바라보았다. 이에 눈을 한 번 살며시 감았다 뜬 유리가 낮은 심호흡을 내뱉었다.

"대리님, 죄송합니다. 저는…… 대리님을 한 번도 이성적으로 느껴 본 적이 없어요. 저를 좋아해 주시는 마음은 감사하지만, 그냥 지금처럼 편한 직장 동료로……."

그녀의 거절에 현우의 낯빛이 순식간에 어두워지더니, 날카로운 눈초리로 유리를 쏘아보았다.

"그럼, 팀장은? 만일 팀장이 고백해 와도 이렇게 단칼에 거절할 건가?"

"네, 네? 그게 무슨 말씀이신지……."

갑작스럽게 달라진 현우의 무서운 표정과 말투에 유리가 크게 당황하기 시작했다. 이 사람 지금 무슨 말을 하고 있는 것인가. 갑자기 팀장 얘기가 지금 이 상황에서 왜 나온단 말인가.

당황한 표정으로 현우를 바라보고 있는 유리를 향해, 그가 잠시 고개를 숙였다 들더니 다시 잔잔한 미소를 띠었다.

"미안해요. 유리 씨. 내가 거절당해서 조금 흥분했었나 봐요. 알았어요. 유리 씨 마음이 그렇다면, 억지로 강요하지 않을게요. 대신, 선입견 없이 나를 봐 줘요. 난 유리 씨가 내게 마음을 열 때까지 얼마든지 기다릴 수 있으니깐, 나를 한 번쯤은 제대로 봐 달란 말이에요. 알았죠?"

"······."

현우가 다시금 부드러운 미소를 지었다. 유리는 매우 난처했다. 이제 앞으로 사무실에서 그를 마주 대하는 일이 상당히 힘들어질 것이다. 그리고 그 순간, 하선의 얼굴이 떠올랐다. 그가 보고 싶다. 미치도록, 보고 싶었다.

현우가 데려다주겠다 한 것을 간신히 거절한 유리가, 어깨를 축 늘어뜨리고 거리를 터덜터덜 걸어갔다. 갑자기 눈물 한 방울이 볼을 타고 흘러내렸다.

현우에게 미안한 감정이 들었기 때문이었을까, 아니면 하루 종일 하선을 보지 못한 헛헛함 때문이었을까. 알 수 없는 감정이 북받쳐 올라오자 그녀가 가던 걸음을 멈추고, 앞에 있는 포장마차로 들어갔다.

평소 술을 즐기는 편은 아니지만, 오늘처럼 이것도 저것도 아닌 찜찜하고 기분이 거지 같은 날에는 그저 소주 한 병 원 샷으로 들이마시고, 집에 가 누우면 그것으로 끝이었다. 그것으로 잠시 복잡하고 짜증나는 감정 따위 잊어버릴 수 있었기에 유리가 종종 택하는 방법이었다.

"아줌마, 여기 소주 한 병 주세요. 오뎅도 같이요. 국물도 많이 주시고요."

굉장히 빠른 속도로 한 병을 다 마신 유리가 벌게진 얼굴로 앉아 있었다. 역시 이 방법이 최고였다. 기분이 금세 좋아진 것이다. 이에 유리가 정신을 놓고 혼자 히쭉히쭉 웃기 시작했다.

"아하하하하!"

그러더니 아예 큰 소리로 미친 여자처럼 웃어 대기 시작했다. 그러자 포장마차에 앉아 있던 사람들이 휘둥그레진 눈으로 유리를 바라보다가 이내 안쓰러운 눈빛을 지었다.

쯧쯧, 시련의 상처가 얼마나 힘들었으면 저럴까 싶은 위로의 눈빛도 있었고, 술에 정신없는 저 여자를 어떻게 한 번 건드려 볼까 싶은 음흉의 눈길도 섞였다. 그 다양한 눈빛들 중, 그녀를 무심히 뚫어져라 응시하는 눈빛이 가장 강렬하게 빛나고 있었다.

현우의 갑작스런 고백에 음식을 거의 먹지 못해 비어 있던 위(胃)로 독한 알코올을 마구잡이로 들이부었으니, 순식간에 정신이 지구 밖 저 세상으로 날아가 버린 것은 어쩌면 당연한 일일 터.

"이봐, 아가씨. 그만 좀 웃고, 이제 어서 집에 가요. 그 웃음소리 섬뜩해 죽겠네. 원 여자가 이렇게 술에 취해서야. 누구 부를 사람 없어? 내가 택시 불러 줘요? 이렇게 혼자 가면 너무 위험한데, 시간도 한참이나 늦었는데……."

포장마차 주인아주머니가 그녀에게 다가와 걱정 어린 말투로 말했다.

"아하하! 네네, 저 괜찮아요. 아줌마. 섬뜩해서 죄송합니다. 저 그럼 이만 가 보겠습니다. 안녕히 계세요."

비틀비틀 자리에서 일어난 유리가 아주머니에게 꾸벅 인사를 하고는 밖으로 나왔다. 뭐가 그리 좋은 것인지, 진짜 좋아서 웃는 것인지, 아니면 슬퍼서 웃는 것인지, 계속 히죽히죽 웃으며 걸어가는 유리의 뒤를 누군가 조용히 따라 걷고 있었다.

너무 늦어 인적이 거의 끊긴 거리 위로 흐느적흐느적 그녀가 걸어갔다. 콧노래까지 흥얼거리면서 걸어가는 모습이 불안하고 위태로웠다.

아니나 다를까. 그렇게 위태롭던 그녀의 하이힐 굽이 보도블록에 걸려 앞으로 균형을 잃고 휘청 넘어지는 찰나, 뒤에서 조용히 그녀를 따라오던 발걸음이 갑자기 빛의 속도로 빨라지는가 싶더니, 그녀를 번쩍 들어 안았다.

"누, 누구세요?"

넘어지는 줄 알고 당황함에 눈을 질끈 감았던 유리가 바닥으로 고꾸라지는 대신 공중부양이라도 한 것처럼 자신의 몸이 공중으로 붕 떠오르자, 황급히 눈을 뜨고 앞에 있는 사람을 바라보았다. 그리고 곧 소스라치게 놀랐다. 바로 하선이 자신을 안고 있었던 것이다.

갑작스런 그의 등장으로 그녀의 심장은 미친 듯이 뛰기 시작했다.

"티, 팀장님……."

퇴근도 일찍 했으면서 아직까지도 정장 차림인 그가 유리의 질문에는 답도 없이, 화난 표정으로 어딘가를 향해 성큼성큼 걸어갔다. 그녀를 안고 있는 팔뚝으로 굵은 푸른색 힘줄이 툭툭 불거져 나왔다.

"저, 저 내려 주세요. 이제 괜찮은……."

"시끄러워요."

그 한마디, 무섭게 쏘아붙인 그의 표정이 한없이 냉정해져서 유리는 그만 아무 말도 못 한 채로 그의 품에 안겨 가만히 있었다. 한참 어딘가로 가던 그의 발걸음이 멈춘 곳은 근처 유료주차장이었고, 그곳에 얌전히 주차되어 있는 하얀색 세단의 문을 연 그가 조수석에 그녀를 살며시 내려놓았다.

이내 시동을 걸고 운전대를 한 손으로 잡고 있는 그의 길고 흰 손가락을 바라보던 유리가 고개를 숙이고 수줍은 미소를 지었다.

이제 손가락까지 멋있어 보이다니, 아무래도 자신이 미쳤나 보다, 생각한다.

한편 단 한 마디도 하지 않고 있는 하선의 표정은 심각하고 단호했다. 현우와 함께 있는 그녀 때문에 저녁 내내 좌불안석이었고, 세상 무서운 줄도 모르고 혼자 인사불성으로 취해 버린 그녀 때문에 화가 난 것이다.

저녁 내내 그는 유리 근처에 머물러 있었다. 저녁도 거른 채 말이다. 그렇게 무뚝뚝 복잡한 심경으로 운전을 하던 그가, 불빛이 밝은 편의점 앞에 차를 세웠다.

"내려요."

무심한 듯 말한 하선이 조수석 문을 열며 아롱아롱 가물거리는 눈빛으로 졸고 있던 유리를 깨웠다.

"팀장님, 근데 여긴 어디예요?"

술기운이 조금은 사그라졌는가, 붉은 사과처럼 시뻘겋기 그지없던 그녀의 뺨이 조금씩 제 색을 찾아가고 있었다.

그녀의 물음에 답도 없이 먼저 성큼성큼 편의점 안으로 들어가 버리는 하선을 물끄러미 바라보던 유리가 입을 쭉 내밀었다.

'쯧. 저럴 때 보면 완전 재수 없는데, 어쩌다 저 사람에게 빠져 버렸는지.'

혼자 투덜투덜대며 편의점 앞에 서 있자, 하선이 컵라면 두 개를 들고 나와 파라솔 테이블 위에 올려놓고는 그녀를 불렀다.

"이리 와요."

"네?"

"이리 와서 라면 먹자고요. 나 저녁 못 먹었거든. 누구 때문에! 괜찮으면 같이 먹지 않을래요? 혼자 먹기 싫은데."

"아! 네네, 팀장님, 마침 저도 저녁을 제대로 못 먹어서 무지 배가 고팠었는데, 잘 됐네요. 하하하."

사실이었다. 술만 들이켜서 그런지, 아까부터 속도 쓰리고 배도 무지하게 고파 따뜻한 국물이 너무나도 그리웠던 참이었다. 그런데 하선이 마치 제 속을 들여다본 듯 라면을 사 오자, 유리의 마음이 따뜻함으로 물들기 시작했다. 또 술 먹은 다음에는 라면이 찰떡궁합이지 않겠는가.

기분 좋은 표정으로 유리가 의자에 앉자 그가 나무젓가락의 종이를 벗겨 그녀에게 건넸다. 그리고 라면과 함께 사 온 레몬에이드의 뚜껑을 따서 옆에 놔준다.

레몬에이드. 그녀가 가장 좋아하는 음료수, 어떻게 알았을까. 알 수 없는 감동으로 그를 바라보았다. 라면을 한 젓가락 입에 베어 물고 있는 그의 모습이 완벽하게 멋있어 보였다.

흐뭇한 미소를 지으며 그를 바라보고 있는 순간, 지난 금요일 밤, 클럽에서의 일이 떠올랐다. 짜릿하고 치명적 매력으로 그녀를 옴짝달싹 못하게 만들었던 바로 그 남자가, 오늘은 슈퍼맨처럼 위기의 순간 짜잔! 나타나 자상한 모습까지 보여 주고 있다. 진짜 운명인가 보다.

'이 사람도 지금 나처럼 연기하고 있는 거겠지. 내가 아직까지도 자신의 정체를 모른다고 생각하는 거겠지.'

왠지 지금 이 상황이 너무나도 흥분되고 재미있게 느껴졌다. 저 사람은 그녀가 자신의 정체를 모른다고 생각하면서 클럽에서와 회사에서 각기 다른 모습으로 그녀를 대하고 있고, 유리 역시 그의 정체를 이미 다 알고 있지만 모르는 척 클럽에서의 그와 회사에서의 그를 전혀 다른 사람 대하듯 연기하고 있으니 말이다.

어쨌거나 서로 어색한 상황을 모면하기 위해서라도 유리는 당분간 계속 모르는 척 연기를 할 셈이었다.

"팀장님. 고백할 게 있어요."

고백이라는 말에 하선이 라면 면발을 씹지도 않고 꿀꺽 삼켰다. 무엇을 고백한다는 것인지, 상당히 긴장된 표정으로 그가 유리를 보았다.

"처음엔 저, 팀장님 엄청 미워했었어요. 인간성이라곤 하나도 없고 싸가지……. 아……. 저……. 그러니깐, 제 말은 음……. 너무 완벽하시고, 철두철미한 일 처리에 스트레스를 받아서 쪼끔, 아주 쪼끔, 팀장님 미워했었는데, 지금은 아니에요. 저 팀장님 이제 더 이상 밉지 않아요. 그러니 걱정하지 않으셔도 돼요. 이히히."

고백이라는 말에 잔뜩 긴장하고 있던 하선이 피식 웃었다. 그치! 자신을 미워했다는 말도 고백은 고백이지. 그리고 뭘 걱정하지 말란 말인가. 아직 술기운이 남아 있는 그녀의 말은 두서가 없었다.

"뭘 걱정하지 말라는 거죠?"

하선이 웃음을 머금고 그녀를 바라보았다.

"아……. 그러니깐……. 음……. 이를테면……. 제가…… 커피에 침을 뱉는다든가 또는…… 인형의 가슴을 송곳으로 마구 찌른다든가……. 거짓말을……. 아하하. 하여튼 이런 거요."

'뭐? 커피에 침을 뱉어? 인형 가슴을 송곳으로 찔러? 별짓을 다 했구만. 흠.'

어쩐지 요즘 밤마다 가슴에 알 수 없는 통증이 스치고 지나갔다 생각하자, 그가 자신의 가슴을 만지며 심각한 표정을 지었다.

한편 그의 표정이 심각해지든 말든 상관없이 그녀의 말은 끊이지 않고 계속되고 있었다.

"그리고요. 팀장님. 제가 이래 봬도 심리학을 전공했거든요⋯⋯. 혹시 팀장님⋯⋯ 고민이 있으시거나⋯⋯ 과거에 뭐, 아픈⋯⋯ 상처 때문에⋯⋯. 자꾸 손이 닦고 싶다거나 또는 클럽⋯⋯ 아, 저저. 뭐⋯⋯ 하여튼 괴로우시면 제게 말씀하세요. 제가 얼마든지 도와 드릴 수 있고⋯⋯. 에, 또 외로우시거나 슬프시거나 이러시면⋯⋯ 언제든지 저를 불러내셔도 돼요. 술친구⋯⋯ 해 드릴게요⋯⋯."

역시나 두서없긴 마찬가지였지만, 이번 말은 조금 감동스러웠다. 하선의 표정이 살그머니 다시 제자리로 돌아와 있었다. 자신을 걱정하고 있는 그녀의 마음이 표정에서 그대로 느껴졌기 때문이었다.

'나를 걱정하고 있었군⋯⋯.'

하선이 뜨거워지는 감정을 눈에 담아 그윽하게 그녀를 바라보았다. 언제쯤이면 마음 놓고 그녀에게 다가갈 수 있을까. 언제쯤이면 그녀의 마음이 자신에게로 온전히 다가오게 될까.

하선의 눈빛이 깊어졌다.

그녀의 집 앞. 차에서 내린 유리가 공손하게 고개 숙여 인사한다. 이제 술에서 완전하게 깨어난 유리의 정신이 말똥말똥 맑아졌다.

"오늘 감사했어요. 팀장님."

"내일부터, 중간 보고서 때문에 야근 좀 해야 할 겁니다. 그러니 미리 마음의 준비 해 두세요."

"네. 알겠습니다. 운전 조심하세요."

"그럼 내일 보죠."

"네, 안녕히 가세요."

"참! 이것."

차를 돌려 아파트를 빠져나가려던 하선이 창문으로 그녀에게 무언가를 건넸다.

"이게 뭔지……."

"자기 전에 마시고 자요."

"감사……."

미처 고맙다는 인사를 다 끝내지도 않았는데, 가버렸다. 유리의 손에 숙취해소음료를 올려둔 채로 말이다. 멀리 사라져 가는 그의 세단을 유리가 감동의 눈빛으로 바라보고 있었다.

"오늘 하루 정말 너무 길고 길었다. 휴우."

샤워를 마치고 나온 유리가 화장대에 앉아 로션을 바르며 말했다. 그런데 은지는 TV화면 속 자칭 소시오패스라 부르며 속사포 대사를 쏘아 대고 있는, 이지적이고 까칠한 매력으로 중무장한 셜록에게 푹 빠져 헤벌레 웃고 있었다. 그 모습이 가관도 아니었다.

그런 은지의 모습에 유리가 고개를 절레절레 흔들며 침대에 누웠다.

천장에서 하선의 얼굴이 떠올랐다 사라진다. 곧이어 현우의 얼굴도 밀려왔다 사라진다.

"아아! 휴우!"

"왜? 웬 한숨이 그렇게 깊어. 팀장이 또 괴롭혀?"

이제야 유리의 한숨이 들리는지, 은지가 여전히 시선은 TV에 둔 채로 물었다.

"아니, 있지. 우리 팀에 최현우라는 사람이 있는데…… 오늘 나한테 고백했어. 좋아한다고. 휴우!"

"뭐어?"

그때서야 은지가 유리의 얼굴을 제대로 바라보았다. 멀뚱멀뚱 바라보는 그 표정으로 호기심이 가득하다.

"그래서, 그래서 뭐라고 했어? 그리고 넌 어땠는데? 여전히 막, 징그러운 감정이 스멀스멀 올라왔어? 아니면 괜찮았어? 왜 지난번에 그 클럽남하고 키스했을 때는 멀쩡했잖아."

"휴우. 역시나 마찬가지였지, 뭐. 그 사람이 나 좋아한다고 말하는 순간, 소름이 마구 돋으면서 앉아 있기가 힘들었어. 은지야, 나 이제 내일부터 그 사람 얼굴 어떻게 보지? 걱정이다."

시무룩한 표정의 유리를 은지가 걱정스럽게 바라보았다.

"참, 별일이다. 뭘 어떻게 해! 그냥 평소처럼 직장 동료로서 잘 지내야지. 그 사람이 고백한 것은 아예 지워 버리고, 그저 일적으로만 잘 지내도록 노력해 봐. 그 사람 상처받지 않게."

"이미, 내가 거절해서 상처받았을 거야."

미안했다. 정말로 그에게 미안했다. 하지만, 이성으로도 안 되는 것이 감정 아닌가. 어쩔 수 없었다.

"남녀관계라는 것이 참, 거시기하다."

은지가 입을 쭉 내밀고, 알 듯 모를 듯 애매한 표정을 짓는다.

"은지야…… 그리고 나 아무래도 우리 팀장님…… 좋아하는 것 같아."

"……."

갑작스런 유리의 돌발 선언에 은지는 벌어진 입을 다물지 못하고 있다. 6년을 같이 살면서 처음 듣는 말이었다. 그녀가 누구를 좋아한다는 말, 그것도 이성의 남자를 좋아하는 것 같다는 말을 처음 들은 은지는 놀란 눈을 감지도 못하고 있었다.

"알아, 네가 놀랄 만도 하지. 이런 내 감정, 나도 놀랍고 당황스러워. 그런데 이상해. 다른 남자와 달리 이 사람이 나를 바라보고, 나를 만지고, 나를 안고, 내게 키스하는 게 좋아. 정말로 좋아. 이런 감정, 이런 느낌 처음 있는 일이야. 너도 알다시피. 아무래도 이 사람, 내 운명인 것 같다는 생각이 들어. 자꾸만 그에게 끌려. 자꾸만 다가가서 안기고 싶고, 만지고 싶어. 이런 감정, 생각, 내가 그 사람 좋아하는 것 맞지?"

"……어, 어. 그래 유리야. 그런 감정, 좋아하는 것 맞아. 자기가 좋아하는 사람에게 자꾸 끌리고, 만지고 싶고, 안기고 싶고, 키스하고 싶은 욕구가 생긴다는 건 그 사람을 좋아한다는 것이 확실해. 그런데, 네가 안기고 키스한 사람은 팀장이 아니잖아. 클럽남이었잖아."

"클럽남이 팀장님이었어. 내가 확인했어. 그 두 사람이 실은 한 사람이었어."

"진짜? 대박! 그런데 그 사람 왜 아닌 척 연기한 거래?"

은지의 눈이 호기심으로 반짝였다. 살다 살다 이렇게 재미있고 황당한 얘기는 처음이라는 듯 표정이 다채로웠다.

"그 이유는 나도 잘 모르겠어. 그 사람이 확인해 준 것이 아니거든. 그 사람은 내가 자신의 정체를 알고 있다는 사실도 몰라. 그래서 클럽에서와 회사에서 나를 대하는 태도가 완전 180도 달라. 그 조차도 클럽과 회사에서 전혀 다른 사람처럼 행동하니깐. 당분간은 나도 모르는 척 연기하려고."

"뭐니? 무슨 영화 찍니? 그럼 그 사람도 네가 아직 자신의 정체를 모른다 생각하고 연기하고 있는 거네?"

"응, 그런 것 같아. 아무래도 과거에 엄청나게 견디기 힘들고 아픈 사연이 있었음이 분명해. 그렇지 않고서야, 낮과 밤을 다르게 살 순 없어. 내가 그 사람 상처 어루만져 주고, 보듬어 주고 싶어."

"일단 네가 누군가에게 좋아한다는 감정이 생긴 건 참 다행스러운 일이고, 축하해 줄 만한 일이긴 하다. 그런데 상대가 참 미스테리한 남자라서, 그것이 조금 걱정스럽긴 하네. 그런데 정말로 그렇게 좋아?"

"응……."

유리가 부끄러운 듯 살며시 웃었다. 사랑에 빠진 여자의 수줍은 아름다운 미소였다.

"그럼 이제 어떻게 할 건데? 클럽남하고 팀장 사이에서 어떻게 할 거야? 그냥 확 고백해 버리고 새롭게 시작하는 건 어때?"

"아니, 안 돼. 팀장님은 아직 날 좋아하는 것 같지 않아."

"그건 모르지. 그 사람 마음을 네가 어떻게 알아? 키스도 했다며, 클럽에서."

"클럽에서의 키스는 그냥 수컷이 암컷에게 본능적 욕구에 이끌려 한 것일 수도 있어. 그리고 회사에서 나를 대하는 태도를 보면 알 수 있어. 날 좋아하지 않는다는 걸, 그동안 내게 호감을 갖고 접근해 온 남자들과 달라. 그는 내게 관심도, 호감도 없어. 나를 바라보는 표정에서 어떤 감정도 찾아볼 수가 없거든."

순간, 유리의 표정이 우울해졌다. 그리고 슬퍼 보였다. 그렇게 수많은 남자들의 마음을 아프게 하더니만, 이제 자기가 그 벌을 받는가 보다 생각했다.

"남자들이 아무 여자하고나 다 키스한다고 생각하니? 그렇지 않아, 유리야. 그 사람 분명 네게 마음이 있기 때문에 그런 행동을 한 걸 거라고. 게다가 네가 누구인지 그 사람은 진작부터 알고 있었어. 그럼에도 불구하고, 클럽에서 계속 너만 보면 끌어안고 키스를 했다는 것은, 백발백중 그 사람 네게 호감이 있다는 증거야."

"정말 그럴까?"

"응, 확실해. 그러니깐 너도 조금 과감하게 접근해 봐. 회사에서도 말이야. 자꾸 뒷걸음질만 치지 말고."

"……."

무언가를 생각하는 유리의 표정이 심각해졌다. 정말로 그 사람도 자기를 좋아하는 걸까? 그런데 그가 자신을 바라보는 눈빛과 표정에선 전혀 그런 호감을 느낄 수 없었다. 그런데 또 한편으로 오늘 그가 보여 준 일련의 행동을 보면 자신에게 나쁜 감정을 지닌 것 같지는 않다는 생각도 들었다.

하여튼 그 사람은 자신을 항상 헷갈리게 만드는 묘한 재주를 지녔다.

"그건 그렇고, 유리야. 나 말할 게 있어."

은지의 입꼬리가 슬쩍 올라가는 걸 보니, 분명 남자 얘기를 시작하려는 모양이었다.

"뭔데?"

이미 짐작했다는 듯 유리가 눈을 가늘게 뜨며 은지를 바라보았다.

"실은, 그때 그 아이, 왜 우리 레스토랑에서 알바하는……."

"알아. 무열 군?"

"응, 나 그 아이랑 삼 개월만 만나 보기로 했어."

끈질긴 무열의 구애에 결국 은지가 마음을 열었다. 일단 삼 개월만 만나 보고 결정하라는 그의 말에 혹했다.

삼 개월이면, 사랑이라는 이름의 아이러니한 덫에 빠지지 않을 듯 느껴졌기 때문이다. 그저 서로 기분 좋을 정도로만 가볍게 만나고 헤어지면 그뿐이라고, 그렇게 생각했던 것이다.

"정말?"

"응."

고개를 끄덕이는 은지가 희미하게 미소 지었다.

"이젠, 괜찮겠어?"

"고작, 삼 개월인데, 뭐. 그냥 가볍게 만났다가 헤어질 거야."

"은지야……."

유리가 안쓰러운 표정으로 은지를 바라보자, 은지가 갑자기 밝은 표정을 지으며 분위기를 바꿔 버렸다. 더 이상 깊은 얘기, 하고 싶지 않았던 것이다.

"참! 그런데 이렇게 기막힌 우연이 어디 있니! 글쎄. 무열이 우리 과 후배더라."

"뭐어?"

"하하하. 얘기하다 보니깐, 우리 학교 심리학과에 다니고 있는 거야."

"정말?"

"응, 하하하."

"야, 진짜 신기하다. 아무래도 너 무열이하고 인연인 거 아니니?"

"그런가?"

신기한 듯 웃는 은지를 유리가 물끄러미 바라봤다. 무열의 얘기를 들떠서 하는 은지의 모습이, 지난날 다른 남자들을 얘기할 때와 사뭇 달랐기 때문이다.

'은지야…… 이번엔 부디 제대로 된 사랑을 해 봐…….'

그렇게 은지를 지그시 바라보고 있는데 은지가 헤벌쭉 웃으며 말한다.

"내일 저녁 비워 놔. 소개시켜 줄게. 응?"

"그래, 알았어. 궁금하다. 그 아이 어떤 사람인지……."

중간 보고서 심의가 얼마 남지 않아 모두들 정신이 없었다. 이 심의를 잘 통과해야 앞으로의 연구가 수월하게 진행될 것임을 잘 알았기에 최선을 다하고 있는 것이다. 때문에 사람들의 표정은 결의로 가득했고, 심지어 비장하기까지 했다.

며칠째 야근이 이어지고 있었고, 유리도 정신없이 밀려드는 업무로 제정신이 아니었다. 특히 김아라가 심의에 임하는 자세는 매우 남달랐다. 이번에 좋은 평가를 받아야, 내년 승진 심사에서 큰 우위를 점할 수 있기 때문이다.

"김태평 대리님. 지난번 교육청에서 보내 준 그 자료 정리 다 했어요? 지금 보고서에 그 자료 한 파트로 넣어야 되는데, 지금 보내 줄래요?"

"아아……. 저 과장님. 아직 그 자료 정리 못 했는데요. 죄송해요. 너무 일이 많아서……."

갑자기 김아라의 표정이 날카로워진다.

"뭐야! 아직도 정리가 안 됐단 말이에요? 그거 정리하라고 한 지가 언젠데? 도대체 생각이 있는 거야, 없는 거야. 뭐가 더 중요한지, 일의 앞뒤 순서 구분 못 해!"

마치 팀장이 독설을 퍼붓는 것처럼 그녀 역시 날카롭기가 하늘을 찌르고 있었다.

"죄, 죄송합니다."

벌게진 얼굴로 김태평이 일어나 사과하자, 김아라가 씩씩거리면서 문을 박차고 사무실을 나가 버렸다.

"휴우!"

그녀가 사라지자 여기저기서 불편한 한숨들이 쏟아져 나왔다.

"빨리 심의가 끝나든지 해야지, 원. 살벌해서 못살겠네."

한소미가 혼잣말로 중얼중얼거렸다. 그때 최현우가 심각한 얼굴로 일어서서는 유리를 한 번 흘끔 곁눈질로 바라보고는, 서류를 들고 사무실을 빠져나갔다.

최현우와는 그 일 이후로, 어색하지만 어색하지 않은 듯 그럭저럭 잘 지내고 있었다. 생각보다 깔끔한 남자였다. 자신의 감정을 더 이상 흘리지도 않았고, 붙잡고 늘어지지도 않았기에 유리는 최현우가 그래도 예의 바르고 신사적이라 생각했다.

업무가 겹치지 않았기에 자주 부딪치지 않아도 된다는 점 역시 유리에겐 천만다행한 일이었다.

삐삐! 내선번호 373. 팀장의 호출이었다. 순간 유리의 가슴이 요란하게 방망이질을 치기 시작했다.

그날 이후로 유리는 하선을 제대로 보지 못했다. 여러 가지 과제를 동시에 총괄 지휘하는 사람답게 그는 정말로 바람에 눈썹이 휘날릴 정도로 바쁜 것 같았다. 때문에 막상 유리와 단둘이 진행하는 연계강화 연구는 뒷전이었다. 그저 메일로 그가 지시하는 사항들만 그녀 혼자 묵묵히 진행하고 있었던 것이다.

자꾸 그에게 향하는 마음과 달리 실제로는 그를 자주 마주하지 못하자, 유리의 마음은 한여름 가뭄에 메말라 쩍쩍 갈라지는 저수지 바닥처럼 바짝바짝 타들어 가고 있었다.

그리고 그날 이후, 그는 정말로 클럽에 오지 않았다. 엊그제 밤, 그가 너무 그리워 몰래 클럽에 가서 그를 찾았으나, 정말로 없었다. 마음속으로 알싸한 통증이 스치고 지나갔었다. 이처럼 그에 대한 사랑의 감정이 깊어지면 깊어질수록 그에 대한 그리움 역시 깊어지고 있었다.

유리가 그의 방문 앞에서 잠시 심호흡을 깊게 내뱉고 문을 열고 들어갔다.

"부르셨어요. 팀장님."

그의 책상 앞에 다가가 조용히 인사를 건네자, 서류에 눈을 두고 있던 그가 그녀를 바라보며 부드럽게 미소 지었다. 그 미소 속에 그녀를 향한 따뜻함과 포근함이 함께 깃들어 있다.

"유리 씨, 오랜만이에요. 잘 지냈어요?"

"네, 팀장님."

그녀도 수줍은 미소를 지으며 답했다. 편의점에서 함께 라면을 먹고 헤어진 이후 4일 만이었다. 이렇게 일대일로 서로의 얼굴을 마주 보고 있는 것, 말이다.

한참을 아무 말 없이 그녀의 얼굴만 지그시 바라보던 그가 몇 가지 서류 뭉치를 챙겨 들고 천천히 일어나 회의용 탁자로 다가와 그것들을 내려놓았다.

"잠깐 앉아요."

"네."

유리가 앉자 그가 그녀 옆자리로 다가와 앉았다. 순간 그의 체온과 향긋한 숨결이 동시에 느껴졌다. 그녀의 심장이 또 제멋대로 뛰기 시작했다.

"그동안 내가 너무 소홀했죠?"

그가 유리의 옆모습을 그윽하게 바라보며 낮게 소곤거렸다.

"네, 네?"

무엇에 소홀했단 말인가, 순간 유리의 심장이 멎는 듯했다.

'나한테 소홀했단 말인가?'

제멋대로 상상에 빠진 유리의 얼굴이 붉게 물들려는 찰나, 그가 싱긋 웃으며 말을 이었다.

"우리 연구 말입니다. 다른 과제에 집중하다 보니, 정작 연계강화 연구는 소홀했더군요. 이제, 오늘부터는 우리 연구에 매진할 생각이니, 유리 씨도 집중해 주세요."

"아……. 네……. 잘 알겠습니다."

유리가 민망한 표정을 감추며 재빨리 답하자, 하선이 묘하게 웃었다.

"심의까지 시간이 얼마 안 남았으니, 빨리 서둘러야 할 것 같군요. 일의 효율성을 높이고 보고서를 빨리 정리하려면 유리 씨가 내 방에서 함께 일하는 것이 좋을 것 같은데……. 지금, 짐 싸 들고 이리 올래요?"

"네?"

"연구 관련 서류들하고, 참고문헌, 보고서들 가지고 오라고요. 지금 당장."

"……네, 알겠습니다."

갑작스런 그의 지시에 유리가 벌떡 일어나 문을 열고 나왔다. 사무실로 들어온 유리의 얼굴이 벌겋게 상기되고 달떠 있었다. 한 공간 안에서 그와 함께 일을 하다니, 생각만 해도 가슴 떨리고 설레는 일이 아닐 수 없다.

이런 유리의 모습을 본 김아라가 미간을 찌푸리며 한마디 했다.

"정유리! 팀장한테 또 한소리 들었구나? 표정을 보니 딱 그렇네. 불쌍해서 어쩌니, 매번! 어쨌거나 조금만 더 참아라. 크게 신경 쓰지 말고."

"네? 아……. 네……. 감사합니다. 과장님."

짐을 주섬주섬 챙기는 그녀를 뜨악하게 바라보던 한소미도 한마디 했다.

"그건 왜 챙겨?"

"팀장님께서 급하다고, 옆에서 일하라고 하셔서요."

"쯧쯧, 숨 막혀 죽게 생겼네. 멀찌감치 떨어져 있어도 힘든 판에 옆에 붙어 있으면 더 힘들 거 아니야. 이래저래 유리 씨가 고생이 많다. 고생해."

지난번 미안한 일 때문인가, 그녀가 웬일로 유리에게 동정의 눈빛을 보냈다.

한편, 유리가 팀장의 방으로 가서 일한다는 말에 최현우의 표정은 매서워졌고, 눈빛은 이글이글 타오르고 있었다.

짐을 싸 들고 그의 방으로 들어섰더니, 하선이 와이셔츠 소매를 둘둘 말아 올리고 또 손을 씻고 있었다.

'뭔가……. 불편하구나…….'

보통 강박장애나 불안장애가 있는 사람들이 심리적으로 불편해지면 같은 패턴의 행동을 반복한다. 그의 모습을 유리가 안쓰러운 듯 바라보았다.

한편, 유리가 들어서는 모습을 흘끗 바라본 그가 수건에 손을 닦으며 고갯짓으로 회의용 탁자를 가리켰다. 그곳에 조금 전까지 없었던 노트북이 설치되어 있었다. 그사이 하선이 설치했나 보다.

"내 방에서 일할 동안만 저 노트북을 사용하도록 해요."

"네."

들고 온 짐을 내려놓고 일할 준비를 마치자, 그가 그녀를 애매모호하게 바라보았다.

"내가 데이터 보내 놨는데, 설문 문항별로 프리퀀시(Frequency: 통계에서 빈도분석을 말함)만 돌려서 바로바로 넘겨 줘요. SPSS(통계프로그램)는 돌릴 줄 알죠?"

"네. 대학원 다니면서 배웠어요."

"앉아 봐요."

"네?"

"자리에 앉아 보라고요."

그의 부드러운 눈빛이 유리의 얼굴 위로 다가와 머물렀다. 유리가 노트북이 놓여 있는 회의용 탁자에 앉자, 그가 천천히 다가와 유리의 등 뒤로 가서 섰다. 그러고는 천천히 허리를 숙여 왼팔로는 유리의 등을 감싸 안는 듯 포즈를 취하고, 오른손으로는 노트북의 마우스를 잡았다.

그의 얼굴이 그녀의 얼굴 바로 옆에 다가와 있었다. 그의 숨결과 체취가 그대로 느껴졌다.

"내가 한 번 더 알려 줄게요."

낮고 그윽하게 말한 그가 통계프로그램을 창에 띄우고, 데이터를 불러와서 분석을 시작한다.

꿀꺽! 그러나 유리에게 통계분석 따위가 눈에 들어올 리 없었다. 온 정신과 온몸의 촉각이 긴장감으로 정신이 없는 것을.

"자, 이제 어떻게 하는 건지 확실하게 알겠죠?"

그가 그녀의 귓가에 대고 소곤거렸다.

"네……."

"유리…… 씨!"

그녀의 이름을 허스키하게 부른 그의 입술이 유리의 뺨에 거의 닿을 듯 가까이 다가와 있었다. 심장은 정신없이 뛰고, 호흡이 점점 가빠지기 시작한다.

"……네."

"잘 해 봐……요."

그러면서 천천히 유리를 감싸고 있던 팔을 풀고 싱긋 웃으며, 자기 자리로 돌아갔다.

휴우! 심장이 터져 버릴 듯 미칠 것 같았던 유리가 낮은 한숨을 쉬고 당황한 기색을 감추기 위해 노트북에 시선을 고정시켰다. 일부러 그를 쳐다보지 않았다.

이런 그녀의 모습을 자기 자리에서 그윽하게 바라보던 하선이 싱긋 웃었다.

그리고 퇴근 시간이 다가올 때까지 하선은 단 한 마디도 없이 일에 빠져 있었다. 간간이 유리가 그의 얼굴을 물끄러미 응시하곤 했지만, 그는 그녀의 시선이 느껴지지도 않는지 모니터만 응시하며 보고서 작성에 열을 올리고 있었다.

그때 전화벨이 울렸다.

"네, 이하선입니다. 네. 네, 잘 알겠습니다. 원장님."

통화가 끝나자 하선이 벌떡 일어나 의자에 걸쳐 둔 슈트 상의를 집어 들며 유리를 바라보았다.

"원장실에 다녀올게요. 분석, 계속하고 있어요. 금방 올게요."

"네, 잘 다녀오세요."

얼마나 시간이 흘렀을까, 금방 온다고 나간 그가 감감무소식이었다. 어느새 퇴근 시간도 훌쩍 지나 버린 늦은 밤, 잠자코 그를 기다리며 앉아 있는데 문자가 도착했다.

[먼저 퇴근해요. 난 좀 더 시간이 걸릴 것 같아요.]

그의 문자를 확인한 그녀의 마음속으로 허무한 바람이 불고 지나갔다. 무엇을 기대한 것인가. 그녀의 마음이 자꾸 그에게 무언가를 기대한다. 사랑에 빠지면 이런 것인가. 주섬주섬 주변을 정리하던 유리가 그만, 다시 자리에 앉았다.

그의 얼굴을 한 번 더 보고 싶었던 것이다. 때문에 그가 다시 돌아올 때까지 기다리기로 했다. 책상 위에 그의 자동차 열쇠가 놓여 있으니, 집에 가려면 다시 이곳으로 오겠지. 그렇게 그녀는 꼼짝도 안 하고 자리에 가만히 앉아 있었다.

"그래, 이 팀장 오늘 수고 많았어. 역시 자네는 최고야. 최고! 허허허허."

원장이 흐뭇하게 웃으며 그의 등을 툭툭 두드렸다.

오늘 갑작스럽게 교육부 관계자가 저명한 미국 교육학자를 데리고 와서는 기관에서 진행되고 있는 연구와 비전 차기 정책 등을 한국말도 아닌 영어로, 세세히 묻는 바람에 얼마나 혼비백산했던가. 이에 재빨리 하선에게 sos를 쳤고, 역시나 당황의 기색 하나 없이 그의 질문에 네이티브 스피커 수준으로 완벽한 답변을 늘어놓는 하선 덕분에 원장은 놀란 가슴을 쓸어내릴 수 있었다.

이후, 상황은 자연스럽게 저녁 식사 자리로 이어졌고, 그곳에서 하선은 원치 않았지만 그들이 내미는 술잔을 거절할 수가 없었다.

사회생활이란 것이 원래 그렇지 않은가. 업무와 관련된 일에서 자신의 뜻대로 다 할 수 없는 것, 그것이 바로 사회생활이었다.

사무실에 혼자 두고 나온 유리 때문에 계속 신경이 쓰였던 하선은 적당한 타이밍을 봐서 빠져나오려 했었다. 그래서 그녀와 같이 저녁을 먹고, 남은 시간을 함께 보낼 생각이었다. 그런데 그 계획마저 물거품이 되었다. 술자리는 끝날 기미는 보이지 않았고, 시간은 계속 흘러만 갔다.

어쩔 수 없이 하선이 낮은 한숨과 함께 그녀에게 먼저 가라는 문자를 보낸 후, 그는 본격적으로 무너지기 시작했다. 꽤 많은 양의 술을 받아 마셨기 때문이다.

그러나 모든 일은 끝날 것 같지 않아도 언젠가는 끝이 나게 되어 있는 법, 열한 시가 넘은 늦은 시각, 외국인 학자가 먼저 자리에서 일어났고 이에 그 자리는 그렇게 끝이 났다.

원장이 택시를 타고 가라는 것을 정중하게 거절한 하선이 살짝 비틀거리는 발걸음으로 회사로 돌아왔다. 눈가가 자꾸 뜨거워지고, 정신이 몽롱해졌다. 술기운 때문인가, 자꾸 식은땀이 전신으로 솟아올랐다.

유리와 함께 같은 공간에서 일하려는 빌미를 만들기 위해 하선은 몇 날 며칠 다른 보고서를 먼저 끝내느라 거의 잠도 자지 않았다. 그래서인가. 너무 무리를 해서 팔다리가 쿡쿡 쑤셔 오기 시작했다.

그러나 그는 이런 통증쯤이야 가소롭다는 듯 피식 웃고는 몸이 보내오는 경고를 무시한 채 사무실을 향해 걸어갔다.

이미 직원들이 빠져나간 회사는 어둡고 조용했다. 그곳을 휘청거리며 자신의 방문 앞에 다가선 하선이 문틈으로 희미하게 새어 나오는 불빛에 눈을 크게 뜨며, 재빨리 문을 열었다.

쿵! 쿵! 쿵!

갑자기 심장이 정신없이 뛰기 시작한다. 바로 그곳에, 그토록 보고 싶었던 그녀! 미카가…… . 미카가 있었던 것이다.

'아아! 미카…… .'

자기를 보고 부드럽게 미소 지으며 일어서는 그녀를 향해 마음 속 끓어오르는 그리움을 가득 담고, 그가 깊어진 눈빛으로 천천히 다가갔다.

한편, 통계분석을 하고 있던 유리가 그의 등장에 화들짝 놀라며 일어섰다. 드디어 기다리던 그가 온 것이다. 이에 마음이 충만해지며 그를 향해 부드러운 미소를 지어 보였다.

그러자 그가 눈빛 가득 슬픔을 담고 천천히 다가와서는, 자신의 어깨를 잡고 뚫어져라 바라보았다. 그의 손끝은 파르르 떨렸고, 안색은 창백했다. 알코올 냄새가 솔향기와 섞여 코끝을 휘어 감았다.

"티, 팀장…… ."

"아아! 미카…… ."

그가 낮은 음성으로 누군가를 불렀다. 분명 자신을 바라보며 자신을 부르는 듯 보였지만, 그의 입에서 나온 이름은 다른 사람의 것이었다.

"저…… . 팀…… ."

순간, 그의 눈에 설핏 눈물이 비추는가 싶더니 갑자기 그가 자신을 세차게 껴안고는 흐느끼기 시작했다. 그의 몸짓이, 손길이 애달프고 애처로웠다.

그의 마음이 그녀에게로 전이되었는가. 갑자기 유리도 알 수 없는 슬픔에 목이 메어 오기 시작한다. 마음 저 밑바닥, 오래전부터 켜켜이 쌓이고 쌓인 해묵은 먼지처럼 건드리지 않으면 평생 드러나지 않았을 먼지 속 그 무언가가, 판도라의 상자를 열었을 때 쏟아져 나온 모든 불행과 재앙처럼 알 수 없는 깊은 슬픔과 고통이 그녀의 마음 밖으로 쏟아져 나오기 시작한 것이다.

"미가……. 너무……. 보고 싶었이……. 아아! 내 사랑……."

그 한마디 가까스로 힘겹게 내뱉은 그가 스르르 무너졌다. 유리를 끌어안고 있던 손이 풀리며, 바닥으로 쿵 주저앉듯 무너진 그가 옆으로 픽 쓰러지고는 정신을 잃었다.

"팀장님! 팀장님!"

당황한 유리가 그를 흔들어 보았으나, 그에게선 아무런 미동도 느껴지지 않았다. 그의 얼굴과 온몸은 마치 용암처럼 뜨거웠다. 너무너무 뜨거워 데일 것만 같았다.

6년 전. 미국 일리노이주.

"미카! 안 돼! 그러지 마!"

"……."

하선이 고통에 일그러진 얼굴로 그녀를 향해 절규를 토해 내고 있었다.

"제발! 미카!"

"……."

그녀 아래로 시카고 강이 유유히 흘러가고 있다. 이제 막, 여명에 빛을 발하고 있는 강물이 드문드문 반짝였다.

"미카! 하지 마. 제발 부탁이야. 응?"

절박하고도 애틋한 하선의 외침에도 그녀의 눈빛은 무감각했다. 이미 마음을 놓아 버린 그녀의 눈빛이 공허했다. 텅 비어 있었다.

"미카, 사랑해. 너만을 사랑한다고!"

"나도…… 사랑했어."

들릴 듯 말 듯 그녀의 작은 목소리가 흐르는 강물에 잠겨 버린다.

"뭐라고? 미카, 방금 뭐라고 했어?"

"……."

하선이 그녀가 서 있는 다리난간으로 내려와, 천천히 조심스럽게 다가간다.

"미카! 제발. 이리 와. 내게 와. 응?"

그때 슬프고도 절망이 가득 담긴 그녀의 눈빛이 하선의 뇌리에 깊게 들어와 박혔다. 처절하고도 처참한 슬픈 눈빛. 그녀의 눈동자가 잠시 흔들렸나 싶은 그 순간.

"안 돼!"

풍덩!

외마디 비명 한 번 없이 강물은 그녀를 순식간에 집어삼켰고, 하선 역시 그녀를 따라 그 물속으로 몸을 던졌다.

그녀가 떨어진 곳을 향해 빠르게 다가갔지만, 유속이 빠르고 부유물이 가득한 물속 그 어디에서도 그녀의 모습은 보이지 않았다.

"미카! 미카엘라! 유리야! 정유리!"

한참 동안 물속에서 그녀의 흔적을 찾아 헤매던 하선이 물 위로 떠올라 처절한 절규를 터트렸다.

"아아아아악!"

"오빠, 내 진짜 이름은 미카엘라가 아니야."

"이름이 두 개였어?"

처음으로 그녀와 마음과 마음을 나누고, 몸과 몸을 나누고, 깊고 깊은 사랑을 나눈 뒤, 침대에서 그의 넓은 가슴팍에 자신의 얼굴을 묻고 유리가 수줍게 웃었다.

"미카엘라는 세례명이자 영어 이름이고, 한국 이름은 유리야. 정유리. 호적상 이름."

"와! 미카도 예쁘고 유리도 예쁘다. 네 이미지와 잘 맞아. 천사처럼 아름답고 유리처럼 투명하고 순수한 내 여인. 사랑해."

하선이 그녀를 꼭 끌어안고 이마에 살며시 키스한다.

"하선이도 굉장히 매력적인 이름이야. 처음에 이하선염 때문에 조금 웃기기도 했지만."

"이하선염?"

"응, 입안에 있는 가장 큰 침샘이 이하선이잖아. 몰랐어?"

"몰랐어. 넌 어떻게 그런 것까지 알아?"

"내가 이하선염에 잘 걸리거든. 면역력이 떨어지면 바로 침샘이 부어올라. 특히 그 이하선이 말이야. 요 나쁜 이하선 같으니라고!"

"뭐야? 나쁜 이하선?"

"아하하하하."

"하하하."

그녀의 웃음소리가 몽롱한 빛처럼 느리게 울려 퍼지고 있었다.

"하선아. 하선아!"

자신을 부르는 목소리에 살며시 눈을 떠 보니 그의 엄마가 걱정 가득한 표정으로 그를 내려다보고 있었다.

"……어머니."

"그래. 정신이 드니?"

"여기 어디예요?"

"병원. 너 강에서 기절해서 구급대에 실려 왔어. 꽤 오랜 시간

동안 기절해 있었어."

강! 기절! 순간 미카의 일이 빠른 속도로 떠올랐다.

"어머니. 미카는요. 미카는 어딨어요?"

"……그게……. 아휴, 불쌍한 것."

순간 어머니의 눈가가 촉촉이 젖어 들며 말을 못 하고 있었다. 그리고 손으로 입을 막고 병실을 빠져나갔다.

"그 아이……. 죽었다."

옆에 나무기둥처럼 미동도 없이 서 있던 그의 아버지가 조용히 답을 대신했다.

"주, 죽었다고요?"

그의 눈동자가 심하게 흔들렸다.

"강 하류로 떠내려가는 것을 구급대원이 찾았는데, 이미 죽어 있었다더구나."

그 순간 하선이 벌떡 일어나 침대에서 내려섰다.

"왜?"

"가 봐야겠어요. 내가 직접 가서 확인해 봐야겠어요."

"하선아."

아버지가 그의 팔을 세게 붙잡았다.

"놔주세요, 아버지. 제가 가 봐야 한다고요. 아니에요. 미카는 죽지 않았어요. 죽었을 리가 없어요!"

"미카, 죽었다. 그리고 이제 이곳에도 없어. 이미 미카 부모가 한국으로 데리고 갔다. 장례는 고국에서 치른다고."

쿵! 그의 심장이 깊고 깊은 나락으로 세차게 떨어져 내렸다. 그리고 이후, 자신의 방에서 한 발자국도 나오지 않던 하선이 문을 열고 나온 것은 반년이 지난 후였다. 그때부터 그는 인간이었으나,

인간이 아닌 것처럼 힘겹게 살았다.

모든 고통을 안으로 삼키며 겉으로는 냉정하고 냉담하고 무심한, 인간의 모든 희로애락을 끊어 버린, 인조인간처럼 살았다.

6년이라는 긴 시간 동안. 그는 그렇게 스스로를 감옥에 가두어 버린 것이다.

그로부터 6년 후.

"이 팀장님. 이거 이번에 서류전형에 합격한 지원자들 이력서예요. 내일 면접관으로 들어가셔야 하니, 천천히 살펴보시고 필요한 질문도 좀 생각해 주세요. 이 년 만에 신입 직원 뽑는 거라 그런지 원장님의 기대가 아주 크세요."

인사팀 직원이 건네주고 간 이력서들을 찬찬히 하나하나 살펴보던 그의 표정이 갑자기 순식간에 벼락을 맞은 사람처럼 놀라움으로 굳어졌다.

쿵! 쿵! 쿵! 쿵!

그리고 심장이, 6년 동안 내내 죽어 있었던 심장이 다시 미친 듯이 뛰기 시작했다.

[정유리. 나이 26세. J대학교 심리학과 졸업. 동대학원 교육심리 석사학위 취득.]

이력서 맨 상단 왼쪽에 붙어 있는 사진 속 그 여인. 정유리! 미카의 한국 이름! 미카였다. 미카가 확실했다. 갑자기 그의 전신이 부르르 떨려오기 시작하며 심장이 미친 듯이 뛰었다. 더불어 엄청나게 강력한 통증이 그의 심장을 훑고 지나간다. 숨도 쉬어지지 않았다.

죽었는데. 분명, 죽었다고 했는데. 살아 있었다. 그것도 너무나

멀쩡하게!

면접 당일.

하선은 면접관 중 가장 오른쪽 끝에 자리를 잡고 앉았다. 어제부터 지금 이 시간까지 마치 억만년을 산 사람처럼 그의 모습은 초췌하고 파리했다. 밤새 한숨도 못 잔 영향도 있지만, 무엇보다 지금이 믿겨지지 않는 현실에 속이 바짝바짝 타들어 갔기 때문이다.

오늘, 자신을 마주하게 되는 그녀의 반응이 어떨지 궁금했다. 6년 동안 자신을 고통과 죄책감이라는 극악한 환경에 몰아넣고 그녀는 잘 살았는지, 과연 행복했는지 무척이나 궁금했다.

그의 손바닥으로 땀이 흥건하게 배어 나왔다.

"응시번호 582. 정유리 씨. 들어오세요."

"안녕하세요. 정유리라고 합니다. 잘 부탁드리겠습니다."

쿵! 그의 심장이 아래로 조용히 떨어져 내렸다. 옥쟁반에 은구슬 굴러가는 소리가 저와 같을까. 6년 동안 단 한 번도 잊어 본 적 없는 저 맑은 음색과 아름다운 미소. 몸서리가 쳐졌다.

정말로 그녀는 미카가 틀림없었다.

다른 면접관들의 질문에 야무지게 답도 잘하는 그녀의 표정은, 고통의 흔적 하나 없이 편안하고 평안해 보였다.

하선이 그런 그녀를 뚫어져라 쏘아본다. 분명, 처음 들어와서 면접관들에게 인사했을 때 자신을 보았지 않았는가. 그런데 그녀 아무런 반응이 없다. 그의 두 손에 잔뜩 힘이 들어갔다. 가슴은 미칠 듯 아프다.

"이하선 팀장님. 질문 없으세요? 없으면 이만 마칠까 하는데."

질문 하나 없이 단호하게 앉아 있는 그를 향해 누군가 말을 걸자, 그녀가 자신의 얼굴을 똑바로 바라본다. 그러다 살며시 미소까지 짓는다.

뭐지? 자신을 알아보지 못하는 것인가. 아니면 일부러 모르는 척하는 것인가.

"정유리 씨. 종교 있습니까?"

그의 생뚱맞은 질문에 다른 면접관들이 의아한 표정을 지었다.

"네, 있습니다."

"종교가 뭐죠?"

"천주교입니다."

"그럼 세례명도 있겠군요."

"네, 제 세례명은 미카엘라입니다. 대천사란 뜻이죠."

"……."

너무나 해맑게 자신을 향해 웃었다. 정말 모르는 사람 마주 대하듯 그녀가 그렇게 자신을 보고 웃는 모습에 하선의 억장이, 다시한 번 무너져 내렸다.

면접이 끝난 후, 사무실에서 안절부절못하던 하선이 미리 적어 놓은 이력서 속 그녀의 주소를 바라보며 무언가를 골똘히 생각하고 있었다.

'그래, 가서 확인해 보자. 정말로 나를 못 알아보는 것인지, 아니면 모르는 척하는 것인지.'

늦은 밤. 그녀의 집 앞에 그가 초조한 듯 서 있었다. 603호, 이력서에 적힌 그녀의 주소지에 불빛이 없었다. 아직 아무도 집에 오지 않았단 뜻이다. 3, 4호 라인 입구 계단 난간에 그가 비스듬히 기대어 서 있었다.

그때 어떤 여자 하나가 입구로 들어서다 그를 무심히 바라보고
는 지나쳐 들어가더니, 조금 뒤에 휘둥그레진 눈으로 다시 나왔다.

"저…… 혹시 이하선 씨?"

그녀의 알은체에 하선이 몸을 반듯하게 일으켜 세우며 의아한
표정을 지었다.

"누구……시죠?"

"이하선 씨 맞으시죠?"

그녀의 표정이 심각해졌다.

"네, 맞습니다만."

근처 커피숍. 어색한 기류가 두 사람을 휘감고 있었다.

"무슨 일로 오신 거죠? 미국에 계시는 것 아니었나요?"

미국에 있었던 것까지 알고 있는 이 여자, 뭔가 수상하다. 불편
한 기색을 표정에 그대로 다 드러낸 채 하선이 단호하게 말했다.

"일단 어떻게 저를 아시는지, 설명부터 해 주는 게 순서 아닌가
요?"

"아! 그렇군요. 죄송해요. 모르는 척 그냥 지나칠까 하다가, 그
냥 넘어가기엔 그쪽 표정이 너무 심각해서. 저 유리 친구예요."

"……"

아! 그의 입에서 낮은 탄성이 새어 나왔다.

"유리 찾아오신 거 맞죠? 제 느낌에 언젠가 한 번쯤은 하선 씨
가 찾아오지 않을까, 생각했었어요."

"……"

자신에 대해 너무나 잘 알고 있는 그녀 때문에 그는 할 말을 잃
었다.

"일단 반가워요. 전 오은지라고 해요. 유리와는 고등학교 때부터 절친이었고, 우습게도 같은 대학, 같은 과에 입학했어요. 지금은 룸메이트구요. 6년 동안요."

"오은지……."

미카를 통해 자주 전해 들었던 친구, 오은지. 항상 '내 친구 은지는……' 이라면서 그녀의 얘기를 자주 들려줬었다. 물론 같이 찍은 사진도 몇 번 보여 줬던 것 같은데, 얼굴까지 자세히 기억이 나지는 않았다.

"물론 하선 씨도 제 이름 정도는 기억하시겠죠. 유리가 자주 제 얘기를 했을 테니까요. 저도 마찬가지예요. 유리를 통해서 하선 씨 얘기 많이 들었어요. 미국에 있는 동안 자주 하선 씨에 대한 얘기를 들려줬거든요. 물론 함께 다정하게 찍은 사진들도 같이요. 그래서 만나진 못했지만 어느 순간에는 저도 하선 씨와 마치 친구가 된 것처럼 친근하게 느껴지더군요."

"……."

할 말이 없었다. 자신은 전혀 모르는 누군가가 자신을 친구처럼 느끼며, 잘 알고 있다는 이 상황이 쉽게 받아들여지지가 않았던 것이다.

"그런데, 도대체 유리에게 무슨 일이 있었던 거죠?"

그녀의 뜬금없는 질문에 하선이 잠시 당황했다.

"네?"

은지의 눈빛이 싸늘해졌다.

"무슨 일이 있었기에 유리가 거의 다 죽어서 한국에 오게 된 거냔 말이에요. 누구보다 그쪽이 잘 알고 있을 텐데요. 아닌가요? 유리를 통해선 더 이상 그 시절 얘기는 들을 수가 없으니, 그쪽이 말해 봐요."

"……."

정말로, 무슨 일이 있었던 걸까!

왜 미카가 느닷없이 강물로 뛰어들었는지, 하선도 아직까지 그 이유를 모르겠다. 다만, 미카가 그의 세상에서 사라짐과 동시에 성태도 함께 사라졌다. 그래서 하선은 막연하게나마 이 일이 성태와 깊게 연결되어 있을 것이란 짐작만하고 있을 뿐이었다.

"그동안 미카……. 어떻게 살았습니까?"

책임을 회피하는 듯 답을 하지 않고 다른 질문으로 돌려 버리는 하선 때문에 순간 은지의 배알이 뒤틀렸다.

"무슨 일이 있었는지는 말해 주지 않겠다. 좋아요. 어차피 지난 일, 더 이상 묻지 않죠. 유리, 아주 잘 살았어요. 일반 여대생처럼 공부도 열심히 하고, 작은 꿈도 키우고, 연애도 하고, 그렇게 행복하게 잘 살았어요. 참, 그런데 진짜 여긴 왜 온 거예요? 설마 유리 만나려고 온 거예요?"

행복하게 연애도 하면서 잘 살았다는 은지의 말에, 하선의 두 주먹에 불끈 힘이 들어갔다. 자신은 지옥 속 불구덩이에서 죽지 못해 간신히 살았는데, 그녀는 행복하게 잘 살았다고 한다. 기막히다.

"네, 확인할게 있어서."

"뭘요? 뭘 확인해요? 지금 이 시점에서. 6년 동안 연락 한 번 없다가. 전 그래도 하선 씨가 괜찮은 사람이라 생각했었어요. 유리를 통해서 들은 하선 씨는 분명 꽤 괜찮은 사람이었거든요. 그런데 유리가 그 꼴로 한국에 돌아왔는데도 연락 한 번 없는 하선 씨가 조금은 괘씸하더라고요."

그녀의 말에 하선이 미간을 찌푸렸다. 이 여자 지금 무슨 말을 하려는 건가.

"도대체 무슨 일이 있었는지, 알 수도 없고…… 유리가 왜……
그 지경까지……. 어쨌거나 지금 6년 만에 나타나서 확인할 것이
있다는 말은, 상당히 난센스(nonsense)네요."

기막히다는 듯 은지가 안면 가득 조소를 띠었다.

"죽었다고 들었습니다!"

"누가요? 유리가요?"

"네."

"……."

죽은 줄 알았다는 그의 말에 은지의 표정이 놀라움으로 심각해
졌다.

"분명 죽었다고 했는데……. 어떻게 살아 있는 것인지……. 살아
있었으면서 왜…… 내게 연락 한 번 안 했는지……. 정말로…… 날
사랑하긴 한 건지……. 왜 죽으려고 한 것인지……. 그걸 확인하러
왔습니다. 이제 됐습니까!"

"확인하지 마세요!"

그녀의 표정이 단호하다.

"왜죠?"

"유리……. 미국에서의 일 모두, 하나도 기억하지 못해요. 아마
그 사실을 알게 된다면…… 유리…… 더 심각해질 수도 있어요."

충격으로 그의 몸이 심하게 움찔하자 은지가 진지하게 그를 바
라보았다.

'이 남자, 진짜 충격받았나 보네…….'

"진짜……. 기억하지 못합니까?"

"네! 전혀요. 본인이 미국에 갔었는지조차도 몰라요."

그가 피식, 어이없게 웃었다. 정말로 받아들이기 힘들거나 극한의 감정에 다다르면, 웃음이 나오는가! 자신이 가장 싫어하는 종류의 신파극, 여자 주인공의 기억상실증 때문에 괴로워하는 남자주인공의 이야기. 너무나도 진부하고 뻔한 스토리가 지금 자신에게 벌어지고 있다니, 이 상황이 마치 한 편의 코미디와도 같았다.

그러면서 갑자기 자신이 존재하고 있는 이 세계도 현실인지 꿈인지 분간조차 되지 않았다. 머릿속에서 윙윙 낯선 세상의 소음이 들끓었다. 이제야 알 것 같다. 왜 그녀가 자신을 보고도 모르는 사람처럼 대했는지를. 잠시 충격으로 멍하던 하선은 영혼이 빠져나간 사람처럼 기운 없이 자리를 떠났다.

은지가 측은한 표정으로 힘없이 사라지는 그를 바라보고 있었다.

그날 밤, 하선은 이 말도 안 되고 어이없는 상황에 웃다가, 울다가, 또 웃다가 고통에 몸부림치며 그렇게 뜬눈으로 밤을 지새웠다.

그리고 삼 개월 후, 이번엔 은지가 하선을 찾아왔다. 요란하고 시끄러운 홍대 근처 클럽. 레스토랑 일이 늦게 끝난 은지가 만나고 싶다고 하자, 그가 자신을 만나려거든 이리로 오라고 했다.

클럽 룸 안에 앉아 있는 하선은, 전혀 다른 사람처럼 보였다. 흐트러진 옷가지와 표정, 술에 취해 비틀거리는 몸짓. 지난번 깔끔하고 정갈하던 그의 모습과 완전 상반된 모습에 은지가 조금 당황하고 있었다.

"용건이 뭡니까?"

그가 냉랭하게 말했다. 은지가 하선을 날카롭게 노려보았다.

"알고 보니 유리의 직속 상사셨더군요!"

"그래서요."

그가 위스키를 벌컥 들이켰다. 도대체 이 남자 여기서 저런 몰골로 뭘 하고 있는 것인가. 잠시 은지가 호기심으로 그를 바라보았다.

"유리한테 도대체 왜 그러는 거죠?"

"뭘 말입니까?"

낮고 절제된 투로 말하는 그 때문에 은지는 더 화가 솟구쳤다.

"유리가 그쪽 때문에 엄청 힘들어한다고요. 대체 왜 그러는 거죠? 일부러 복수하는 건가요? 죽은 줄 알았는데 너무나 잘 살고 있어서?"

정곡을 찔린 듯 잠시 그의 눈동자가 살짝 흔들렸다가 다시 무심해졌다. 사실 유리를 바라보면 분노가 치솟고, 화가 났다. 왜 그런 반응이 나타나는 것인지, 자신도 잘 이해가 되지 않았다.

자신은 지난 6년 동안 그 지독하고도 끔찍한 기억을 끌어안고 하루하루 고통 속에 몸부림치며 살았는데, 그녀는 스스로 기억을 지워 버린 채 잘 살았다고 해서인가. 아니면 자신은 너무나 또렷하게 그녀를 기억하고 있고 그녀 때문에 모든 감각과 고통이 되살아나서 힘든데, 힘들어 죽겠는데, 그녀는 아무것도 기억하지 못하는 표정으로 해맑게 웃고 있어서인가.

그가 이를 악물고 낮게 뇌까렸다.

"그 여자한테 사적인 감정 없습니다."

"사적인 감정 없다. 하! 대단하시군요. 죽은 줄 알았던 옛 애인이 멀쩡하게 눈앞에서 왔다 갔다 하고 있는데, 아무런 감정이 없다! 그래서 철저히 공적으로만 대하는데, 못 잡아먹어서 안달이다! 매일매일 공적으로 들들 볶고 상처 주며 심하게 대한다! 상당히 위선적인 캐릭터였군요. 겨우 이런 정도의 인간밖에 안 되는 당신을 그렇게 사랑했었다니, 유리만 바보등신이었네요."

은지의 비아냥거림에 순간, 철저하게 자신의 감정을 통제하던 하선이 시뻘겋게 충혈된 눈으로 은지를 매섭게 노려보며 낮은 목소리로 말했다.

"말 함부로 하지 마시지요. 내가 그동안 어떻게 살아왔는지 안다면. 당신 그런 말 할 자격! 없습니다. 저주받은 삶이, 어떤 삶인지 당신이 알기나 합니까! 더 이상 할 말 없으니 돌아가시죠."

그리고 자리에서 일어나 나가려던 그의 뒤통수에 대고 은지가 재빨리 소리쳤다.

"유리도, 저주받았어요. 당신만 그런 것이 아니라, 유리도 저주받은 삶을 살고 있다고요! 당신 이후로, 정유리! 그 어떤 남자도 받아들이지 못해요. 남자가 조금 호감을 품고 다가오려고만 해도, 진저리를 치며 도망간다고요. 어쩌면 평생 그렇게 혼자 외롭고 고독하게 살아야 할지도 몰라요! 또 자신의 일생 중 가장 행복했고 소중했던 시절의 추억과 기억을 모두 잃어버렸어요. 어떤가요? 이 정도면, 그쪽이 받은 고통이 조금은 위로가 되나요?"

은지의 말에 놀란 듯 뒤돌아보는 그의 낯빛이 하얗게 질려 있었다.

문 밖에서 경쾌한 리듬이 쿵쿵 울려왔다.

며칠이 지나고 또다시 은지와 하선이 마주 보고 앉아 있었다. 방금 로스팅한 커피향이 그윽하게 매장 안을 감돌고 있다.

"이번엔 뭐죠?"

"도와주십쇼."

"뭘요?"

까칠하고 파리한 그의 안색을 은지가 조심스럽게 바라보았다. '이 남자 많이 힘들구나.' 싶은 생각이 절로 들만큼 그는 상당히 고통스럽고 괴로워 보였다.

"미카가 저를…… 기억하고, 다시 사랑하도록 만들고 싶습니다."

"……하선 씨는요? 아직도 유리를 사랑하고 있는 건가요?"

"네. 그렇습니다. 6년 동안 단 한 번도 그녀를 사랑하지 않은 날이 없었습니다. 그런데 저를 기억하지 못하는 그녀에게 제가……. 어떻게 다가가면 좋을지 도무지 모르겠습니다. 솔직히 제가 먼저 다가갔다가 다른 남자들처럼 내게도 혐오의 눈빛을 보낼까 봐, 매우 두렵고 무섭습니다. 사람을 향한 미움과 경멸의 눈빛은 봐 주겠는데, 남자로서 나를 바라보는 그녀의 눈빛에 혐오감과 증오가 담긴다면…… 그것은 정말로 참아 내기가 힘들 것 같습니다."

그가 자신의 얼굴을 두 손으로 쓸어내렸다. 그 손짓에 초조함과 불안감이 동시에 담겨 있었다.

"좋아요. 도와 드릴게요. 대신 한 가지만 명심하세요. 절대로, 섣불리 과거 얘기를 꺼내지 말아 주세요. 그 일 이후 몇 번 심리치료도 받고, 최면을 통해 지워진 기억을 꺼내 보려고도 했지만, 유리가 완강하게 거부하는 바람에 소용없었어요. 오히려 더 큰 고통과 괴로움만 안겨 주었을 뿐이었어요. 때문에 유리의 부모님께서, 어차피 불행한 기억 꺼내지 말고 이대로 유리의 인생에서 아예 없었던 일로 만들자, 덮어 버리셨어요. 그러니 하선 씨도, 과거에 붙들려 유리를 바라보지 말고, 지금 현재의 유리로만 봐 주세요. 그래도 사랑한다면 도와 드리지요."

잠시 말을 멈춘 그녀가 물 잔을 들어 물을 순식간에 비워 버렸다. 그녀도 꽤나 속이 타나 보았다.

"과거의 그녀든 지금의 그녀든, 제게는 단 하나뿐인 사람이자 단 하나뿐인 사랑입니다!"

하선이 단호하고도 분명하게 말했다.

"좋아요. 그러시다면 도와 드리겠습니다. 일단 절대로 서두르지 마세요. 눈치가 빠른 아이예요. 남자들의 눈빛과 표정에서도 자신에 대한 호감을 기가 막히게 잡아내죠. 그러니 그 감정이 겉으로 드러나지 않게 잘 대처하세요."

은지의 말을 듣고 있는 그의 표정이 비상했다.

"유리를 되찾고 싶으면 일단 하선 씨에게 먼저 다가오도록 만드세요. 그것만이 이 봉인을 풀 수 있는 유일한 방법일 거예요. 어쩌면 유리가 그쪽을 사랑하게 되면서 잃어버린 기억을 찾을 수 있을지도 모르겠네요. 지난번에도 말했듯이 유리의 일생에서 가장 행복하고 소중한 시간이었던 하선 씨와의 기억을 모두 잊어버렸으니, 유리도 엄청 불쌍한 아이예요. 무슨 충격으로 기억을 잊은 건진 잘 모르겠지만, 유리의 부모님과는 달리 제 생각에는 그 기억을 찾는 것이 유리의 내면을 위해서 더 좋을 거란 생각이 드네요. 그건 그렇고, 오늘도 클럽에 가시나요?"

"아마도."

"그럼 오늘 밤, 제가 유리를 데리고 클럽으로 갈게요. 전 그것까지만 하겠습니다. 그 이후의 일은, 하선 씨가 알아서 하세요."

"그러죠……."

무언가 골똘히 생각에 잠긴 그의 얼굴이 단정하고 단호했다. 입을 다부지게 다물고 있는 모습은 이지적이었다.

"한 가지, 궁금한 게 있는데요."

"말씀하시죠."

"그런데 왜, 밤마다 클럽에 가시는 거죠?"

"……이하선이 아닌, 다른 인간처럼 살면 고통을 조금이나마 덜 수 있을까, 싶어서입니다."

그리고 그날 밤. 클럽에 그녀가 나타났다.

회사에서 자신에게 모욕적인 말을 듣고, 그 모멸감과 괴로움에 술을 벌컥벌컥 들이켜고 있는 유리를 바라보며 하선이 깊은 상념에 빠졌다.

'너는 고작 그 말 한마디 때문에 그렇게 힘이 든 거니? 나는 지난 세월 너 때문에 매일매일이 지옥이었는데⋯⋯.'

멀리서 유리의 모습을 물끄러미 지켜보던 하선은 그녀에게 다가가, 다분히 고의적으로 비틀거리는 그녀의 발을 걸었고, 그 때문에 고꾸라지려던 그녀를 구해 준 척 연기했으며, 자신을 보고 팀장이 아니냐며 호기심을 반짝이는 그녀에게 키스를 해 버렸다. 6년 동안 단 한 번도 잊어 본 적 없던 그녀의 입술이 너무나 그립고 그리웠기 때문이다.

그리고 유리는 하선의 의도대로, 자신의 정체를 밝히겠다며 자꾸 클럽에 나타났다. 그 일로 그녀의 머릿속에 자신을 강하게 각인시켰으니, 일단 계획의 반은 성공이었던 셈이다.

두 번째, 클럽에서 만났을 때는 과연 유리에게 존재한다던 그 남자 알레르기가 자신한테도 작동하는지 확인해 보고 싶었다. 그래서 거의 강제에 가까운 키스를 했는데, 처음 저항하던 그녀가 이내 얌전해지며 자신을 받아들였다.

이 모습에 그의 마음속으로 새로운 희망과 가능성이 싹트기 시작했다. 유리의 마음에 자신이 천천히 스며들고 있다는 증거였기 때문이었다.

❖ ❖ ❖

삐뽀삐뽀!

응급실은 분주했다. 늦은 밤 정신없이 쏟아져 들어오는 아픈 사람들 때문에 의료진들은 땀을 뻘뻘 흘리며 뛰어다녔다. 하선은 아까보다 훨씬 편안한 표정으로 침대에 누워 있었다. 그의 팔에 꽂혀 있는 얇고 기다란 고무관 속으로 정체모를 하얀색 투명 액체가 똑똑 떨어지며 들어가고 있었다.

"별 이상은 없네요. 요새 무리를 좀 하셨나 보죠? 스트레스를 많이 받았거나? 어쨌든 급성 몸살쯤으로 해 두죠. 딱히 적절한 병명이 없으니까요. 해열제 놓았으니 열은 곧 떨어질 거고, 한잠 푹 자고 나면 깨어나겠죠. 너무 걱정하지 마세요."

하얀 가운을 입은 의사가 별일 아니라는 듯 대수롭지 않게 말하고 사라졌다. 그의 얼굴이 어리고 앳된 걸 보니, 인턴쯤 되나 보다.

'다행이다.'

유리가 낮은 한숨을 쉬며 보호자용 의자에 살며시 앉았다. 침대 밖으로 떨어져 있는 그의 팔을 침대 위로 올려 주고는 하얗고 기다란 손을 물끄러미 바라보았다. 손등으로 굵은 힘줄 몇 개가 지나가고 있었다.

유리는 자신도 모르게 그것을 조심스럽게 만져 보았다. 그는 남자치고 손도 참으로 예쁘고 멋있었다. 부드러운 감촉이 손끝으로 전해져 왔다.

'아아! 미카.'

순간 사무실에서 자신을 끌어안고 슬픈 듯 누군가의 이름을 속삭이던 그의 모습이 떠올랐다. 가슴이 아파 왔다. 심장 한쪽으로 날카로운 통증이 찌릿하고 스쳐 지나갔다.

'미카가 누구지……? 혹시 아픈 과거 속, 이 사람을 남겨 두고 간 사람인가……'

그렇게 슬픈 표정의 하선을 단 한 번도 본 적이 없었던 유리의 마음이 혼란스러웠다. 혹시 그 미카라는 여자가 그의 마음속에 완전하게 자리 잡고 있는 사람이라면, 자신이 다가갈 틈이 없을지도 모른다는 생각이 들었다.

알 수 없는 쓸쓸함과 안타까움이 배어 나왔다.

6. 다시, 사랑

'여기가 어디지?'

무겁게 내리누르고 있던 눈꺼풀을 살며시 뜨고 낯선 장소에 누워 있는 자신을 발견한 하선이 주위를 두리번거렸다. 그리고 이내 깨달았다. 자신이 현재 병원 응급실에 누워 있다는 사실을.

'어떻게 된 거지?'

자기가 여기에 왜 누워 있고, 어떻게 오게 된 것인지 하나도 생각나지 않는다. 몸을 살짝 일으켜 주위를 살펴보니, 응급실 한쪽 구석에 놓여 있는 소파에 유리가 눈을 감고 기대어 앉아 있었다. 순간 심장께로 찌릿 통증이 스치고 지나갔다.

"저기요."

마침 자신에게로 다가오는 간호사에게 그가 궁금한 것 이것저것을 물어보기 시작했다.

살짝, 잠이 들었나 보았다. 핸드폰으로 시간을 확인해 보니 새벽 5시였다. 몇 통의 부재중전화와 문자 메시지가 와 있었다.

'진동으로 해서 몰랐네.'

확인해 보니 모두 은지였다. 왜 안 오냐는 걱정의 메시지들이었다. 간단하게 상황을 요약한 답장을 보낸 유리가 일어나서 하선이 누워 있는 침대로 다가왔다.

"어? 저기요! 혹시 여기 누워 있던 환자분 어디 가셨는지 아세요?"

조금 전까지 잠자는 숲속의 왕자처럼 근사한 모습으로 누워 있던 그가 자취도 없이 사라져 있자, 유리가 당황하며 멀리 데스크에 앉아 있는 간호사를 향해 크게 소리를 질렀다.

"혹시 나 찾아요?"

그때 하선이 빙긋 웃으며 그녀에게로 다가왔다. 어젯밤과 달리 그의 얼굴은 다시 예전처럼 건강해 보였고, 핸섬했다.

"팀장님……. 이제 괜찮으세요?"

"유리 씨가 나 여기까지 데려왔다고요. 고마워요."

"심한 몸살이라고……."

"알아요. 들었어요."

"이만해서 다행이에요."

"고마워요. 덕분에 지금은 아주 좋아요."

그가 따뜻하게 미소 지었다.

유리도 그를 향해 은은한 미소를 지어 주었다.

응급실 밖으로 나온 두 사람이 어슴푸레한 서울의 새벽하늘을 바라보았다. 아직 해 뜨기 전이라 그런지 세상은 보랏빛이 살짝 감도는 회색빛이었다. 밤새 거리를 밝혔던 가로등이 하나, 둘 꺼지고 있었다. 그것을 바라보며 '이제 이 사람과 헤어져야겠지.' 라고 생각하고 있는데 그가 유리를 바라보며 낮게 말했다.

"유리…… 씨."

"네."

"지금, 집에 가야 해요?"

"네?"

그의 표정이 진중해졌다. 눈빛은 그윽하고 따뜻했다.

"나……. 부탁이 있는데……."

"말씀하세요."

"혼자 있기 싫은데, 오늘 하루 같이 있어 주면 안 돼요?"

"……."

심장이, 정신을 못 차리고 뛰기 시작했다. 그럼요, 그럼요, 얼마든지 같이 있을 수 있어요.

유리가 희미한 미소를 지으며 그를 향해 고개를 끄덕였다. 그러자 하선의 입가로 햇살만큼 밝은 미소가 떠올랐다.

그녀를 이대로 보내고 싶지 않았다. 이제, 그녀가 자신에게 다가올 때까지 기다리는 짓, 더 이상 못 해 먹겠다. 도대체 얼마나 더 참고 기다려야 한단 말인가. 그녀가 오기만 기다리다, 자신이 먼저 지쳐 쓰러질 판이다.

어쩌면 어젯밤 쓰러진 것도 이것 때문이었을 것이다. 너무 참고 참아서, 속이 타고 홧홧해지다 결국 몸이 견디질 못하고 폭발해 버린 것이리라.

하선은 그렇게 생각하고 있었다. 마음의 짓눌림을 견디지 못해 신체가 먼저 반응을 한 것이다, 계속 이런 식으로 하다 보면 결국 네 마음도 폭발해 버릴 것이니 알아서 하라는 일종의 경고이리라.

"가요."

그가 유리의 손을 잡고 택시정류장 쪽을 향해 천천히 발걸음을 떼었다. 그에게 잡힌 손을 놀란 눈으로 바라보던 유리도 이내 부끄러운 미소를 지으며 그의 뒤를 따라갔다.

택시를 타고 회사까지 온 그들이 하선의 차로 옮겨 탔다. 그의 차에 올라타자 알 수 없는 안정감과 편안함이 느껴졌다. 이미 한번 타 봤다고 이런 감정이 느껴지는 것인가.

"오늘 하루, 유리 씨 시간은 내 겁니다. 그러니 내 마음대로 해도 되겠죠?"

그의 말투가 밝고 명랑했다. 평소의 그답지 않은 색다른 모습에 유리의 심장이 콩닥콩닥 뛰었다.

"네. 그러세요."

유리 역시 밝은 톤으로 답하자, 그가 싱긋 웃으며 어딘가로 차를 몰기 시작했다.

그가 지난 세월 동안 가장 해 보고 싶었던 것은 단 하나였다. 바로 다른 여타의 평범한 연인들처럼 자신이 사랑하는 여자와 밥 먹고, 차 마시고, 영화 보고, 공원에 앉아 사랑을 속삭이는 그런 평범하고도 소소한 데이트를 해 보는 것이었다. 더 큰 것을 바라지도 않았다. 딱 그것이면 족했다.

평범한 삶을 살고 있는 사람들은 모를 것이다. 그것이 얼마나 행복하고 평안한 삶인지를! 혹 누군가 그 평범함이 가장 부럽고 좋아 보인다고 하면, 코웃음을 칠지도 모른다. 누구나 똑같이 살고 있는 이 평범함이 얼마나 지루하고 남루한 것인데 그런 쓸데없는 말을 하냐며 핀잔을 줄지도 모른다. 그러면서 그들은 한 번도 경험해 보지 못한 특별한 신기루를 쫓느라 그 평범함이 가져다주는 평안함과 안락(安樂)을 무시해 버릴 수도 있을 것이다.

그러나 하선은 이미 알고 있었다. 평범함을 넘은 특별함이란 그만큼 고독하고 지독한 것이며, 결코 행복하지 않다는 것을. 수많은 사람들이 평범하게 살며 때론 그것을 지루해하지만, 그렇게 평범하게 사는 것이 가장 힘들고 어려운 삶이라는 것을! 그러므로 평범한 삶을 살고 있는 그들이 가장 축복받은 사람들이라는 것을! 그는 이미 그것을 절절하게 깨닫고 있었다. 그 자신이 평범하게 살 수 없었기 때문이다.

"이놈, 이놈! 왜 이렇게 오랜만에 온겨?"

아침 식사 됩니다, 란 팻말이 작게 붙어 있는 가게 문을 열고 안으로 들어오자마자 중년부인이 그를 보며 반갑게 뛰쳐나왔다.

"하하. 이모. 그동안 너무 바빴어요. 잘 지내셨죠?"

"한동안 안 오길래 내 국밥이 이제 질렸나 보다 생각했잖아."

"그럴 리가요. 이 세상 어디를 가도 이모 국밥처럼 맛있는 건 없을걸요. 하하하."

그와 유리가 빈 테이블에 앉았다. 주인아주머니와 얘기를 나누고 있는 그의 자상한 모습에 도대체 이 남자 몇 가지의 색깔을 지니고 있는 사람인가, 잠시 궁금해졌다.

"그런데 이 처자는 누군가?"

주인아주머니의 질문에 하선은 대답 없이 그저 빙그레 웃기만 했다. 유리 역시 민망함에 은은한 미소만 지을 뿐이었다. 그러나 대한민국 아줌마의 특징, 궁금한 것은 끝까지 파헤쳐서라도 알아내고야 만다는 집요함이 이미 그들이 이 가게에 발을 들인 순간부터 발동하기 시작한 아주머니의 눈빛은 끈질겼다.

"누구야? 말해봐. 응?"

"후후. 누굴까요? 이모. 맞춰 보세요."

하선이 장난스러운 미소로 답했다. 유리는 괜히 볼이 홧홧거려 왔다.

"어어! 딱 봐도 그냥 답이 나오는데. 애인이지?"

정답을 맞췄다는 의기양양함에 주인아주머니가 씨익 웃었다. 순간, 당황함에 유리의 눈은 왕방울만 해졌고, 하선은 아무런 표정의 변화도 없이 빙긋이 웃기만 했다.

"역시, 이모! 대단하세요. 네! 맞아요. 애인!"

그의 대답은 너무나도 명쾌하고 분명했다.

"내 그럴 줄 알았지. 둘이 너무너무 잘 어울려. 결혼하게 되면 꼭 청첩장 보내야 헌다. 알았지?"

"넵!"

하선은 유쾌했고, 유리는 당황했다. 그 순간 그가 그녀를 바라보며 눈을 찡긋거렸다. 아마 그냥 넘어가자는 의미인 것 같았다. 그리고 궁금한 것을 해소한 아주머니는 그제야 국밥을 준비하러 주방으로 사라졌다.

"이 집 국밥, 진짜 맛있어요. 배고프죠?"

그가 원래의 낮고 그윽한 톤으로 조용하게 말했다.

그러고 봤더니, 어제 저녁부터 아무것도 먹지 못했다. 주방에서 구수하고 맛있는 냄새가 밀려오자, 갑자기 급속도로 허기가 졌다.

"네, 너무너무 배고프네요."

"많이 먹어 둬요. 오늘 갈 데 많거든."

아침 식사를 다 마치고 계산을 할 때까지도 그 아주머니는 유리를 요리조리 뜯어보며, 오지랖 넓게 웃었다.

"거참! 신기하게도 두 사람이 묘하게 닮았네. 사랑하면 닮는다더니만. 호호호. 또 와요."

"네."

유리가 민망함에 모기만 한 소리로 답했다.

"이모, 조만간 또 오겠습니다."

하선은 무엇이 그리 좋은지 계속 싱글벙글이었다.

"그려, 그려. 잘 가. 자주 좀 와."

가게 문을 나서자 그가 유리를 물끄러미 바라보았다.

"표정이 왜 그래요?"

"좀…… 민망해서요."

유리가 수줍게 웃었다. 그 모습을 부드럽게 바라보며 하선이 유리의 손을 잡고 차로 걸어갔다.

"커피?"

시동을 걸며 그가 질문했다.

"네. 좋아요."

밥 먹고 난 뒤의 개운한 커피 생각에 유리가 살짝 고개를 끄덕였다.

"여기 그냥 앉아 있어요. 내가 사 올게."

"저! 팀장님……. 저는……. 아……."

커피전문점 앞에 차를 세운 하선이 그녀에게 뭘 마시겠냐고 묻지도 않고 사라졌다.

저 남자는 도무지 자기의 취향 따위는 고려 대상도 아니라는 듯 제멋대로 그녀의 것을 사 가지고 오곤 했다.

그런데 참 신기하게도 그가 선택해서 가져오는 것들은 모두 유리 자신이 좋아하는 것들이었다. 정말 신기했다. 과연 이번에도 그럴지, 그렇다면 이건 정말 운명이다.

조용히 생각하고 있던 유리가 속으로 '아이스 모카!'를 외쳐 대고 있었다. 그녀가 가장 좋아하는 커피였기 때문이었다.

그때 저 멀리 밝은 빛을 등지고서는 양손에 커피를 들고 이쪽으로 걸어오는 그 남자의 모습에 잠시 유리의 동공이 커졌다. 어디선가 본 듯 상당히 익숙한 장면처럼 느껴졌기 때문이다. 언젠가 이처럼 똑같은 상황이 있었던 것만 같은 느낌! 데자뷰인가!

유리가 잠시 그 상황에 멍하게 앉아 있는데 그가 커피를 들고 운전석으로 올라탔다.

"받아요."

그가 싱긋 매력적인 미소를 지으며 건넨 커피는 아이스 모카였다. 그의 손에는 뜨거운 김이 모락모락 올라오는 아메리카노가 들려 있었다. 우연치고는 기가 막힌 선택이었다.

뜨거운 커피를 후 불어 마시며 한 손으로 운전대를 잡고 출발하는 그의 근사한 모습을, 유리가 멍하게 바라보고 있었다.

이후, 그들은 강남에 위치한 영화관에서 영화를 봤고, 아이스크림을 먹었고, 플라타너스 잎들이 햇살에 반짝이는 거리를 걷다가 똠양꿍을 먹었다. 하선은 끊임없이 유쾌했고, 젠틀했으며 끝까지 유리의 취향을 반영한 선택으로 그녀를 계속해서 당황시켰다.

이런 모든 상황과 장면들은 그와 그녀의 기억 속에 다시 또렷한 흔적을 남겼고, 평생 잊지 못할 추억이라는 이름으로 저장되었다. 그녀가 기억하지 못하고, 기억할 수 없다면 다시 만들면 된다 생각한 것이다. 다시 사랑하고, 다시 서로의 시간을 공유하면서 추억을 만들고, 다시 마음속에 자신을 각인시키면 된다고 하선은 그렇게 생각하고 있었다.

저녁노을이 아름답게 물들고 있는 한강 고수부지에 하선과 유리가 나란히 앉아 은은한 물결을 바라보고 있었다.

"유리 씨는 저 강물을 보면 무슨 생각이 드나요?"

그가 낮은 음색으로 조용히 물었다.

"글쎄요······. 깊게 생각해 보지 않아서 잘 모르겠어요. 팀장님은 무슨 생각이 드시는데요?"

유리가 잠시 생각하더니 난처한 듯 말하자 그의 표정이 살짝 일그러졌다.

유유히 평화롭게 흘러가고 있는 듯 보이는 강은 사실 얼마나 많은 사람들의 아픔을 그 물속 어둠에 내려놓고 있는가! 하선에게도 강은 아픔 그 자체였다. 그런데 이 여자는 깊이 생각해 보지 않았다고 아무렇지도 않은 듯 말한다. 서글프고 서럽다.

"고통, 절망······. 그리고 아픔······."

"······아!"

그의 목소리가 슬프게 가라앉아 있었다. 유리는 그의 대답에 잠시 할 말을 잃었다. 그의 감정이 고스란히 전해지는 듯 느껴지자, 가슴이 아파 왔다. 그리고 자신이 그의 상처를 어루만져 주고 싶었다.

'이 남자······. 도대체 무슨 상처를 지닌 것일까?'

"지난번에 유리 씨가 말했었죠. 힘들거나 외롭거나 하면 말하라고. 술친구 해 주겠다고. 그 말 아직도 유효한가?"

"그럼요. 언제든지요!"

"언제든지라······."

쓸쓸한 듯 웃는 그의 미소가 붉은 저녁노을에 반사되어 미치도록 이지적이고 아름다웠고, 그 모습에 유리의 심장박동이 조금씩 빨라지고 있었다.

마침내 모든 평범한 데이트를 마치고, 하선이 유리를 그녀의 집 앞에 내려놓았다. 밤하늘에 달빛이 고요하다.

"오늘 재밌었어요. 팀장님."

살며시 고개 숙이며 인사하는 그녀를 하선이 묵묵히 바라보고 있었다. 그러다 무언가 생각났다는 듯 자신의 차로 가서는 뒷좌석에 놓아둔 꽃다발을 들고 왔다.

"받아요. 응급실, 그리고 오늘 시간 내준 것, 고마웠어요."

그가 내민 꽃다발을 받아 든 그녀의 머릿속이 더없이 복잡해지고 있었다. 안개꽃! 자신이 가장 좋아하는 안개꽃 다발을 그가 안겨 주었기 때문이다.

이쯤 되자, 그가 그녀의 취향을 너무나 완벽하게 반영해서 선택해 오는 것들이, 실은 우연이 아닐지도 모른다는 생각이 강하게 들기 시작했다. 이렇게 자신의 취향을 완벽하게 알 수는 없었다.

"일요일 잘 쉬고 월요일에 봅시다."

"……네. 팀장님도 조심히 가세요."

그가 잠시 유리를 그윽하게 바라보며 잔잔한 미소를 지어 보인 채 악수를 청했다. 유리가 자신 앞으로 내민 그의 손을 살며시 잡자, 그가 그녀의 손을 꽉 잡고 한참을 놓아주질 않았다. 그의 손은 몹시도 따뜻했고, 부드러웠다. 그리고 그는 못내 아쉬운 표정을 뒤로 감추며 사라졌다.

그의 차가 시선에서 완전하게 사라질 때까지 그쪽만을 응시하던 유리가 벅차오르는 뜨거운 감정을 안고 뒤돌아서서는 집으로 들어간 순간, 어둠 속 나무 뒤에 몸을 숨기고 있던 누군가가 매서운 눈초리로 유리를 쏘아보았다.

그 눈빛이 질투의 감정으로 이글이글 타오르고 있었다.

"자기야!"

레스토랑을 나오자 역시나 무열이 방긋 웃으며 서 있었다. 지난 달, 학업 때문에 레스토랑 아르바이트를 그만둔 무열은, 그녀의 퇴근 시간에 맞춰 매일같이 출근 도장을 찍고 있던 참이었다.

서로 교재하기 시작한 지 이제 한 달이 조금 넘은 시간, 무열은 호칭을 누나에서 자기야! 로 바꾸었다.

"왔어?"

이런 무열의 정성에 은지는 감동보다는 사실, 조금 부담스러웠다. 어차피 3개월이 지나면 끝나 버릴 관계, 이렇게 무열에게 길들여지면 나중에 자신도 그도 매우 힘들어질 것임을 너무나 잘 알고 있었기 때문이다.

"오늘 많이 피곤해?"

"아니 괜찮아."

"그럼, 나랑 어디 좀 갈래? 꼭 가서 해 보고 싶은 것이 있어."

"어디? 그리고 뭘 해?"

대답 대신 무열이 싱긋 웃고는 그녀의 손을 잡고 성큼성큼 걸어갔다.

그의 손에 이끌려 도착한 곳은 바로 남산타워였다. 연인들이 자물쇠를 걸어 놓고는 영원한 사랑을 맹세하던 바로 그곳! 엄청나게 많은 자물쇠들이 달려 있는 전망대 광장이었다.

"자기야! 저기……."

무열이 이곳에 서서는 따뜻한 눈빛으로 은지를 바라보았고, 은지는 이미 그의 다음 말과 행동을 예견하고는 낮은 한숨을 내쉬었다.

"무열아……. 내가 먼저 말할게. 미안한데, 나 이런 거 싫어. 이거……. 넘 유치해. 영원한 사랑을 약속하며 이따위 자물쇠를 걸어 놓으면, 진짜 사랑이 영원하게 되는 거니? 아니잖아. 이 수많은 자물쇠를 걸어 놓은 커플들 중 과연 몇 쌍이 사랑을 완성하며 살고 있다고 생각해? 아마 이 중 80%는 헤어졌을걸. 그러니 난 이런 거 안 해. 안 한다고."

그녀의 말이 이어짐에 따라 무열의 표정이 점점 어두워지고 있었다.

은지와 만난 지 이제 한 달이 조금 넘었을 뿐인데, 매사 헤어질 것을 전제하고 깊게 다가오지 않는 그녀 때문에 사실, 무열은 조금 힘이 들기 시작했던 것이다. 경계를 그어 놓고 그것을 넘지 않기 위해 애쓰는 그녀를 보면 씁쓸하고 허탈한 감정마저 들었다.

왜 그녀는 항상 도망갈 준비부터 하고 있는 것인가. 혹시 과거에 사랑과 관련된 깊은 상처를 지니고 있는 것인가.

"나 지금 굉장히 김빠졌어. 이곳에 와서 남들처럼 나도 자기와 함께 기뻐하며, 사랑의 자물쇠를 걸고 싶었는데……. 완전, 완전 김빠졌다고."

무열이 뾰로통 퉁퉁 부은 표정을 짓자, 은지는 조금 미안한 감정이 들었다.

"미안……. 그런데……."

"됐어. 자기가 걸고 싶지 않으면, 걸지 마. 대신 난 걸 거니깐."

그러면서 언제 샀는지 하트 모양이 박힌 자물쇠 두 개를 꺼내 들었다. 각각의 자물쇠에 은지와 무열의 이니셜이 새겨져 있었다.

"일단은 내가 먼저 걸어 둘게. 자기에 대한 내 마음이 영원히 변치 않는단 의미로. 그리고 혹시 자기도 나에 대한 사랑에 확신이 생기면, 그때 와서 내 것 옆에 걸어. 그러면 돼. 알겠지?"

"……."

그의 말에 은지는 아무런 답도 할 수 없었다. 무열은 은지의 손에 그녀의 이니셜이 새겨진 자물쇠를 놓아두고는 자기 것을 걸기 위해 전망대 난간으로 걸어갔다.

잠시 자물쇠 한 개를 홀로 외로이 쓸쓸하게 걸어 두고 온 무열이 따뜻하게 웃었다. 다른 남자 같았으면 벌써 삐쳐서 자물쇠고 뭐고 다 내팽개치고 내려갔을 텐데, 이 아이는 다시 원래의 제 모습으로 돌아와 있었다. 순수하고 해맑은 모습으로.

갑자기 그런 무열의 모습에 은지의 마음으로 따뜻한 무언가가 쏙 하고 들어와 박히는 느낌이 들었다. 정체불명의 감정, 이었다.

월요일 오전은 항상 그러했듯 잔잔한 호숫가에 달빛을 받아 일렁이는 은은한 물결처럼, 고요하고 평화로웠다. 회사의 주요 간부들이 모두 회의를 하고 있는 이 시간이, 아랫사람들에게는 평화로움 그자체로 다가오는 시간이었던 것이다.

유리도 편안한 감정으로 인터넷 뉴스를 들여다보고 있는데, 메시지가 떠올랐다.

[유리 씨! 저녁 같이할래요? 부담 갖지 말고요.]

순간, 유리의 목에 비단구렁이가 둘러진 것처럼 소름이 확 돋아 올라왔다. 어떻게 부담을 갖지 말란 말인가. 이미 최현우의 존재는 유리에게 커다란 부담의 짐이 되었는데 말이다.

'아! 미치겠다. 정말로 미치겠네……'

현우가 싫은 것은 절대로 아니었다. 다만 그 사람이 보내오는 감정을 못 견디겠는 것이었다. 객관적으로 최현우는 참 준수하고 깔끔한 이미지의 괜찮은 남자였다. 그리고 착한 사람이었다. 이런 사람에게 상처를 주고 있는 자신이 미워 죽겠다. 싫어 미치겠다.

[죄송해요. 대리님. 제가 대리님하고 저녁을 먹을 입장은 아니라고 생각합니다. 죄송합니다.]

유리가 답을 보낸 후 조금 있다가, 그의 메시지가 다시 떠올랐다.

[기다릴게요. 유리 씨 마음이 내게 열릴 때까지 전, 계속 기다리고 있겠습니다.]

아아아! 미치겠다. 그동안 감정 처리가 깔끔한 나름 매너 있는 사람이라 생각했는데, 아니었나 보다. 상대방이 싫다는데, 자신은 계속 기다리겠다며 감정을 강요하는 듯한 저런 행동, 유리가 가장 싫어하는 타입이었다.

순간, 또 이 상황이 매우 익숙하게 느껴지며 언젠가 이런 상황을 경험했었던 것만 같은 느낌에 사로잡혔다. 요즘 들어, 왜 자꾸 이런 느낌이 드는 걸까?

[기다리지 마세요. 대리님이 이러시면 제가 매우 난처해집니다.]

더 이상 그의 대답은 없었다. 서로 어긋난 감정 때문에 불편함을 가득 담고 있던 그 순간, 호출이 울렸다. 팀장이었다. 기다리고 기다리던 그에게 호출이 온 것이다.

"네, 팀장님."

─유리 씨, 지금 짐 싸 들고 내 방으로 와요.

"네."

갑자기 입꼬리가 자기도 모르게 올라가려는 것을 간신히 참고 유리가 주섬주섬 침을 챙겨 일어났다.

"과장님, 저 팀장님께서 호출하셔서요. 다녀오겠습니다."

"오늘도 팀장 방에서 일하는 기야?"

"네……."

"그래, 중간 보고서 며칠 안 남았으니깐 좀만 참아. 고생해."

"네."

이런 고생쯤은 열 번도, 아니 백 번이라도 할 수 있다 생각하며 유리가 천천히 사무실을 빠져나갔다.

그때 현우가 유리의 뒷모습을 애처로우면서도 날카롭게 바라보고 있었다. 짝사랑하는 사람의 괴로운 심정이 얼굴에 그대로 드러났다.

자신은 바라보지도 않으면서 다른 남자를 바라보고 있는 유리에게 화가 나기도 했다.

상대방이 자신의 마음을 거절했다고 해서, 이대로 물러나야 되는 것인가! 현우의 고민과 고뇌가 깊어졌다. 그녀를 포기하고 싶지 않다는 강렬한 욕망과 갈망이 마음속에 가득했기 때문이다.

하선의 방으로 들어서자, 그가 또 손을 닦으며 밝은 표정을 지어 보였다. 핏이 좋은 블랙 정장바지에 하얀색 와이셔츠를 넥타이 없이 입고 있는 그의 모습이 오늘따라 유난히 근사해 보였다.

사랑의 화학 방정식 첫 번째, 각인의 시기! 이 시기는 초기 상대방에 대해 눈이 머는 시기로, 상대방의 모습, 냄새, 행동 등 모든 것에 대해 낭만적 반응을 불러일으킨다고 한다. 즉, 제 눈에 안경이라는 말이 이 시기에 해당되는데, 이때 페로몬이 마구 분출되기도 한단다.

아마 유리가 이 시기로 진입한 듯 보였다. 하선의 모든 것이 근사하고, 멋있고, 좋아보였기 때문이다.

"왔어요?"

"네. 팀장님. 안녕하세요."

다소곳이 인사하는 유리를 그가 물끄러미 바라보았다. 그 속에 여러 가지 다양한 감정이 들어 있는 듯 보였다. 저 남자는 왜 자꾸 자신을 저렇게 묘하게 바라보는 것인지, 몸 둘 바를 모르겠는 유리가 이 어색한 상황을 모면하고자 활짝 웃었다.

"팀장님! 오늘 참, 날씨가 좋죠! 아하하."

날씨가 좋은가! 어색함을 떨쳐 보려 무심코 던진 말인데, 창밖으로 먹구름이 잔뜩 낀 하늘이 어두컴컴해지고 있었다. 곧 비가 쏟아질 기세였다.

그녀의 말에 하선이 창밖을 한 번 쓰윽 쳐다보고 다시 유리를 무심히 바라보았다. 그러다 피식 웃었다. 가끔 저렇게 엉뚱한 매력을 발산해 주시는 그녀가, 몹시도 귀여웠기 때문이다.

"일단, 지난주 하다 만 분석 먼저 시작합시다."

"……네."

자리에 앉은 유리가 자신의 머리를 콕콕 쥐어박았다.

'날씨가 참 좋죠! 라니, 이 바보야. 으이그, 으이그.'

한편, 자기 자리로 돌아와 앉은 하선은 모니터를 보는 척하면서, 은근슬쩍 유리를 바라보기 시작했다. 그 눈빛이 점점 깊어졌다. 자신이 보이는 곳에 그녀가 앉아 있으니, 그동안 뻥 뚫려 아무것도 담을 수 없었던 마음이 조금씩 메워지는 느낌이 들었다.

'너는 내게 그런 존재였구나. 마음속 구멍을 메꿔 주는, 그래서 충만하게 해 주는, 그런 존재였어. 미카. 어서 빨리 내게 와 줘. 나 너무 힘들다…….'

그때 누군가가 노크를 했다.

"네!"

"안녕! 하선."

늘씬하고, 몸매가 호리호리한 여자가 세련된 모습으로 그의 방으로 들어서자, 무심했던 그의 표정이 환하게 밝아지며 반가움 가득한 모습으로 변모했다.

"민수진! 어찌 된 일이야?"

하면서 그녀에게로 다가간 하선과 그녀가 가볍게 포옹을 하는 모습에, 유리의 눈에서 불이 뿜어져 나왔다. 누구기에 저리도 다정히 인사를 하는 것인가! 그것도 서양식 인사를, 동방예의지국인 이곳 한국에서 말이다.

유리의 호기심이 증폭하기 시작했다. 그러나 그녀의 호기심 짙은 눈빛 따윈 아랑곳없이 하선과 정체 모를 그녀는 계속해서 서로의 손을 꼭 잡고는 놓지 않고 얘기를 주고받고 있었다.

"너 따라왔지. 호호호."

"농담하지 말고."

"농담 아니고 진짜야. 네가 하도 무반응이니깐, 아예 옆에서 두고 보려고."

이거이거! 저 둘의 대화가 아무래도 의미심장했다. 뭔가 깊은 관계처럼 보이기까지 하자, 갑자기 마음속 저 밑바닥에서 잠자고 있던 유리의 질투심이 무한 폭발하기 시작했다.

"진짜?"

하선이 한쪽 입꼬리만을 슬쩍 올리고 믿을 수 없다는 듯 웃자, 그 여자가 하선의 팔뚝을 은근하게 잡았다. 그 순간, 유리의 눈에 핏발이 피어올랐다.

"진짜! 다음 주부터 글로벌현장교육팀 팀장으로 출근할 거야."

"민수진! 진짜 어떻게 된 거야?"

"호호호호! 알았어, 알았어. 올 초에 당신네 원장님이 메일 보내셨더라고. 새로운 팀을 하나 만드는데, 내가 와 주면 어떻겠냐고. 그때 마침 나도 한국에 나오려 준비하고 있던 참이었거든. 아귀가 딱 맞은 거지. 게다가 너도 이곳에 있고 하니 거절할 이유도 없고. 당장 오케이하고 그쪽 정리하고 나온 거야. 어때, 나 잘했지?"

"하하. 하여튼 민수진답다. 참으로 너다워. 즉흥적이고 대책 없는 게."

"칭찬인 거지? 이하선!"

"그래, 칭찬이다. 하하. 그래서 지금 출근한 거야?"

"아니, 출근은 다음 주부터고, 오늘은 원장님께 인사드리러 온 김에 네 얼굴도 잠시 보려고 왔지. 호호."

그 민수진이라는 여자를 대하는 하선의 밝고 명랑한 모습이 참으로 낯설었던 유리가 그를 멍하게 바라보고 있었다. 그러다 슬슬 소외감마저 느껴졌다. 이 두 사람은 얼마나 친한 사이길래, 저렇게 스킨십도 아무렇지 않은 듯 자연스럽고, 말투와 행동 하나하나가 친근한 것이란 말인가.

잠시 유리가 멍하게 서 있자, 그제야 유리가 눈에 들어왔다는 듯 하선이 목소리를 가다듬었다.

"정유리 씨! 인사하시죠. 이쪽은 민수진이라고, 음……. 다음 주부터라고?"

유리를 바라보며 말하던 하선이 곧 민수진을 바라보았다.

"응, 담 주부터. 직원?"

"응, 우리 팀."

이번에는 하선을 바라보던 민수진이 유리를 보며 밝게 웃었다.

"반가워요. 민수진이라고 해요. 어차피 다음 주에 정식으로 인사하겠지만, 나도 곧 여기 다니게 될 거예요. 팀은 다르지만."

"네, 안녕하세요. 정유리라고 합니다."

"그래요. 그럼, 하선아. 오늘은 나 이만 돌아갈게. 나 아주 바빠. 간만에 한국 나오니 왜 이렇게 일이 많니. 이번 주 안으로 시간 내. 한잔하자."

"그래. 가자. 주차장까지 데려다줄게."

"오호! 역시 네 매너는 죽지 않았구나. 호호."

방문을 열고 나서며 민수진이 잠시 유리를 바라보며 싱긋 웃었다. 그리고 하선은 유리에게 아무런 말도 없이 그녀를 따라나섰다.

"민수진……."

유리가 가만히 그녀의 이름을 불러 보았다. 참, 당당하고 자신감이 넘쳐 보이는 여자였다. 서로의 이름을 친근하게 부르고, 반말을 하는 걸로 보아 아마도 친구인 것 같아 보이긴 하는데, 보통의 일반 친구와는 교묘하게 다른 듯 보이기도 했다.

이에 괜스레 마음이 복잡해진 유리가 시큰둥 자리에 앉아 입을 쭉 내밀었다. 어쩐지 화려하고 세련된 민수진의 모습과 자신의 모습이 자꾸 비교되면서, 뭔가 위축되는 기분도 느껴지자 더 우울해졌다.

잠시 후, 하선이 아무 일도 없었다는 듯 다시 그 무심한 표정을 짓고는 방으로 돌아왔다. 그리고 일에 빠져 버렸다. 민수진이라는 여자에게 보여 주었던 그 다정하고 다감한 행동과 눈빛은 사라진 지 오래, 그의 표정은 다시 무뚝뚝 심각했다.

'에잇! 에잇!'

뭔가, 가슴이 시리고 속상해졌다. 그런 복잡한 감정을 숨긴 유리도 혼자 뾰로통한 표정을 지은 채 분석에 몰두하기 시작했다.

얼마나 시간이 흘렀을까. 타닥타닥 키보드 자판 두드리는 소리만 들려올 뿐, 두 남녀의 팽팽한 긴장감만이 가득한 그의 사무실은 조용했다. 어느새 창밖으론 어둠이 슬슬 내려오고 있었다.

하선이 무심코 시계를 바라보니, 벌써 퇴근 시간이 훌쩍 지나 있었다. 시간이 가는 줄도 모르고 보고서에 몰입해 있었던 것이다. 유리를 슬쩍 바라보자 그녀 역시 진중한 표정으로 분석에 몰입하고 있었다. 그런 그녀가 아름다웠다. 살짝 사랑스러운 미소를 짓던 하선이 이내 그 표정을 뒤로 숨기고 입을 열었다.

"유리 씨, 오늘은 이제 그만하죠."

"네……."

유리가 일어나 주섬주섬 자료를 챙기며 속으로 낮은 한숨을 쉬었다.

'오늘은, 이렇게 그냥……. 일만 하다 끝나는구나.'

뭔가 매우 아쉬웠다. 하루 종일 그와 함께 같이 있으면 더 좋을 줄 알았는데, 그녀의 마음은 더 공허했다. 옆에 있으니 그가 더 그리워지는 이 현상은, 도대체 무엇이란 말인가. 갑자기 류시화 시인의 '그대가 곁에 있어도 나는 그대가 그립다'라는 시(時) 구절이 떠올랐다. 현재 자신의 심정을 제대로, 기가 막히게 반영하는 문장이었다.

그도 자신의 주변을 정리하며, 천천히 일어나 의자에 걸쳐 놓은 슈트 상의를 입었다. 퇴근하려나 보았다. 유리도 자신의 가방을 들고 그를 바라보았다.

"저……. 그럼, 팀장님. 전 이만, 퇴근……."

"나 힘들고, 외로운데……."

바지 주머니에 손을 넣고 그가 낮은 목소리로 말했다. 유리를 바라보는 그의 눈빛이 그윽했다.

"네?"

"언제든지 내가 힘들고 외로우면, 술친구 해 준다고 하지 않았나?"

"……."

"오늘 딱 그런데. 약속 있어요?"

"아니요."

"그럼, 가죠."

그러면서 하선이 유리의 손을 잡고 사무실을 빠져나왔다. 그의 손이 매우 따뜻했다.

강남에 위치한 고급 호텔 지하 와인바. 재즈음악이 낮게 깔리고, 은은한 조명이 내려앉은 그곳의 분위기는 몽환적이었다.

"일은…… 할 만한가요?"

"네, 재밌어요."

"재미있다……. 이곳엔 어떻게 들어올 생각을 한 거죠?"

자신의 옆에 앉아 있는 하선에게서 은은한 솔향기가 풍겨 나왔다.

"대학원 다닐 때부터 이곳을 동경했었어요. 교육학을 전공한 사람치고, 이곳이 선망의 대상이 아닌 사람은 아마 없을걸요."

"선망의…… 대상이라……."

그가 천천히 와인을 마셨다.

'어쩌면, 내가 이곳에 있었기 때문에 네가 오고 싶었던 건 아니었을까……. 마치 운명에 이끌리듯이…….'

하선이 자신의 생각에 피식 웃었다. 그의 뜬금없는 웃음을 유리가 멍하게 바라보았다. 이미 와인이 주는 달콤한 맛에 많은 양을 마셔 버린 그녀의 얼굴이 발갛게 물들기 시작했고, 정신이 가물가물 몽롱해지고 있었다.

"그런데…… 저……. 팀장님. 아까 그 여자분요…… 민수진이라던……. 친구분이신가요?"

"친구……. 친구라면 친구죠."

친구라면 친구? 뭐 저런 애매모호한 대답을. 호기심에 물어본 것이었건만 오히려 그 궁금증만 더 커졌다. 유리가 와인을 또 벌컥 들이켰다.

그 모습을 깊고, 그윽하게 바라보던 하선이 낮게 속삭였다.

"정유리."

"……."

이름 끝에 씨! 자를 뺀 그가 조용히 유리를 부르자, 그녀가 당황함을 담고 그를 보았다.

"이제, 연기 그만하지."

"……네? 그게 무슨 말씀이신지……."

"이미 알고 있었잖아. 내가 클럽의 그 남자라는 사실!"

하선의 눈빛이 깊어졌다.

"……아!"

"충무로에 입문해도 되겠던데."

당황하는 유리를 바라보며 하선이 피식 웃었다.

꿀꺽! 이 상황을 어떻게 넘겨야 좋을지 모르겠는 유리가 눈을 질끈 감았다 떴다.

"저……. 팀장님이 먼저 저를 속이신 거 아닌가요? 그렇게 치면, 팀장님도 충무로에……."

순간, 그가 자신의 얼굴을 그녀 얼굴 가까이 밀착시켰다. 그리고 당황하고 있는 그녀의 입술을 지그시, 그윽하게 바라보며 낮게 말했다.

"왜…… 내가 팀장이면 절대로 안 된다고 울고불고 난리 칠 땐 언제고."

그의 숨결에 향긋한 와인향이 섞여 달콤하게 코끝으로 다가와 맴돌았다.

"……그 , 그건……."

"자, 이제 어떻게 할 거지? 내 정체를 다 알아 버렸으니……."

"……."

"이제…… 회사 그만둘 건가?"

"……아니요……."

"왜지? 그땐 바로 그만둘 것처럼 그러더니……."

취기 때문인지 마음의 동요 때문인지 그의 눈빛이 일렁였다.

'당신을 좋아해요. 그래서 못 그만둬요. 당신 옆에서 당신 계속 보고 싶고, 알고 싶어요. 당신에게 가까이 다가가고 싶어요.'

자신의 마음속 울림이 환청처럼 귓가로 들리는 듯한 소리에 스스로 놀란 유리가 잠시 눈을 감았다. 그리고 그 마음을 뒤로 숨겨 두었다.

"전…… 슬퍼요. 정체를 알 수 없는 슬픔이죠."

"······?"

하선이 그녀의 뜬금없는 말에 고개를 갸웃했다.

"지난번, 물어보셨잖아요. 강을 보면 무슨 생각이 드냐고······. 그때는 말하지 않았지만, 전 슬퍼요······. 특히 새벽빛에 발하는 강을 보고 있을 때면, 비통하기까지 해요. 그리고 명치끝이 바늘로 콕콕 찌르는 것처럼 아파 와요······. 무엇 때문에 강을 보면, 그런 감정이 느껴지는지 잘은 모르겠지만······. 전생에 아마도······ 강에 대한 슬픈 기억이 있을지도····· 모른다고····· 생각했었어요. 팀장님이 느끼는 고통과 절망····· 아픔은 특별한 이유가 있기 때문에 그런 감정이····· 느껴지는 건가요?"

순간, 하선의 눈빛이 출렁거렸다. 잔잔한 호수에 큰 돌멩이를 던진 듯 그 눈빛이 심하게 흔들렸다.

'너도····· 너도 아팠구나······. 머리는 기억하지 못하나, 몸은 기억하고 있었던 거였어······.'

하선의 눈빛이 살며시 촉촉해지는가 싶은 순간 그가 남아 있던 와인을 마저 마시고 난 뒤, 유리를 찬찬히 담담하게 바라보았다. 그의 감정은 이미 상당히 흐트러지고 있었고 유리를 향해 정신없이 달려가고 있었다.

인내와 절제가 무너지고 있었다. 그리고 이 순간만큼은 정직해지고 싶었다. 진실을 말하고 싶었다. 가면 뒤로 숨고 싶지 않았다.

"내가 느끼는····· 아픔, 절망, 고통은 사랑하는 여자를····· 그곳에서····· 잃어버렸기 때문이야······."

그의 말투, 표정, 몸짓에서 고스란히 그 고통과 아픔이 느껴졌다. 더불어 유리는 심장 한쪽으로 칼날이 훑고 지나가는 것과 맞먹을 만큼의 강한 통증을 느끼고 있었다. 천천히 그의 눈가가 붉어지는가 싶더니, 그가 고개를 푹 숙였다.

'가엾은 사람, 냉철한 이미지 뒤에 이렇게 큰 슬픔을 감추어 두고 있었다니…….. 불쌍한 사람…….'

눈물에도 전염성이 있는가. 유리 역시 그의 눈물을 본 순간 더없는 슬픔이 목 위로 올라오더니, 기어이 눈물방울이 볼을 타고 내려왔다.

"……아파하지 마세요."

자신도 모르게 무엇에 홀린 듯 두 손으로 그의 얼굴을 부드럽게 감싼 유리가 하선의 숙여진 고개를 들어 올리자, 그의 눈빛에서 수없이 많은 감정들이 뒤섞이고 있는 것이 보였다.

"슬퍼하지도…… 마세요."

그의 얼굴을 부드럽고도 따스하게 바라보며 유리가 조용하게 속삭인 순간, 하선이 그녀를 와락 끌어안았다. 사랑하는 여자를 눈앞에 두고서도 마음대로 표현할 수 없었던 괴로움과 피로감 때문에 너무 힘이 들었던 하선이 유리를 자신의 품에 끌어안자, 격한 감정이 요동치기 시작했다.

"당신을…… 좋아해요……."

쿵! 잘못 들었나? 자신의 귀를 의심한 하선이 품 속에 있던 유리를 떼어 내 어깨를 잡고, 놀라운 표정을 지었다.

"뭐라고 했지?"

"당신을 좋아해요. 그래서 못 그만둬요. 당신의 정체를 알았어도, 내가 회사를 그만두지 못하는 이유예요. 당신…… 알고 싶어요. 당신에게 다가가고 싶고, 당신의 모든 것을 느끼고 싶어요."

순간, 하선의 세상이 멈췄다. 움직이던 모든 것들이 일시에 동작을 멈추고 오로지 자신과 유리만 존재하는 것처럼 보였다. 더불어 군데군데 찢겨져 상처가 나고, 뚫린 구멍으로 바람이 시리게, 아프게, 차갑게 지나가던 마음이 점점 충만해지기 시작했고, 더불어 따뜻한 온기가 전신을 휘어 감는 듯했다.

그토록 기다리고 기다리던 그녀가 지금 이 순간, 자신에게 다시, 온전히, 다가온 것이다. 충족한 기쁨과 아련한 슬픔이, 들뜬 환희와 깊은 회한이 동시에 밀려왔다.

'고마워……. 살아 있어 줘서……. 그리고 내게 다시 와 줘서……. 정말 고마워…….'

방금 자신의 마음을 고백하고 그의 반응을 초조하게 기다리고 있는 유리를 하선이 다시 제 품으로 세차게 끌어당겨 안았다. 그녀 역시 하선의 허리에 팔을 두르고 그의 심장에 귀를 대었다.

쿵쿵쿵쿵! 정신없이 뛰고 있는 그의 심장이 유리의 몸을 타고 내려왔다. 순간, 알 수 없는 익숙함이 느껴졌다. 그리고 낯익은 사랑의 감정이 마치 음악의 리듬처럼 그녀의 전신을 통과하는 듯 느껴졌다.

"당신도 나를…… 좋아하나요?"

그녀가 조심스럽게 속삭였다. 그러자 하선이 더욱 세게 유리를 끌어안으며 낮게 말했다.

"정유리……. 이제 당신은 내 여자야. 절대로…… 다시는…… 놓치지 않아."

그의 낮은 음성에 유리가 안도감의 눈물을 흘렸다. 그도 자신을 원하고 있다는 생각에 기뻤던 것이다.

이에 하선이 유리의 입술에 자기 것을 포갰다. 부드럽고 따뜻한 그의 입술이 다가오자, 유리가 스르르 눈을 감았다.

"유리……. 정유리……. 널 갖고 싶어……. 널 품고 싶어……."

하선이 짧지만 강렬한 키스를 마친 후 유리의 목덜미에 살며시 입을 맞추며 소곤거렸다. 그의 목소리에서 그녀를 향한 절절한 애절함이 깊게 배어 나왔다. 이 순간을 얼마나 기다렸었던가. 6년 만의 재회이니, 이대로 그녀를 보낼 수 없었다. 아니, 그녀를 보내기 싫었다. 다시 그녀의 모든 것을 고스란히 느껴보고 싶은 간절한 갈망을 끊어 낼 수 없었다.

"저도 당신의 품에…… 안기고 싶어요……."

유리도 조용하게 속삭였다. 오늘이 지나면, 어쩌면 이 남자 다시 차갑고 냉정하게 돌변할 듯 느껴졌다. 마치 신기루처럼 오늘이 지나면 연기처럼 자취도 없이 사라져 버릴 느낌에 지금 이 사람을 놓기 싫었다. 이 남자의 상처를 어루만져 주고 보듬어 주고 싶었다.

또한 자신을 갖고 싶다는 남자가 처음으로 싫지 않게 느껴지는 순간이기도 했다. 오히려 가슴이 벅차올랐고, 행복감으로 들떴다. 아무래도…… 이 남자는 정말로 자신의 운명인가 싶었다. 지금 당장, 그의 사랑을 느껴보고 싶었다. 그의 부드러운 손길과 치명적인 눈길 아래서 그를 바라보고 싶었다.

그들의 생각이 서로 일치했는가! 입을 다부지게 다문 그가 유리의 손을 잡고 뚜벅뚜벅 호텔 방으로 올라갔다.

유리가 눈을 뜨자, 하얀색 이불 위로 햇볕이 따사롭게 쏟아져 들어오고 있었다. 막바지 여름, 아침 태양이 따사롭게 느껴지는 이유는 어젯밤 그의 사랑을 듬뿍 받아서인가.

하선이 자신의 손을 꼭 감싸 쥐고서 편안한 표정으로 자고 있었다. 햇빛에 반사된 그의 얼굴이 미치도록 근사했다. 순간, 어젯밤 이 방에서 그와 나누었던 사랑이 몽환적으로 떠오르자 유리의 얼굴이 붉어졌다.

들어오자마자 그가 자신을 거칠게 벽으로 밀어붙이고 키스를 했던가. 마치 그동안 감춰 두었던 깊은 욕망이 한꺼번에 쏟아져 나와 정신을 못 차리는 듯 그의 몸짓은 강렬했고, 손길은 격정적이었다.

그의 손에 끌려가던 유리가 잠시 첫 경험이라는 두려운 마음에,

"천천히요……. 저 처음이에요."

라고 말하자, 그가 멈칫 행동을 멈추고 그녀의 얼굴을 멍하게 바라보았다. 그리고 잠시 그가 낮고 허탈하게 후후, 웃었던 것도 같았다.

그리고 나서부터 그는 유리를 마치 아기 다루듯 조심스럽고도 부드럽게 어루만졌다. 자신보다 자기를 더 잘 알고 있는 듯한 그의 손길과 몸짓에 어느 순간 유리는 깊게 빠져들어 갔고, 마침내 그가 자신에게 들어왔을 때는 아픔이 아닌, 말로 표현할 수 없는 쾌감으로 몸이 젖어 들었던 것도 같았다.

그런데 이 모든 몸짓이 처음 같지가 않았다. 마치 오래된 연인의 사랑처럼 낯설지 않았다. 처음이라고는 도무지 믿겨지지 않을 만큼 그의 애절하고도 애달픈 손길과 몸짓에 그녀의 몸이 익숙하게 반응을 했던 것이다. 낯선 느낌 대신 낯익은 느낌이 밀려왔다. 이미 여러 번 경험해 본 듯 익숙한 행복감과 충만함이 발끝에서부터 밀려들어 왔다. 이상한 일이었다.

한편, 그는 자신 아래 능숙하게 반응하고 있는 그녀를 보며 웃었다. 자꾸, 웃었다. 그렇게 그들은 밤새 사랑하고, 사랑하고, 또 사랑을 나누었다. 그리고 뜨겁고 격정적인 밤을 보낸 유리는 이 남

자, 이하선이 정말로 자신의 운명이라고 굳게 믿어 버렸다. 평생 한 번뿐인 사랑! 운명!

"가지 마."

먼저 일어나서 샤워를 할 생각에 그에게 잡혀 있는 손을 살짝 빼려 하자, 그가 천천히 눈을 뜨며 허스키하게 말했다. 그리고는 유리를 자신의 품으로 끌어안고 누웠다.

순식간에 그의 넓은 품 안에 다시 갇혀 버리게 된 유리는 쑥스러움과 민망함에 눈을 살짝 감았다. 자신의 살에 그의 맨살이 기분 좋게 감겨 오자, 더욱 부끄러웠던 것이다.

"이대로 조금만 더 있자."

유리의 이마에 살며시 키스를 마친 하선은 지금 이 상황이 너무도 감격스러워 목이 잠겼다.

혹시 눈을 뜨면 이 모든 상황이 허무한 꿈일까 봐, 힘들게 쌓아 놓은 모래성이 파도 한 번에 스르르 무너져 자취도 없이 사라져 버렸을까 봐 불안했다. 그래서 눈도 뜨지 못했다. 그런데 그녀가 옆에 있었다.

"다행이다."

"네?"

"다행이라고. 당신이 내 옆에 있어서. 고마워. 내게 와 줘서……."

그가 다시 그녀의 이마에 살며시 키스했다. 그의 키스를 받은 유리는 살며시 미소를 지었다.

"나를…… 싫어한다고 생각했어요……."

"왜지?"

"항상 무표정이었잖아요. 저를 볼 때면 항상 무표정이거나 화난 표정이었어요. 그래서 나를 좋아하지 않는다고 생각했던 거죠……."

"후후……."

그가 웃었다. 무표정, 화난 표정이 아니라, 유리를 향해 솟구치던 강렬한 욕망을 절제하느라 힘듦의 표정이었던 것을 그녀는 그렇게 받아들였던 것이다.

"그런데…… 어떻게 먼저 고백할 용기를 냈지?"

"어제, 당신이 사랑했던 사람을 잃었다고……. 솔직히 말해 줬을 때, 당신 눈빛에서 용기를 얻었어요. 다양한 감정을 담고 있는 당신의 눈빛 속에서 한 줄기 희망을 봤거든요. 어쩌면…… 당신 마음속에 내가 들어갈 수 있는 작은 방이 있을지도 모르겠다…… 희망요. 그리고…… 당신의 아픔과 고통, 함께 짊어지고 싶었어요. 도움이 될지는 모르겠지만…… 함께하고 싶었어요."

그녀의 말에 하선이 벅차오르는 감격을 주체하지 못하고 유리를 더욱 세게 끌어안았다.

"고마워……."

"제가, 당신의 마음속에 들어갈 자리가 있을까요?"

"내 마음은…… 이미 모두 다 네 것이야!"

"고마워요."

유리가 그의 가슴팍으로 더 깊게 파고들었다. 어제까지만 해도, 한없이 어렵고 어렵던 사람이었는데, 서로의 마음을 고백하고 사랑을 나눈 이 순간, 그는 그녀에게로 다가와 세상에서 가장 특별한 사람이 되었다.

"그런데 궁금한 것이 있어요. 강에서 잃었다던 그 여자…… 어떻게 됐나요? 혹시……."

그녀의 질문에 하선이 유리를 지그시 바라보았다. 그리고 천천히 입을 열었다.

"······죽었다고 들었어······."

'죽었다고 들었지. 그래서 정말로 죽은 줄 알았지······. 하지만 넌 이렇게 살아서 지금 내 앞에 있구나······. 아아! 미카······. 이 길고 긴 이야기를 어떻게 다 풀어야 하니······. 어떻게······.'

뒷말을 가슴속으로 삼켜 버린 하선의 표정이 괴로웠다.

"아! 그렇군요······."

유리의 심장 한쪽으로 날카로운 통증이 스치고 지나갔다. 무척이나 아픈 감정이었다. 사랑했던 연인의 죽음은 하늘이 무너지는 것보다 더 큰 고통이라던데, 이 사람이 겪었을 절망과 슬픔을 생각하자 그가 너무나도 안쓰러웠다. 이에 유리가 하선의 허리에 팔을 두르고, 천천히 그의 입술에 키스했다.

'이제 그 고통과 아픔······. 내가 치유해 줄게요. 완벽하게 그 상처, 아물진 않겠지만······. 그래도 당신의 힘듦이 조금은 가벼워질 수 있도록. 내가 당신에게 힘을 주고, 사랑을 줄게요. 이제 더 이상 아파하지도, 슬퍼하지도 마세요.'

그녀의 입술을 조심스럽게 받아들이며 하선 역시 깊고 깊은 상념에 빠져들었다.

'미카······. 무슨 일 때문에 네가 그 기억을 모조리 지워 버렸는지 잘 모르겠지만······. 이젠 걱정 마······. 그 기억이 다시 되살아나서, 네가 큰 고통에 힘들고 절망에 빠진다 하더라도, 그 상처, 이젠 내가 치유해 줄 거야······. 내가 네 아픔, 상처 모두 다 짊어질 거야. 그러니······ 조금씩······ 용기를 내서, 그때 일 되돌려 보자. 이대로 지워 버리기엔······ 우리의 사랑과 추억이 너무 아깝잖아, 미카······.'

"들어가서 얼른 옷만 갈아입고 나와. 기다리고 있을게."

그녀의 집 앞 주차장에 차를 세운 하선이 부드럽게 말했다. 함께 밤을 지새운 남자와 나란히 출근을 하게 되어 버린 이 상황이 잠시 어색하고 부끄러웠던 유리가 고개를 흔들었다.

"저…… 팀장님. 먼저 가세요. 전 버스 타고 갈게요. 다른 사람들이 보면 어떡해요……."

"상관없어. 기다릴게."

"팀장님은 상관없을지 몰라도, 전 상관있어요. 다른 직원들이 우리 관계 알아 버리면, 저 회사 다니기 힘들어져요."

그녀의 말에 잠시 미간을 찌푸리던 그가 그녀를 물끄러미 바라보았다.

"알았어, 그럼 회사 못 미쳐서 내려 줄게. 그럼 됐지!"

더 이상은 양보하지 않겠다는 강력한 의지가 반영된 그의 표정을 보고 유리가 한발 뒤로 물러섰다.

"알겠어요. 그럼…… 잠시만 기다려 주세요……."

"응."

고개를 끄덕이는 그의 미소가 아침 햇살보다도 더 따사롭게 빛났다.

집으로 들어오자, 출근 준비를 하고 있던 은지가 눈을 가늘게 뜨고 유리를 묘하게 바라보았다.

"뭐니? 뭐야?"

"뭐가?"

유리가 입고 있던 옷을 벗고는 하늘색 쉬폰 원피스로 갈아입으며 짐짓 모르는 척 굴었다.

"누구야? 널 이렇게 외박하게 만든 놈. 대체 누구냐고? 너 말 안 해 주면 회사 못 간다. 내가 안 보낼 거야."

하늘색 원피스로 갈아입은 유리의 미모가 오늘따라 더 아름답게 빛났다. 밤새 자신이 좋아하는 남자에게 마음껏 사랑을 받아서인가. 그 모습이 활짝 핀 장미처럼 화사하고, 성숙했다.

"실은, 어젯밤 팀장님이랑 같이 있었어."

수줍게 말하는 유리의 볼이 살짝 붉어졌다.

"티, 팀장? 그, 이하선이라는 니네 팀장?"

"응……."

"설마……. 잤어?"

"응……."

살짝 붉어졌던 뺨의 색이 더 짙어지고 있었다. 아무리 생각해도 자신의 마음을 고백한 그날 그 남자와 같이 자다니, 믿을 수 없는 일이었다.

"허어얼! 정유리. 대박! 진짜야?"

"응……."

"네가 어떻게? 남자 알레르기가……. 그 사람에게는 작동하지 않은거야?"

"응, 내가 생각해도 신기해. 전혀. 오히려…… 좋았어."

"아아!"

당황함에 더 이상 말을 하지 못하고 있는 은지를 바라보며 유리가 수줍게 웃었다.

"자세한 얘기는 이따 저녁에 하자. 지금 팀장님 밖에서 기다리고 있어. 나 갈게. 너도 수고해."

무더운 여름날 갑자기 맹렬한 기세로 비를 쏟아붓고 사라진 먹구름처럼 유리가 휘이익 빠져나가자 잠시 넋을 놓고 명해 있던 은지가 피식 웃었다. 그리고 베란다로 나가 주차장을 바라보니, 정말로 이하선의 차가 서 있었다. 그 모습에 은지가 재빨리 자신의 핸드폰을 가져와 문자를 보냈다.

[축하드려요. 드디어 성공하셨군요!]

조금 뒤, 그에게서 답장이 왔다.

[감사합니다.]

그리고 유리가 그의 차에 올라타자 하선의 차가 주차장을 부드럽게 미끄러져 나갔다.

'다시 시작된 사랑, 부디 이번에는 아프지 말기를……. 축복만 가득하기를…….'

은지가 진심으로 그들의 앞날을 위해 기도하기 시작했다.

유리를 한 정류장 전에서 내려 주고 먼저 사무실로 돌아온 하선이, 진한 블랙커피를 들고 창밖을 바라보며 서 있었다. 그녀가 회사로 들어오는 모습을 보고 싶었던 것이다.

어젯밤, 자신의 손길에 천천히 반응하던 그녀의 모습을 생각하자 희미한 미소가 피어올랐다. 6년 전 처음, 그녀와 첫 밤을 보낼 때도 그녀는 어제와 같은 반응을 보였었다.

인생은 돌고 도는 회전목마와 같다는 생각이 들었다. 강 속으로 사라졌던 그녀가 다시 자신 앞에 강렬하게 나타났고, 천천히 조심스럽게 다가온 그녀가 제 몸과 마음을 모두 활짝 연 이 모든 일련의 과정들이 6년 전과 몹시도 흡사하게 닮아 있었다. 삶이란 단언

컨대 앞으로만 곧게 직진으로 나가는 과정이 아니라, 돌고 돈다는 것을 그는 그녀를 통해 깨닫고 있었다.

그때, 유리가 천천히 회사 정문을 통과해 들어오는 것이 보였다. 그녀의 모습에 잔잔한 행복감과 충만함이 솟아올라 왔다. 이제, 그녀가 자신에게 온전히 다가왔으니 남은 것은 단 하나! 그녀의 기억을 되찾는 일이다.

그녀의 충격을 최소화하면서 자신과의 행복했던 날들에 대한 기억을 되돌려 놓는 일. 그리고 무엇 때문에 강으로 뛰어들었는지, 그 사건의 전말(顚末)도 알아내는 일.

그동안 그녀가 죽었단 생각에 하선은 아무것도 알고 싶지 않았다. 무엇 때문에 그녀가 강으로 뛰어들었고, 그 이후 왜 성태는 종적도 없이 사라졌는지, 아무것도 알고 싶지 않았다.

그러나 지금, 그녀는 살아 있다. 아무것도 기억하지 못한 채로 말이다. 하선은 6년 전 그 사건에 성태가 깊이 개입되었을 것이라 확신했다.

지금이라도 이 꼬여 있는 매듭을 풀어야 한다. 그러려면 그 당시 사건의 전말을 정확히 알아내야 한다. 이제 천천히 그것을 시작하기로 한, 하선의 표정이 결연했다.

띠리링~ 띠리링~

그때, 하선의 핸드폰 벨이 울렸다.

"여보세요"

─하선아. 나야, 데이비드!

전화를 걸어온 상대는 하선의 대학동기이자, 현재 미국에서 변호사를 하고 있는 데이비드였다.

"그래, 데이비드. 어떻게 좀 알아봤어?"

-좀처럼 알아내는 것이 쉽지는 않았어. 성태 부모님들도 재작년에 다른 지역으로 이사를 갔더라고. 근데 그때 성태와 어울려 다니던 찰스라고, 기억나?

　"찰스? 어, 그래. 기억이 나는 것도 같다."

　-찰스를 우연히 법원에서 만났지 뭐야. 그 자식 그렇게 건들거리더니만, 판사가 되었더라구! 세상에! 말이 된다고 생각해? 그 날라리가! 어쨌거나 혹시나 싶어서 물어봤더니, 성태 그 자식, 그 사건이 있은 직후 미국 시민권도 포기하고 한국으로 들어갔단다. 그 당시 자신에게 한국 간다는 말만 남긴 채 사라졌대. 그 이후로는 찰스도 성태 소식 전혀 모른다던데! 그래서 아는 후배가 마침 출입국관리사무소에 있어서 부탁 좀 했어. 알아봐 달라고. 그랬더니, 진짜더라. 진짜로 6년 전에 성태, 한국으로 들어갔어. 이후 미국에는 단 한 번도 오지 않았고!

　한국으로 들어왔다니……. 그럼 지금 자신과 성태, 그리고 미카까지 같은 하늘 아래서 살고 있었단 말인가!

　순간, 하선의 온몸에 오싹한 전율이 흘렀다. 돌고 도는 회전목마가 불현듯 떠올랐다. 더 이상 6년 전과 같은 끔찍한 일이 또다시 발생하지 않기를, 자신도 모르게 기도하고 있었다.

　그러다 하선이 전화기를 들고 유리의 내선번호를 눌렀다. 손길에 초조함이 묻어났다.

　-네, 팀장님.

　"유리야, 지금 좀 와."

　지금 당장 그녀의 존재를 다시 확인하고 싶었다. 자꾸 머릿속으로는 회전목마가 돌고 있었다. 왜 자꾸 이렇게 불안하고 초조한 감정이 일어나는 것인지, 자신도 알 수가 없었다.

똑똑!

곧 유리가 문을 열고 들어오자마자, 하선이 잽싸게 다가가 그녀를 와락 끌어안았다.

"저기…… 회사에서 이러시면……."

"잠시만. 잠시만 이러고 있을게……."

그의 말투에서 뭔가 심상치 않음을 느낀 유리가 가만히 있었다.

'이 사람, 뭔가 또 불안하구나. 그런 거구나…….'

안타까운 생각에 유리도 그의 허리에 팔을 둘렀다.

"다시는…… 절대…… 나 두고 가면 안 돼."

슬픈 듯 울먹임이 담겨 있는 그의 목소리가 살짝 떨려오자, 유리는 가슴이 아파 왔다.

"전…… 당신을 두고 간 적이 없어요……. 걱정 마세요. 절대로 그런 일 없어요."

유리가 그의 등을 토닥토닥 부드럽게 쓰다듬었다. 그러자 그가 살며시 미소 지으며, 그제야 안심이 된다는 표정으로 그녀를 바라보았다.

"사랑해……. 정유리……."

"……아!"

그의 허스키한 목소리가 달콤하게 유리의 귓가로 다가와 맴돈 순간, 하선이 그녀의 입술을 부드럽게 빨아들였다.

한참 동안 그녀의 입안에서 무언가를 갈구하는 듯, 도발적인 키스를 퍼붓던 하선이 천천히 고개를 들고 그녀를 바라보았다. 그의 눈빛은 다시 제자리로 돌아와 있었고, 표정은 다시 치명적 매력으로 중무장하고 있었다.

유리가 숨을 멈추고 그를 조심스럽게 바라보자, 그가 햇살보다 더 환한 미소를 지으며 작게 속삭였다.

"정유리 씨! 지금 당장 짐 싸가지고 오시죠. 오늘도 하루 종일 내 방에서 나와 함께 일합니다! 어서요!"

그가 근사하게 씨익 웃었다.

하선이 마지막 검토를 마친 보고서를 저장하면서 활짝 웃었다. 드디어 보고서 작성이 끝난 것이다. 기쁜 마음으로 유리를 바라보자, 자신이 던져 준 통계분석에 진지한 표정으로 임하고 있는 그녀의 모습이 너무나 아름다웠다.

잠시 턱을 괴고, 흐뭇한 눈빛으로 그녀를 바라보던 하선이 천천히 일어나 유리 쪽으로 다가와, 뒤에서 그녀를 끌어안았다.

"회사에서 자꾸 이러시면, 안 돼요."

"시간을 봐. 벌써 10시가 넘었어. 아무도 없다고."

하선이 낮은 목소리로 소곤거리며 그녀의 뺨에 살며시 입을 맞추었다. 그 일이 있은 후부터 며칠 동안 유리는 계속 하선의 방에서 그와 단둘이 있었다. 공식적으로는 중간 보고서를 핑계로 그녀를 옆에 잡아 두고 있었지만, 실은 그녀와 함께 있고 싶었던 마음이 더 컸던 하선에게 이 시간은 꿈만 같았다.

그리고 그는 일하다 말고, 시도 때도 없이 그녀에게 다가와 끌어안거나 키스를 하거나 했다. 이런 그의 행동이 싫지는 않았지만, 혹시 직원들이 보게 될까 봐 유리는 몹시도 마음이 조마조마했던 것이다.

"그래도……."

그의 입맞춤에 괜스레 심장이 두근거리기 시작한 유리의 뺨이 살며시 붉어지자, 하선이 싱긋 웃으며 속삭였다.

"나가자……. 나 배고파."

그렇게 온 정통 일본식 라면 가게는 밤 10시가 넘었건만 꽤 많은 사람들로 붐비고 있었다. 유명한 집인 것 같았다. 라면육수의 구수한 냄새가 홀 안 가득 풍겼다.

"여기 굉장히 맛있어. 당신도 좋아할 거야."

하선이 낮게 소곤거렸다.

"저, 일본 라면 굉장히 좋아하는데, 팀장님도 좋아하시나 봐요."

또다시 우연이라고는 믿기지 않을 만큼, 자신의 취향을 기가 막히게 반영한 그의 선택에 유리가 속으로 놀라고 있는 중이었다.

"알고 있었어. 당신이 일본 라면 좋아한다는 거."

그의 눈빛이 깊어졌다. 6년 전, 그들은 자주 야식으로 일본 라면을 먹으러 가곤 했었다. 라면을 입 안 가득 담고 환하게 웃던 미카의 모습은 그야말로 천사와 같았었다.

"어, 어떻게 아셨어요?"

"……글쎄. 어떻게 알았을까? 후후. 나중에 말해 주지……."

그때, 주문한 라면이 나왔다. 돼지고기를 진하게 우려낸 육수에 일본식 간장소스로 맛을 낸 라면은 그야말로 끝내줬다. 국물 한 숟갈 입에 담은 유리의 얼굴에 미소가 절로 피어올랐다.

"진짜 맛있어요! 팀장님."

순간, 하선이 인상을 찌푸리며 낮게 말했다.

"나와 둘이 있을 땐, 그 팀장님이란 소리 안 하면 안 될까?"

"그럼, 뭐라고 부를까요?"

"우리 둘이 있을 땐, 서로 애칭을 만들어 부르지."

"애칭요?"

"응, 당신 세례명이 미카엘라라고 했지?"

"어, 어떻게 아셨어요? 제 세례명을⋯⋯."

"면접 때, 내가 물어봤었는데. 세례명이 뭐냐고⋯⋯."

그가 의뭉스럽게 씨익 웃었다. 순간 유리가 놀란 눈으로 그를 바라보았다. 그럼 이 사람이 면접 때, 생뚱맞은 질문으로 좌중을 웅성이게 만들었던 바로 그 사람이었단 말인가. 그 당시 엄청난 긴장감에 대답을 하긴 했지만, 면접관의 얼굴까지는 잘 기억나지 않았다.

"그럼⋯⋯ 그때⋯⋯."

"응, 맞아. 그게 바로 나였어. 미카엘라⋯⋯. 참 아름다운 이름이야. 미카!"

"네?"

"난 미카엘라를 줄여서 미카라고 부르고 싶은데. 어때? 괜찮지 않나? 미카, 친근하고 부르기 쉽고⋯⋯."

"미카⋯⋯."

미카⋯⋯. 어디선가 들어 본 듯, 상당히 익숙한 이름이었다.

그 미카라는 이름을 자신의 입속에 담자, 순간 알 수 없는 묘한 감정이 가슴속에서 끓어오르기 시작했다. 말로 형용할 수 없는 감정과 기분이었다. 뭔가 아련하게 행복하면서도 따뜻한 그런 느낌과 동시에 명치끝이 살며시 저려 오는 아픔도 함께였다.

그 순간, 하선이 지난번 사무실에서 쓰러질 때 자신을 보며 미카라고 불렀던 기억이 불현듯 떠올랐다. 그러자 유리의 마음이 더 아파 옴과 동시에 이상한 감정도 뒤따랐다. 이 감정은 죽은 여자를 향한 질투와 시샘의 것이 아니라, 그를 향한 더없는 가련함과 측은함의 감정이었다.

유리가 살며시 미소 지으며 고개를 끄덕였다. 그렇게 불려지더라도 상관없다는 생각이 더 강하게 다가왔다.

"미카……. 좋아요. 그러세요. 그럼 전 뭐라고 부를까요?"

"당신은 그냥, 오빠라고 불러."

"……오빠요?"

유리가 미간을 찌푸리자, 그의 표정에서 전진함과 장난스러움이 함께 나타났다.

"응, 따라 해 봐. 오빠!"

"좀…… 이상해요. 어색하기도 하고……."

"어허! 이건 팀장이 부하 직원에게 내리는 명령이야. 앞으로 둘이 있을땐 무조건 오빠라고 부르도록. 알겠습니까? 정유리 씨!"

"……네……. 알겠습니다. 오빠!"

"하하하하."

"호호호."

간만에 그들의 표정은 행복했고, 웃음은 따스했다.

일본 라면을 먹고 잠시 한강변을 드라이브하면서 함께 감정과 마음을 주고받은 그들이 그녀의 집 앞 주차장에 도착했다.

유리의 손을 꼭 잡고 있는 하선의 체온이 따뜻했다. 오늘 하루 종일을 함께 있었지만, 헤어지기 싫었다. 그의 표정에 아쉬움이 가득하다.

"10월 초에, 시카고에서 세계교육학회가 열려. 그곳에 미카, 당신과 나 둘이서 가게 될 거야. 그러니 미리 마음의 준비하고 있어. 일단 직원들에게는 모르는 척하고."

"단……둘이요?"

"응, 시카고에 가서 보여 줄 것이 많아. 미카."

단둘이 미국엘 가게 된다는 말에 유리의 심장은 벌써부터 두근거리기 시작했고, 마음은 설렘으로 가득 찼다. 생각만 해도 아찔했다. 그와 단둘이 학회를 가장한 여행을 가게 되다니!

"아! 너무…… 설레네요."

그녀의 말에 그가 잔잔한 미소를 띠더니, 유리의 머리를 자신 쪽으로 끌어당기고는 그녀의 입술에 자신의 것을 올려놓았다. 그의 입술은 언제나 치명적일 만큼 달콤하고 짜릿했다.

"들어가서 잘 자고. 내일 봐, 미카. 아침에 데리러 올게."

"네……. 운전 조심하세요. 오빠."

오빠라는 말에 하선이 활짝 웃으며 그녀를 꼭 끌어안았다. 천천히, 조금씩, 제자리를 찾는 것 같은 느낌에 그의 가슴이 또 다른 희망으로 부풀어 오르기 시작했다.

아쉬운 마음으로 그녀를 내려 준 하선은 그렇게 자신의 집을 향해 출발했고, 유리는 주차장에 서서 그의 차가 시야에서 보이지 않을 때까지 지켜보다, 천천히 발길을 아파트 입구로 돌렸다.

그때, 어디선가 불현듯 나타난 누군가가 유리를 날카롭게 불렀다. 익숙한 목소리였다.

"유리 씨."

그 목소리의 정체는 다름 아닌 최현우였다. 평소와 달리 심각함을 가득 담은 그의 눈빛이 매서웠다. 유리가 하선과 키스하고 포옹하는 모습을 보게 된 그는, 그동안 억눌러 왔던 질투와 분노의 감정이 정신없이 폭발해 버렸고, 이미 제정신이 아니었다.

"대, 대리님. 여긴…… 어떻게 알고 오신 거예요?"

"팀장과 하루 종일 함께 있었던 거예요?"

평소와 달리 작은 떨림이 묻어나는 날카로운 말투였다.

"저희 집은 어떻게 알고 오셨냐고요!"

"나를 있는 그대로 먼저, 봐 달라고 했잖아요. 그런데 왜 내 말은 무시하고, 유리 씨를 못 잡아먹어서 안달인 팀장만 바라보는 거죠!"

그가 두 주먹을 꽉 쥐고, 분노 가득한 얼굴로 그녀를 향해 천천히 다가왔다. 그의 달라진 모습에 공포감을 느낀 유리가 뒷걸음질을 치며 소리쳤다.

"지, 지금…… 왜 이러시는 거예요? 대리님!"

"나를 먼저 봐 달라고 했잖습니까! 내가 유리 씨 마음 열릴 때까지 기다린다고도 했잖아요! 그런데 왜! 왜! 하필 저놈! 이하선이냔 말입니까!"

'나를 좀 제대로 봐 달란 말이야! 나도 알고 보면 꽤 괜찮은 놈이라고! 그런데 넌 왜! 왜! 내가 아닌 그놈만 바라보는 건데!'

불같이 활활 타오르는 어떤 남자의 눈빛과 최현우의 눈빛이 겹쳐졌다. 이를 악물고 분노에 가득 차서 말하던 그 남자의 모습이 최현우의 얼굴과 겹쳐졌다. 자신의 어깨를 잡고 심하게 흔들던 모습이, 천천히 가까이 다가오는 최현우의 모습과 겹쳐지면서 극심한 호흡곤란이 몰려왔다.

"허어, 허어, 어……. 어……. 이, 이러지…… 마…… 세요……. 이러지……."

숨을 쉬기가 힘들었다. 갑자기 온몸이 마비가 되는 듯 손가락 하나 움직일 수 없었고, 극도의 통증이 가슴을 훑고 지나갔다.

유리는 곧 다리에 힘이 풀려, 바닥으로 털퍼덕 주저앉았다.

"아……. 아……. 사…… 살려……."

바닥에 풀썩 기절할 듯 주저앉아 자신의 가슴을 쥐어 잡고 있는 유리의 모습에 순간 정신이 돌아온 최현우의 얼굴이 하얗게 질리며 어찌할 줄 몰라 안절부절못하고 있었다.

"유리야!"

그때 무열과 희희낙락 농담을 주고받으며 걸어오던 은지가 멀리서 이 모습을 보고 기겁을 하며 뛰어왔다.

"유리야, 왜 그래! 너 왜 그러니?"

"유리 누나! 괜찮으세요?"

"아…… 아…… 으…… 은지……."

"어, 그래, 나, 은지야. 왜 그래? 유리야!"

당황한 은지와 무열이 그녀를 둘러싸자, 숨을 쉬지 못해 힘들어
하던 유리는 그렇게 기절하듯 정신을 잃었다.

"유리야! 정유리! 왜 이래! 정신 차려!"

"자기야. 유리 누나 내게 업혀 줘. 빨리빨리!"

무열이 자신의 등을 대고 앉자 은지가 당황함에 손을 부들부들
떨며 유리의 어깨를 잡고 일으켜 세워 무열의 등에 올려놓았다.

"일단 택시정류장으로 가요. 응급실 가게."

"응, 알았어. 가자."

그렇게 택시정류장을 향해 뛰어가던 은지가 불현듯 유리 옆에
누군가가 서 있었다는 사실을 깨닫고 뒤를 돌아보았다. 아직까지
겁먹은 듯 하얗게 질린 표정으로 서 있던 그 남자를 유심히 바라
보던 은지의 두 눈이 휘둥그레지더니, 그리스신화 속 괴물 메두사
를 본 사람처럼 그만 그 자리에 돌처럼 굳어 멈춰 버렸다.

"누나! 은지 씨! 자기야! 왜 그래?"

"어……. 어어?"

은지의 놀란 표정을 보았을까. 하얗게 질려 서 있던 현우가 화
들짝 놀라며 재빨리 반대 방향으로 돌아 도망치듯 사라졌다.

이 모습을 본 은지도 후들거리는 다리를 간신히 부여잡고는 다
시 무열과 함께 택시를 잡기 위해 뛰어갔다. 정신이 멍하고 또 멍
했다.

'저 남자가 어떻게…… 유리와 함께 있었던 거지? 왜?'

밝은 햇살이 공중에서 녹아들어 아른아른 아지랑이가 피어올랐다. 아름다운 중세풍 건물을 끼고 어딘가로 향하고 있는 자신의 기분이 몹시 좋은 것 같다.

'아아! 정말 아름다워.'

구름 한 점 없이 청명한 하늘과 갖가지 아름다운 꽃으로 화사한 교정의 풍경은 몽환적이었다.

그때 저 멀리서, 누군가가 자신을 향해 손을 흔들며 반갑게 다가오는 모습이 보였다.

"많이 기다렸어?"

그가 환하게 웃으며 자신에게 다가왔다. 그가 다가온 순간부터 자신의 심장이 두근거리기 시작한다. 더불어 그에게서 향긋한 솔향기가 피어오른다. 그런데 얼굴이 자세히 보이지 않는다. 키가 큰 그 남자의 등 뒤로 봄 햇살이 밝게 빛을 발하고 있어서인가.

"아니, 나도 이제 왔어."

그 남자를 바라보며 활짝 웃고 있는 자신의 모습이 행복해 보였다. 그 남자가 자신을 보자마자 손을 잡는 것을 보니, 꽤나 가까운 사이인 듯 보인다.

"가자. 오늘은 어떻게 지냈어?"

"매일 똑같아. 수업 듣고 공부하고."

"난 매일매일이 새로운데, 너와 함께 새로운 추억을 만들고 있잖아. 하하하."

"오빠……."

"자, 오늘은 또 어떤 새로운 추억을 만들어볼까? 미카!"

미카! 미카! 그 사람이 자신에게 부드럽고 다정한 목소리로 미카라고 부르는 소리가 공중에서 반복적으로 맴돌다 공명이 되어 사라졌다.

미카! 미카! 사랑해, 미카…….

"왜지? 도대체 왜 난 안 된다는 거야!"

갑자기 밝게 빛나던 빛이 사라지더니, 어두컴컴하고 습한 공기가 바닥에 낮게 깔려 있어 퀴퀴한 냄새가 진동을 한다.

'여기가 어디지?'

정신을 차리고 고개를 들어 보니, 이곳은 자신이 전혀 모르는 음습한 낯선 공간이었다.

"왜! 왜냐고!"

"누, 누구세요?"

분노로 일그러진 얼굴의 어떤 남자가 서슬 퍼런 눈빛으로 자신에게 다가왔다. 너무 무서웠다. 너무 무섭고 두려웠지만, 움직일 수가 없다. 온몸이 꽁꽁 밧줄로 묶여 있는 자신은 꼼짝도 할 수가 없었다.

점점 가까이 다가온 그 남자가 또 다시 소리를 질렀다.

"말해 봐. 왜 나는 안 되는지 말해 보라고! 말해! 말하란 말이야!"

"무서워요. 이러지 마세요. 무서워요……. 무서워……. 아악!"

"유리야, 유리야!"

눈을 떠 보니 은지가 걱정스런 얼굴로 자신의 손을 잡고 있었다. 뒤로 무열의 모습도 보였다. 그의 표정 역시 걱정으로 가득 차 있었다.

"……은지야……. 어떻게 된 거야?"

"기억 안 나? 너 갑자기…… 기절했는데……."

잠시, 몽롱하던 정신을 차리고 곰곰이 생각해 보던 유리가 고개를 끄덕였다. 기억이 났다는 의미였다. 조금 전, 최현우의 등장으로 자신도 모르게 극도의 불안감과 공포감이 밀려와, 숨을 쉴 수 없었던 상황이 기억난 것이다.

사람 정말 알 수 없다더니, 깔끔하고 젠틀하고 친절한 줄만 알았던 그에게 그런 이중적 모습이 있었다니, 믿기지가 않았다. 그때, 말끔한 인상의 의사가 그들에게 다가왔다.

"다분히 심리적 쇼크로 인한 호흡곤란 증상 같은데. 뭐, 이제 괜찮습니다. 환자분께서 이미 정신도 드셨으니, 그리 크게 걱정할 일은 아니에요. 검사 결과, 아무 이상도 없거든요. 조금 진정되면 바로 퇴원하셔도 좋습니다. 큰 스트레스 받지 않게 조심하시고요."

참으로 무성의하게 설명을 마친 의사가 대수롭지 않은 표정으로 그들 앞을 지나쳐 사라졌다.

"휴! 다행이다."

은지가 그제야 긴장이 풀리는지 힘없이 털퍼덕 의자에 주저앉았다. 무열이 은지의 어깨를 토닥이며 유리를 걱정스럽게 바라보았다.

"고마워요, 무열 씨. 나 때문에 고생했네."

"별말씀을요, 누나. 이만해서 다행이에요."

유리와 무열은 은지의 주선으로 몇 번 만난 적이 있기에, 서로 편한 눈빛을 주고받았다. 더욱이 무열은 유리의 학교 후배이기도 했기에 더 친근하게 느껴지는지도 몰랐다.

"응……. 정말로 고마워요. 나중에 내가 맛있는 거 살게요."

"네⋯⋯. 누나."

무열과 얘기를 주고받던 유리가 반쯤 넋을 놓고 앉아 있는 은지를 의아한 듯 바라보며 그녀를 불렀다.

"은지야⋯⋯. 괜찮아?"

"어? 어⋯⋯. 어어⋯⋯. 괜찮아. 다행이다. 너 때문에 너무 놀랐나 봐⋯⋯."

"미안해⋯⋯."

"그런데, 아까 그 사람 누구야? 너 그 사람 때문에 이렇게 된 거지?"

"응⋯⋯. 우리 팀 최현우 대리야. 아까 그 사람⋯⋯."

"뭐어? 최현우라고? 아까 그 사람이 최현우란 말이야? 진짜야? 확실해?"

유리보다 더 큰 충격을 받은 듯 얼굴이 사색이 되어 버린 은지 때문에, 그만 유리도 무열도 어리둥절하게 그녀를 바라보았다.

무열을 집으로 보내고 유리와 은지가 자신들만의 공간으로 들어왔다. 시간은 이미 새벽 1시를 훌쩍 넘기고 있었다.

살다 보면 뜻하지 않게 여러 가지 일을 겪게 되지만, 이처럼 황당하고 당황스러운 일을 겪기는 유리도, 은지도 처음이었다. 아까부터 자신보다 더 심각해 있는 은지를 뚫어져라 바라보던 유리가 은지의 손을 잡고 함께 소파에 앉았다.

"말해!"

"뭐, 뭘⋯⋯?"

"무슨 일 있잖아. 너!"

"아, 아니……. 아무 일도 없어……. 단지……. 너무 놀래서……."

"거짓말 마. 내가 널 모르니? 너 지금 나 때문에 이러는 거 아니잖아. 빨리 말해."

"아이, 지지배. 맞다니깐. 너 때문에 충격받아서 그래. 아하하. 아유, 더워라. 나 먼저 샤워한다. 진짜 아무 일 없으니깐 걱정 마시고, 네 마음이나 편하게 잡수셔. 또 기절하지 말고."

"진짜야?"

"응, 속고만 살았나. 진짜야!"

아무 일도 없었다는 듯 소리 높여 웃으면서 은지는 그렇게 유리의 시선을 피해 화장실로 들어왔다. 살다 보면 때로, 떠올리기 싫은 끔찍한 기억이라도 어쩔 수 없이 다시 되돌아 봐야 할 때가 다가오는 시점이 있다. 은지에게는 지금이 딱 그 시점이었다.

평생 다시는 떠올리지 않으리라 굳게 다짐했던 기억이었는데. 샤워기에 물만 틀어 놓은 채, 은지는 화장실 구석에 쪼그리고 앉아 그날의 일을 떠올리기 시작했다.

4년 전, 거리의 플라타너스 잎들이 차가워진 바람에 하나둘 제 잎을 떨어트리던 날이었다.

며칠째 감감무소식, 연락도 없고 전화도 받지 않고 있는 그 때문에 은지의 마음은 점점 지치고 피폐해져 가고 있었다. 처음으로 자신의 온 마음을 다 주었던 사람이다. 그 사람에게 자신의 모든 인생을 걸어도 좋겠다 싶을 만큼, 은지의 사랑은 진심이었다.

그런데 어느 날 갑자기 그가 사라진 것이다. 그의 핸드폰 번호를 다시 한 번 눌렀으나, 역시나 꺼져 있다는 음성만 들려왔다. 그러고 봤더니 지금까지 그와 사귄 지 1년이 다 되어 가건만, 그에 대해 아는 것이 아무것도 없었단 사실에 은지는 스스로 놀라고 있었다. 고작 아는 것이라곤 그의 이름과 나이, 그리고 핸드폰 번호뿐이었다.

그의 이름은 최강혁, 나이는 자신보다 네 살 많았다. 어느 날 갑자기 운명처럼 다가온 그 사람은 은지를 거부할 수 없도록 만들어 버렸다. 때문에 은지는 자신의 모든 것을 그에게 내어 주었다. 몸도, 마음도, 심지어 영혼까지도, 내어 줄 수 있을 정도였다.

그런데 그 사람, 그렇게 아무런 말도 없이 연기처럼 사라졌다. 그렇게 그가 흔적도 없이 사라지고 나서 3개월 뒤, 은지는 거의 폐인처럼 지냈다.

그날도 무거운 마음을 이끌고 간신히 학교에 등교를 했었다. 그리고 중앙도서관으로 오라는 유리의 메시지를 받고 그곳으로 발길을 옮겼었다. 그때, 정말 말 같지도 않게, 우연이라는 어이없는 이름으로, 그가 중앙도서관 앞에서 서성대고 있는 것을 보게 되었다. 눈에서 불꽃이 튈 만큼 여러 가지 복잡한 감정을 안고 그에게 다가갔더니, 그 남자 은지를 보자마자 얼굴 가득 귀찮음의 표정으로 인상을 찌푸렸다.

"뭐예요? 그동안 연락도 없이 어디 있었어요? 내가 얼마나 찾았는지 알아요?"

"아! 짜증나."

"뭐, 뭐라고요?"

"너 이제 보니깐 굉장히 멍청한 아이였구나. 남자가 갑자기 연락도 없이 잠수 타 버리면, 뭘 의미한다고 생각하니?"

"……뭘 의미하는데요?"

"쯧쯧, 진짜 멍청하구나. 네가 싫증났다는 의미잖아. 모르겠어?"

쿵! 갑자기 하늘이 무너져 내렸다. 가뭇없이 사라졌다가 3개월 만에 우연히 만난 그 남자는 은지에게 독설을 내뱉고 있었다.

"어떻게…… 어떻게 그렇게 말할 수 있죠? 난, 난 진심이었는데, 정말로 사랑했는데……."

"사랑? 푸하핫! 우리 엔조이였잖아! 난 그런 줄 알았는데. 사랑 아니라 엔조이였어. 알았지? 이제 알았음 꺼져 줄래? 더 이상 내게 넌 아무런 가치가 없는 인물이거든."

그 남자가 은지의 귓가에 입을 대고 말 같지도 않은 말을 지껄였다. 이에 와르르, 자신의 심장 무너지는 소리가 귓가로 들려온 은지가 그의 뺨을 있는 힘껏 내려쳤다.

짝!

"개 같은 자식!"

"그래. 이걸로 이제 너에게 진 빚은 다 갚은 걸로 하자구."

최강혁이라는 이름을 가진 그 남자는 그렇게 은지의 마음에 깊은 상처를 내고 사라졌다. 그 이후부터 은지는 사랑을 믿지 않았다. 진정하고 진실 된 사랑은 이 세상에 존재하지 않는다, 스스로 결론 내린 그녀에게 사랑은 그저 우스운 감정놀이일 뿐이라고 생각했다. 또한 조금이라도 관계가 깊어지려고 하는 순간에는 가차 없이 이별을 고하고 발을 빼 버렸다. 이것이 그녀가 더 이상 상처 받지 않기 위해 선택한 슬픈 연애방식이었던 것이다.

그런데 그 남자, 오늘 4년 만에 다시 그녀 앞에 나타났다. 아니, 정확히 말해서 유리 옆에 있었다. 최강혁이 아닌 최현우라는 이름으로…….

지난 생각에 고개를 절레절레 흔들며 쪼그려 앉아 있던 은지가 벌떡 일어나 옷을 훌훌 벗어 버리고 샤워기 아래로 들어가, 찬물에 몸을 적셨다. 머리끝부터 발끝까지 한기가 느껴질 만큼 물은 차가웠지만 은지의 심장이 너 차가웠기에, 그 냉기가 아무렇지도 않게 느껴졌다.

"유리 씨!"

"아!"

마주치고 싶지 않았던 최현우가 유리가 출근하자마자 그녀의 자리로 다가와 섰다. 어젯밤 그의 행동과 표정을 생각하자, 갑자기 온몸으로 소름이 돋아났다.

"어제, 미안했어요. 내가 술을 조금 마셨는데…… 그만……. 제정신이 아니었나 봐요. 정말 미안해요……. 다시는 그런 일 없을 거예요."

"……네, 알겠습니다."

더 이상 무슨 말을 하랴! 미안하다며 잘못을 뉘우치는 표정으로 서 있는 최현우를 향해 유리는 아무 말도 할 수가 없었다. 그렇다고 악다구니를 치며 어젯밤 일을 따질 수도 없지 않은가. 그러기엔 사무실에 다른 사람 얘기에 관심이 많은 사람들이 너무 많았다.

때문에 유리는 아무 말도 할 수 없었다. 아니 사실은, 어떤 말도 하고 싶지 않았다. 그와 얼굴을 맞대고 있는 이 순간도 미치도록 견디기 힘들었다.

"정말로…… 내가 잘못했어요. 그런 의미에서 내가 저녁 사고 싶은데……."

"아니요! 대리님. 괜찮습니다. 그러니 그만 자리로 돌아가 주세요."

냉랭한 표정으로 그를 쏘아보자, 최현우가 낮은 한숨을 내쉬며 어깨를 축 늘어트리고는 자리로 돌아갔다.

이미 김아라를 비롯한 한소미, 김태평 등이 그 둘을 야릇한 표정으로 바라보기 시작했고, 서로 의미심장한 눈빛을 교환하며 흥미로운 얘깃거리를 만들고 있는 듯했다.

-알려 드립니다. 지금 중간 보고서 심의가 있을 예정이오니 관계자분들께서는 제1회의실로 모여 주시기 바랍니다. 감사합니다.

안내방송이 들려오자 "까아아악! 드디어 시작이야! 난 몰라." 김아라의 비명을 시작으로 다들 한숨을 휴휴, 내쉬며 서류 및 보고서들을 들고 일어나 긴장 가득한 표정으로 사무실을 빠져나갔다.

유리도 그 뒤를 따라 천천히 밖으로 나왔다. 최현우 자리를 지나칠 때 유리는 일부러 눈을 아래로 내리깔고, 싸한 표정을 지었다.

이런 그녀의 모습을 물끄러미 바라보던 최현우가 괴로운 표정을 지었다. 이렇게까지 관계를 엉망으로 만들고 싶지는 않았는데, 그만 감정을 컨트롤하지 못해 일이 어긋나 버린 것이다. 깊은 후회가 물밀 듯 밀려왔다.

어떻게 하면 유리의 마음을 돌릴 수 있을까. 생각 같아서는 무릎이라도 꿇고 빌고 싶은 심정이었다.

중간 보고서가 끝나자 사람들의 표정이 한결 여유로워졌다. 이제 앞으로 당분간은 이런 편안함과 여유로움 속에 연구를 진행하게 될 것이다. 아침 출근하자마자 김아라와 한소미가 들고 온 커피 향 때문에 유리의 기분은 뭔지 모를 벅참으로 물들기 시작한다.

삐삐. 시계바늘이 정각 9시를 가리키자 기나렸다는 듯 하선이 호출을 한다. 이에 유리가 비어져 나오는 웃음을 감추며 살그머니 사무실을 나간다.

예의상 노크를 하고 그의 방으로 방에 들어섰더니, 이제 막 손을 씻고 난 그가 수건을 잡은 채로 유리를 향해 부드러운 미소를 짓는다.

"왔어?"

수건을 걸어 두고는 성큼성큼 다가온 하선이 유리를 살며시 끌어안았다. 그에게서 이제 막 씻고 난 비누의 향긋한 냄새가 상쾌하게 풍겨 나온다.

"이제, 중간 보고서도 끝나서 좀 한가해졌어. 그래서 며칠 휴가 내고 어디 여행이라도 다녀올까 생각하는데…… 당신 생각은 어때?"

"좋아요!"

유리가 그를 향해 활짝 웃었다. 그 순간 하선의 눈빛이 출렁 일렁였다. 그러고는 그가 유리를 더 세게 끌어당겨 그녀의 목덜미에 얼굴을 묻었다. 향긋한 꽃내음이 하선의 코끝을 맴돌자, 순간 그의 마음속에서 아까부터 잠식하고 있던 불꽃이 강렬하게 활활 타오르기 시작한다.

사람의 욕심은 어디까지가 끝일까!

처음엔 그저 유리가 자신에게 와 주기만을 소망했었는데, 그러면 더 이상 바랄 것이 없다고 생각했는데, 막상 그녀가 자신에게 다가오니 더 많은 것들이 욕심나기 시작했다.

계속 함께하고 싶고, 계속 바라보고 싶고, 계속 만지고 싶고, 계속 사랑을 나누고 싶고.

"저…… 궁금한 게 있어요."

잠시, 강렬한 욕망 때문에 넋을 놓고 있던 하선이 유리의 말에 고개를 들었다. 그녀를 향한 정염(情炎) 때문에 눈빛이 깊어진 그가 낮게 속삭였다.

"말해."

"저…… 왜…… 그렇게 자주 손을 씻나요? 혹시…… 심리적으로 뭔가가 불안하거나…….'

"맞아. 심리적으로 불안하거나 긴장이 되면, 손에서 엄청난 양의 땀이 나."

"혹시 다한증……인가요?"

"다한증? 아니, 그것과는 좀 다르지. 이게 웃기게도…… 아무 때나 그런 것이 아니거든. 특정 인물, 특정 상황에서만 발생한다는 거야. 웃기지?"

"특정 인물, 특정 상황요?"

"응, 특정 인물……. 바로 당신, 정유리. 그리고 특정 상황……. 바로 당신이 내 앞에 있는 상황……."

그랬다. 정확하게 유리가 자신 앞에 다시 나타난 그 시점부터, 하선은 손을 닦아야만 했다. 이상하게도 유리를 마주 대하면 긴장감과 함께 불안감이 몰려왔다. 그런데 그 긴장과 불안의 강도가 그도 절제할 수 없을 만큼 강력한 것이었다.

때문에 그 심리 상태가 고스란히 신체화되어 나타난 것이다. 바로, 엄청난 양의 땀이 손바닥으로 축축하게 배어 나오는 것! 이것이 바로 하선이 유리 앞에서만 그렇게 손을 씻어 댔던 이유였다.

"……."

잘 이해가 가지 않는다는 표정으로 유리가 그를 바라보자, 그가 씨익 웃으며 유리를 번쩍 들어 자신의 책상 위로 앉혔다. 그리고는 몸을 숙여, 그녀의 얼굴에 제 얼굴을 바싹 갖다 대었다.

"어쩌지? 당신만 보면 긴장이 되고, 불안해지고, 그래서 땀이 나는데……. 당신 때문에 비롯된 것이니 당신이 고쳐 줘야겠군."

낮게 말한 그가 그윽하게 그녀를 바라보았다. 입꼬리가 살짝 올라가 있는 그의 표정이 웃고 있는 건지, 아닌 건지 잘 구분이 되지 않았지만, 그 모습이 미치도록 멋있었다.

"……어떻게…… 제가 고쳐 줘요?"

유리는 그저 그의 도발적 행동에 정신이 멍할 따름이었다. 이 남자, 자꾸 자신을 옴짝달싹 못하게 만드는 신기한 재주를 지녔나 보다. 지금도 전혀 움직일 수 없었다.

"이렇게!"

그러면서 그가 유리의 얼굴에서부터 쇄골까지를 부드러운 손길로 쓰으윽 훑어 내렸다.

"아! 흡!"

숨이 멎을 듯 그의 손길이 짜릿하게 느껴졌다.

"그리고 이렇게."

강렬하고도 깊은 눈빛과 함께 그가 이번에는 유리의 입술을 부드럽게 빨아들였다.

"아아!"

유리도 그를 거부하지 않고 받아들였다. 그와 그녀의 혀가 부드럽게 섞여 들며, 잠시 이곳이 사무실이라는 것도 잊을 만큼 그 둘은 서로를 향한 끌림과 사랑의 감정을 숨기지 않고 있었다. 특히 하선은 유리와 사랑의 감정을 공유하고 나눌 때, 최고로 안정적인 심리 상태가 되며 마음이 편안해졌다.

모든 부정적인 걱정과 근심거리들을 잊고 하나가 된 듯한 일체감을 맛볼 수 있었다. 그 순간만큼은 최고로 행복했다.

그때, 전화 벨소리가 울렸다. 순간 그녀의 입술에 흠뻑 빠져 있던 하선이 "이런!"이라며 낮게 탄성을 내뱉고는 천천히 몸을 세우고, 흐트러진 머리를 손으로 대충 쓸어 넘기고는 수화기를 들었다.

"네, 이하선입니다."

잠시 통화를 마친 하선이, 수화기를 제자리에 놓으며 유리를 바라보았다. 그 눈길에 매우 아쉬운 표정이 섞여 들었다.

"원장님, 호출. 오늘 저녁 근사한 데 가서 먹을까? 중간 보고서도 잘 끝났으니."

"네, 좋아요."

"그럼, 뭐 먹고 싶은지 생각해 두고 있어. 이따 봐, 레이디."

정장 슈트를 걸치며 그가 허스키하게 말하자, 클럽남의 이미지가 떠올라 유리는 그만 피식 웃고 말았다. 사무실에서의 그도, 클럽에서의 그도, 모두 한결같이 멋있었다.

원장실에 들어갔더니, 반가운 얼굴이 그를 쳐다보며 활짝 웃었다.

"어, 이 팀장. 왔구만. 인사하게. 이번에 새로 오신 민수진 박사님."

"반가워요. 이하선 팀장님!"

수진이 일어나서는 하선을 향해 장난스러운 웃음을 지어 보이며 손을 내밀었다. 이에 하선도 싱긋 웃으며 그녀의 손을 맞잡았다.

"오늘부터 출근한 거야?"

"응, 오늘부터. 앞으로 많이 도와줘. 잘 부탁해."

그들의 대화를 듣고 있던 원장이 깜짝 놀라며 그 둘을 바라보았다.

"뭡니까? 두 사람 아는 사이입니까?"

"네, 원장님. 미국에 있을 때 친구였습니다."

"아니지, 하선. 정확하게 말씀드려, 원장님, 전 이 남자와 친구하기 싫은데, 이 남자는 저를 친구 이상으로는 봐 주질 않네요. 호호호. 제가 어떻게 하면 이 남자가 저한테 올까요?"

그들의 단순한 농담에 원장이 잠깐 크게 당황하여 어쩔 줄 몰라하더니, 이내 진심으로 심각해진 얼굴로 고민하는 표정을 지었다.

"어허……. 그런 사연이 있었군요. 어쩌나……."

"하하하하. 원장님. 농담이에요, 농담. 하선이와 저 친구 맞습니다."

심각해진 원장 때문에 수진과 하선이 간만에 크게 웃고 있었다. 원장실을 나온 그들이 나란히 복도를 걸으며, 그간의 못다 한 얘기를 나누고 있었다. 그들의 얼굴에서 즐거운 옛 추억으로 밝은 미소가 피어올랐다.

이렇게 다정하게 이야기를 주고받으며 걸어가는 그들을 직원들이 의아하면서도 호기심 가득한 표정으로 바라보고 있었다.

그렇게 민수진과 잠시, 미국에서 함께 공부하던 시절 얘기를 짧게 끝내고 사무실로 들어온 하선이 커피를 내리기 시작했다. 그의 표정이 간만에 밝게 달떠 있었다. 유리와 함께 여행을 가기로 해서 인가.

띵똥!

그때, 메일 수신 알림음이 울렸다.

업무와 관련해서 뭔가 또 새로운 메일이 왔나 보다. 휴! 낮은 한 숨을 쉬고는 하선이 자리에 앉아 메일을 확인하고자 마우스를 클릭한 순간, 갑자기 그 메일을 읽던 하선의 얼굴이 점차 굳어지더니 급기야 하얗게 질리기 시작한다.

'누구지? 누가 이런 메일을…… 보낸 거지?'

의아함을 띄운 그의 머릿속으로 빙글빙글 천천히 돌아가는 회전 목마가 또 떠오른다.

"은지 씨, 은지 씨!"

"네, 네?"

잠시 정신을 놓고 멍하게 앉아 있던 은지가 매니저의 부름에 화 들짝 놀랐다.

"오늘 왜 그래? 무슨 일 있어? 아침부터 정신을 어디다 놓고 있 는 거야? 이거 주문이 틀렸다고 컴플레인 들어왔어!"

"아, 죄, 죄송합니다."

"정신 바짝 차리라고, 이런 실수 처음이니깐 오늘은 그냥 넘어 간다."

"네……."

화장실로 달려온 은지가 찬물로 얼굴을 적셨다. 지난 토요일,

그 인간 최강혁, 아니 지금은 최현우라는 이름으로 살고 있는 그 남자를 마주한 이후, 은지는 계속해서 나사가 하나 빠진 사람처럼 삐거덕거리고 있었다.

다 잊은 줄 알았는데, 자신은 완벽하게 그 남자에게 벗어나 이제 아무렇지도 않은 줄 알았는데, 그것이 아닌가 보았다. 이루지 못한 사랑에 대한 미련인가, 아니면 진심을 다한 사랑이었는데 그만 그 진심이 무참하게 짓밟혀서인가. 정신없이 아팠다.

띠리릭! 그때 문자 메시지 수신음이 들렸다.

[자기야, 점심은 잘 먹었어? 기분은 어때? 바쁠 것 같아 메시지 남겨. 이따 시간 되면 전화 좀 해 줘. 자기 목소리 듣고 싶어. 무열.]

갑자기 무열의 문자를 읽고 있는데 자신도 모르게 눈물 한 줄기가 조용히 흘러나왔다. 상처가 났을 때 그 위에 빨간약을 바르면, 따끔따끔 쓰라리고 아픈 것처럼 그녀의 마음이 아려 왔다.

지금 당장 무열에게 달려가고 싶은 욕망이 불쑥 치솟았다.

유리와 함께 저녁을 먹고 집으로 돌아온 하선이, 전등을 켜지도 않은 채 소파에 쓰러지듯 앉았다.

거실 창밖에서 밝게 빛을 발하며 들어오는 서울의 야경이 오늘 따라 유난히 구슬프도록 아름다웠다. 모든 것이 잘 진행되고 있다고 생각했다. 이제 유리도 자신에게 다시 돌아왔고, 비록 여전히 옛 추억과 기억은 떠올리지 못하고 있지만 그것은 차차 시간의 흐름에 따라 조금씩 찾아가면 될 일이었다. 걱정할 일도 못 되었다.

그런데 오늘 뜻밖에도 심상치 않은 메일 한 통이 그의 정신과 마음을 심란하게 흩트려 놓았던 것이다. 조금씩 불안한 기운이 엄습하기 시작했고, 초조해졌다. 자꾸만 머릿속에서 회전목마가 빙글빙글 돌아갔다.

부엌에서 위스키 병을 집어 들고 나오다 장식장 위, 가지런히 놓여 있는 액자 하나를 집어 들었다. 미카와 자신이 행복하게 활짝 웃고 있는 사진이었다.

조만간 하선은 유리를 이 집으로 데리고 올 계획이다. 그래서 모든 사실을 말하고, 함께 시카고로 건너가서 그 당시 행복했던 추억이 고스란히 담겨 있는 장소를 함께 걸으며 기억을 찬찬히 되짚어 보게 할 생각이다. 그 생각에 잠시 마음이 따뜻해지던 하선은 그러나 곧 오늘 받은 메일을 떠올리며 다시 심각해졌다.

[제 편지를 읽으면 분명 많이 당황하고 놀랄 것이라 사료됩니다. 그렇지만 꼭 알려드려야 하겠기에 용기를 내서 이 편지를 보냅니다.

오랜 시간 누군가를 좋아한 사람이 있습니다. 그 사람은 오로지 자신이 좋아하는 사람의 마음을 얻기 위해, 그 긴 시간을 고독과 외로움에 홀로 싸우며 견뎌 냈지요. 그리고 이제 천천히 다가가려 했던 걸로 보입니다. 그런데 자신이 좋아하는 사람이 다른 누군가를 사랑하는 절망적인 상황과 맞닥뜨렸습니다. 지금까지의 노력이 헛되고 쓸모없게 돼 버린 순간이지요. 그러니 지금, 그 사람의 심정이 어떨 것 같습니까? 아마 매우 비참하고 초라하겠죠.

그리고 애써 공들였던 물고기를 다른 사람이 채 간 것에 대한 엄청난 분노도 함께 느끼고 있을 겁니다.

그래서 그 사람이, 당신에게 나쁜 마음을 먹은 것 같습니다.

확실하진 않지만 제가 보기에 그렇습니다.

그러니 당신의 사랑을 포기하세요. 그래야만 합니다. 그래야만 혹시 일어날지도 모를 참혹한 사고를 막을 수 있을 겁니다.

저는 아무도 다치는 것을 원치 않습니다. 평화주의자거든요.

아, 참! 제가 누군지 알려 드리지 않았군요. 음……. 어떻게 설명하면 좋을지 모르겠으나……. 그냥, 이 사람을 무척이나 사랑하는 사람 정도로 이해하시면 될 겁니다.

저의 행복과 불행이 모두 이 사람의 손에 달려 있을 만큼 매우 소중한 사람입니다.

때문에 이 사람이 더는 상처 입고 다치는 것을 원치 않기에, 이렇게 알려 드리는 겁니다.

그러니 부탁합니다. 사랑을 포기해 주세요.

H로부터.]

'H로부터'의 H는 과연 누구일까! 메일을 받은 즉시 당신은 누구이며, 자신에게 나쁜 마음을 먹은 그 사람이 도대체 누구냐고 답장을 보냈으나 그 정체불명의 사람은 자신의 메일을 읽어 보지도 않고 있었다. 답답했다.

오늘 오프인 은지가 침대에서 일어나지도 않고 뒹굴고 있었다. 매사 무기력하고, 힘이 하나도 없었다.

띠리링~ 띠리링~

그때 전화벨이 울렸다.

"여보세요."

─나야, 자기. 오늘 쉬는 날인데 대학로로 연극 보러 갈래?

무열의 밝은 목소리가 전화기 너머에서 힘차게 전달되었다. 이 아이는 늘, 이렇게 밝고 명랑하다.

"어쩌지……. 나 오늘 좀…… 많이 피곤해. 쉬고 싶어……. 미안해. 연극은 다음에 보러 가자."

─많이 피곤해? 어디 아픈 건 아니고?

밝고 명랑하던 그의 목소리가 순식간에 걱정 가득, 근심 어린 목소리가 되었다. 목소리만으로도 그의 표정이 어떨지 짐작이 되자 은지는 순간 자신도 모르게 후후 웃었다.

"아픈 덴 없어. 그냥 좀 피곤해서 그래, 무열아, 오늘은 그냥 좀 혼자 있고 싶은데……. 이해해 줄 수 있지?"

─그래, 이해해. 사람이면 누구나 때로 혼자 있고 싶을 때가 있어. 나도 그러니깐. 그럼 자기야, 밥은 꼭 챙겨 먹고 쉬어요. 응? 낼 아침에 갈게.

"응, 고마워. 안녕."

─안녕.

무열과 전화 통화를 마친 은지가 다시 이불 속으로 몸을 숨겼다. 왜 아직까지도 그 남자 때문에 이렇게 힘들어하고 있는 것인지, 스스로도 이해가 잘 안 되었다. 마치 목에 걸려 빼지 못한 생선가시처럼 따끔거렸다. 어쩌면 4년 내내 인식을 못 했을 뿐, 계속 따끔거렸는지도 몰랐다.

그때, 또다시 전화벨이 울렸다. 모르는 번호였다.

"여보세요."

─나야.

쿵! 뜻밖의 전화에 은지의 심장 한쪽이 부서지듯 내려앉았다. 최강혁, 아니 최현우였다. 왜 이렇게 이 남자에게 계속 감정적으로 반응을 하는 것인가. 짜증이 울컥 밀려왔다.

"어쩐 일이죠?"

-좀 만나.

그의 목소리에서 냉랭함과 싸늘함이 묻어났다.

"만날 일 없어요."

-난 만나야겠어. 지금 집 앞이야. 나와. 안 나오면 내가 들어가.

그리고 바로 전화가 끊겼다.

머릿속으로 시끄러운 소음이 윙윙 일어났다. 마음을 차분히 가라앉힌 은지가 천천히 일어나 옷을 갈아입었다. 주차장으로 내려가니, 그가 차갑게 서 있었다.

"타!"

그가 자신의 차 문을 열었다.

"싫어요. 그냥 여기서 말해요."

"사람들 다 들어도 상관없단 말야?"

할 수 없이 은지가 조수석에 올라탔다. 바로 운전석으로 올라탄 최현우가 무표정으로 은지를 바라봤다.

"그동안 잘 지냈고?"

"상관할 바 아니잖아요. 용건만 말해요."

"혹시…… 유리 씨에게 내 얘기했어?"

"허! 그거였군. 그것 때문에……."

"했어. 안 했어?"

"왜요?"

"도와줘…… 은지야. 나 정말로 정유리 좋아해."

"미친놈……. 지금 그게 나한테 할 소리니? 뭐? 도와 달라고?"

은지가 어이없이 최현우를 바라보았다.

"그때 네게 못되게 군 건 사과할게. 미안했어. 그리고 벌써 꽤 오래전 일이잖아. 나도 지금 매우 황당해. 하필 유리 씨가 네 친구라니……. 하여튼 우리 사이는 이제 아무것도 아니잖아. 더 이상 아무런 감정도 없잖아. 그러니 내가 정유리를 좋아하면 안 될 이유는 없다고 보는데."

"너, 유리가 내 룸메이트라는 것 알고 있지 않았니? 그 당시 내가 사진도 보여 주고 했잖아."

"그렇게 오래전에, 얼핏 본 사진 속 여자를 어떻게 기억해? 말도 안 되는 소리 마."

잠시 어색한 침묵이 흘렀다. 멀리 청명한 가을 하늘로 빨간색 풍선 하나가 둥둥 떠 가는 것이 보였다. 누가 잃어버린 풍선일까.

그 당시 은지는 유리에게 자신이 진심으로 사랑하는 사람인 이 남자를 몇 번이나 소개시켜 주려 했었다. 자기와 가장 친한 친구에게 사랑하는 남자를 보여 주고 자랑하고 싶은 그 또래 여자의 순수한 마음이었다. 그런데 이 남자가 완강하게 거부했었던가. 그런 유치한 만남, 정말로 싫다고 했었던 것도 같았는데…….

그런데 지금 이 남자가 유리를 좋아한다고 한다. 웃기다. 웃기고 어이가 없다.

둥둥 떠 가던 빨간 풍선이 곧 어디론가 사라졌다. 순간, 은지는 이 남자 때문에 받은 자신의 상처도 저 풍선처럼 멀리 둥둥 날아가다가 사라져 버렸으면, 그래서 기억조차 나지 않았으면 좋겠다는 생각이 들었다.

"하나만 물어볼게. 그 당시, 나한테 왜 그런 거니?"

"뭘?"

"왜, 왜 그렇게 무참하게 사람의 진심을 짓밟은 거였냐고."

"그런 적 없어."

너무나도 단호하게 말하는 최현우 때문에 은지는 기가 막혔다.

"나에 대한 진심은 정말로 하나도 없던 거였니? 그저 네가 말한 대로 나는 엔조이 대상이었던 거야?"

최현우가 얼굴 가득 인상을 찌푸렸다. 그 표정에 짜증과 귀찮음이 가득 들어 있었다.

"미치겠군. 갑자기 4년 전 일은 왜 꺼내는 건데? 그때 이미 다 끝난 일을 왜 자꾸 들춰내냔 말이야!"

"난 아직 끝나지 않았어! 너 때문에 4년 내내 아팠고, 아직도 아프다구!"

"웃기고 있군. 그건 네 사정이지, 나한테 이럴 일은 아니지! 네가 네 감정 정리 못 한 걸 왜 나한테 뒤집어씌우냐! 좋아. 말해 주지. 그 당시 넌 내게 오로지 엔조이 대상일 뿐이었어. 그 이상은 아무것도 아니었다구. 그러다 네가 싫증나서 떠난 거구. 이제 됐냐? 이제 속이 후련해?"

순간 은지의 마음이 찢어질 듯 아파 왔다. 두 번씩이나 이 남자에게 자신의 진심이 난도질당했다는 생각이 물밀 듯이 밀려왔다.

"나쁜 자식! 경고하는데, 유리한테서 떨어져. 너 같은 놈은 여자를 만날 자격도 없어!"

"정말로 웃기고 있네!"

"그리고 유리, 이미 만나는 사람 있어. 그러니 여기서 떨어져. 더 이상 귀찮게 하지 말라고."

"그건, 내가 알아서 할 일이야. 내려! 더 이상 너와 할 말 없겠다."

264

은지가 내리자마자 최현우는 바로 사라졌다.

누구는 사랑을 통해 행복과 축복을 얻는다고 하던데, 자신은 사랑을 통해 배신과 고통을 얻었다. 그리고 다시는 사랑에 진심을 담을 수 없게 되었다. 하하, 잠시 허탈한 웃음을 짓던 은지가 자괴감에 멍하게 서 있는데, 누군가 조용히 다가왔다.

"자기야."

손가락 하나 까딱할 기운도 없었던 은지가 살며시 고개를 들었더니, 무열이 부드럽게 미소 짓고 있었다. 언제부터 와 있었던 걸까. 자신이 최현우와 함께 있었던 장면을 다 본 것인가. 그런데도 이 남자, 아무것도 물어보지 않는다.

"무열아······. 어떻게?"

"이거!"

그러면서 그가 자신의 손에 들려 있던 죽 봉지를 흔들었다. 은지가 그것을 멍하게 바라보았다.

"분명히 자기 아무것도 안 먹고 누워 있을 것 같아서······. 걱정이 돼서 미치겠더라고."

순간, 은지의 마음속 상처에 또 한 번 빨간약이 덧발라지는 것처럼 따끔거리고 쓰라려 왔다.

"······고마워."

"꼭 먹어야 해. 먹기 싫어도 조금이라도 먹고 쉬어. 알겠지?"

"······응."

그렇게 무열은 은지의 손에 죽 봉지를 넘겨 주고, 빨리 들어가 쉬어, 난 조금 뒤에 오후 수업 있어서 바로 가 봐야 해, 이따 전화할게, 하며 언제나 그렇듯 해맑은 미소와 함께 사라졌다.

집으로 들어와 무열이 사다 준 죽의 포장 용기를 열었더니, 참기름의 고소한 냄새가 코끝으로 다가와 머물렀다. 뜨거운 김이 모락모락 솟아올라 왔다.

초등학교 5학년 때였나. 겨울방학을 맞아 할머니 집에 내려갔을 때, 하루 종일 맹렬하던 추위도 아랑곳 않고 밖에서 썰매를 타다 그만 지독한 감기에 걸렸을 때, 약국에서 지어 준 독한 약을 먹고 온몸으로 식은땀을 흘리며 따뜻한 아랫목에서 잠을 자고 일어났을 때, 할머니가 손수 몇 시간 동안 불 앞에서 정성 들여 끓여 주셨던 그 흰죽이 떠올랐다.

그때의 그 죽도 지금처럼 고소한 참기름의 냄새를 풍겼었는데. 그 내음에 자신을 향한 할머니의 지극한 사랑도 함께 느껴졌었는데. 지금 이 죽에서, 그때처럼 잔잔한 감동이 느껴지는 건 왜일까……?

"아쉽군."

하선의 표정은 정말 아쉬움으로 가득했다. 조수석에 앉은 유리가 부드럽게 미소 지으며 그의 손을 잡았다.

"내일 또 보잖아요."

"그래도 아쉬워……. 저녁이라도 같이 하면 좋을 텐데……."

"미안해요. 그런데 은지가 요즘 좀……."

"알았어. 들어가서 은지 씨 잘 챙겨 주고, 이따 통화하자."

그러면서 하선이 유리를 껴안았다. 정말로 헤어지기 싫었다. 떨어져 있던 시간이 길었던 만큼 그 시간을 보상이라도 받으려는 듯, 하선의 아쉬움은 시간이 지날수록 깊어만 갔다. 그녀와 함께였지만, 늘 목말랐다. 늘 그리웠다.

이미 그녀가 없었던 시간이 얼마나 끔찍하고 괴로운 것인지를 경험했기 때문일까. 그녀가 옆에 있어서 행복하고 기뻤지만, 한편으로 불안하기도 했다.

유리가 이제 그만 그의 품에서 벗어나려 하자 그가 그녀를 더욱 세게 끌어안았다. 놓기 싫었다. 계속 이렇게 유리를 자신의 품에 안고 죽을 때까지 살고 싶었다.

"잠시만……. 잠시만 더 이러고 있을게. 아……. 정말 헤어지기 싫다."

"후후……. 점점 어린아이처럼 투정이 늘어요."

"뭐? 아이? 하하하. 그럼 내가 계속 투정부리면 안 갈 건가? 아님 나도 같이 들어가서 은지 씨 함께 위로해 줄까? 나도 위로 잘 하는데……."

입을 쭉 내밀고 정말 아이처럼 투정부리는 그 때문에 유리는 그만 하하, 크게 웃었다. 그리고 그의 뺨에 살며시 키스했다.

"음……. 좋다. 여기도."

하며 자신의 입술을 유리의 얼굴 앞으로 쭉 내밀었다. 이에 그곳에도 살며시 입을 맞추자, 이때가 기회다 싶었던 그가 유리의 얼굴을 두 손으로 잡고 깊고 달콤한 키스를 퍼부은 후에야 그녀를 놓아줬다. 조금 전까지 아쉬웠던 표정이 만족스럽게 변해 있었다.

"이제 그만 가세요."

"그래."

유리가 차 문을 열고 내리자, 하선이 따라 내렸다.

그리고는 유리의 손을 잡고 아파트 입구까지 함께 걸어가서 엘리베이터를 타고 올라가 유리가 집 안으로 들어가는 것까지 확인한 다음, 그제야 그는 자신의 집으로 향했다.

정체불명의 수상한 메일을 받은 다음부터, 그렇게 해야만 안심이 되었던 것이다.

'아예 이리로 이사 올까⋯⋯. 아님 우리 집에서 같이 살자고 할까⋯⋯.'

같이 산다, 같이. 순간 무슨 생각을 했는지, 그의 눈빛이 반짝이더니 운전을 하는 내내 싱글벙글이었다.

집으로 들어오자 은지가 넋을 놓은 표정으로 소주를 홀짝이고 있다. 안주는 아까 무열이 사다 준 죽이 전부였다. 소주 한 모금, 죽 한 숟갈, 이런 식으로 혼자만의 시간을 보내던 은지가 유리를 보자 환하게 웃었다.

"어? 유리네! 정유리네! 유리다. 진짜 유리야. 내 절친 정유리. 이히히히!"

"아유. 술 냄새. 얼마나 마신 거야? 아침에 몸살기 있다더니만 몸은 좀 괜찮아?"

"응. 응, 괜찮지, 괜찮고말구. 난 무쇠로 만든 인간인데. 그래서 심장도, 머리도 무쇠! 아무것도 느끼지도 생각하지도 못하는 무쇠! 으흐흐흐! 한잔할래?"

"그래, 한잔 줘 봐."

맑은 액체가 담긴 컵을 건네주는 은지의 손에 힘이 하나도 없었다. 눈동자에도, 표정에도 힘이 없어 보였다. 무언가를 견뎌 내기 위해 필사적으로 안간힘을 쓰고 있는 듯 그녀의 몸짓은 한없이 힘에 겨워 보였다.

"은지야⋯⋯. 이제 말해 봐. 너 요즘 힘들잖아. 뭣 때문에 그러는 건지 말해 줘. 나한테 다 말하고, 털어 버려. 혼자 가슴에 담아 두고 끙끙대지 말고. 응?"

잠시 초점 없는 눈동자로 유리를 바라보던 은지는 이내, 괴로움 가득한 표정으로 눈물을 흘리기 시작했다.

"그 사람…… . 최강혁…… . 그 사람 만났어…… ."

"아! 어떻게…… ."

은지의 말에 유리는 아무런 대꾸도 할 수 없었다. 4년 전, 은지는 그 최강혁이라는 남자 때문에 웃고, 울고, 기뻐하고, 슬퍼했다. 그리고 결국에는 사랑을 믿지 않게 되었다.

유리는 그만, 소주잔에 자신의 눈물을 떨구고 있는 은지를 바라보며 할 말을 잃었다. 그 어떤 말로도 위로가 되지 않을 것임을 너무나도 잘 알았기 때문이다.

"있지…… . 유리야. 나…… 지금 내 머릿속 뇌를 모두 끄집어내서, 깨끗하고 맑은 이 소주에 씻어 버리고 싶다…… . 그래서 그 나쁜 놈에 대한 내 기억이 모두 사라진다면, 그럴 수만 있다면 칫솔로 박박 문질러서라도 그렇게 하고…… 싶어…… ."

"은지야…… ."

유리가 은지에게 다가가 그녀의 가녀린 어깨를 보듬어 안았다. 이렇듯 끊임없는 고통과 절망을 안겨 주는 것이 사랑이라면 은지는 다시는 사랑 따위 믿고 싶지도, 하고 싶지도 않았다.

"대~박! 대~박! 대박, 대박!"

월요일 아침, 다들 느긋한 모닝커피를 즐기고 있는데 조금 늦게 출근한 한소미가 호들갑을 떨며 들어왔다. 자신의 빅 백을 내려놓지도 않고는, 그냥 그 자리에 서서 직원들을 향해 눈을 부릅떴다. 그런 한소미를 사람들이 의아하게 바라보았다.

"왜 또 그러는데?"

아침부터 시끄럽게 등장한 한소미가 다소 못마땅했던 김아라는 미간을 좁혔다.

"저 지금 글로벌현장팀 이민정 씨랑 같이 출근했는데요. 대박 소식을 들었어요."

한소미가 마치 듣고도 믿을 수 없다는 표정으로 서 있었다.

"대박 소식?"

"네, 글쎄, 우리 팀장이랑 글로벌팀 민수진 팀장이 서로 사귀는 사이래요!"

꿀꺽! 순간 메일을 체크하고 있던 유리가 한소미의 날벼락 같은 소식에 그 자리에서 그대로 돌처럼 굳어 버렸다.

"뭐어?"

커피를 마시다 김아라가 눈을 똥그랗게 뜨며 믿을 수 없다는 표정으로 한소미를 바라보았고, 김태평과 나머지 직원들도 자리에서 살며시 일어나며 호기심을 드러냈다.

"확실한 거예요?"

김태평이 재차 그 소문의 진위를 확인했다.

"네, 확실하대요. 둘이 미국에서부터 애인 사이였다던데요? 둘이 같은 학교에서 박사학위도 같이 받았대요. 이번에 민수진 팀장이 한국에 나온 것도, 그리고 우리 회사로 이직한 것도, 다 이하선 팀장 때문이래요. 우리 팀장이 원장님한테 민수진 팀장 추천해서 이리 온 거래요. 그리고 더 대박 소식은……."

"또 있어? 대박 소식이?"

"네, 둘이 곧 결혼한대요. 세상에! 오 마이 갓! 우리 팀장, 그 냉혈한이 결혼을 한다니 믿겨지세요? 설마 자기 여자한테는 그렇게 차갑게 굴진 않겠죠?"

"진짜야? 진짜 결혼한대? 그건 어떻게 알았대?"

"그 글로벌팀에 또 다른 어떤 직원이, 며칠 전에 백화점에서 우연히 우리 팀장을 봤는데요. 세상에 까르띠에 매장에서 반지를 고르고 있더래요. 그건 뭘 의미한다고 생각하세요?"

"프러포즈!!"

김태평과 김아라가 동시에 소리쳤다.

"딩동댕! 아귀가 딱딱 맞잖아요. 어쩐지 민수진 팀장 온 뒤부터, 우리 팀장 어딘가 모르게 좀 달라진 것 같지 않으세요?"

뭔가를 생각하던 김아라가 손뼉을 치며 한소미의 의견에 맞장구를 쳤다.

"맞다, 맞아! 정말 그렇네. 요즘 너무너무 부드러워졌어. 전에 비해서 웃기도 잘하고. 캬아! 역시 사랑이구나. 그 냉혈한에 싸가지 이하선도 사랑을 하니깐 사람이 달라지네, 완전 달려졌어. 그치? 정유리! 너도 요새 그렇게 느꼈지?"

"네? 아……. 네, 네……."

유리가 당황하며 간신히 답을 하고는, 아무렇지 않은 듯 보이려 했으나 굳어진 얼굴은 쉽게 펴지지가 않았다.

"야아! 완전 쇼킹이다. 그나저나 정말 프러포즈하려고 반지 산 건가?"

"아이, 과장님도. 왜 갑자기 남의 다리는 긁고 그러세요. 여태 그렇다 얘기해 놓고. 확실하다고요. 민수진 팀장한테 프러포즈하려는 거예요. 조만간 청첩장 돌리겠는데요?"

"아! 그나저나, 정말 부럽다. 까르띠에 반지라니⋯⋯."

"그러게요. 여자라면 누구나 하나쯤은 갖고 싶은 명품 반지죠. 휴우~"

그녀들의 대화를 조용히 듣고 있던 유리의 심장이 조금씩 빨라지고 있었다. 분명 헛소문임을 잘 알았지만, 그래도 기분이 별로 좋지 않았다. 사실, 하선과 수진이 친한 것은 사실이었기 때문이다.

특히 민수진, 그 여자가 하선을 바라보는 눈빛과 행동은 얼마나 끈적거리며 유혹적인지, 생각만 해도 화가 솟구쳤다. 하선이 반지를 샀다는 말은 귀에 들어오지도 않았다.

이에 유리가 벌떡 일어나, 사무실 밖으로 나왔다. 가슴이 답답했다.

이 말도 안 되는 소문이 어디까지 퍼졌을까!

어쩌면 이미 회사 전체에 다 퍼졌을지도 모를 일이다. 원래 사람들은 남의 얘기하는 것에 엄청난 희열을 느끼지 않던가. 특히 하선처럼 잘나고 관심을 한 몸에 받고 있는 사람의 소문일수록 더 그렇다. 마치 날개를 달고 훨훨 날아다니며 소문을 뿌리는 것처럼, 순식간에 퍼져 나간다.

사람이 없는 곳, 간이 공원에 나오자 서늘한 가을공기가 뺨에 차갑게 다가왔다. 하늘은 그녀의 마음을 반영이라도 한 듯 먹구름을 잔뜩 껴안고 있었고 저 멀리서 그르렁, 그르렁 짐승의 낮은 울음소리처럼 들끓기까지 하고 있었다. 곧 비라도 쏟아질 기세였다.

아니나 다를까, 갑자기 번개가 번쩍 하늘을 쩌억 갈라놓더니, 3초 후에 우르릉 쾅쾅!

천둥소리가 세상을 찢어 놓을 듯 요란한 굉음을 내질렀다. 이에 유리는 놀라기보다 의미심장한 미소를 씩 지었다. 바로 다음번 천둥소리에 맞춰 신나게 한 번, 제대로 웃어 보려 마음먹은 것이다.

우울하거나 가슴이 답답할 때마다 그녀가 써먹는 방법. 바로 미친 듯 웃어 대기!! 잠시 기다렸더니 또 한 번 하늘에서 번쩍 전류가 찌르륵 번졌다 사라짐과 동시에 곧이어 우르릉쾅쾅!!

"아하하하하! 아하하하하! 아하하하하!"

유리가 미친 듯이 소리 높여 웃기 시작했다.

'아무렴 어떠냐. 소문 따위가 무슨 상관이냐. 그 남자가 사랑하는 여자는 바로 난데! 내가 그 남자와 현재 뜨겁게 사랑하고 있는 사인데. 그 남자의 애인은 민수진이 아니라, 바로 나! 정유리인데. 아하하하하!'

얼마나 웃었던가. 이제야 속이 뻥 뚫린 듯 후련하다 못해 시원했다. 살짝 미소를 머금은 유리가 외모를 단정히 매만지고는 사무실로 천천히 돌아왔다.

들어오자마자 갑자기 김아라가 공포에 짓눌린 표정으로 유리를 바라보았다. 그런데 공포스러운 얼굴은 비단 김아라뿐이 아니었다. 한소미와 김태평, 심지어 최현우까지 다소 뭔가 겁에 질린 표정을 짓고 있었다.

"정유리!"

"네? 과장님. 무슨 일 있으세요?"

"너도 혹시, 그 괴상한 웃음소리 들었어?"

"네?"

"아, 있잖아. 조금 전 밖에서 완전 으스스한 여자 웃음소리가 들렸다고. 안 그래도 날씨가 이래서 으스스한데 그런 소리까지 들리고 말이야. 아무래도 회사에 떠도는 소문이 사실인가 봐. 무서워."

"그러게요. 몇 달 전 밤에도 이런 기괴한 웃음소리가 들려서 야근하던 사람들이 무서워 줄행랑을 쳤다던데……."

한소미가 심각한 표정으로 말했다.

"몇 달 전에도?"

"네, 한 달 전인가 교수학습팀 사람들이 너무 바빠서 모두 야근을 하고 있었는데, 글쎄 갑자기 어디선가 미친 여자 웃음소리가 들려와 모두 혼비백산하고 도망갔다잖아요. 그 뒤로 그 팀은 될 수 있으면 야근하지 않는데요."

순간, 유리의 양심이 뜨끔거려 왔다. 한 달 전이면, 자기도 팀장 때문에 잔뜩 열 받아 혼자 야근을 하던 날이었다. 그날도 아마 혼자 남은 사무실에서 우울한 마음을 전환시키고자 미치도록 웃었었던 기억이……. 아마 한여름이라서 창문을 활짝 열어 놓았을 것이고…….

"아유! 무서워. 원래 큰 건물마다 귀신이 산다며."

"네, 그렇데요. 특히 학교나 이런 회사 건물에는 반드시."

"아아! 다 뻥입니다. 다 미신이라고요. 모두들 그만하시죠."

더 이상 듣고 있기 괴롭던 김태평이 손사래를 치며 그녀들의 대화를 중단시켰다.

유리는 슬그머니 고개를 숙이고 자리로 돌아와 앉았다. 이제, 다시는 회사에서 그렇게 웃지 않겠다, 다짐하며 말이다.

점심시간이 지나고, 화장실에서 양치질을 하고 나오던 유리가 복도 끝 저 멀리서 하선과 민수진이 활짝 웃으며 나란히 걸어오고 있는 것을 보았다. 간부회의가 끝나고 같이 점심을 먹었나 보다.

여전히 민수진은 하선을 향해 그윽하고 유혹적인 눈길을 마구마구 뿌려 대고 있었고, 하선은 그저 빙그레 웃고만 있을 뿐이었다. 이곳저곳에서 직원들이 지나가며, 그 둘을 유심히 호기심 어린 표정으로 바라보고 있다는 사실도 모른 채 말이다.

갑자기 그 모습에 오전 내내 진정시켜 놓았던 유리의 질투심이 급기야 화산 폭발하듯 촤악! 터지고 말았다. 점점 이쪽으로 다가오던 하선이 싸한 표정으로 그를 노려보고 있는 유리를 발견하고는 환하게 웃었다.

민수진에게 지어 보이던 예의상 미소가 아니라, 진심에서 우러나오는 사랑이 가득 담긴 진짜 미소였으나 이미 질투심에 눈이 멀어 버린 유리는 그 미소를 무시한 채 쌩하니 사무실로 들어가 버렸다. 그런 유리의 모습에 잠시 하선이 의아한 표정을 지었다.

삐삐! 내선번호 373. 그의 호출이었다.

"네!"

그녀의 말투가 냉랭했다.

—좀 오시죠. 정유리 씨.

"네."

비밀연애는 이래서 힘든 것인가 보았다. 끓어오르는 화로 그에게 가고 싶지 않았는데, 자신을 쳐다보는 눈들 때문에 속마음을 감춘 그녀는 어쩔 수 없이 그에게 가야만 했다.

천천히 방문을 열고 들어갔더니, 하선이 팔짱을 낀 채로 자기 책상에 기대어 서서는 그녀를 물끄러미 바라보고 있었다. 유리는 그의 시선을 피하고자 눈을 아래로 내리깔았다. 표정에 서늘함과 싸함이 묻어났다. 그 모습에 하선이 고개를 갸우뚱했다. 그러고는 살며시 웃었다.

"왜? 뭣 때문에 우리 아가씨께서 화가 나셨을까?"

그가 낮고 그윽하게 말했다.

"화…… 안 났어요."

화나지 않았다고 말하는 그녀였지만, 표정과 말투는 확실하게 화가 나 있었다. 그러자 하선이 천천히 나가와 서서는, 그녀의 얼굴을 두 손으로 감싸 쥐고는 유리의 눈을 그윽하게 바라보았다.

"점심은 잘 먹었어?"

"네."

"오전에 별일은 없었고?"

"네."

"내가 자료 찾아 달라는 건 다 찾았고?"

"네."

"설문분석 결과 요약은 했어?"

"네."

끊임없는 그의 질문에 유리가 하선의 시선을 회피하며 건성건성 답했다. 표정은 여전히 못마땅함이 가득했다.

"나 보고 싶었어?"

"네. 네? 아, 아니……."

순간, 하선이 씨익 웃더니 유리의 입에 살짝 입을 맞추었다. 달콤하고 짜릿하고 부드럽고 좋았다.

'아이……. 지금 나 화났는데……. 왜 이렇게 좋은 거야……!'

짧은 입맞춤이 끝나자 하선이 유리를 깊게 끌어안았다.

"오전 내내 보고 싶어서 혼났어."

"진짜요?"

"응. 진짜. 미카, 이제 말해 보시지. 왜 화가 났는지……."

"화 안 났다니깐요!"

그때 누군가의 방문에 화들짝 놀란 유리가 재빨리 그의 품에서 떨어져 나와 정신을 수습하고 있는데, 문이 열리며 민수진이 들어왔다.

"호호호호호! 하선. 이하선 팀장!"

"어……. 어어. 민수진 팀장."

갑작스런 그녀의 등장에 하선도 조금은 당황한 눈치였다.

"어? 정유리 씨도 있었네요. 볼일 다 봤음 자리 좀 비켜 줄래요?"

민수진이 유리를 보고 친절하게 웃었다.

"왜? 정유리 씨 있으면 안 되는 일이야?"

하선이 차분한 톤으로 말했다.

"응, 사적인 이야기라서, 좀 그렇네……."

이에 유리가 살며시 고개를 끄덕이고는 싸한 눈길로 사무실을 나왔다. 다시 싸늘해지는 유리의 표정을 유심히 바라보던 하선은 자꾸 그녀가 신경 쓰였으나, 민수진이 회의용 탁자에 앉는 바람에 어쩔 수 없이 따라 앉았다.

"무슨 일?"

"호호호호호!"

민수진은 자꾸만 웃었다.

"왜 그러는데?"

하선이 호기심 가득한 표정으로 말했다.

"있지. 호호호호호. 회사 전체에 우리가 서로 사귀는 사이고, 조만간 결혼할 거라는 소문이 쫙 돌았어. 호호호호호. 웃기지 않니?"

정말 너무너무 재미있다는 듯 민수진이 끊임없이 웃었다. 이 모습에 하선은 그제야 유리의 싸늘한 반응이 이해가 되기 시작했다.

더불어 그도 민수진과 함께 어이없이 피식 웃었다.

"어쩌다 그런 소문이 났대?"

"우리가 너무 친해 보여서 그랬겠지. 호호호호. 이참에 진짜 우리 그냥 확 사귈래?"

"실없는 소리 말고, 가서 일해라. 그런 소문 따위에 휩쓸리지 말고."

그 말에 민수진이 순간 진지해졌다.

"이하선, 실없는 소리 아니야. 알잖아, 내 마음. 언제까지 나 이렇게 외롭게 둘 거야? 이쯤 기다렸음 이제 그만 내게 와 주면 안 돼?"

"휴우. 수진아, 민수진. 미안해. 실은 나 지금 만나는 여자 있어."

잠시 민수진의 동공이 심하게 흔들리는가 싶더니, 그녀가 고개를 갸웃하며 하선을 바라보았다.

"만나는 여자가…… 있었어?"

"응."

"누군데?"

"지금은 말해 줄 수 없어. 나중에…… 말해 줄게. 아직은 때가 아니야."

"믿을 수 없다. 그동안 그 어떤 여자도 받아들일 수 없던 네가 어떻게……. 사랑인 거니? 그 여자?"

"응, 사랑이야. 진심으로."

"……"

민수진이 믿을 수 없다는 듯 입을 다물지 못했다. 미국에서 하선을 만난 건 박사 과정에 들어가면서부터였다. 항상 고독하게 혼자 다니던 그에게 큰 상처가 있다는 사실을 그의 오래된 친구에게 들어서 알게 되었고, 그 상처가 자신이 지니고 있던 상처와 너무나도 똑같이 닮아 있어서 그에게 이심전심의 마음으로 다가갔다.

민수진도 사랑하던 남자를 먼저 하늘로 보내야 했던 아픈 과거를 지니고 있었던 것이다. 이에 하선도 민수진만큼은 밀어내지 않았다. 그것은 그저 같은 아픔을 지닌 사람으로서, 친구로서 그렇게 서로를 의지했던 것이었다.

그런데 하선과 달리 수진의 마음에 변화가 일어났다. 천천히 그가 남자로 다가오기 시작했던 것이다. 그런 마음을 고백했을 때, 하선은 단호하게 거절했다.

자신은 그 어떤 여자도 받아들이지 못한다고 했다. 심장이 뛰지 않는다고도 했다. 그렇기 때문에 수진에게 올 수 없다고 했다. 그래도 수진은 기다리겠다고 했다. 한결같은 마음으로 그를 향해 진심을 다하면 언젠가는 하선의 마음이 열리고, 자신을 향해 심장이 뛰는 날이 분명히 다가올 것이라 기대했던 것이다. 그런데 지금, 그에게 사랑하는 여자가 생겼단다.

갑자기 하늘이 폭삭 내려앉는 기분에 몸이 무거워졌다.

"하하! 하선아, 축하해. 그리고 정말 궁금해. 네 심장을 뛰게 만든 그 여자가 과연 누군지. 나중에 꼭 소개해 줄 거지?"

"그럼. 고마워. 축하해 줘서."

"당연하지. 우린 친군데……."

그리고 수진이 서둘러 자리를 떠났다. 이미 오랜 시간을 친구로 지내온 터라, 충격이 그렇게 크지 않을 것이라 생각했다. 그런데 자기 자리로 돌아온 수진의 전신으로 식은땀이 자꾸만 비어져 나왔다. 몸에 작은 경련도 일었다. 아무래도, 충격이 생각보다 큰가 보다.

수진이 돌아간 사무실에 혼자 남겨진 하선이, 자리 자리에 앉아 무언가를 골똘히 생각하고 있었다.

'흠⋯⋯. 이미 소문이 회사에 다 퍼졌다 이거지⋯⋯.'

보지 않아도 알 수 있었다. 사무실에서 사람들이 얼마나 시끄럽게 자신과 민수진에 대해 떠들며 호들갑을 떨었을지를. 그 한중간에서 유리의 마음은 시꺼멓게 타들어 갔겠지.

보지 않아도 그녀의 마음이 이해되었다. 그러자 하선은 이대로 가만히 있을 수 없었다. 조금이라도 그녀의 마음을 가볍게, 편안하게 만들어 주고 싶었던 것이다.

갑자기 하선이 벌떡 일어나더니 사무실을 나와 성큼성큼 어딘가로 걸어가기 시작했다. 그의 표정은 단호하고 분명했다.

유리는 아까부터 괴로운 표정으로 앉아 있었다. 오전부터 지금까지 하선과 민수진에 대한 얘기가 끝나지 않고 있었기 때문이다.

"세상에, 세상에. 진짜?"

"네, 오늘 간부회의 때도 둘이 어찌나 꼭 붙어 앉아서는 다정하게 굴던지⋯⋯. 장난 아니었데요."

"이제, 결혼할 사이니 사람들 시선 따위 의식하지 않겠다 이건가?"

"그리고요⋯⋯. 또⋯⋯."

똑똑! 벌컥! 그 순간 사무실 안으로 하선이 짜잔 등장했다. 갑작스런 그의 등장으로 하선에 대한 얘기로 신이 나서 시간 가는 줄모르던 김아라와 한소미 등은 순식간에 얼음이 되었다.

"어, 어. 티, 팀장님⋯⋯."

"기분 좋은 월요일입니다. 모두 점심은 맛있게 드셨나요?"

하선이 환한 미소로 그들을 하나씩 둘러보며 말하자, 고개만 끄덕일 뿐 모두 당황하여 꿀 먹은 벙어리가 되었다.

"네네. 팀장님도 맛있게 드셨죠?"

잠시 멍하던 김아라가 이내 정신을 차리고 상냥한 미소를 지으며 답했다.

"네, 잘 먹었습니다. 그래서인지 아주 배가 부르네요. 특히 오늘은 회사 전체에 퍼진 저에 대한 헛소문도 함께 소화시켜야 되는 상황이라서 그런지 소화제라도 먹어야 될 판입니다. 하하하."

"⋯⋯헛!"

모두의 표정에서 당황함이 묻어 나왔다. 그러나 하선은 그들의 표정 따윈 아랑곳없이 그저 묵묵히 자기의 말만 계속 이어 나갔다. 유리는 그저 말없이 그의 얼굴만 물끄러미 바라볼 뿐이었다.

"아무래도 제가 제 입으로 직접, 지금 떠돌아다니고 있는 소문에 대한 진실을 밝혀야 될 것 같아 이렇게 왔습니다. 어떤가요? 진실⋯⋯. 듣고 싶으신가요?"

"아! 그럼요. 팀장님. 당연히 듣고 싶죠. 호호호."

"네네, 하하."

당연하지. 당연히 듣고 싶지. 뜬구름처럼 출처불명의 소문보다는 당사자가 직접 말하는 진실은 누구나 듣고 싶은 법이다.

"좋습니다. 그럼 말씀드리죠. 일단 저와 민수진 팀장이 사귄다는 소문은 사실이 아닙니다. 우리는 미국에서부터 친한 친구였고, 그래서 스스럼없이 대했던 부분에서 여러분들의 오해가 있었던 것 같습니다. 앞으로는 이 부분에 대해 저도 민 팀장도 서로 조심할 생각이니 더 이상 오해가 없으시길 바랍니다. 그리고 저는 현재 민 팀장이 아닌 다른 여자와 사랑에 빠져 있습니다. 말 그대로 사귀는 여자가 있다는 말입니다. 그 여자의 이름은⋯⋯."

잠시 하선이 말을 멈추고 유리를 지그시 바라보았다. 그러자 유리의 심장박동이 점점 빨라지기 시작했다. 그리고는 보일락 말락 고개를 살며시 저으며 눈빛으로 간절하게 말했다.

'안 돼요. 제발 말하지 말아요. 제발······.'

그러자 하선이 자상하게 미소 짓더니 김아라와 한소미 등에게로 시선을 옮겼다.

"제가 사랑하는 여자의 이름은 민수진이 아니라 바로, 미카! 미카엘라입니다."

하선의 그녀이름이 미카엘라라는 말에 모두 놀라운 눈빛을 지었고, 유리는 보이지 않게 안도의 한숨을 내쉬었다.

"그러니 혹 다른 사람들이 저와 민 팀장과의 관계에 대해서 계속 떠들고 다닐 때 여러분이 진실을 말씀해 주셨으면 합니다. 우리는 한 팀이니 말입니다. 정중하게 부탁드려도 될까요?"

정중하고 예의 바르게, 그리고 매우 따뜻하게 말하는 하선의 모습에 잠시 어리둥절하던 김아라가 공감의 눈길로 하선을 바라보았다.

"아, 네네. 그럼요. 팀장님. 당근 저희가 해야죠. 우리는 한 팀이니 말이에요. 호호호. 그나저나, 엉뚱한 분과 스캔들이 나서서 참······. 팀장님 속상하셨겠어요."

"네, 속상합니다. 무척이나요! 하하하."

하며 하선이 크게 웃었다. 이 모습에 팀원들은 저 사람이 정말로 까칠 대마왕 이하선이 맞는지, 자꾸 저렇게 허파에 바람 빠진 사람처럼 웃어 대는 저 남자가 어디가 아픈 건 아닌지, 잠시 의심의 눈초리로 바라보다 모두 따라 웃었다. 그때 하선의 따뜻하면서도 부드러운 모습을 생전 처음 봐서 잠시 넋을 놓고 있던 한소미가 재빨리 끼어들었다.

"네네. 팀장님 걱정 마세요. 제가 책임지고 이 헛소문 바로잡아 놓겠습니다! 팀장님이 사귀시는 분께서 이 사실을 아셔 봐요. 얼마나 속상하시겠어요. 호호호. 제가 책임을 다해서 이 소문이 거짓임을 밝히겠습니다."

한소미가 정의감에 불타오르는 표정을 지었다.

"그런데 팀장님, 그 사귀신다는 분하고는 결혼까지 하실 생각이세요?"

김태평이 호기심을 반짝이며 물었다. 언제 이 사람과 이렇게 개인적이고도 사적인 대화를 나눠 보겠는가 말이다. 이때가 기회다 싶은 김태평이 눈을 반짝였다.

"네, 조만간 할 예정입니다. 결혼!"

그의 단호하고 분명한 대답에 유리는 그만 자기도 모르게 얼굴이 붉어지고 말았다. 그리고 좋아서 자꾸만 입술이 벌어지려는 것을 간신히 참고 있었다. 그런 유리의 모습을 살짝 바라본 하선이 부드럽게 웃고 있었다.

"와아!!! 팀장님 축하드려요. 멋지시다."

"네네, 축하드립니다."

짝짝짝!! 박수가 쏟아져 나왔고, 사람들은 자신들에게 가장 먼저 진실을 말해 준 하선에게 감동의 눈길을 보내고 있었다. 갑자기 '우리는 한 팀'이라는 말에 결속력이 강해진 것인가. 팀장을 몰아내겠다며 이를 갈던 때가 엊그제 같은데, 모두들 이 사실은 까맣게 잊어버린 듯 보였다.

그 이후, 적극적으로 소문이 진실이 아님을 알리고 다닌 김아라와 한소미 때문에, 하선과 민수진이 사귄다는 소문은 차차 사그라져 갔다. 대신, 하선의 여자 친구는 한국인이 아닌 미카엘라라는

이름을 지닌 미국인이라는, 새로운 소문이 회사에 무성하게 떠돌
아다니기 시작했다.

"오늘 수고했어요."

김아라가 가방을 들고 일어서며 말했다.

"네, 수고하셨습니다!"

퇴근 시간은 언제나 즐겁다. 모두의 표정에서 미소가 번져 나왔다.

"정유리 씨는 퇴근 안 해?"

할부로 샀다는 명품 백을 가슴에 아기 안듯 품은 한소미가 컴퓨
터를 들여다보고 있는 유리를 향해 말했다.

순간 며칠 전 예보 없이 쏟아진 빗줄기에 다른 사람들은 자신의
가방을 우산 삼아 뛰었던 반면, 한소미만 가방을 품에 끌어안고 필
사적으로 빗방울로부터 그것을 보호하기 위해 애쓰던 모습이 떠올
랐다. 살며시 웃음이 나왔다.

"네, 이제 곧 할 거예요. 잠시 요것만 정리하고요."

"그래, 중간 보고서도 끝났는데 쉬엄쉬엄하라고."

"네."

그러고는 김아라와 함께 한소미, 김태평 등이 모두 사무실을 빠져
나갔다. 사실, 유리는 오늘 하선과 저녁 약속이 있었기에 시간차를
두고 퇴근하려던 것이었다. 사람들에게 들키면 안 되었기 때문이다.

하선은 자꾸만 둘의 관계를 직원들에게 밝히자고 난리였지만,
유리는 절대로 싫었다. 자신과 하선이 연인 사이라는 것을 알게 되
었을 때, 저들의 반응과 훗일이 두려웠기 때문이다.

"저…… 유리 씨!"

그때, 최현우가 조심스러운 얼굴로 다가왔다. 살짝 부담스러운 표정을 지으며 유리가 일어서자, 그가 다시 조심스럽게 말했다.

"사과할 기회는 줘야죠."

"이미 하셨잖아요."

"아니 그렇게 말고. 제대로요."

"아니, 괜찮아요. 괜찮습니다. 대리님."

"그래요……. 유리 씨가 정 그렇게 부담스럽다면, 더 이상 귀찮게 굴지 않을게요. 대신 잠시만 내 얘기 좀 들어줘요."

"무슨……."

유리는 난감했고, 최현우는 비장했다.

"이제 유리 씨에 대한 내 마음 접으려고요. 지난번 유리 씨 쓰러지던 날 확실히 알았어요. 나에 대한 유리 씨 마음이 어떤지를요. 그날은 본의 아니게 정말 미안했어요. 앞으로 다시는 그런 일 없을 겁니다. 이미 유리 씨에 대한 내 마음 확실하게 접었으니 더 이상 부담 갖지 말아요. 앞으론 정말 선후배로서만 잘 지내요. 그건 괜찮죠?"

현우가 초조한 듯 조심스럽게 웃었다. 이렇게까지 사과를 하는 그의 얼굴을 살며시 바라보던 유리도 천천히 고개를 끄덕였다.

"네……. 알겠어요, 대리님. 저도 대리님께 좀 무례하게 굴었던 부분이 있었는데, 그 점 사과드릴게요."

"사과는요. 당연히 그럴 수 있죠."

유리가 사과를 받아들이는 듯 보이자 최현우의 표정이 한결 가벼워졌다.

"좋은 여자 만나실 거예요."

"그래요. 고마워요. 그럼 퇴근 잘해요. 나 먼저 가요."

"네, 대리님. 내일 뵐게요."

뒤돌아서서 사무실을 나가는 현우의 뒷모습이 쓸쓸해 보였다. 그 모습을 가만히 바라보며, 유리가 복잡한 듯 낮은 한숨을 내쉬었다. 미안하지만 어쩔 수 없는 노릇이었다.

띵똥! 그때 문자 수신음이 울렸다.

[내려와. 주차장.]

하선의 문자였다. 자기도 모르게 웃으며 유리가 가벼운 발걸음으로 그가 있는 곳을 향해 걸어갔다. 이제 최현우와의 감정 정리도 해결된 것 같고, 회사를 들끓게 만들었던 소문도 하선의 적극적인 해명으로 한풀 꺾였으니, 유리의 마음은 새털처럼 가벼웠다.

이미 직원들이 거의 퇴근을 해 버린 주차장은 한산했다. 유리가 그의 세단에 올라타자, 하선이 싱긋 웃으며 그녀의 얼굴에 살며시 입을 맞추고는 부드럽게 차를 출발시켰다.

그렇게 주차장을 빠져나가는 하선의 차를 뒤에서 물끄러미 바라보며 서 있던 민수진의 표정이 당황함과 놀라움으로 굳어 버렸다.

'만난다던 여자가……. 정유리?'

그 순간, 거짓말처럼 수진의 머릿속으로 어떤 사진 하나가 불쑥하고 튀어나왔고, 그 생각에 수진의 두 눈은 더욱더 커지고 있었다. 그리고 어쩌면 하선은 정말로 정유리를 사랑하는 것이 아니라, 사랑하고 있다고 착각하고 있는 것일지도 모른다는 강한 의혹이 제기되기 시작했다. 그러자 수진은 하선과 유리의 관계를 받아들일 수도, 인정할 수도 없다는 생각이 들었다.

그녀의 눈빛이 깊어지는 가을 날씨처럼 싸늘해지고 있었다.

8. 마음, 그리고 사랑

한 바퀴, 두 바퀴, 세 바퀴째 돌자 관자놀이를 따라 땀이 흘러내리기 시작했다. 집에서 도보로 5분 거리에 있는 공원, 트랙 위를 뛰는 사람은 많지 않았다.

생각이 많아 괴롭고, 가슴이 답답할 때마다 은지는 뛰었다. 그것도 숨이 턱에까지 닿을 만큼 제 한계를 살짝 넘을 정도로 뛰다 보면, 아무 생각도 들지 않았다. 땀이 가슴골과 등줄기를 따라 줄줄 흘러내렸다.

'오늘 저녁엔 아무래도 가지 못할 것 같아. 김태수 교수님하고 세미나에 참석해야 하거든.'

퇴근 후, 집으로 돌아오는 길이 더욱 힘들게 느껴지던 이유는 역시 무열이 함께하지 않아서인가.

집으로 오자마자, 가벼운 복장으로 갈아입은 은지는 저녁 내내 이곳에서 뛰고 있었다. 지금 무언가 괴로워 뛰고 있는 이 상황이,

4년 전과 똑같다.

그 남자가 갑자기 사라졌을 때, 그리고 자기는 오로지 엔조이였을 뿐이었다는 그 남자의 말을 들었을 때, 은지는 달렸다. 종착지가 어딘지도 모르면서, 그렇게 무작정 달렸다.

"오늘 나 잘했지?"

한 손으로는 운전대를 잡고, 한 손으로는 유리의 손을 꼭 잡은 하선이 스스로 자랑스러운 표정을 지었다.

"뭘요?"

"아까, 사무실에 가서 내가 사랑하는 여자는 미카다, 그랬던 거!"

"후! 심장 쪼그라지는 줄 알았어요."

"쪼그라져? 어떻게 심장이 쪼그라져? 보여 줘 봐. 응? 어떻게 쪼그라지는 건지 보여 줘. 응, 응?"

그러면서 하선이 한 손으로 유리의 블라우스 앞자락을 자꾸만 들추려 했다. 다분히 엉큼함이 묻어나는 손길이었다.

"왜 이래욧!"

"한 번만 보여 줘 봐."

"쓰읍! 자꾸 장난칠래요?"

"하하하."

알았어, 알았어, 하며 그가 크게 웃었다. 그의 웃음은 마치 사춘기 소년의 것처럼 순수하고 장난기 가득해 보였다. 그에게 이런 모습도 있었다니, 사람은 얼마나 다양하고도 수많은 얼굴을 제 속에 감추며 살고 있는 것일까.

잠시 유리가 그의 근사한 옆모습을 바라보다 수줍게 웃었다. 오늘 하선은, 정말 기분이 좋아 보였다. 살짝 들떠 있는 듯 보이기도 했다.

밑바닥에 있던 것까지 모두 끌어모아 모든 에너지를 다 소진해 버린 은지가 더 이상 달리지 못하고, 그만 바닥에 털퍼덕 주저앉아 버렸다.

펌프질에 한계를 느낀 심장은 미친 듯이 팔딱거리고 있었고, 숨은 턱에까지 닿아 잘 쉬어지지도 않았다. 그러다 공원 잔디밭에 아예 드러누워 버렸다.

헉헉, 가쁜 숨을 몰아쉬며 이미 지구 반대편으로 빛이 사라져 버린 하늘을 멍하게 올려다보았다. 어쩌다 드문드문 반짝이는 것들이 눈에 띄었다. 저것도 별이라고 할 수 있나 싶을 정도로, 빛의 세기가 약해 보였다.

그때 자신도 예상치 못한 눈물이, 사르르 고였다. 그러자 약하게나마 빛을 발하고 있던 별이 시야에서 완전히 사라졌다.

'에이씨!'

이런 자신이 싫었다. 언제까지 과거의 올가미에서 벗어나지 못하고 이렇게 파다닥, 아픈 날갯짓을 짓고 있어야 한단 말인가. 정상적인 궤도를 벗어나 홀로 떨어진 외딴 행성처럼, 다시 돌아가는 것이 힘겨웠다.

"자기야……."

그때, 누군가 조용히 은지를 부르는 소리가 들렸다. 눈물이 가득 고인 눈을 손으로 대충 닦아 내고 보았더니, 무열이 자신을 아래로 내려다보며 서 있었다. 두 손을 바지 주머니에 넣고 심각한 표정으로 서 있는 그의 모습이 오늘따라 낯설었다.

"무열이니?"

"응, 나야. 근데 자기야, 여기서 뭐 해?"

서 있던 무열이 한쪽 무릎만 바닥에 내려놓고 살며시 주저앉았다. 블랙 슈트를 위아래로 갖춰 입어서인지, 그는 한층 성숙해 보였다. 그리고 남성적인 매력을 은근하게 풍기고 있었다.

한 번도 정장 입은 모습을 본 적이 없던 은지가 천천히 일어나 앉아 그를 멀뚱멀뚱 바라보았다.

"……어떻게 알고 왔어?"

"전화 안 받길래, 또 여기서 뛰고 있나 보다 생각했어."

"그랬구나……. 세미나는?"

"잘 끝났어……. 울었어? 눈이 퉁퉁 부었네."

무열이 은지의 부은 두 눈에 자신의 손을 가져다 대었다. 순간, 뭉클 뭔가가 마음속에서 꿈틀댔다. 그의 손이 너무나 뜨거웠기 때문일까. 뭉클대는 마음으로 잠시 그를 멍하게 바라보고 있는데, 무열이 자신의 등을 보이며 뒤돌아 앉았다.

"업혀."

"……왜?"

"걸을 수 없을 것처럼, 힘들어 보여."

"아니……. 괜찮아……. 걸을 수……."

"업혀! 업고 가고 싶어."

더 이상 거절할 수 없을 만큼 무열은 단호했다. 땀으로 눅눅한데 괜찮을까, 잠시 생각하던 은지가 고통으로 일그러진 자신의 육체를 무열의 단단한 등에 올려놓았다.

"말해 줄 때까지 기다리려고 했는데……. 나 너무 궁금하다. 무슨 일……이야?"

"……."

가로등이 아롱거리는 길을 따라 무열이 천천히 걸었다. 그의 목에 팔을 두르고, 등에 가만히 얼굴을 대었다. 그의 등은 마치, 가을날 나무 아래 수북이 쌓여 있는 마른낙엽처럼 폭신했고, 기와집 사랑채의 아랫목처럼 따스했다.

"지난번에 주차장에서 봤던…… 그 남자와…… 관련 있는 거야? 지금 자기가 이렇게 힘들어하는 이유가……."

그날, 어떤 남자와 함께 차 속에 앉아 있던 은지는, 세상의 모든 고통을 혼자만 겹겹이 쌓아 놓고 있는 듯 괴로운 표정이었다. 그리고 그 남자가 떠나 버린 주차장에 고개를 숙이고 서 있던 은지의 등에서, 무열은 감히 그녀가 감당하기 힘들 만큼의 고뇌와 아픔을 읽었다.

그러자, 서글픈 연민의 감정이 밀려들었다. 자신이 사랑하는 여자의 괴로움을, 고통을, 고뇌를 어떻게 하면 덜어 줄 수 있을까, 그날 이후 무열의 머릿속은 온통 그 생각으로 가득했다.

"……무열아……. 난 아무래도 불치병에 걸렸나 봐. 벌써 4년도 더 된 일인데, 아직까지도 그 과거의 일 때문에, 변하지 않는 감정 때문에…… 힘이 들고, 너무 아파……. 너한텐 정말…… 미안해……."

은지의 눈물이 볼을 타고 내려와, 무열의 넓은 등 위로 떨어져 그의 옷자락 속으로 스며들었다. 변하지 않는 감정이란, 사랑의 감정이 아니다. 그것은 절대로 지워지지 않는, 그 남자를 사랑했었던 자신에 대한 자책과 회한, 그리고 후회로 오장육부가 뒤틀어지는 감정이었다. 그래서 더 이상 진실 된 사랑을 할 수 없게 만들어 버리는 가혹하고도 끔찍한 것.

"자기가 변하지 않는다고 느끼는 건, 그것을 변하지 못하게 꽁꽁 묶어 두고 있기 때문에 그래. 이제 그만, 단단히게 묶어 놓은 밧줄을 풀어 버리고, 흘러가게 내버려 둬. 자유롭게 흘러가도록, 물이 흐르는 방향에 따라 배가 떠내려가듯 그렇게 그냥 아무것도 하지 말고 내버려 둬 봐. 그리고 기다려 봐. 그것이 어떻게 변하는지를……."

은지를 받치고 있는 그의 손에 힘이 불끈 들어갔다. 오늘따라 이 남자가 자신보다 한참은 더 어른스럽게 느껴졌다. 이미 모든 것을 다 알고 있는 사람처럼, 무열은 은지를 위해 조곤조곤 다정하게 위로의 말을 건넸다.

그러자 또 그녀의 마음속 상처가 따끔거리며 천천히 아물어지는 느낌이 들었다. 무열의 진심이, 은지를 향한 진심 어린 마음이 그녀에게 전달되고 있었던 것이다. 진심은 언제나, 통하기 마련이다.

쌀국수를 입안 가득 담고 있는 유리를 보며 하선이 빙그레 웃었다. 저렇게 아무 음식이나 가리지 않고 잘 먹는 그녀를 볼 때면, 사실 그는 먹지 않아도 배가 부른 듯 느껴졌다.

"미카, 내 거 더 먹을래?"

"아니, 배불러요."

그가 씨익 웃자, 유리가 눈을 동그랗게 뜨며 말했다.

"왜요? 왜 그렇게 웃어요?"

"예뻐서. 잘 먹는 모습이 참……. 예뻐."

"그거…… 흉 아니에요? 여자가 잘 먹는다는 건 좀……."

"음식 가지고 장난치듯 깨작거리는 것보다 훨씬 좋아."

그 말에 유리가 빙긋이 웃으며 그를 보았다. 수많은 별이 들어 있는 듯, 유리의 눈빛이 반짝거렸다.

그를 바라볼 때 그녀의 눈빛은 언제나 저렇게 반짝거린다. 그러면 하선의 심장은 더욱 요동치기 시작한다. 마치 그녀의 눈빛이 자신을 미치도록 강렬하게 빨아들이는 것 같은 착각에 빠지는 것이다.

잠시 숨을 고른 그가 진지한 투로 말을 이었다.

"미카, 내일은 나와 함께 어디 갈 데가 있어. 그러니깐 다른 약속 잡지 말았으면 해."

"어딘데요?"

그의 표정에서 살짝 긴장과 설렘이 느껴졌다.

"내일 가 보면 알아."

그러면서 그가 묘하게 웃었다. 벌써부터 내일 일에 대한 긴장으로 목이 뻣뻣해지는 듯 느껴졌다. 일생일대의 중요한 순간을 위해, 그는 오래전부터 차근차근 이 일을 준비해 왔다. 지난주에는 그녀에게 가장 잘 어울릴 만한 반지를 장만했고, 압구정동에 위치한 소위 요즘 말로 가장 핫(Hot)하다는 원 테이블 레스토랑, '더 시카고'를 예약해 두었다.

바로 내일, 프러포즈를 할 계획이었던 것이다. 그리고 올해 말쯤 결혼식을 올릴 생각이다. 그의 계획대로, 모든 것이 원만하게 이루어진다면 말이다.

내일이 빨리 오기를 기다리며, 유리를 바라보는 하선의 표정이

구름을 탄 듯, 꿈에 젖어 들었다.

불도 켜지 않은 방. 일본식 고양이 인형이 손을 까딱까딱하는 소리만 적막한 방 안에 울려 퍼지고, 모니터 화면의 미세한 빛만이 그의 방을 밝히고 있었다.

심각해진 얼굴로 메일을 읽던 그 남자가, 천천히 일어나 창가로 다가가 섰다. 멀리 길가에 있는 가로등 빛이 번뇌 가득한 그 남자의 얼굴을 희미하게 비추고 있었다.

"이제 그만해. 멈출 때도 됐어."

그 남자가 어둠 속 누군가를 향해 속삭였다.

"……."

"이제 그만하고, 나와 함께 돌아가자. 그러겠다고 약속해!"

"……."

"최성태!"

"……멈출 수 없어."

어두운 방 안, 어디에 있는지 알 수 없는 성태의 표정이 싸늘하게 일그러졌다. 밝은 빛을 싫어하는 성태는, 때문에 늦은 밤 자신이 세상에 드러나지 않는 시간에 그 남자를 만나러 왔다 조용히 사라지곤 했다.

"멈출 수 없으면, 도대체 어디까지 갈 건데?"

"끝까지!"

지금 여기서 멈추면, 자신은 죽을지도 몰랐다. 오로지 하나의 목표만 지니고 긴 시간을 살아온 사람에게, 그 목표를 접으라 하면 죽으라는 것과 마찬가지의 의미였다. 처음엔 분명 사랑이었다. 사랑 때문에 이 모든 일이 시작되었다.

그날, 언제나 늘 그렇듯 아버지는 아무 이유 없이 자신에게 폭언과 폭행을 퍼부었다. 머리가 크고 덩치가 컸지만 유년시절부터 지속되어 온 학대 때문에, 성태는 유독 아버지 앞에서만은 작은 아이가 되었다. 삼십 분 이상 갖은 욕설과 폭행을 견디며 이를 악물었다. 그렇게 지옥 같은 시간을 견딘 그는 상처투성이, 멍투성이가 된 몸을 이끌고 학교로 향했다.

그나마 가장 마음 편한 곳이었기 때문이다. 자신의 상처가 보이지 않을 만큼 어두운 밤이었다. 다른 사람들의 시선 따위 두려워하지 않아도 될 만큼, 어두웠다.

그렇게 학교 공원 벤치에 몸을 웅크리고 앉아 있었다. 마치 음지에 숨어 있는 도둑고양이마냥 자신의 처지가 한스러웠다. 그때, 기적처럼 그녀가 다가왔다. 그녀는 걱정 가득한, 그러면서도 따뜻한 눈길로 자신을 바라보았다.

"……다쳤어?"

"아니……. 좀……."

그녀가 자신의 상처를 볼까, 더욱 몸을 웅크리던 그를 찬찬히 바라보던 미카엘라는 더 이상 아무것도 묻지 않았다. 그리고 잠깐만 기다려, 라는 말만 남기고 잠시 어딘가를 다녀온 그녀의 손에는 연고와 밴드가 들려 있었다.

"괜찮아……. 다 잘 될 거야……."

하면서, 부드러운 손길로 상처에 약을 발라 주었다. 순간, 성태는 그만 희망을 품고 말았다.

이 여자만 있으면, 어쩌면 자신에게도 행복한 삶이 허락될 것 같은 희망. 누가 자신에게 날카로운 채찍질을 가해도, 아플 것 같지 않은 기대.

그때부터 그의 집착적 사랑이 시작되었다. 끊임없이 미카엘라에게 자신의 마음을 전달했다. 진심을 보였다. 오로지 자신의 행복한 미래와 희망을 품고, 여기까지 달려왔다. 극도의 죄책감과 타들어 갈 듯 밀려드는 후회는 이미 오래전 분열되어 사라졌고, 오로지 그녀를 자기 옆에 둠으로 인해 얻게 될 희망과 기대만을 위해 달려 왔던 것이다. 그것이 타인에게 극도의 절망과 고통을 안겨 준다는 사실을 본인은 깨닫지 못했다.

그러나 이 남자는 알고 있었다. 성태의 이러한 집착과 욕망이 결국은 그 자신, 최성태를 파멸시킬 것이고, 깊고 깊은 지옥의 나락으로 떨어트릴 것이라는 것을. 때문에 자신이 목숨을 걸고서라도 성태를 막아야 한다는 것을. 그래야 자신도, 성태도 살 수 있다는 사실을.

"……하아! 미치겠네. 벌써 6년이야, 6년. 지겹지도 않니? 넌 이게 아직도 사랑이라고 생각하는 모양인데, 사랑 아니야. 이건, 그저 광적인 집착과 사랑이라고 착각하는 네 망상일 뿐이라고!"

"시끄러! 네가 뭘 안다고 그래! 이제 거의 다 왔었어. 거의 다 왔는데, 그만 또 망가졌어. 다 망쳤다고! 가만 안 둘 거야. 절대로 가만 안 둘 거야. 내가 가질 수 없다면, 그 누구도 갖지 못해. 다 없애 버릴 거야. 다 없애 버릴 거라고!"

"……최성태, 너를 정말로……. 어떡하면 좋으니……. 성태야……. 최성태?"

더 이상 대답도, 인기척도 없는 빈 공간에 대고 그 남자가 안쓰러운 표정을 짓고 있었다.

그러다 곧 다시 컴퓨터가 놓인 책상으로 다가와, 누군가에게 메일을 쓰기 시작했다. 키보드 자판을 두드리는 그 남자의 표정이 몹시도 초조하고 불안해 보였다.

[지난번 메일로 제 다급함과 초조함에 대해 충분히 설명을 드렸다 생각했습니다. 그런데 변한 것이 아무것도 없어 보이는군요.

아아! 이제 저도 어찌해야 될지 잘 모르겠습니다. 아무리 설득해도, 먹혀들지 않는 이 사람은 마치 벽과도 같습니다.

마지막으로, 이것 하나만 알려드리겠습니다.

이 사람은 당신에 대해 많은 것을 알고 있습니다.

또한, 지금 그 사람이 당신 곁에 가까이 있다는 사실도 명심하십시오.

그리고 제게 다시는 메일을 보내지 마세요. 그 사람이 이미 제 메일도 다 파악하고 있기 때문에, 당신과 내가 편지를 주고받았다는 사실을 알게 되면 저도 무사하지 못할 것이기 때문입니다.

부디, 아무 일도 일어나지 않기를……. 제가 끝까지 이 사람을 포기하지 않도록 기도해 주십시오.

H로부터.]

새벽 2시. 유리와 헤어지고 들어와, 늦은 시간까지 보고서를 작성 중이던 하선이 방금 도착한 메일을 열어 보고는 미간을 찌푸렸다. 또 H라는 사람이 보낸 정체불명의 메일이었다. 내용이 불명확하고, 전달하고자 하는 뜻이 무엇인지도 잘 파악되지 않았다.

'뭐지……?'

이 사람은 현재 자신에게 도움을 주려는 것인가, 아니면 협박을 하는 것인가, 도무지 갈피가 잡히지 않았다.

'나에 대해 많은 것을 알고 있고, 내 곁에 가까이 있다……. 혹시……. 성태?'

생각이 여기까지 미치자, 하선의 눈동자가 점점 짙어지는 의혹으로 커지기 시작했다. 만일 내게 나쁜 마음을 먹은, H라는 사람이 말하는 그 남자가 성태라면, 왜 자신 앞에 당당하게 나서지 못하는 것인가……. 무엇 때문에……. 그리고 자꾸 자신에게 메일을 보내는 이 남자는 또 누구란 말인가…….

현재, 하선은 이리저리 성태의 행방을 찾고 있었다. 하지만 그의 행방을 찾기란 쉽지 않았다. 다만 5년 전, 대형 교통사고로 인해 꽤 오랜 기간 병원에 입원했던 기록은 찾을 수 있었다. 그것을 끝으로, 성태는 가뭇없이 연기처럼 사라졌다. 더 이상 그의 흔적을 그 어디에서도 찾을 수 없었다.

'휴우!'

하선이 책상에서 일어나 거실로 나와 멀리 한강의 야경을 바라보며 깊은 상념에 빠졌다.

'성태야, 최성태! 숨바꼭질 그만하고 나와. 만일 나쁜 마음을 먹은 그 남자가 네가 맞다면, 이제 숨어 있지만 말고 정면으로 나오란 말이야.'

눈을 질끈 감았다 뜬 하선이 낮은 한숨을 내쉬었다. 내일 일생일대의 중요한 순간을 앞두고 있는데 메일로 마음이 흐트러지자, 다시 그것을 부여잡으며 그가 자신의 머리를 뒤로 쓸어 넘겼다. 달빛을 받고 서 있는 그의 모습이 비장함을 넘어 결연했다.

❖❖❖

어느새, 푸르고 무성하던 플라타너스 잎들이 바삭바삭 마른 소리와 함께 누렇게 변해 가고 있었다. 카페는 그윽한 커피 향과 함께 이 계절에 가장 잘 어울릴 만한 서정적인 멜로디가 조용히 흐르고 있다. 어색한 분위기 속에서 유리가 커피 잔을 들었다 한 모금 마시고는 살며시 내려놓았다.

"그냥 단도직입적으로 물어볼게요."

태평양의 바다빛을 닮은 터키석 두 개가 민수진이 움직일 때마다, 그녀의 귓가에서 대롱대롱 흔들거렸다. 하선을 바라볼 때 한없이 부드럽던 수진의 눈빛이 지금은 알래스카의 빙하처럼 냉랭하다.

"말씀하세요."

직장에서는 상사지만, 지금 이 순간은 상사가 아닌 여자로서 그녀를 대하는 유리의 눈빛도 분명하고 단정했다. 그녀가 자신을 불러낸 이유를 알 것만 같았기 때문이다.

"하선이 좋아하나요?"

당황하고도 남을 만큼 민수진의 화법은 직설적이었다. 이렇게까지 노골적이고 직접적으로 물어볼 줄 몰랐던 유리도 잠시 당혹함에 말할 타이밍을 놓쳤다가, 그녀를 뚫어져라 바라보았다.

"네."

"둘이 사귀죠?"

"네."

"그렇군요. 그럼, 사귄 지는 얼마나 됐죠?"

딱딱거리며 말하는 투와 뭔가 미심쩍은 표정을 짓고 있는 민수진은 검사 같았고, 그 앞에 조용히 앉아 있는 유리는 피의자 같았다. 그런 수진의 태도에 유리는 그만 발끈하고 말았다.

"팀장님, 지금 취조하시는 건가요? 이건 지극히 개인적이고도 사적인 질문인 것 같은데요."

순간, 민수진이 눈을 동그랗게 뜨고 유리를 뜨악하게 바라보다, 재빨리 웃었다.

"아하! 미안해요. 내가 실수했네요. 난 그저 하선이 만나는 여자가 누군지, 빨리 알고 싶었던 마음에……. 휴, 미안요."

"아니……. 괜찮습니다."

거리에는 이제 막 점심을 먹고 식당에서 나온 사람들이 삼삼오오 모여 어딘가로 사라졌다.

"혹시, 하선이의 과거 얘기, 들었나요? 사귀는 사이라면, 당연히 알고 있을 것 같긴 하지만……."

"네. 자세히는 아니지만, 사랑하던 여자를 강에서 잃었다고 들었어요……."

이런 얘기를 지금 저 여자와 왜 해야 하는 것인지, 이유를 알 수 없는 유리의 심기는 계속 불편하고 거북스러웠다.

"맞아요. 미카를 강에서 잃고 하선인 지금껏 그 어떤 여자도 만나지 않았죠. 미안한 얘기지만, 나도 그 녀석 마음 내게 오게 하려고 무척이나 노력했었죠. 그런데 꿈쩍도 안 하더군요. 그래서 유리 씨와 만난다는 사실을 알고는 많이 당황했었어요. 자존심도 무척이나 상했고요."

이 여자는 지금, 자신에게 무슨 얘기를 하고 싶은 걸까……. 표정을 숨기고 무덤덤 말하는 그녀의 의도가 몹시도 궁금했다.

"그러다 문득 어떤 사진 하나가 떠올랐어요. 바로 미카와 하선이 그 당시 함께 찍은 사진이었죠. 사실, 난 미카를 한 번도 본 적은 없어요. 내가 하선이를 만났을 때는 이미, 그녀가 죽은 다음이었거든요. 그런데 우연히, 하선이의 지갑 속에서 그 사진을 보게 된거죠. 그 사진을 본 순간, 이미 죽었다는 그 여자한테 엄청난 질투심이 느껴질 만큼 그 미카라는 여자와 하선이 너무나 잘 어울리더군요. 감히 다른 사람이 끼어들 수도 없을 만큼, 큰 사랑도 느껴졌었죠."

민수진의 표정에 쓸쓸함과 허탈함이 감돌았다. 그 표정을 바라보며, 그녀의 말을 듣고 있던 유리의 표정도 천천히 굳어지고 있었다.

"그래서 그 여자의 얼굴을 지금까지도 잊을 수 없었어요. 그런데 유감스럽게도, 유리 씨가 그 여자 미카와 매우 많이 닮았더군요. 처음 유리 씨를 봤을 땐, 그 사실을 깨닫지 못했죠. 하선이와 아무 상관도 없다 생각했기 때문에……. 그러다 하선과 유리 씨가 나란히 퇴근하는 모습을 보고, 비로소 깨달았어요. 너무 많이 닮았다고. 마치 쌍둥이처럼!"

"팀장님……. 도대체 무슨 말씀이 하시고 싶은 거예요?"

"하선이가 유리 씨를 진심으로 좋아하는 것이 아니란 말을 해주고 싶은 겁니다. 단지, 유리 씨가 미카와 닮았기 때문에 그 녀석이 혼동하고 있는 거라고요. 분명 언젠가는 유리 씨도 깨닫게 될 거예요. 하선이 사랑했던 것이 결국은 유리 씨가 아니었다는 것을. 그렇게 되면, 결국 상처받는 건 유리 씨일 겁니다. 그러니 이쯤에서 유리 씨가 하선이를 포기해 달라는 말을 하고 싶었어요."

"이런 말은 제가 아닌 이하선 팀장님께 직접 하셔야 되는 것 아닐까요? 제게 모욕과 상처를 주려는 의도가 아니셨다면, 팀장님의 친구분께 직접 말씀을 하셨어야 맞는 거라는 생각이 듭니다. 어쨌거나 중요한 사실을 알려 주셔서 고맙습니다. 그럼 저 먼저 일어나겠습니다."

자리에서 일어나 카페 밖으로 나온 유리의 다리가 순간 휘청거렸다. 민수진 앞에서 당황하지 않은 듯 최대한 침착하게 말하고 나왔지만, 이미 그녀가 받은 충격과 상처는 말로 다 할 수 없을 만큼 컸다.

자신의 사무실에서 조용히 서류를 검토하던 하선이 오늘 저녁 준비한 프러포즈를 생각하며 살며시 웃었다. 설레는 표정을 가득 담고, 슈트 상의 주머니에 넣어 둔 반지 케이스를 꺼내어 한참을 들여다보았다.

"평생, 함께 눈을 뜨면서 살고 싶어……."

하선의 말에 잔물결이 잔잔한 호수 위에서 한가롭게 노닐던 물새를 잠잠히 바라보던 유리가 눈을 크게 뜨고 그를 바라보았다. 무슨 의미냐는 듯, 그녀가 고개를 갸웃했다.

"평생, 함께 아침을 먹으면서 그날의 일을 계획하고 싶어."

그때, 푸드덕! 물새가 힘찬 날갯짓을 하며 하늘로 날아올랐다. 사방은 고요했고, 적막했다. 오로지 하선의 두근거리는 심장박동과 유리의 숨소리만이 고요한 숲 속에 메아리가 되어 울렸다.

"오빠……. 지금…… 이거…… 프러포즈하는 거야?"

"응, 미카……."

그러면서 바지 주머니 속 미리 준비해 두었던 목걸이를 꺼냈다. 아직 학생이기에 다이아몬드가 박힌 반지를 살 수 없었던 하선은,

대신 하트 모양의 큐빅이 가지런히 박힌 목걸이를 준비했다. 그의 손에서 따사로운 햇살에 빛을 받아 그 하트 모양이 더욱 반짝거렸다.

"널 닮은 딸을 낳아, 전 세계를 돌며 여행하고 싶어……."

"싫어!"

두 눈 가득 감동을 담은 유리가 살며시 고개를 저었다. 하선은 순간, 얼어 버렸다. 그녀가 자신의 청혼을 거절하는 것이라 생각했기 때문이었다.

"싫어, 날 닮은 딸 말고 오빠를 닮은 아들을 낳을 거야!"

"하!"

멈추었던 숨을 한꺼번에 터트린 하선이 가지런한 이를 드러내며 활짝 웃자, 유리가 다가와 그의 목에 팔을 둘렀다.

"그럼, 널 닮은 딸과 날 닮은 아들을 차례로 낳자."

"응……. 좋아……."

자신의 목을 끌어안고 있는 유리를 떼어 내고, 그가 그녀의 목에 하트 목걸이를 걸어 주었다.

"반지는, 결혼할 때 최고로 좋은 것으로 해 줄게……. 미안해……."

"너무 좋아. 이 목걸이 너무너무 마음에 들어. 죽을 때까지 걸고 있을게. 고마워. 그리고 사랑해. 오빠."

사랑해……. 사랑해……. 환희에 차서 들떠 있던 그녀의 목소리가 하선의 귓가에서 희미하게 맴돌았다.

그때와 달리 오늘 제대로 된, 근사한 프러포즈를 준비한 하선의 마음은 충만했다. 그리고 유리가 어떤 반응을 보일지 매우 궁금하고 설레었다.

　퇴근 시간. 하선에게서 호출이 왔다. 그의 호출에 유리의 심장이 소리 없이 아래로 철렁 떨어져 내렸다.

　민수진과의 만남 이후, 사무실로 맥없이 돌아온 유리는 제정신이 아니었다.

　미카라는 이름을 지녔던 그 여자, 자신과 쌍둥이처럼 닮았다는 그 여자에게 정체 모를 감정을 느끼고 있는 중이었다. 그리고 하선이 정말로 자신을 통해 그 여자의 흔적을, 자취를 찾으려 하는 것은 아닌지 강한 의구심이 들기 시작했다.

　그러다가 자꾸 자신을 향해 미카라 부르고, 다시는, 이라고 말하던 그의 모습이 떠오르자, 그 의구심은 점점 확신으로 변해 가고 있었다.

　그렇다면, 만일 이것이 사실이라면, 이제 자신은 어찌해야만 하는 것인가……. 자신을 통해 과거의 여자를 바라보는 남자 옆에서, 아무렇지도 않은 듯 잘 견뎌 낼 수 있을 것인가…….

　그의 부름에 유리가 천천히 사무실을 빠져나왔다.

　그의 사무실 문 앞에서 잠시 호흡을 가다듬은 유리가, 살며시 안으로 들어가자 하선이 환한 햇살보다 더 밝은 미소를 짓고 서 있었다. 오늘, 프러포즈를 위해 특별히 겉모습에 더욱 신경을 쓴 그는, 평소보다 더 근사하게 빛을 내고 있었다. 순간, 그 모습에 유리의 심장은 타들어 가듯 아파 왔다.

　"이제 슬슬 나가 볼까? 미카!"

　미카……. 유리가 아닌 과거 속 그 여자의 이름으로 불리며 그를 계속 사랑할 수 있을 것인가……. 하선이 천천히 다가와 서서는 유리의 손을 잡았다.

대답 없이 어두운 낯빛으로 고개를 숙이는 유리의 모습을 지그시 바라보던 하선이 두 입술을 오므리고는 그녀의 얼굴을 자신 쪽으로 들어 올렸다.

"어허! 우리 아가씨께서 또 무슨 일 때문에 이렇게 기분이 안 좋으실까?"

감정을 숨길 수 없는 유리의 얼굴로, 지금 현재의 마음 상태가 고스란히 드러났을 것이다. 그것을 기가 막히게 잡아낸 하선의 숨결이 그녀의 목덜미로 다가와 포근하게 내려앉았다.

"나에 대한 당신의 진짜 마음을 알고 싶어요!"

그러지 않으려 해도 하선을 향해 나가는 말투는 차가웠고, 눈빛은 서늘했다. 이런 유리의 태도에 하선이 당황함을 가득 담은 눈으로 그녀를 보았다.

"진짜 마음이라니?"

"정말로, 당신 눈앞에 서 있는 나를, 있는 그대로 좋아하는 게 맞나요?"

유리의 질문에 순간, 하선이 피식 어이없는 웃음을 지으며 말했다. 사랑을 확인받고 싶어 하는 여자의 괜한 투정쯤으로 생각한 것이다.

"당연하지, 미카! 널 사랑해. 내 눈앞에 있는 너를 있는 그대로!"

"미카……. 강에서 잃어버렸다던 여자의 이름도…… 미카였다죠……."

가볍게 웃고 있던 하선이 유리가 정색하며 말하자, 표정이 돌처럼 굳어졌다. 어떻게 알았을까! 그리고 이내 그는 불안해지기 시작했다. 초조함과 불안감이 엄습하자, 손에서 땀이 흥건하게 배어 나왔다.

"그걸……. 어떻게……."

"이미…… 알고 있었어요……. 그 여자의 이름이 미카였다는 것을……. 그럼에도 불구하고 당신이 나를 미카라고 부르는 것에 대해 별 거부감을 갖지 않았어요……. 그렇게 해서라도 당신의 상처가…… 고통이…… 사라질 수만 있다면 괜찮다고 생각했어요……."

"그, 그건……. 미카……."

"그런데, 오늘 그 여자와 내가 너무나도 흡사하게 닮았단 소릴 들었어요……. 그때 문득 어떤 생각이 떠올랐어요. 혹시 당신…… 나를 통해 그 여자를 바라보고 있는 건 아닌지……. 아직도 과거의 그 여자에게서 벗어나지 못하고, 그 흔적을 나를 통해서 찾고 있는 건 아닌지……. 사실은, 나를 좋아하는 것이 아니라, 내가 그 여자를 닮았기 때문에…… 당신 옆에 두고 싶어 하는 것은 아닌지……."

"아니야! 절대로 그렇지 않아."

그의 표정이 단호했다.

"그런데 어째서! 계속해서! 과거 속 그 여자와 나를 겹쳐서 보고 있는 거죠! 당신이 아니라고 해도, 난……. 난, 느낄 수 있다고요. 당신이 나와 그 여자를 혼동하고 있다는 걸요! 나한테서 그 여자를 찾으려 한다는 것을요!"

순간, 하선이 휘청거렸다. 그리고 복잡하면서도 슬픈 얼굴로 자신을 바라보았다. 그렇게 한참을 묵묵히 서서 자신을 바라보던 하선이 잇새로 낮은 한숨을 내쉬더니, 무언가를 결심한 듯 단호하면서도 분명하게 말을 이었다.

"그건 말이지! 바로 네가…… 6년 전 강에서 잃어버린, 바로 그 여자! 미카이기 때문이야!"

"……뭐라고요?"

도대체 이 남자, 무슨 말을 하는 것인가. 자신이 과거 속 그 여자라니. 이 사람, 제정신인 건가! 잠시 충격으로 머리가 어떻게 된건가! 그런데 뭔가 굉장히 혼란스러운 느낌이 들었다.

이 세상에 명확하게 구분되어 있던 모든 것들이 한순간에 흩어져서 구분이 어려운 상태, 원시적인 상태로 되돌아 간 듯 모든 것이 혼란스럽고 무질서하게 느껴지는 기분이었다.

"가자!"

그가 유리의 손목을 거칠게 휘어잡고는 자신의 차로 향했다. 표정은 확고했고, 태도는 단호했다. 유리를 조수석에 앉힌 그가 운전석으로 들어와 앉았다. 그리고 이내 시동을 걸고, 사이드브레이크를 풀었다.

천천히 엑셀을 밟으며 운전을 하는 그의 옆모습이 대나무처럼 꼿꼿했다. 잠시라도 긴장을 풀면 곧 어떻게 되어 버릴 사람처럼 그는 비장했다.

그때, 격정적이면서도 애절하게 휘몰아치듯 연주되는 베토벤의 「템페스트(Tempest)」가 떠오른 것은 우연일까. 먹구름으로 가득한 하늘에 수없이 많은 잠자리 떼가 빙글빙글 도는 모습도 떠올랐다.

폭풍우가 몰아치기 전, 출몰한다는 잠자리 떼가 유리의 머릿속에서 계속 빙글빙글 돌았고, 빠른 템포로 휘몰아치는 템페스트의 멜로디가 끊이지 않았다. 자신도 모르게 피아노 건반처럼 빨리 움직이고 있는 심장을 부여잡고 유리가 간신히 말을 이었다.

"지금…… 어디로 가는 거죠? 그리고 내가 바로 그 여자라니……. 그게 무슨……."

"조금 이따가 모두 다 말해 줄게. 조금만…… 기다려 줘."

운전대를 잡고 있는 그의 손에 힘이 잔뜩 들어갔다. 몸은 긴장감으로 뻣뻣하게 굳어지고 있었다. 이제, 더 이상 진실을 숨길 수 없다. 더 이상 진실을 뒤로 감추고, 거짓 연기를 하고 싶지도 않았다.

그의 집 현관문에 들어선 순간, 집 안 가득 고여 있던 은은한 솔향기가 유리의 후각을 기분 좋게 자극했다. 그 냄새에 아련하고도 아득한 어떤 그리움이 밀려들어 왔다.

현관에서 머뭇거리는 유리를 하선이 부드러운 눈빛으로 바라보며 그녀의 손을 잡고 어둑어둑한 거실로 들어왔다.

낮도 밤도 아닌 애매모호한 시간, 멀리서 다가오는 동물이 자신이 키우는 개인지, 아니면 산에서 내려온 늑대인지 구분이 되지 않는 이 시간을 프랑스 사람들은 개와 늑대의 시간이라고 부른다던가!

지금 현재 앞에 서 있는 이 여자가 자신을 고통과 혼란 속에 빠트린 과거의 그 미카인지, 아니면 찬란하고 행복한 미래를 안겨다 줄 현재의 유리인지, 그녀 말대로 그것을 구분할 필요가 있겠다 싶었다.

그동안 이것도 저것도 아닌, 애매모호한 시간의 경계에 서 있던 하선은 이제 혼란스럽고 희미했던 과거를 분명하게 끌어냄으로 인해, 불안하고 막막했던 현재와 미래를 더욱 확실하게 하고 한 걸음 더 진보하고자 한다.

창밖으로 이제 막 하나, 둘 켜지기 시작한 가로등과 함께, 한강을 건너는 자동차들의 붉은 전조등 빛만이 거실에 서 있는 두 연인의 모습을 어슴푸레 밝히고 있었다.

"미카……."

그의 목소리가 허스키하게 갈라지고 있었다.

"지금부터 내가 하는 말……. 놀라지 말고 들어 줘……."

"……."

또다시 아득하게 들려오는 피아노 건반 소리. 템페스트 3악장. 낮은 건반의 두둥거림이, 심장의 두근거림이 되어 몸이 떨려왔다.

그런 유리 옆에 하선이 천천히 다가와 그녀의 손을 잡고 거실 장식장 위, 그와 그녀의 사진이 나란히 진열되어 있는 곳으로 데려갔다. 그중에 하나, 가장 환하게 웃으며 서로를 꼭 끌어안고 있는 사진을 집어 든 하선이, 천천히 그것을 유리의 시선 앞에 내려놓았다.

그것을 본 유리가 그만 바닥에 털퍼덕 주저앉았다. 이것은, 놀랍게도, 바로, 자신이었다. 아니라고, 이 사진 속 앳된 여자는 자신이 아니라고, 자신은 이런 사진을 당신과 함께 찍은 적이 없다고, 새빨간 거짓말이라고 말하고 싶었지만, 그러나 이 모든 것을 부정할 수도 없게 사진 속 그 여자는 명백한, 자기 자신! 정유리의 과거 모습이었다.

"미카……."

바닥에 믿을 수 없는 표정으로 앉아 있는 그녀 앞에 하선도 천천히 주저앉으며, 한없이 슬프면서도 애환 가득한 눈빛으로 유리의 얼굴을 천천히 두 손으로 감싸 쥐었다.

"이 사진 속 여자, 미카……. 6년 전 강으로 사라졌던 여자……. 미카……. 내 마지막 사랑……. 이 여자가 바로 너야……. 너라고! 유리야……."

그의 눈에 눈물이 그렁그렁 맺히는가 싶더니, 이내 주르륵 주르륵 정신없이 쏟아져 내렸다. 깊고 깊어 차마 말로 다 표현할 수 없는 회한과 비환(悲歡)이 녹아 내렸다.

"……아아! 어떻게……. 이런……. 말도…… 안…… 되는……."

눈으로 보고도 믿을 수 없는 사실, 자기 눈앞에 이처럼 명백한 증거가 있음에도 불구하고, 받아들여지지 않는 진실 앞에서 유리는 어떻게 해야 할지 갈피를 잡지 못하고 있었다.

"이제부터 내가 하는 말…… 잘 들어……. 6년 전……. 내가 너를 처음 만난 곳은……. 미국 일리노이주, 너와 내가 다니던 대학 교정이었어. 난 대학원생이었고, 넌 대학 부설 어학코스를 밟고 있었지. 그때 너는 정말…… 하늘에서 바로 내려온 천사처럼 아름다웠어……. 그날, 너를 처음 본 그날, 마침 난 내기를 좋아하는 녀석인 성태라는 친구와 함께 있었는데……. 볕이 좋은 봄날이었지……. 그 볕이 온 세상에 자연스럽게 스며들 듯, 이미 내 마음도 네게 모조리 스며들었던 순간이었는데……. 그 녀석이 너를 걸고 내기를 하자고 했어……."

길고 긴 이야기, 그동안 차마 전할 수 없었던 그의 심정과 진실을, 하선은 차분하면서도 절제된 톤으로 얘기했다. 미처 형광등도 켜지 못한 거실에서, 어느새 어둠이 짙게 내려앉은 그곳에서, 하선이 유리의 얼굴을 애절하게 바라보며 그들의 추억과 사랑을 들려주고 아픔과 고통을 전달했다. 멀리 창밖으로 비춰지는 한강의 야경이, 그들의 표정과는 대조적으로 반짝반짝 빛을 발했다.

그의 이야기와 함께 끊임없이 그녀의 머릿속에서 울려 대던 피아노의 폭풍 소리가, 그의 말이 끝남과 동시에 뚝 끊겼다. 그리고 물속에 빠진 것처럼 먹먹하게 아무 소리도 들리지 않았고 아무것도 보이지 않았다.

강 속으로 사라졌다더니, 그 감각이 되살아나는 것인가. 갑자기 온몸에 오한이 느껴지며, 강력한 공포감이 엄습했다. 천천히 호흡이 가빠졌다.

하선은 초조한 표정으로 그런 유리를 바라보고 있었다.

"미카……."

"자, 잠시만요……."

유리가 고개를 절레절레 저으며 하선을 바라보았다. 그녀의 눈빛은 심한 쇼크와 충격으로 얼음처럼 얼어 버린 듯 표정이 굳어 있었다. 갈 길을 잃은 어린 산양처럼 눈동자는 끊임없이 흔들렸고, 점점 가빠지는 호흡으로 힘겨워하고 있었다. 그런 유리를 하선이 포근히 끌어안았다.

"미안해……. 미카……. 이렇게 빨리 말하고 싶진 않았는데……. 네 기억이……. 자연스럽게 돌아올 때까지 기다리려 했는데……. 네가 오해를……. 그것 때문에 우리 사이가 다시 멀어진다면……. 미카…… 그러면…… 난 더 이상 살 수 없어. 두 번씩이나 너를 잃어버린다면…… 난 정말로 못 산다……."

감정에 북받쳐 울컥울컥 올라오는 슬픔을 꾹꾹 눌러 내리며 하선이 천천히 말했다. 그의 진심이, 아픔이, 사랑이 그대로 전해져 오는 순간이었다. 쿵. 쿵. 쿵. 쿵. 굵고 낮은 그의 심장박동이 유리의 몸을 타고 흘러내렸다.

"아무 생각도 못 하겠어요……. 아무것도……. 믿어지지 않아요……."

"그래, 그렇겠지……. 당연히 그럴 거야……. 미안해……."

"생각할 시간을 주세요……. 잠시……. 혼자……. 생각 좀 해 보고 싶어요……."

그의 품을 벗어나며 유리가 조용히 말했다. 이 어마어마한 사실 앞에서, 머릿속은 희뿌연 안개로 가득 찼다. 아무것도 보이지 않았다.

"미카······."

"집에 갈래요. 지금은······ 그냥 집에 가서······ 생각을······ 해야겠어요······."

하선이 그녀를 다시 품에 안으려 하자, 유리가 그의 손을 뿌리쳤다. 이에 하선의 눈빛이 불안하게 흔들렸다. 자신을 거부하는 듯한 이 행동은 무엇을 의미하는 것인가.

'날 떠날 거니?' 하선이 눈빛으로 그녀에게 물었다. 하지만 유리는 그의 눈을 애달프게만 바라보았다. 그러자 이번에는 차이콥스키교향곡 6번 4악장의 비통하고도 무거운 멜로디가 그의 전신을 타고 흘러내리듯, 비창이라는 부제답게 몹시 슬프게 울려 퍼졌다.

빵빵! 멀리 도로가에서 자동차 경적소리가 들렸다. 레스토랑을 나오며 무심코 소리가 들린 쪽으로 고개를 돌려보니, 무열이 하얀색 SUV 차량에 앉아서는 활짝 웃고 있었다.

"헤이! 예쁜 아가씨! 타시죠!"

눈이 휘둥그레진 은지가 그쪽으로 다가가, 열린 창문으로 그를 멀뚱멀뚱 보았다.

"뭐야?"

"자기 내일 쉬는 날이잖아. 우리 오늘 바다나 보고 오자. 요새 중간고사 때문에 너무 스트레스를 받았더니, 뇌가 튀어나올 것 같

아. 자기도 레스토랑 일로 힘든데, 바다 보고 이것저것 다 확 날려 버리고 오자고, 어때?"

자신을 위로하기 위한 무열의 마음이 느껴졌다.

"그래, 그러자."

그의 노력에 실망을 안겨 주기 싫었던 은지가 일부러 환한 웃음을 지어 보이자, 무열이 그녀의 손을 살며시 잡았다. 따뜻한 체온과 함께 그의 따뜻한 마음도 전달되었다.

"자기야."

"응?"

고속도로로 접어든 차는 시원한 바람을 가르며 빠른 속도로 달려 나갔다. 하늘에 높게 떠 있는 달과 별이, 그들이 달리는 방향을 따라 함께 달리고 있었다.

"고등학교 2학년 때, 짝사랑하던 여자아이가 있었어. 얼굴이 하얗고 청초하던 그 여자아이는, 꽤 미인이었어. 때문에 나뿐만 아니라, 모든 남학생들의 선망의 대상이었지. 어떻게 하면 한 번 말을 걸어 볼까, 어떻게 하면 그 여자아이와 손 한 번 잡아 볼까. 매일 매일 밤잠을 못 이루던 날들이 이어졌었어."

차가 달리는 길 가 저 멀리로 이제 도시의 불빛이 사라지고, 드문드문 한적한 시골마을의 희미한 불빛들이 보이기 시작했다.

"그러던 어느 날, 정말 우연히, 그 여자아이가 우리 학교에서 제일 싸움을 잘하던 선배와 학교 뒤뜰에서 몰래 키스하는 장면을 보게 된 거야. 아! 정말, 그때는 세상이 다 끝난 것처럼 모든 것이 암울했었어. 내 첫사랑이 이렇게 빛을 발해 보지도 못하고 끝나 버렸단 생각에 너무너무 슬펐지. 아마 사춘기 소년의 방황도 함께 곁들여졌었겠지. 때문에 세상은 더 힘들었고, 희망은 없다고 생각했었지."

고속도로가 끝나는 지점, 톨게이트를 빠져나오자 멀리 바람을 타고 바닷가의 짠 냄새가 살며시 풍겨 오는 듯 느껴졌다.

"그렇게 몇 달 혼자만의 방황에 빠져 있던 나는, 더 이상 이렇게 살 순 없겠단 생각이 들었어. 그래서 모든 것을 다 털어 버리자는 생각에, 조금이라도 남아 있던 그녀에 대한 마음과 후회를 담아 편지를 썼어. 그동안 널 좋아했었고, 그래서 행복했었고, 설레었으며, 더불어 슬프고, 괴로웠다고. 이제 이 편지에 모든 것을 담아 너를 흘려보내겠다고. 자연스럽게 흘려보내다 보면, 언젠가는 강물이 바다로 흘러들어 가 섞이듯 자연스럽게 사라질 것이라고."

어느새, 차는 한적한 바닷가 주차장에 닿아 있었다. 창문 사이로 시원한 바닷바람이 불어왔다. 멀리서 쏴아, 쏴아, 파도치는 소리가 들렸다. 무열은 시동만 살며시 끈 채로 자신의 이야기를 멈추지 않았다.

"내 예상이 적중했어. 그렇게 편지를 보내고 나자 그 여자아이에 대한 마음이, 몹시도 견딜 수 없었던 그리움이 거짓말처럼 사라진 거야. 나도 이런 내 자신에게 놀랄 만큼 감정이 정리가 되더라. 그리고 나중에 깨달았어. 사실, 그 감정, 사랑이라 믿고 혼자 아파하고 괴로웠던 그 감정이 실은, 허상(虛像)이었다는 것을. 내가 스스로 만들어 낸, 깊은 웅덩이였다고. 내가 스스로 웅덩이를 파 놓고 거기에 들어가 앉아, 나올 생각을 하지 않았음을 말이야."

무열이 천천히 은지의 손을 잡고 그녀의 얼굴을 부드럽게 바라보았다.

"자기야……. 자기가 변하지 않는다 생각했던 그 감정도, 허상일 수 있어. 자기가 스스로 만든 환영. 이제 그만, 자기도 나처럼

314

그 허상과 환영, 실재하지 않는 감정을 모두 담아, 편지를 띄우고
깨끗이 털어 내는 건 어때?"

갑자기 은지의 마음 깊은 곳에서 알 수 없는 울림과 벅찬 감동
이 일어났다. 무열의 진심이 그곳에 가서 닿았는지, 아니면 덧바르
고 덧바르던 빨간약이 이제 효과를 발휘한 것인지, 뭉클한 무언가
가 짠하게 다가왔다.

"내가…… 도와줄게……."

"……무열……. 정말로……. 고마워."

은지의 뺨으로 조용히 눈물이 떨어졌다. 많은 의미를 담고 있는
그 눈물을 무열이 손으로 살며시 닦아 주었다. 그의 눈빛에서 드넓
은 우주의 경이로움이 느껴졌다. 이렇게 좋은, 착한 사람을 보내
준 신께 감사의 마음이 떠올랐다.

깜깜한 바닷가. 멀리, 고기잡이배에서 흘러나오는 빛이 달빛과
합쳐져서 바다에 은은한 잔상을 만들었다. 그 잔상과 함께 파도가
흰 물결을 만들며 왔다 사라졌다.

사람에게 받은 상처를 또 다른 사람을 통해 치유받는 이 과정
이, 아이러니했다.

그러다 문득 '넌 엔조이였을 뿐이야.' 하던 최현우의 모습이 떠
올랐다. 과연, 이 아이는 나를 어떤 상대로 생각하며 만나는 것일
까……. 궁금해졌다.

"무열아……."

"응?"

"너한테…… 난 뭐야? 어떤 존재인 거니?"

질문을 던져 놓고, 은지는 곧바로 후회했다. 또다시 상처가 될
만한 말을 들을까 겁이 났다.

"심장······. 자기는 나한테 심장 같은 존재야. 반드시 있어야만 하는 소중한 것!"

반드시 있어야만 하는 소중한 것······ 반드시 있어야만 하는 소중한 것······ 이라는 말이 반복해서 들려왔다. 버퍼링에 걸려 같은 음절만 반복되어 나오는 시디처럼, 계속 되풀이돼서 들려왔다.

그러다 순간, 감정이 북받쳐 올라왔고, 그만 눈물이 자신도 모르게 흘러내렸다. 그러고는 무열의 품으로 뛰어들 듯 안겼다.

"고, 고마워······ 무열아······."

갑작스런 울음으로 당황했지만, 무열은 품에 안긴 은지를 보듬듯 끌어안으며 그녀의 등을 토닥토닥 두드려 주었다. 물어보지 않아도 알 수 있었다. 이해가 되었다. 지금 이런 일련의 상황들이, 해묵은 과거의 껍질을 벗겨 내고 그녀가 새롭게 태어날 수 있는 필수불가결의 과정이란 것을.

얼마나 오랜 시간을 소리 내서 울었던가! 그동안 겹겹이 쌓이고 층층이 더께가 앉은 마음속 통증과 미련이 조금은 해소가 되는 듯 느껴졌다. 여전히 아무것도 물어보지 않으며, 그저 묵묵히 그녀의 등만 부드럽게 쓰다듬어 주던 무열에게서 살며시 떨어져 나온 은지가 그를 바라보았다. 그러자 무열이 따뜻하게 웃었다.

"이제 좀 괜찮아?"

그의 목소리가 부드럽다.

"응, 괜찮아. 고마워."

목이 잠긴 은지가 천천히 말하자, 무열이 그녀의 눈가에 남아 있는 눈물을 제 손으로 닦아 주었다. 따뜻했다.

사랑의 감정은 끊을 수 없는 마약과도 같다. 다시는 평생 진실된 사랑, 진심 어린 감정 따위 드러내지 않을 것임을 다짐했던 그녀였지만, 무열이 보내 준 신뢰와 사랑 앞에 그만 그 다짐이 소리 없이 무너져 내리기 시작했던 것이다. 이처럼 많은 것을 변화시키는 놀라운 힘을 지닌, 사랑! 그 놀라운 능력 앞에 은지의 마음이 무너졌다.

9. 기억과 망각

사무실에 앉아 있는 하선의 표정이 심각했다. 괴로웠다. 일도
손에 잡히지 않았다. 그날, 하선의 집을 도망치듯 뛰쳐나간 유리와
이틀째 연락이 닿지 않고 있었기 때문이다.

회사도 이틀째 결근이다. 답답한 마음에 하선이 그녀의 집에 찾
아가 문도 두드려 보고, 밤새 기다려도 보고 했으나 그녀는 묵묵부
답이었다.

이 엄청나고도 어마어마한 진실 앞에서 힘들고 혼란스러울 것은
당연한 일이다. 그녀를 이해하면서도, 자신의 연락을 받지 않는 그
녀 때문에 하선은 몹시도 힘들었다. 다시 예전처럼 고통과 절망으
로 몸도 마음도 엉망이었다.

아파트 입구, 주차되어 있는 트럭 앞에 아이들이 옹기종기 모여 앉아 쌀이 들어가 과자가 되어 나오는 장면을, 마치 마술쇼라도 보는 듯 신기한 표정으로 바라보고 있었다. 쌀과 옥수수, 콩이 펑펑 터지며 강냉이가 되어 내보내는 냄새는 구수했다.

대전 집에 갔다가 돌아오는 길, 유리도 잠시 그곳에 서서 뻥튀기 아저씨가 빙글빙글 손잡이를 돌리는 모습을 멍하게 바라보고 있었다. 옆에 있던 아이들이, 기대 가득한 눈빛으로 낄낄거리고 있었다.

현재, 유리는 모든 것이 뒤죽박죽이었다. 모든 것이 헝클어져서 손을 쓸 수도 없었다. 어디서부터 어디까지가 진실이란 말인가. 하선은 자신이 강물로 뛰어든 이유를 모른다고 했다. 다만, 굉장히 슬픈 눈빛으로 그를 바라보다 뛰어들었고 이후 자신이 죽었다는 소식에 6년을 영혼 없이 고통과 절망 속에서 아프게 살았다고 했다.

은지 역시 무엇 때문에 자신이 강물로 뛰어들었는지는 모르겠지만, 아마도 하선과 관련된 일이 아닐까 추측한다고 했다. 그러나 아버지와 엄마가 이 일에 대해 말하는 것을 극도로 꺼렸기에 자신도 입을 다물 수밖에 없었다고 했다.

그리고 자신이 미국에서 은지에게 보낸 메일과 사진들을 보여주었다. 그것을 보자, 자신이 얼마나 하선을 좋아하고 사랑했는지를 느낄 수 있었다. 마지막으로 은지는 6년 동안 하선이 겪은 고통과 죄책감, 그리고 한결같은 사랑을 말해 주며, 그를 더 이상은 힘들게 하지 말라고 덧붙였다.

아버지는 다시 하선을 만났다는 말에 불같이 화를 냈다. 다시는 그놈을 만나지 말고, 당장 회사 때려치우라며 노발대발했다. 하선을 통해 6년 전의 얘기를 들었고, 진실을 말해 달라고 했을 때는 그만 바닥에 주저앉아 망연자실한 표정을 지었다.

"아버지…… 말씀해 주세요. 처음부터 모두요. 왜 미국에 가게
된 건지……. 그리고 무슨 일이 있었던 건지……."

"6년 전, 마침 안식년이었던 나는 엄마와 너희들을 데리고 미국
으로 갔다. 그곳 대학 연구소와 협력 사업으로 프로젝트를 하나 맡
았거든. 이참에 너를 미국에서 유학시킬 생각이었다. 그래서 이곳
대학을 휴학시키고, 그곳으로 데리고 간 거지. 다행히 너도 미국에
서 공부하는 것을 좋아했고……."

아버지의 눈동자가 그때의 기억으로 아련하게 젖어들었다.

어떻게, 무슨 정신으로 병원까지 달려왔는지 모를 일이었다. 머
릿속은 암흑처럼 꽉 막혀 아무 생각도 안 났고, 온몸은 경련으로
후들거렸다.

전날 친구 송별회 겸 파티에 다녀오겠다며 밝은 표정으로 나갈
때, 가지 말라고 막았어야 했는가. 깊은 후회가 물밀 듯 밀려왔다.

응급실로 갔더니, 거짓말처럼 유리가 누워 있었다. 산소 호흡기
및 여러 개의 관을 온몸에 주렁주렁 달고 누워 있는 딸의 모습은,
현실처럼 보이지 않았다.

응급조치를 마친 의사를 잡고 물어보니, 현재 코마상태, 그리고
물에 떨어질 때의 충격으로 인한 다발성 골절, 다행히 내장기관에
는 손상이 없다고 했다.

그나마 다행이라고 했다. 의식 회복은 언제 이루어질지 모르니,
일단 기다려 보자고만 했다. 말 그대로 하늘이 무너지는 충격이었

다. 그렇게 충격으로 보호자용 의자에 반쯤 넋이 나간 상태로 앉아 있는데, 중년의 남자가 다가왔다.

"미카엘라 아버님이십니까?"

"네, 누구신지……."

"전 하선이 아빠입니다."

"아!"

'아빠, 저 남자친구 생겼어요, 아빠처럼 멋있고 근사한 사람이에요.'

처음 유리가 자신에게 남자친구가 생겼다는 말을 했을 때, 기분이 묘했다. 모든 아빠들이 딸의 남자친구에게 가지는 복잡 미묘한 감정을 자신도 느꼈던 것이다. 약간의 질투와 경계, 그리고 섭섭함. 그러나 하선을 직접 만난 뒤, 이 모든 감정은 뿌듯함과 대견함, 그리고 든든함으로 바뀌어 버렸다.

'아버님, 미카 제게 주십시오. 평생 잘 하겠습니다.' 라고 말하는 그의 등을 있는 힘껏 내리치며 '야, 이놈아! 일단 졸업부터 해라.' 라고 했지만, 마음 한편으론 이미 그를 사위로 점찍어 두고 있을 정도였다.

"하선이도 여기 있습니까?"

"네, 저기."

그의 아버지가 가리키는 곳을 바라보니, 정말로 하선이도 응급실 한쪽에 누워 있었다.

"상태는요?"

"의식이 없어요……."

"이런……."

도대체 무슨 일이 있었기에, 두 아이 모두 의식불명 상태로 응급실에 누워 있단 말인가!

새벽. 응급실은 적막했다. 미치도록 적막하고 고요했다. 이 답답함을 견디기 힘들었던 그는 잠시 시원한 바람이라도 쏘일 겸, 밖으로 나왔다. 인생, 한 치 앞도 모르는 것이라고 하지만 이건 아니지 싶었다.

심란한 마음으로 고개를 숙이고 있는데, 누군가가 다가왔다.

"아버님!"

고개를 들었더니, 하선 또래의 남자가 서 있었다.

"누구……."

"저, 미카엘라 친구 최성태라고 합니다. 이 사건에 대해서 드릴 말씀이 있습니다!"

그리고 그가 들려준 이야기는 충격 그 자체였다. 처음 하선이 유리에게 접근한 의도는 자신과의 내기 때문이었고, 단순히 그 내기에서 이기기 위해 유리를 좋아하지도 않으면서 이용했다고 했다. 파티에서 이 사실을 모두 알아 버린 유리가 화가 나서 그에게 화를 냈고, 하선 역시 화를 내며 두 사람이 크게 싸웠다고 했다.

결국, 집으로 돌아가는 다리 위에서 계속 싸우다가 감정이 격해진 하선이 그만 유리를 밀어 중심을 잃어버린 유리가 강으로 떨어졌고, 뒤늦게 하선이 그녀를 구하러 뛰어들었다는 것이다.

이 사실에 분노한 그는 그만 하선 아버지에게 다가가 당신 아들 때문에 일이 이 지경이 되었다고 격하게 화를 내며 갖은 욕설을 다 퍼부었고, 유리 옆에 하선이 누워 있는 것조차 싫었던 그는 당장 병원을 다른 곳으로 옮겼다. 그리고 하선 아버지에게 말했다.

"당신 아들, 끔찍합니다. 다시는 그 얼굴 보고 싶지 않다고요! 미카엘라가 깨어나면, 난 당신 아들 죽었다고 할 겁니다. 그래야

다시는 그 얼굴 마주치지 않을 테니깐!"

하선의 아버지는 아무 말이 없었다. 그저 자신의 화를 다 받아 넘겼고, 자신의 욕설을 다 참아 넘겼다. 그리고 이송한 병원에서 유리의 몸이 어느 정도 회복되고, 의식이 깨어나자마자 한국으로 돌아왔다.

"네가 깨어났을 때, 어쩌면 신이 그렇게 고약하지만은 않다는 생각을 했다. 왜냐하면, 네가 신기하게도 미국에서의 일을 모두 기억하지 못했기 때문이지……. 평생 그 고통스런 기억을 끌어안고 어떻게 살아갈까, 걱정했었는데 말이다. 병원에서는 그래도 기억을 찾는 것이 더 좋을 것이라 말했지만, 난 반대였다. 평생 그따위 기억은 찾지 않는 것이 네가 더 행복할 거라 생각했거든."

이제, 주사위는 자신에게로 던져졌다. 하선이가 들려준 얘기와 아버지가 들려준 얘기가 너무나도 다른 이 상황이 혼란스러웠다. 어느 것이 진실이고 사실이란 말인가. 누구의 말을 믿어야 한단 말인가. 기억나지 않는 상황에 그저 답답할 뿐이다.

만일 아버지의 말이 사실이라면, 하선은 왜 그 기억을 하지 못하는 것일까. 분명 자신이 강으로 떨어질 때, 그도 옆에 있었다. 그런데 왜 그는 자신이 떨어진 이유를 모르겠다고 했단 말인가. 혹시 그도 자신처럼 기억의 일부분을 지워 버린 것인가…….

대학 시절, 인지심리학 시간, 기억에 대한 이론을 공부하며 유리는 개인의 기억이 얼마나 부정확하고, 왜곡이 많은 것인지를 깨달았다. 특히 이 기억이 일화기억(episodic memory)인 경우,

즉 개인의 사적경험과 자전적사건에 관한 기억인 경우, 왜곡될 가능성이 더 크다.

이는 사람이란 원래 자신에게 유리한 방향으로만 기억을 저장하고, 변형시키기 때문인데, 이 과정에서 자신에게 유리하지 않은 기억인 경우에는 아예 지워 버리기도 한다. 이것을 망각이라고 한다. 그리고 극도의 강한 스트레스 상황에 처했을 때 부분적으로 기억을 잃어버리기도 한다. 심리적으로 그것에 대한 강한 방어기제를 사용하는 것이다.

자신이 미국에서의 일을 통째로 지워 버렸듯, 하선 역시 그 부분에 대한 기억을 지워 버린 것인가.

이제 천천히 돌리던 뻥튀기 아저씨의 손놀림은 더욱 바빠졌고, 빙글빙글 손잡이를 돌리는 속도가 매우 빨라졌다. 그리고 곧이어 들려오는 소리.

"뻥이요!"

아저씨가 목청 높여 소리쳤고, 아이들은 기다렸다는 듯 일제히 까악! 소리를 지르며 자신의 귀를 손바닥으로 막았다. 그리고 곧바로 이어지는 굉음!

펑! 까아악! 펑!

아아! 펑! 움직이지 마! 그러지 마! 하지 마! ……미카! 미카엘라! 유리야!

멀리 아름다운 중세 유럽풍의 학교 건물이 눈에 들어왔다. 약간 비탈진 언덕에 위치하고 있는 이곳, 대운동장 계단식 의자에 앉아 있으면 학교 교정이 한눈에 들어왔다. 그래서 유리는 특별히 이곳을 가장 좋아했다. 뒤로 숲을 끼고 있어서, 상쾌한 공기는 더욱 그녀의 기분을 좋게 만들었다.

카페테리아에서 아이스 모카커피를 사 들고, 낸시와 이곳에 앉아 운동장에서 몇몇의 남학생들이 축구를 하는 모습을 물끄러미 지켜보고 있었다. 저 중에 낸시의 짝사랑, 마크가 있었기 때문이다. 마크만 바라보고 있는 낸시의 눈빛이 반짝 빛났다.

"저기요! 한국인이죠?"

그때 자신의 등 뒤에서 익숙한 언어가 들렸다. 미국 동부에 위치하고 있는 이곳엔 한국인이 별로 많지 않았다. 때문에 집에 가기 전까진 거의 한국말을 들을 수도, 할 수도 없었던 이곳에서 뜻밖에 들려온 모국어는, 기대하지 않았던 선물을 받은 것처럼 반가웠다.

그 반가운 소리에 고개를 돌린 순간, 유리는 그만 자신의 몸이 얼어 버리는 듯한 느낌에 잠시 호흡이 가빠지는 것을 느꼈다. 그리고 라디오의 볼륨을 갑자기 줄인 것처럼 아무 소리도 들리지 않았다.

천천히 뛰던 심장은 점점 빨라지고 있었다. 갑작스러운 감정에 유리가 당황하여 그를 멍하게 바라보자, 그 남자가 햇살보다도 더 환한 미소를 지어 보이며 말했다.

"한국인 맞죠?"

"네……. 한국인 맞는데요……."

"하하하. 그럴 줄 알았습니다. 한눈에 봐도 한국 사람 같더라고요. 반가워요. 난 하선이라고 해요. 이하선!"

빙그레 웃으며 자신에게 손을 내미는 그 남자에게서 숲에서 불어오는 바람에 실려, 솔향기가 배어 나왔다. 그리고 동시에 그 남자의 등 뒤에서 강렬한 빛이 쏟아지고 있는 것이 보였다.

"네……. 반갑습니다. 전 미카엘라라고 해요."

뭔가에 홀린 듯 유리가 아무 생각 없이 그 남자의 손을 잡는 순간, 찌릿한 전류 같은 것이 흘렀다. 그리고 거짓말처럼 유리는 그만 사랑에 빠져 버리고 말았다. 운명처럼 첫사랑은 그렇게 예고도 없이 찾아오고야 말았던 것이다.

가벼운 악수를 마치자, 그가 살며시 미소 지으며 말했다.

"내기를 했어요!"

"네?"

무슨 뜻인지 몰라 유리는 의아한 표정으로 서 있었다.

"당신을 두고 친구 녀석과 내기를 했어요."

"무슨 내기요?"

그가 건네는 말을 도무지 이해할 수 없던 유리가 눈을 크게 떴다.

"당신을 먼저 유혹하는 사람이 이기는 게임."

"뭐, 뭐라고요?"

유리가 미간을 찌푸렸다. 그의 등 뒤에서 환하게 빛을 발하던 아우라가 순간 사그라지는 느낌이 들었다.

그럼 자신을 향해 운명인 듯, 우연 아닌 숙명처럼 다가와, 인사를 먼저 건넨 이유가 바로 내기 때문이었단 말인가! 자신을 유혹하기 위해? 실망감에 유리가 하선을 날카롭게 노려보았다.

"원래 난 사람을 두고 하는 내기는 잘 안 해요. 그런데 이번에는 이 게임에서 반드시 이기고 싶었어요. 그래서 내기를 받아들였죠."

"미안하지만, 난 당신들의 그 유치한 장난에 놀아날 생각이 전혀 없네요! 그럼 전 이만……."

그렇게 쌀쌀맞게 쏘아붙인 유리가 돌아선 순간, 하선이 재빨리 소리쳤다.

"첫눈에 반했어요! 내기를 하기 전, 먼저 당신에게 첫눈에 반했다고요!"

놀란 유리가 뒤를 돌아 그를 봤더니, 그 남자 이하선이 유쾌한 표정으로 웃고 있었다. 자신의 마음을 저렇게 당당하게 고백하는 남자가 싫지 않았다. 그리고 사라졌던 아우라가 다시 등장했다. 그렇게 하선은 유리에게, 유리는 하선에게 서서히 스며들고 있었다.

강의실에서 나와 도서관으로 향하는 샛길로 접어들었다. 낸시의 짝사랑 마크에 대한 얘기를 들으며 유리는 자신도 모르게 하선을 생각하고 있었다.

그날, 그렇게 자신의 마음을 툭! 던지고 사라진 이 남자는 그 이후, 모습을 드러내지 않았다. 그녀의 마음에 커다란 파장을 일으켜놓고, 자취를 감춰 버린 그는 아무래도 고단수 같았다.

그때, 멀리 자전거 한 대가 그녀들을 향해 전속력으로 달려오고 있었다. 이에 유리와 낸시가 샛길 가장자리로 비켜서자 그 자전거는 그녀들 앞에서 속력을 늦추고, 급기야 멈춰 섰다. 또 다른 동양인의 남자, 하선과는 분위기가 전혀 다른 남자가 유리를 보고 빙그레 웃었다.

"나 한번 만나 보지 않을래요?"

이 남자도, 지난번 그 남자 이하선과 마찬가지로 매우 당당했다.

"나 한번 만나 보지 않겠냐구요."

순간, 유리는 이 남자가 바로 내기의 또 다른 주인공, 이하선의 친구란 사실을 알았다. 그만 피식, 어이없는 웃음이 나왔다.

"왜요? 왜 그래야 하는데요?"

"그쪽이 맘에 들었거든요!"

참…… 이 남자들…… 어이없다.

잠시 유리가 황당한 표정으로 서 있다 단호하게 말했다.

"싫어요! 다른 데 가서 알아보세요."

그리고 낸시를 보고 가자, 말하며 돌아서는 순간, 하선이 묘하게 웃으며 서 있었다. 이 남자는 언제, 여기에 나타난 거지! 그를 보자마자 심장이 미쳤나. 제멋대로 두근거리기 시작했다.

"그럼, 우리와 친구 하면 어때요?"

하선이 성태를 향해 눈을 찡긋거렸다. 이미 내기는 물 건너갔으니, 그만하자는 의미였다. 그러자 성태도 피식 웃으며 참으로 너답다, 이 자식아, 그치만 난 포기 안 해, 라는 표정으로 고개를 절레절레 저으며 유리를 보았다.

"난 성태라고 해요. 최성태! 반가워요. 우리 이렇게 만난 것도 인연인데, 같은 한국 사람끼리 친구하죠!"

친구라…… 낯선 이국에서 같은 말과 같은 문화를 지닌 사람들이 친구 하자고 손을 내밀었다. 더군다나 그중에 한 명은, 자신의 마음을 가져가 버린 사람이다. 당연히 친구 하자는 손길을 내칠 이유가 없었다.

이에 유리가 잠시 고민하는 척 뜸을 들인 후, 고개를 끄덕였다.

"좋아요! 친구!"

유리가 살포시 미소를 지었다.

"와아! 나이스! 하하하."

하선이 매우 기뻐하며 웃었다.

"좋다. 친구! 하하하."

성태도 자전거를 붙잡고 서서는 하선 못지않게 크게 웃었다. 유리 옆에 어리둥절하게 서 있던 낸시도, 무슨 뜻인지는 모르지만 모두가 웃으니 함께 웃었다. 밝은 햇살이 그들의 등에 따스하게 스며드는 기분 좋은 날이었다.

도서관에서 함께 공부를 하던 그들이, 누가 먼저랄 것도 없이 잠시 휴식을 취하고자 밖으로 나왔다. 햇살이 눈부시게 빛나는 봄날, 덥지도 춥지도 않은 계절, 공기는 맑았고, 하늘은 파란색 물감을 흩뿌려 놓은 듯 청명했다.

교정 한편, 분홍색 벚꽃이 흐드러지게 피어 있는 나무를 향해 가는 셋의 발걸음은 무척이나 가벼웠다. 친구가 되자고 한 그날부터, 그들은 무엇을 하든 함께였다.

함께 밥을 먹고, 공부를 하고, 자전거를 탔으며, 함께 영화를 봤다. 하루하루 지날수록 그들의 우정과 사랑은 깊어져만 갔다.

"와아! 정말 예쁘다. 한국의 벚꽃만큼 예뻐."

살짝 불어오는 바람에 꽃잎이 한들한들 흩날렸다. 이미 제 아름다움을 마음껏 뽐낸 벚나무는 꽃잎이 아깝지 않은 듯, 미미한 바람에도 그것을 마구 흩날려 보냈다. 이때, 떨어지는 꽃잎을 무심히 바라보며 하선이 낮게 말했다.

"떨어지는 꽃잎을 잡으면, 첫사랑이 이뤄진대."

"정말?"

"응, 정말."

옆에 서 있던 성태가 답했다. 그러자 유리의 표정이 아련하게 설렘으로 물들었다. 그리고는 흩날리는 꽃잎을 잡기 위해 펄쩍펄쩍 뛰었다. 하선과의 첫사랑이 꼭 이루어졌음 하는 간절한 소망을 담은 그녀의 몸짓은 아름다웠다.

이 모습에 하선과 성태가 의미심장한 눈빛을 교환하고서는 이미 바닥에 떨어져 있는 꽃잎을 두 손 가득 모아 와서는, 그것을 유리의 머리 위에서 흩뿌려 주었다. 그녀의 첫사랑이 이뤄지기를, 그리고 그녀의 첫사랑이 바로 자신이기를 각자 소망하며, 그 마음을 담아 뿌리고 또 뿌렸다.

"아아!"

비처럼 떨어져 내리는 꽃잎에 유리는 정말 행복해했고, 그들과 함께하고 있는 이 시간이 꿈만 같았다.

"와! 잡았다."

그렇게 폴짝폴짝 뛰던 유리가 드디어 꽃잎 한 송이를 제 손에 담고 활짝 웃었다.

"이제 곧 첫사랑이 이뤄지겠네."

"축하해! 미카엘라."

이렇게 소중하게 쌓여 가는 시간은, 추억이라는 이름으로 각자의 기억 속에 각자만의 방식으로 저장되었다.

학교 카페테리아에 들어갔더니 하선이 혼자 책을 읽고 있었다. 창가에 자리를 잡고 앉아 있는 그의 근사한 옆모습으로 저녁노을이 붉게 번지고 있었다. 그 모습에 두근거리는 마음을 담아 살며시 다가갔다.

"오빠!"

"어, 왔어?"

활짝 웃고 있는 그의 맞은편에 앉으며 유리가 물었다.

"성태 오빠는?"

"집에 일이 있다고 일찍 갔어."

"그렇구나."

갑자기 둘이 있게 된 이 상황에 그도 그녀도 마음이 설레었다. 항상 셋이 함께하다가, 둘이 있게 되자 어색하기까지 했다. 아무래도 서로에 대해 끌리는 마음이 있기 때문일까. 우정이 아닌 사랑의 감정만 가득한 두 사람 사이에 긴장감마저 감돌았다.

"저녁 먹을까?"

"어, 어……."

"그래, 가자."

먼저 일어난 하선이 유리의 손을 조심스럽게 잡았다. 그녀의 마음이 어떤지, 어디에 있는지, 누구에게 있는 건지 알고 싶었기 때문이었다. 그래서 떨리고 조심스러웠지만, 어쩌면 이 일로 둘의 관계가 정말로 어색해져 버릴 수도 있었지만, 확인하고 싶었다.

이미 자신의 마음을 은근슬쩍 여러 번 보여 준 그였지만, 아무래도 이 여자는 눈치채지 못하는 듯싶었다. 그래서 오늘, 확실한 방법으로 그녀의 마음을 알고 싶었던 것이다.

그런데 이 여자, 자신의 손을 거부하지 않았다. 잡힌 손을 오히려 더 세게 부여잡는 그녀였다. 이에 하선이 떨리는 가슴을 진정하며 속으로 기쁜 환호성을 내질렀다.

"뭐 먹고 싶어?"

"라면, 일본 라면."

라면집에 들어와서도, 그들은 서로의 손을 꼭 잡고 있었다. 말하지 않아도, 이로써 그들의 마음이 서로에게 있음이 확인되는 순간이었다. 라면을 먹을 때도 서로의 손은 놓질 않았다. 오른손잡이인 하선과 왼손잡이인 유리는 손을 놓지 않아도 라면 먹는 데 전혀 지장이 없었기 때문이다.

라면집에서 나온 그들은 여전히 손을 꼭 부여잡고 그랜드 파크를 향해 걸어갔다. 미시건 호가 내려다보이는 곳, 커다란 나무 아래 벤치에 앉아 서로를 바라보았다.

"미카……. 첫눈에 네게 반한 이후, 내 마음은 계속 너를 향해 있었어. 몰랐니?"

"아……. 몰랐어……. 그리고 첫눈에 반했다는 말도 그저 농담인 줄 알았거든……."

"후후, 어떻게 그걸 몰랐을 수가 있지? 너 생각보다 참 둔하구나. 하하하. 그럼 내가 확실하게 말해 줄게. 난 너를 좋아해. 아주 많이 좋아해. 미카."

언젠가부터 미카엘라를 미카로 부르기 시작한 하선이 낮은 목소리로 천천히 속삭였다.

"나도……. 나도 좋아……. 사실, 나도 오빠를 처음 본 그날, 첫눈에 반했었어……."

부끄러운 듯 고개를 살짝 숙이며 말하는 그녀의 고백에, 하선이 세상을 다 얻은 듯 기쁜 표정을 짓고는 그녀를 와락 끌어안았다. 잠시 그의 기습 포옹에 당황하던 그녀도 하선의 단단한 등을 살며시 끌어안았다. 좋았다. 기뻤다. 그리고 행복했다.

이렇게 사랑이 이루어진 순간, 갑자기 향기로운 바람이 그들의 머릿결을 부드럽게 날리며 사라졌다. 마치 그들의 사랑을 축복이라도 해 주려는 듯한 따뜻한 바람이었다.

성태의 표정이 좋지 않았다. 하선과 나란히 앉은 유리, 두 사람의 표정은 마치 죄인이라도 되는 듯 미안함으로 가득했다. 성태도 유리에게 마음이 있음을 알았기 때문이다. 그래서 두 사람이 연인이 되었음을 말한 그 순간부터, 저들의 표정은 굳어 있었다.

"저, 성태야……."

불편한 침묵을 깨고 하선이 먼저 입을 열었다. 그러나 더 이상 어떤 말도 듣고 싶지 않았던 성태가 그것을 가로막았다.

"그래, 축하한다. 축하해. 이것들아!"

심각했던 성태의 표정이 가벼워졌다. 그리고는 의외로 담담하게 그들의 사랑을 축복해 준 것이다. 이에 하선과 유리의 표정도 한결 가볍게 풀리고 있었다.

그리고 홀로 집으로 돌아온 성태는 깊은 좌절감을 맛보며 쓴 절망의 한숨을 내쉬었다. 병맥주를 벌컥벌컥 마시며, 씁쓸한 표정도 지었다. 이로써, 또다시 하선과의 내기에서 진 것이란 말인가……. 그녀의 마음을 얻지 못한 씁쓸함보다 내기에서 진 좌절감이 더 깊었다.

사실 하선은 더 이상 내기 같은 것은 하지 않겠다 말했지만, 성태는 그 말을 믿지 않았다. 미카엘라를 가운데 두고 자신과 하선 사이에서 느껴지던 긴장감은, 그 어느 때보다도 더 팽팽했기 때문이다.

그래서 성태는 하선이 내기를 포기했다고 생각하지 않았으며, 때문에 나름 혼자 내기를 계속 진행하고 있었던 것이다. 반드시 이번에는 꼭 이기고야 말겠다는 굳은 의지도 함께였다. 그러나 모든 것이 끝났다. 자신의 처참한 패배로 말이다. 늘 그렇듯…….

'이하선……. 넌 정말…….'

피식, 피식, 그렇게 성태는 혼자 쓸쓸하게 웃으며 술과 함께 밤을 지새웠다.

하선과 유리가 사랑을 시작한 후, 많은 것이 변했다. 우선, 가장 먼저 눈에 띄게 달라진 점은 셋이 둘이 되었다는 점이다. 언젠가부터 성태가 천천히 그들을 멀리하기 시작했고, 점점 그들 앞에 자신의 모습을 드러내지 않게 된 것이다. 대신 성태는 찰스라는 친구와 어울렸다.

다소 품행이 바르지 않고, 입이 거친 그와 어울리면서 성태도 점점 그처럼 변해 갔다. 이런 상황이 하선은 몹시 안타까웠지만, 점점 멀어진 성태와의 거리는 좁혀지지 않았다. 오래된 친구, 친한 친구 하나를 잃게 되는 기분이란 참으로 씁쓸했다.

도서관 창밖을 보니 어느새 어둠이 짙게 내리깔렸다. 오늘 하선은 지도교수님과 함께 학회 참석차 뉴욕에 갔기 때문에, 혼자 공부를 하고 있었던 유리는 시간 가는 줄도 몰랐다. 어학 코스가 끝난 뒤 바로 대학에 입학해야 했기 때문에, 해야 할 공부가 산더미 같았다.

서둘러 책과 짐을 챙겨 도서관을 빠져나온 유리는 바쁜 걸음으로 집을 향해 걸어갔다. 그런데 정문을 향해 빠른 걸음으로 가던 그녀의 눈에 낯익은 사람의 모습이 보였다.

벤치에 몸을 한껏 웅크리고 있는 남자, 그는 다름 아닌 성태였다. 그런데 그의 상태가 매우 좋아 보이지 않았다. 잔뜩 웅크리고 있는 몸 여기저기로 멍이 들고, 상처가 나서 피가 흐르고 있었기 때문이다.

"……다쳤어?"

잠시 망설이다가 말을 걸었더니 성태가 고개를 번쩍 들고, 놀라움과 당황함의 눈빛으로 그녀를 바라보았다.

'제길!'

하필 이런 모습을 그녀에게 들키다니, 성태는 그만 쥐구멍에라도 숨고 싶었다.

"아니⋯⋯. 좀⋯⋯."

들키고 싶지 않은 모습을 들켜 버린 성태는 자신의 몸을 더욱 둥글게 웅크렸고, 상처와 멍을 숨기고 싶어 했다. 그 모습에 유리는 더 이상 아무 말도 하지 않았다. 그저 따뜻한 눈길로 그를 바라볼 뿐이었다.

"잠깐만⋯⋯. 기다려."

그리고 유리는 학교 보건실로 달려가, 상처에 바를 수 있는 약과 밴드를 얻어 왔다.

"약 발라야 해."

"됐어⋯⋯. 싫어⋯⋯."

그러나 그녀는 이미 성태의 팔목을 잡고, 상처가 난 부위에 연고를 짜서 바르기 시작했다. 그래도 한때는 친하게 지내던 친구 아니던가. 친구가 아파하고 있는데, 힘들어하고 있는데, 상처투성이가 되어 숨어 있는데, 그냥 지나칠 수 없었다.

"괜찮아⋯⋯. 다 잘 될 거야⋯⋯."

유리가 작게 소곤거리는 그 소리에 성태는 그만 얼어 버렸다.

지금까지 살면서 단 한 번도 들어보지 못했던, 진심으로 걱정 어린 따뜻한 말이었기 때문이다. 그러자 그의 차갑던 심장이, 따뜻함으로 물들기 시작했다.

그리고 이 순간, 성태는 그만 그녀에게 희망을 품고 말았다.

그녀와 함께라면 행복한 삶을 꿈꿔도 될 것 같은 희망, 아버지의 학대로부터 벗어날 수 있을 것 같은 기대, 더 이상 상처 입지 않아도 될 것 같은 소망이 그의 마음에서 무한대로 솟구치고 있었던 것이다. 마치 그녀가 자신에게 기적처럼 느껴졌다. 절박한 삶

속에 희망을 던져 줄 한 줄기 기적!

그리고 하선을 위해 그녀에 대한 욕심을 접자, 결심했던 마음을 뒤집었다. 지금 이 순간은 친구가 아닌 자신이 가장 중요했기 때문이다.

벌써 다섯 번째 고백이었다. 그러나 역시 이번에도 그녀는 매몰차게 자신의 마음을 거부했다.

하선에게도 찾아갔었다. 무릎을 꿇고 애원까지 했었다. 그러나 그 역시도, 자신의 사랑을 집착과 소유욕이라며 모욕했다. 가장 친한 친구라 믿었던 하선에게까지 진심이 짓밟히자 세상이 거꾸로 돌기 시작했다. 마음 저 깊은 곳으로부터 욕지거리가 올라왔다. 때문에 성태는 더 이상 하선에게 미안해하지 않기로 했다.

여섯 번째 고백을 위해, 그녀가 수업하고 있는 건물 앞에 서 있었다. 때마침 그녀가 건물을 빠져나왔다. 그러다 성태를 보고 얼굴을 찡그렸다.

"미카엘라. 부탁이야. 내게 와 줘. 응?"

"왜 이래! 몇 번을 말해. 내가 사랑하는 사람은 하선 오빠야. 어떻게 친구가 이럴 수 있어!"

"이럴 수 있어. 사람은 누구나 이럴 수 있다고!"

그녀가 자신을 향해 날 선 표정을 지었다. 한 번도 본 적 없는 표정에 그의 마음이 무너졌다.

"아니, 이럴 수 없어. 제대로 생각이 박힌 사람이라면, 이럴 순 없다고. 친구의 여자를 뺏으려는 생각 따위 절대로 하지 않는다고!"

그녀가 자신을 비난했다. 마지막 희망, 마지막 기대였던 그녀가 자신을 비난하고 모욕했다. 이 세상 모든 사람이 비난해도 상관없다. 그러나 그녀는 비난하면 안 된다. 이에 분노가 치솟은 성태의 표정이 무섭게 돌변했다.

"나를 좀 제대로 봐 달란 말이야! 나도 알고 보면 꽤 괜찮은 놈이라고! 그런데 넌 왜! 왜! 왜! 내가 아닌 그놈만 바라보는 건데! 왜!"

이미 제정신이 아닌 성태의 눈은 불처럼 활활 타오르고 있었다.

"왜, 왜 이래! 성태 오빠!"

천천히 다가온 성태가 이를 악물고 분노에 가득 찬 손길로 그녀의 어깨를 부여잡았다. 아팠다. 그리고는 유리의 어깨를 마구 흔들었다.

"말해 봐. 왜 나는 안 되는지 말해 보라고! 말해! 말하란 말이야!"

"무, 무서워……. 이러지 마……."

눈에 핏발을 가득 세우고, 자신을 바라보는 그의 눈빛은 사람의 것이 아니었다. 마치 짐승의 것도 같았고, 지하세계에 사는 악마의 것처럼 보이기도 했다. 이 모습에 유리의 전신으로 설명할 수 없는 공포감이 엄습했고, 두려움으로 몸이 부들부들 떨려왔다.

"미카엘라!"

그때, 뒤늦게 따라 나온 낸시가 크게 놀라며 달려왔다. 그러자 성태가 잠시 눈을 감고 이를 악물더니 알 수 없는 욕설을 내뱉은 뒤, 그녀를 놓고 천천히 사라졌다.

유리는 그만 풀썩, 그 자리에 주저앉고 말았다. 정신이 혼미했다. 불과 며칠 전까지만 해도 매너 좋고, 친절했던 그가 저렇게 달라질 수 있다니……. 사람은 정말로 알 수 없는 존재란 생각이 들었다.

어색한 분위기가 계속 이어졌다. 그날 성태가 술에 잔뜩 취해 찾아와 유리 때문에 언성을 높인 이후, 그 둘의 관계는 급속도로 악화되었다. 세상에 어느 남자가 자신이 사랑하는 여자를 친구에게 양보할 수 있단 말인가.

하선이 담담한 눈빛으로 성태를 바라보았다. 그가 먼저 자신을 불러냈으니, 먼저 말을 하란 의미였다.

"하선아……. 나 곧…… 떠나……."

잠시, 하선은 돌로 머리를 맞은 듯 표정과 몸이 굳었다. 또 유리에 대한 애기를 할 줄 알았던 자신의 예상이 보기 좋게 빗나간 것이다.

"뭐, 뭐라고?"

"떠난다고. 여기 떠날 거야."

"왜? 어디로?"

성태가 초조한 표정으로 테이블에 놓여 있는 커피를 들고 마셨다. 손끝이 파르르 떨리는 것으로 보아 심리 상태가 불안정해 보였다.

"여기선 더 이상 살 수 없을 것 같아. 모든 것이 다 엉망이야. 이곳의 공기, 사람들, 모두 싫어."

"혹시…… 미카와 나 때문에 그래?"

"아니……. 그래……. 그것도 아니라고는 말 못 하겠다. 그런데 하선아, 너도 알다시피 아버지 때문이야. 그 인간에게 맞고 사는 짓, 더 이상 못 하겠어. 그동안 미안했다."

"……성태야……."

하선은 안타까웠다. 티셔츠 아래로 드러나 있는 그의 목 부분에 보라색 멍 자국이 있는 걸로 보아 또 폭행을 당한 것 같았다. 하선의 마음이 진심으로 아파 왔다. 그래도 한때는 가장 친했던 친구였는데……. 그의 고통이 안쓰러웠다.

"아무 말도 하지 말아라. 네가 무슨 말인가를 하면, 내가 더 비참해지니……."

미국이었지만 한국인이었기에 한국 문화 속에서 그것을 강요받고 자란 그에게 아버지를 경찰에 신고하는 일은 매우 어려운 일이었다. 특히 엄마 때문에라도 그것은 있을 수 없는 일이었다. 엄마가 눈물로 그의 바짓가랑이를 붙잡고, 아버지를 이해하라, 용서하라, 그러면서 대신 아버지의 잘못을 빌었기 때문이다.

그러나 성태는 경찰에 신고하지 않는 대신, 아버지와 어머니에 대한 증오심과 미움을 키웠다. 그것이 너무 커져서 이제 더 이상 마음에 담을 수조차 없게 되어 버린 지금, 자신이 이곳을 떠나지 않는다면 무슨 일을 저지를지 모를 정도로 상태가 악화되었다. 한동안 미카엘라를 통해 그 상처를 위로받고 행복해지기를 소원했으나 이마저 물거품이 되었으니, 더 이상 탈출구가 없었다.

이곳에서는 도무지 자기 뜻대로 되는 것이 하나도 없었다. 삶은 고통뿐이었고, 행운의 여신은 늘 자기를 피해 다녔다. 때문에 정말로 성태는 이곳을 떠날 생각이었던 것이다.

"그래서, 이번 주 금요일 찰스가 송별회 겸 작은 파티를 열어 준대. 찰스 음악연습실이 시카고 강 바로 옆 건물 지하에 있거든. 너와 미카엘라, 마지막인데 함께 참석해 주지 않을래? 그동안 내 잘못, 용서의 의미로 참석해 줘. 그래도 한때는 가장 친했던 너희들이 없는 송별회, 별로일 것 같아서 그래."

그의 눈에서 슬픔과 아픔을 읽었는가. 하선이 부드럽게 미소 지으며 고개를 끄덕였다.

"그래, 알았어."

건물 지하에 위치한 찰스의 연습실은 생각보다 넓었다. 긴 직사각형 모양의 연습실 벽은 회색 시멘트가 그대로 드러나 있었고, 한쪽 구석에 드럼이며 기타, 전자피아노 등이 어지럽게 놓여 있었다.

이미 파티 분위기는 무르익었고, 사람들은 흥분에 겨운 표정으로 술을 마시며 춤을 추고 있었다. 요란한 로큰롤(rock' n roll)의 음악 소리가 강렬한 비트로 쿵쿵 연습실 가득 울렸다.

"미카엘라, 그 동안 괴롭혀서 미안했어. 정말로 미안해. 용서해 줘."

성태가 그녀와 하선에게 맥주를 건네며 말하자, 유리가 살며시 웃었다. 곧 있으면 떠날 사람이다. 그리고 한때는 친하게 지내던 친구이기도 하다. 어색했던 감정, 잘 정리하고 헤어지는 것이 서로에게 좋을 것이란 생각이 들었다.

"나도 못되게 굴어서 미안."

"자 그럼 이제, 서로서로 화해도 했으니 건배할까?"

하선의 제안에 유리와 성태가 고개를 끄덕였다.

"성태의 멋진 미래를 위해, 치어스(cheers)!!"

"너희들의 사랑을 위해, 치어스!"

"하하하."

"아하하!"

오랜만에 세 사람의 웃음소리가 정겹게 느껴졌다. 다시 예전처럼 돌아간 듯, 서로를 바라보는 눈빛은 따뜻했다. 얼마나 시간이 흘렀을까. 하나, 둘, 사람들이 사라지기 시작했고, 일부는 연습실 바닥에 누워 잠을 잤다. 시끄럽던 음악 소리도, 어느새 멈췄다. 이제 파티는 끝난 듯 보였다.

하선이 시계를 보니, 새벽 세 시가 조금 넘었다. 유리는 피곤한

지 연습실 한쪽 벽에 기대어 앉아서는 자꾸 감기는 눈을 억지로 부릅뜨고 있었다. 그 모습에 하선이 빙긋 웃으며, 그녀에게 다가가 자신의 어깨에 그녀의 머리를 올려놓았다.

"좀 자. 날이 밝아지면 바로 가자."

"응."

서로의 손을 꼭 잡고 그렇게 그들은 잠시 눈을 붙였다. 잠시 뒤, 성태가 조용히 다가와 회한 가득한 표정으로 그들을 바라보았다. 여러 가지 복잡한 감정으로 얼굴은 일그러졌다.

갖지 못한 자, 패배한 자의 씁쓸함이 온 얼굴로 번졌다. 한참을 미동도 없이 그렇게 서 있던 성태는 비틀거리며 다른 곳으로 천천히 사라졌다.

눈을 떠 보니 어느새 새벽 다섯 시였다. 조금 있으면 첫차를 타고 집에 갈 수 있는 시간이었다. 하선이 유리를 살며시 흔들어 깨웠다.

"일어나, 미카. 집에 가자."

"어, 어어. 오빠, 가자."

"나 화장실 좀 갔다 올게. 잠시만 기다려."

"응, 빨리 갔다 와."

하선이 화장실을 찾아 연습실을 나가자마자 기다렸다는 듯 성태가 다가왔다. 밤새, 맞은편 벽에 기대앉아 그녀의 모습을 뚫어져라 바라본 성태의 눈에 핏발이 섰다. 술 냄새가 심하게 풍겨 왔다.

"미카엘라."

밤새 그녀의 모습에 또다시 욕심이 생겼나. 그녀를 바라보는 성태의 눈빛이 심상치 않았다.

포기하려 했으나, 포기할 수 없었다. 자신에게 유일하게 희망과 기대를 주었던 그녀를 이대로 놓치고 싶지 않았다. 술기운이 그것을 더욱 부추기고 있었다. 마치 악마의 소리처럼.

"미카엘라. 널······. 포기하지 못하겠어······. 널 원해······. 제발······. 내게 와 줘······."

심상치 않게 다가오는 그를 피해 유리가 슬금슬금 뒷걸음질을 치며 도망갔다. 그러자 욕심에 눈이 멀고, 술기운에 제정신이 아닌 성태가 그녀의 팔을 거칠게 잡아끌고는 강제로 키스를 하려 했다.

도저히 포기가 안 되었다. 다른건 다 포기해도, 이 여자만은 절대로 포기할 수가 없었다. 이에 유리가 필사적으로 그의 얼굴을 밀어내며, 몸부림쳤다.

"아악! 왜 이래! 미쳤어!"

"그래, 나 미쳤다. 미쳤어!"

"아악!"

그때, 화장실을 갔다 온 하선이 이 말도 안 되는 어이없는 광경을 보고는 빠른 속도로 다가와 그에게서 그녀를 떼어 내고, 성태의 얼굴을 향해 주먹을 날렸다.

"미친 새끼! 개 새끼! 이 버러지만도 못한 새끼!"

주먹 한방에 바닥으로 엎어진 성태는, 손을 잡고 연습실을 빠져나가는 그들의 뒷모습을 바라보며 몸을 부들부들 떨었다.

가장 듣기 싫은 말, 가장 참기 힘든 말, 버러지만도 못한 새끼. 아버지가 자신에게 매일 떠들어 대던 말! 그 욕설에 완전히 정신을 잃어버린 성태는, 언젠가 찰스가 이곳에서 자랑삼아 보여 주었던 캐비닛을 열고, 그곳에 조심스럽게 놓여 있는 권총을 집어 들고는 그들을 향해 따라나갔다.

회색빛 도시, 아직 눈을 뜨지 않은 도심은 한산하고 어두웠다. 그저 이 어둠과 적막함을 뚫고 강물만이 유유히 흘러가고 있을 뿐이었다. 성태가 하선과 유리를 뒤따라 나온 그곳에서 이리저리 고개를 돌리며 그들을 찾았다.

'찾으면, 가만 안 둘 거야!'

그의 눈이 분노와 증오로 가득했다. 그런데 그 증오와 분노의 감정이 누구를 향해 있는지 그조차 갈피를 잡을 수 없었다.

한편, 반대편 버스정류장을 향해 하선과 유리는 손을 꼭 잡고 다리를 건너고 있었다.

"많이 놀랬지?"

"응, 조금. 그런데 이제 괜찮아."

"미안해. 괜히 그곳에 가자고 해서."

"아니야. 오빠 잘못이 아니잖아."

그가 유리의 손을 더욱 세게 부여잡았다. 미안한 마음과 안타까운 마음이 동시에 드는 순간이었다. 택시도 다니지 않는 이른 새벽, 차를 가지고 오지 않은 것을 무척이나 후회했다. 놀란 그녀를 데리고 이렇게 강을 건너야 하다니……. 이곳에 오지 말았어야 했는데…….

펑! 그때 하늘에서 갑자기 요란한 굉음 소리가 들렸다.

너무 놀란 하선과 유리가 걸음을 멈추고 다리 중간에서 소리가 들린 방향을 따라 고개를 돌렸더니, 성태가 자신들을 향해 총구를 겨누고 있었다.

"오! 이런!"

하선이 낮은 탄성을 내뱉었다. 유리도 너무 놀라 눈만 끔뻑거리고 있었다.

"떨어져!"

성태가 다리 아래서 소리쳤다. 그의 눈빛은 분노로 가득했고, 총구는 여전히 그들을 향해 있었다.

"성태야! 최성태! 왜 이래? 진정해!"

하선이 당황함을 숨기고 최대한 침착하게 말했다.

"둘이 떨어져서 서란 말이야! 손 놔!"

펑! 성태가 또다시 하늘을 향해 공포탄을 쐈다. 순간, 놀란 하선과 유리가 서로의 손을 놓고 멀찌감치 떨어졌다. 그러자 성태의 총구가 하선을 향했다. 그 모습에 유리의 심장이 미친 듯 마구 뛰어 댔고, 공포감으로 정신을 차릴 수가 없었다.

"이하선, 너 다리난간으로 내려서. 빨리!"

이미 제정신이 아님을 파악한 하선은 천천히 성태가 시키는 대로 하며 일단 그를 진정시키고자 했다.

"그리고 미카엘라, 너는 다시 내 쪽으로 돌아 내려와. 지금 당장!"

유리가 잔뜩 겁먹은 표정으로 하선을 바라보았다. 그러자 하선이 고개를 살며시 끄덕였다. 일단 성태를 자극하는 행동은 최대한 자제하자, 눈짓을 지었다.

그러나 유리는 그러고 싶지 않았다. 만일 이 상태로 성태에게 간다 하더라도, 하선이 무사할 것 같지 않았기 때문이다. 이것은 누가 말해 주지 않아도 알 수 있는 직감. 여자만이 느낄 수 있는 감각이었다.

자신이 성태 옆으로 가는 순간, 그가 하선을 향해 방아쇠를 당길 것만 같았다. 아니 확실했다. 자신의 목적을 이루는 데 가장 방해가 되는 요소를 제거하기 위해, 그는 하선을 없앨 것이 분명했다. 만일 일이 그렇게 된다면, 그러면 자신은 살 자신이 없었다.

"미카엘라! 빨리 내려와! 빨리!"

성태가 또 소리쳤다. 이성을 잃어버린 눈빛과 표정. 그의 모습이 악마처럼 보였다.

"미카! 내려가. 얼른 내려가."

하선 역시 불안정한 목소리로 낮게 속삭였다. 일단 성태를 안정시켜야 했다.

그러나 유리는 그럴 수 없었다. 자신이 내려가면 하선은 바로 죽는다. 아까보다 더 확실해지는 직감! 더불어 이 모든 사건의 원인은 자신이라는 생각이 들었다. 자신이 저들 앞에 나타나지 않았더라면, 하선과 성태의 사이가 지금처럼 악화되지 않았으리라.

성태가 믿고 의지했던 가장 친한 친구인 하선에게 저렇게 총구를 겨누지도 않았으리라. 이제 되돌릴 수 없는 상황 앞에서 자신이 할 수 있는 방법이 뭐가 있을까를 곰곰이 생각하던 유리의 머릿속으로 어떤 생각 하나가 번개처럼 빠르게 스쳐지나갔다.

성태가 하선을 향해 방아쇠를 당기지 못하게 할 수 있는 유일한 방법! 어쨌든 그의 목표는 자신이 아니던가. 자신 때문에 그는 친한 친구인 하선을 죽이려 하는 것이다.

이에 유리가 천천히 슬픈 눈길로 난간에 내려선 하선을 바라보다, 그 자신도 난간으로 내려섰다.

"뭐 하는 거야? 미카!"

당황한 하선이 그녀를 향해 다가가려 하자, 펑! 성태가 또 총을 쏘며 소리쳤다.

"움직이지 마! 이하선! 움직이면 쏜다. 그리고 미카엘라, 넌 당장 내게 와. 뭐하는 짓이야?"

"……."

아무 말도 없이 유리는 그저 하선만을 담담하게 바라보았다. 이렇게 하지 않으면, 하선이 죽는다. 그를 친구 손에 죽게 내버려 둘 순 없다.

지금, 성태의 눈앞에서 자신이 사라진다면 그는 하선을 향해 방아쇠를 당기지 않을 것이다. 목표가 사라졌으니, 더 이상 제거할 것이 없지 않은가!

또한 자신이 사라지면 이 모든 비극이 끝날 것이다.

그렇다고 유리는 현재 자살을 하려는 것이 아니다. 죽으려는 것이 아니다. 그런 생각까지 할 정도로 시간이 많지도 않았다. 오로지 그녀의 생각은 하선을 향한 성태의 총을 거둬들이는 것뿐.

이제 겨우 스무 살, 사랑을 위해 무슨 일이든지 할 수 있는 나이. 설령 그것이 자신의 목숨과 관련된 일이라 하더라도, 그것이 겁나지도 아깝지도 않은 나이. 무모하고 용감한 나이. 그래서 다급하고 짧은 순간, 그녀가 생각해 낸 최선의 방법은 이것밖에 없었다.

"미카! 하지 마!"

"……."

이미 모든 것을 놓아 버린 그녀의 얼굴은 평온했고, 한없이 담담했다. 이런 모습에서 그녀의 뜻을 알아차린 하선의 온몸에 작은 경련이 일기 시작했다.

"미카……."

"이렇게 하지 않으면, 오빠가 죽어."

"아니야. 이 방법은 아니야."

"사랑했어……."

"미카……. 제발 부탁이야……. 하지 마……. 이러지 마……."

그때, 다리 아래서 성태가 마지막 발악을 하며 소리쳤다.

"셋 셀 때까지 안 내려오면, 이하선 죽여 버릴 거야! 미카엘라! 빨리 내려와. 하나, 둘……."

풍덩! 안 돼! 미카!

그녀가 강물로 몸을 던지자마자 성태는 놀람과 당황함에 총을 바닥으로 떨어트리고 부들부들 몸을 떨기 시작했고, 하선은 재빨리 자신의 몸도 강으로 던졌다.

한참동안 강물 속 이곳저곳을 찾아 헤매던 하선이, 물 위로 올라와 절규 가득한 울음을 터트렸다.

"미카! 미카엘라! 유리야! 정유리! 아악!"

삐용삐용! 그리고 총 소리에 놀란 누군가의 신고에 의해 경찰차가 다가왔고, 물에 빠져 반쯤 넋이나가 허우적대고 있는 하선을 본 경찰들이 놀라서는 그를 구조하기 위해 분주히 움직였다. 이때, 돌처럼 굳어 있던 성태가 경찰들의 눈을 피해 총을 들고 슬금슬금 어딘가로 재빨리 도주했다.

그리고 몇 분 후 경찰들에 의해 구조된 하선은 있는 힘을 다해 '미카를 구해 주세요, 또 다른 사람이 물에 빠졌어요.' 라고 간신히 말하고 그만 그렇게 정신을 잃었다.

모든 기억이 되돌아온 유리가 넋이 나간 표정으로 방에 앉아 있었다. 눈물이 끊이지 않고 흘러내렸다. 하선이 자신의 집에서 해준 얘기와 자신의 기억이, 그들이 어떻게 만났고 어떻게 사랑을 했는지에 대한 부분이 완벽하게 일치했다.

그러나 마지막 날, 다리 위에서 그의 기억은 정확하지 않았다.

그는 유리가 왜 물로 뛰어들었는지 이유를 모르겠다고 했다. 찬찬히 과거의 일부터 현재의 일까지를 떠올리며, 유리는 곰곰이 생각했다.

그러다 하선이 왜 그때의 일을 정확하게 기억하지 못하는지 그 이유를 알 것만 같았다. 가장 친했던 친구에게 목숨을 위협받는 최악의 상황과 배신감, 거기에 사랑하는 여자가 눈앞에서 물로 뛰어들었으니, 그 어마어마한 심리적 스트레스와 충격을 감당하기엔 정신과 몸이 견디지 못했을 것이다.

때문에 앞의 부분은 선택적으로 지워 버리고, 유리의 마지막 모습만은 놓치지 않고 붙들고 있었던 것이다. 만일, 유리가 그를 위해 물로 뛰어들었단 사실을 기억했다면, 아마 그는 살지 못했을 것이다. 진즉에 스스로의 삶을 놓아 버렸을지도 모를 일이었다.

어쨌거나, 유리는 그날의 일뿐만 아니라, 그것과 관련된 모든 기억을 지웠다. 그리고 하선 역시 그날의 일을 지웠을지도 모르겠다. 어쩌면 두 사람 모두 같은 방법을 취함으로써 잠시나마 고통의 순간을 끊어내고 삶을 유지하며, 그렇게 재회(再會)를 꿈꾸며, 이 시간을 견뎌 온 것인지도 몰랐다.

여기까지 생각이 미치자, 유리는 차라리 그가 그 기억을 지우고 지금까지 견뎌 내 준 것이 고마웠다. 감사했다. 그리고 자신의 선택에 대해 이제야 후회가 되었다. 왜 그렇게 극단적인 선택을 했을까……. 아무리 어려서 앞뒤 분간도 못 하는 무모한 나이였다 하더라고, 지금이라면 보다 현명하게 아무도 다치지 않는 방법을 찾아볼 수도 있었을 텐데…….

그러나 이러한 생각도 6년이라는 긴 시간을 살아온, 그래서 그때보다는 조금 더 세상을 배웠고 성숙해진 현재 자신의 생각일 뿐,

다시 스무 살 그 시절로 돌아간다면 여전히 똑같은 선택을 했을지도 모른다. 인간이란 원래 그렇기 때문이다.

갑자기 하선이 너무나도 보고 싶었다. 그리고 6년 동안 그 고통을 끌어안고 살아온 그가 가여웠다. 몹시도 불쌍하고 안타까웠다.

유리가 현관문 앞에 아무렇게나 던져 놓은 박스를 가져와 무언가를 다급한 손길로 찾기 시작했다. 오늘 대전 집에서 나올 때, 엄마가 그 당시 미국에서 가져온 자신의 소지품이라며 혹시 기억을 찾는 데 도움이 될지도 모르겠다며 건네주었던 박스였다.

한참을 사진이며, 노트며, 책 등을 들춰 가며 무언가를 찾던 유리가 작은 상자를 발견하고 기쁨의 표정을 지었다. 그것을 열어 보니, 하트 모양의 큐빅이 나란히 박힌, 그 시절 하선이 자신에게 프러포즈를 하며 걸어 주었던 그 목걸이가 들어 있었다.

아련한 추억의 감격에 벅차오르는 감정으로 그것을 자신의 목에 걸고, 쏟아져 내리는 눈물을 닦은 후, 집 밖으로 나왔다.

이제 과거와 현재가 이어진 완벽한 미카로, 그에게 되돌아가기 위함이었다. 그의 집으로 향하는 택시 안에서 그녀는 서울 도심의 야경에 반짝이는 한강의 은은한 물결을 바라보며, 점점 벅차오르는 설렘과 기쁨으로 온몸이 젖어들기 시작했다.

한편, 불 꺼진 거실에 우두커니 앉아 있는 하선은 며칠 사이 삶의 의욕을 잃은 듯 멍한 표정이었다. 먹지도 자지도 않은 그의 얼굴은 파리하고 까칠했다. 면도도 하지 않은 그의 턱 주위로 수염이 까칠하게 돋아 있었다.

삶은 절대로 호락호락하지 않다. 계획한 대로, 뜻한 대로, 모두 이루어지지 않는다. 한 치 앞도 모르는 것이 인생이라지만, 이렇게 고통스럽기만 한 것이 인생이라면, 더 이상 그것을 지속시키고 싶지 않다는 생각까지 들었다.

그녀는 지금, 어떻게 하고 있는 것일까. 너무너무 궁금했지만, 연락이 되지 않는 그는 그저 답답하고 미칠 지경이었다.

그때, 초인종 소리가 들렸다. 시계를 보니 10시가 조금 넘어 있었다. 한없이 무거운 발걸음으로 현관으로 천천히 다가갔다.

"누구세요?"

그의 목소리는 괴로운 마음이 반영되어, 심하게 갈라지고 가라앉아 있었다.

"나……. 미카……."

순간, 잘못 들었나. 자신의 귀를 의심하며 하선이 파르르 떨리는 손길로 문을 열었다. 그랬더니 정말로 유리가 서 있었다. 눈물을 그렁그렁 매달고 서서, 그를 향해 희미한 미소를 지어 보였다.

"오빠……."

현관으로 들어서자마자 유리가 자신의 목에 걸려 있는 목걸이를 들어 보였다. 그것을 본 순간, 하선이 휘청거렸다. 모두 기억이 난 것인가……. 반쯤 넋이 나간 표정으로 서 있는 하선을 향해, 유리가 뛰어들 듯 다가와 그의 목을 감싸 안았다.

"아아! 오빠. 미안해. 나 때문에……."

"미카……."

"……모두, 다…… 기억났어……. 흑흑……."

"아아……."

더 이상 말을 잇지 못하고, 두 남녀는 그렇게 서로를 꼭 부둥켜안고 울었다. 그들의 소리 없는 눈물이 흘러흘러 6년이라는 긴 시간, 겹겹이 쌓이고 쌓여 덕지덕지 앉아 있던 고통과 슬픔, 회한을 모두 씻어 버리기라도 하려는 듯 눈물은 끝없이 흐르고 또 흘렀다.

그렇게 눈물은 그들의 온몸을 적시고, 온 마음을 적시고, 과거를 적시고, 현재를 적셨다. 두 사람의 눈물이 합쳐져 강이 되고, 다시 그 강은 바다가 되어 흘러갔다.

그리고 어느 순간 거짓말처럼 긴 시간 동안 자신들의 마음속에서 상처받아 내내 울던 아이가 이제 슬픔을 멈추고 툭툭 털고 일어나 다시 행복한 미래를 향해 한걸음 도약하고자, 서로의 손을 맞잡고 환한 세상 밖으로 빠져나오는 것을 느꼈다.

서로를 껴안고 있던 그들은 그 순간, 서로의 눈을 바라보며 웃었다. 과거의 환부(患部)가 말끔하게 치유되는 느낌이었다. 놀라웠다. 사랑의 힘이란, 얼마나 위대한 것인가. 거짓말처럼 6년 내내 그들을 괴롭혔던 불안과 고통이, 한순간에 사라지는 느낌에 그들은 그저 웃었다.

"난 기억을 모두 지우고 살았어……. 하지만 오빠는 그 기억을 모두 끌어안고 살았지……. 얼마나…… 힘들었을까……."

"기억을 끌어안고 살았던 고통보다 더 힘들었던 건, 바로 네가 내 옆에 없다는 거였어……. 지금…… 네가 내 옆에 있다는 사실이 꿈만 같아……. 내게 다시 와 줘서 고마워……. 미카……. 난 그거면…… 다 괜찮아……."

"오랜 시간, 그 고통을 견디며 잘 참아 줘서 고마워……. 그리고 사랑해……."

그녀의 말에, 그가 감동스러운 눈길로 유리를 바라보았다. 그러다 천천히 그녀의 몸을 들어 안고 침대로 향했다. 천천히 아기 다루듯, 침대 위에 유리를 내려놓은 하선이 조심스레 그녀의 옆에 몸을 뉘었다.

눈을 마주 보고, 손을 마주 잡고, 몸을 마주했다. 천천히 서로의 입술이 마주 닿았다. 조심스럽고도 애틋한 입맞춤이었다. 서로를 다시 한 번 온전히 확인하는 몸짓은 애달팠다. 그리고 6년이라는 긴 시간을 보상이라도 받으려는 듯 그들은 밤새워 서로의 존재를 확인하고, 사랑을 확인하며 완벽한 일체감을 이루었다.

잠에서 깼다. 살며시 눈을 떴다. 창으로 밀려들어 오는 햇살에 바스락거리는 이불의 감촉이 좋았다. 그의 내음, 솔향기가 깊게 배어 있어 더 좋았다. 주방에서 풍겨 오는 토스트의 고소한 냄새가 코끝으로 기분 좋게 다가왔다.

잔잔한 라흐마니노프의 선율이 달콤하게 귓가를 맴돌고 지나갔다. 꿈인가! 모든 것이 완벽하게 느껴지는 아침.

유리가 살며시 일어나 그의 침실에서 나오자, 기다렸다는 듯 주방에 서서 하선이 환하게 웃었다. 청바지에 가벼운 흰색 티셔츠 차림인 그에게서 성숙한 남자의 근사함이 묻어났다.

어느새 식탁 위에는 바삭하게 잘 구운 토스트와 계란, 커피 등이 세팅되어 있었다. 그가 이 모든 것을 준비할 동안 아무것도 모른 채 잠들어 있었다는 것이 이해되지 않았다.

"잘 잤어?"

"응, 언제……. 이걸 다 준비했어?"

"좀 전에, 이리 와."

그의 손에 이끌려 유리가 식탁에 앉았다. 그가 마주 앉으며 감격스러운 표정을 지었다. 사랑이라는 감정 하나로, 이 모든 것이 행복하게 느껴지는 것이 신기할 따름이다.

가볍게 아침 식사를 마친 그들이 거실 창을 마주하고 테이블에 나란히 앉았다. 멀리 햇살에 반짝이는 한강의 물결이 보석처럼 빛나고 맑고 청명한 하늘에는 가을의 색이 깃들어 있었다.

토요일 아침이라 그런지, 한강을 가로지르는 다리는 여유로웠다. 유리가 그 가을의 경치를 감상하다 살며시 일어나, 그의 집을 천천히 둘러보았다.

깔끔하고 모던한 인테리어, 신경 쓴 듯 보이진 않았지만 정갈하고 가지런했다. 다소 적막감이 감도는 공간도 있었지만, 남자 혼자 사는 집치고는 괜찮았다. 천천히 걸음을 옮기던 유리가 장식장 위, 자신과 그의 사진이 진열되어 있는 곳에 멈춰 섰다.

이 사진들을 보며 그의 가슴이 6년 내내 찢어졌을 거라 생각하자, 그녀의 마음도 아파 왔다. 그래도 그 추억과 기억을 놓지 않기 위해 일부러 보이는 곳에 이 모든 것들을 놓아둔 그의 사랑이 고마웠다.

눈물이 살짝 맺히는 것을 보이지 않기 위해 서재 쪽으로 발길을 옮기던 중 거실 구석에 놓여 있는 기타를 발견했다. 순간, 유리의 얼굴에 밝은 화색이 돌기 시작했다. 낯이 익은 기타. 6년 전 그녀를 위해 자주 연주를 해 주곤 했던 그 기타를 들어 올리며 하선을 바라보자, 그가 빙긋이 추억을 담고 웃었다. 그리고 그것을 그에게 가져갔다.

"오빠, 연주해 줘."

"안 친 지 좀 돼서……. 잘 되려나……."

기타를 받아 든 그가 화음을 잡았다. 기분 좋게 울려 퍼지는 아름다운 선율이 곧이어 부드럽게 이어졌다. 기타를 치는 그의 모습이 무척이나 근사했다. 잠시 연습 삼아 이것저것을 연주하던 그가 이내 진지한 표정을 짓더니, 제대로 무언가를 연주하기 시작했다.

디리링~ 부드럽고 잔잔하게 이어지는 연주, 이 가을날에 너무나도 잘 어울리는 감미로운 멜로디가 그들 사이를 휘감고 돌아간다. 하선이 직접 작곡한 곡이었다.

6년 전 가을빛이 고운 어느 멋진 날, 한적한 공원에 앉아 하선이 들려준 이 연주는 그날 이후 그녀가 가장 좋아하는 곡이 되었다.

음음음음~

낮은 음색으로 연주에 맞춰 허밍으로 그 곡을 따라 부르는 그 앞에 유리가 살며시 마주 앉으며 사랑스러운 눈빛으로 바라보았다. 그렇게 허밍으로 노래를 부르며 기타를 연주하는 하선의 눈빛이 가을 들판처럼 점점 깊고 그윽해졌다. 그 눈빛에 다정함이 담기고, 사랑이 담겼다.

이제 다시 그녀를 만났으니 아무 의미도, 꿈도 없던 그에게 다시 살아가는 이유와 꿈을 꾸는 이유가 생긴 것이다. 다시 삶에 대한 희망과 기대가 생긴 것이다.

그의 온 진심과 마음을 느꼈는가. 순간 유리의 심장은 아릿했고, 충만함으로 벅차올라 그만 눈가가 촉촉하게 젖어들고 있었다.

연주가 끝남과 동시에, 하선이 기타를 한쪽으로 세워 놓고 천천히 유리에게 다가가 살며시 한쪽 무릎을 꿇고 앉았다. 이 모습에 유리의 심장은 미친 듯 요동치기 시작했다.

"오빠……."

그가 아무 말 없이 바지 주머니에서 작은 빨간색 케이스를 꺼냈다. 까르띠에 로고가 박혀 있는 케이스였다. 뚜껑을 열고 내민 그 케이스에는 작은 다이아몬드가 링 전체를 돌며 가지런히 박힌 화이트골드의 반지가 들어 있었다.

"평생, 너와 함께 눈을 뜨고 싶어……."

"오빠……."

촉촉하게 젖어 든 그녀의 눈에서 이내 눈물이 흘러내렸다. 두 번째 프러포즈! 사랑하는 마음은 그때와 변함없지만, 의미는 달랐다. 많은 의미와 감정을 담고 하선이 반지를 그녀의 손가락에 끼웠다. 그리고 그곳에 살며시 입을 맞추었다.

"평생, 함께 아침을 먹으며, 그날의 일을 계획하고 싶어……."

유리는 그만 그의 품으로 스며들 듯 다가가 안겼다. 벅찬 감동으로 온몸이 젖어 들었다.

"널 닮은 딸을 낳아 전 세계를 여행하고 싶어……."

"싫어!"

유리가 울다 웃으며 말하자, 그가 그녀의 입에 살며시 입을 맞추며 미소 지었다.

"그래, 날 닮은 아들도 낳자!"

"아아……. 오빠……."

"이젠 정말 나와 결혼해 줄 거지?"

끄덕끄덕, 대답 대신 고개만 끄덕였다. 도무지 말을 할 수가 없었다. 말을 하는 순간, 이 꿈같이 아름다운 이야기가 사라질까 두려웠기 때문이다. 대신 그녀는 그의 입술에 자신의 것을 올려놓았다. 그것보다 더 확실한 대답은 없을 것이라 생각했던 것이다.

사랑해, 깊고 깊은 입맞춤 후 유리가 그의 귓가에 대고 살며시 속삭였다. 세상 그 무엇보다 달콤하고, 아름다운 순간이었다.

사랑해, 사랑해, 하선 역시 그녀를 더욱 세게 끌어안으며, 다시는 그녀를 놓치지 않으리라 굳게 결심했다.

10. 마음의 정화

　무열과 즐거운 시간을 보내고 집으로 돌아온 은지가, 바닥에 널
브러져 있는 물건들을 보며 의아한 표정을 지었다. 대전에 다녀오
겠다며 나선 유리가 벌써 돌아온 것인가.

　'돌아왔으면, 애는 어디 간 거야?'

　며칠 전, 사색이 된 얼굴로 들어와 6년 전 자신에 대해 알고 있
는 얘기를 모두 다 해 달라는 유리를 보며 은지는 시간이 거꾸로
돌아가는 느낌을 받았었다.

　하선이 드디어 얘기를 한 것인가! 믿을 수 없는 진실을 마주하
고 앉아 있던 유리는, 자신이 전해 주는 과거에 끊임없이 당황하다
가 대전 집으로 향했던 것이다.

　바닥에 흩어져 있는 물건을 천천히 정리하다가, 작은 회색 강아
지가 그려져 있는 낡은 사진첩을 발견한 은지가 그것을 천천히 넘
기기 시작했다.

하선과 행복한 시간을 보냈었던 6년 전 유리의 추억이 고스란히 담겨 있었다. 그중에 일부 사진은, 그녀가 자신에게 메일로 보냈던 것과 일치했다. 살며시 미소가 지어질 만큼 사진 속 유리와 하선의 표정은 밝은 햇살만큼 따사롭고 행복해 보였다. 그러던 중, 하선과 유리 그리고 어떤 모르는 남자와 셋이 잎이 넓은 나무 아래에서 나란히 찍은 사진을 물끄러미 바라보았다.

'이 남자는…… 누구지?'

한참을 바라보다가, 곧 은지는 그 사람이 성태임을 알아챘다. 그 당시, 유리가 그 성태라는 사람이 하선이와 제일 친한 친구인데, 어느 날부터 자신을 향해 끊임없이 사랑 고백을 하고 있어 괴롭다는 내용의 고민을 말한 게 기억난 것이다.

'참……. 얼굴은 멀쩡하게 생겨 가지고…….'

그러다, 은지가 그 남자의 반팔 티셔츠 아래로 드러난 팔 부분에 무언가 날카로운 것으로 긁혀 생긴 깊은 상처를 보고 그만, 소스라치게 놀라 입을 벌리고 말았다.

그 상처가 현재 최현우라는 이름으로 살고 있는, 그 몹쓸 놈이 지니고 있는 상처와 너무나도 똑같았기 때문이다. 팔뚝에서 팔꿈치까지로 이어지는 10센티 이상의 긴 상처, 켈로이드 피부였던 그의 특수 체질 때문에 상처 부위가 두툼하게 도드라진 모습까지 똑같았다.

그리고 문득 떠오른 그의 눈빛이 사진 속 이 남자의 것과 흡사하게 닮아 있다.

'이럴 수가! 어떻게……. 이렇게 똑같을 수가…….'

그러다 은지는 문득, 유리와 자신을 에워싸고 있는 이 모든 불행이 어쩌면 한 사람 때문에 발생한 것일지도 모른다는 섬뜩한 느껌이 들었다.

그녀의 눈빛이 불안감과 믿을 수 없는 직감으로 부들부들 떨려
왔다.

"그러니 아빠, 제가 강물 속으로 빠졌었던 건 하선 오빠 때문이
아니었어요……. 죄송해요……. 제가 너무 어리석은 판단을 해
서……."

"흠……."

유리의 아빠는 아까부터 계속 눈을 감고 무덤덤하게 앉아 있었
다. 유리의 엄마는 끊임없이 눈물을 흘리며 하선의 손을 쓰다듬었
다.

일요일 오전, 일어나자마자 대전 그녀의 집으로 내려온 하선과
유리가 모든 과거 속 진실을 부모에게 말했던 것이다.

"죄송합니다. 아버님……."

"하선이 네가 죄송할 게 뭐야……. 오히려 우리가 미안하다. 그
동안 애먼 너만 원망해서. 흑흑흑. 그래, 그동안 얼마나 마음고생
이 심했니……. 가여운 것들……."

그녀의 엄마가 안타까운 표정으로 말했다.

"아닙니다……. 어머님……."

그러나 그녀의 아버지는 여전히 묵묵부답, 눈만 감고 있었다.
여러 가지로 생각이 많고 마음이 복잡했기 때문이다.

"여보……. 뭐라고 말 좀……."

보다 못한 엄마가 아버지의 반응을 재촉하자, 그가 눈을 천천히

떴다. 그러자 그의 눈에 핏발이 서려 있었다. 며칠 동안, 딸이 받을 고통에 잠을 설쳤기 때문이다.

그리고 오늘, 6년 내내 원망을 넘어 증오에 차서 미워했던 하선이 자신 앞에 앉아 있자, 심정이 복잡했던 것이다.

"술 한잔, 하세."

그러면서 아버지가 천천히 일어났다.

"네, 아버님."

하선이 일어나서는 밖으로 나가는 아버지를 따라나섰다. 유리도 함께 일어나 나오자, 아버지가 '너는 그냥 집에 있어라.' 말하며 나갔다.

집 근처 공원. 소주 한 병과 종이컵을 옆에 놓고 벤치에 나란히 앉은 하선과 그녀의 아버지가, 멀리 깊어져만 가는 가을 산을 말없이 바라보고 있었다.

종이컵 가득 부은 소주를 마시며 아버지가 낮은 한숨을 쉬었다.

"그래, 그동안 어떻게 살았나?"

"잘…… 못 살았습니다."

"그래, 그랬겠지……. 휴우"

멀리 나무가 떨군 낙엽 하나가 깃털처럼 가볍게 뱅그르르 돌아 바닥으로 떨어져 내렸다.

아버지가 또다시 소주잔을 비우며 말했다.

"자네 아버지께…… 실수를 했네……. 그때는 그만…… 나도 제정신이 아니라서. 죄송하다고 전해 주게……."

"네……. 아버님……."

"한없이 이기적인 것이 사람이라더니……. 나도 사람인지라…… 남의 자식은 생각 안 하고, 내 자식 생각만 했네. 자네한테도 미안하네⋯⋯."

하선이 아버지의 사과에 어쩔 줄 몰라 했다.

"아닙니다⋯⋯. 아버님⋯⋯."

그러자 아버지가 촉촉한 눈으로 그의 손을 잡았다.

"우리 유리⋯⋯. 기억을 잃고 고통 없이 산 듯 보이지만⋯⋯ 사실은 그렇지 않았다네. 거의 매일 밤 악몽으로 시달려야 했고⋯⋯. 알지 못하는 기억으로 괴로워했지⋯⋯. 자네만큼은 아니었겠지만⋯⋯."

"네⋯⋯. 잘 알고 있습니다⋯⋯."

마지막 남은 소주를 마저 마신 아버지가 그를 향해 작은 미소를 지어 보였다.

"그때나 지금이나, 자네는 여전히 듬직하고 든든하구만⋯⋯. 이제 나 대신 우리 딸⋯⋯. 자네가 돌봐 주겠는가⋯⋯. 난 이제 유리 엄마만으로도 벅차서 말이야⋯⋯."

그러자 하선이 감동에 겨운 표정으로 벌떡 일어나 그를 향해 90도로 정중하게 인사를 한 뒤, 진지한 표정을 지었다.

"감사합니다. 아버님⋯⋯. 평생, 유리 행복하게 해 주겠습니다!"

그리고 두 남자가 함께 웃으며 건배했다. 평생 몸 바쳐 사랑한, 그리고 사랑할 그녀의 행복을 위해!

월요일 아침. 모든 것이 아름답게만 느껴지는 날이었다. 모든 기억이 되돌아왔고, 그럼으로 인해 하선과 더욱더 완전한 사랑을 느낄 수 있었으며, 부모님께 결혼 허락도 받았다.

모든 것이 순조로웠다. 이제 다음 주, 시카고로 건너가서 그의 부모님께 인사만 드리면 된다.

6년 전, 하선의 부모님은 유리를 참으로 예뻐했었다. 유리의 부모가 하선을 마음에 들어 했던 것처럼. 잠시, 오랜만에 뵙는 그의 부모님께 무엇을 선물하면 좋을지를 생각 중이던 유리 앞에 한소미가 다가왔다.

"정유리 씨! 이거 교육청하고 대학으로 공문 보내야 하는데, 유리 씨가 기안 좀 올려 줄 수 있어? 난 다른 일이 너무 많아가지고……."

"네, 그럴게요."

유리가 한소미로부터 서류를 받아 드는데, 누군가 문을 벌컥 열었다. 다들 놀라 바라보니, 김태평이 심각한 표정으로 서 있었다.

"대박 소식이에요!"

또 대박이란다. 이놈의 회사는 뭐가 그리도 대박 소식이 많은지……. 하루라도 바람 잘 날이 없다.

"또 뭔데요?"

한소미가 물었다.

"왜 이번엔 팀장이 게이래? 알고 봤더니 그 미카엘인가 뭔가 하는 여자가, 실은 남자래?"

저건 또 무슨 말 같지도 않은 헛소리인가. 하여튼 김아라는 말을 해도 꼭 저렇게 싸가지 없게 한다. 저것도 능력이라면 대단한 능력이었다.

"아니요. 지금 최현우 대리가 사표 내고 퇴사했대요!"

"뭐어?"

"네에?"

모두들 눈만 똥그랗게 뜨고는 아무 말도 못 하고 있었다.

"왜, 왜왜? 갑자기?"

"글쎄요. 그 이유까지는 저도 잘 모르죠. 워낙에 그런 사적인 부분에서는 잘 얘기를 안 하는 스타일이었잖아요. 그나저나 우리에겐 인사 한마디도 없이 가다니, 참 씁쓸하네요."

김태평의 표정이 정말로 씁쓸했다. 나름 친하게 지내 보려 노력도 많이 했건만······.

이럴 때 우리는 동료의 기준을 어디에 두어야 하는 것인지, 인간관계의 기본을 어디까지로 정해야 하는 것인지 난감해지지 않을 수 없다. 자리로 돌아와 앉은 김태평의 표정이 섭섭함으로 가득했다.

한편, 갑작스런 최현우의 퇴사 소식에 가장 충격을 받은 건 유리였다. 혹시 자신 때문에 그가 그만둔 것은 아닌지, 미안해지기까지 했다. 좀 더 잘 해 줄걸, 후회도 되었다.

간부회의를 마치고 자신의 방으로 돌아온 하선이 회의용 탁자에 앉아 있는 민수진에게 원두커피를 건넸다.

"마셔."

"응, 땡큐!"

그녀 앞에 하선도 마주 앉으며 무표정한 얼굴로 수진을 바라보았다. 이미 유리를 통해 그녀의 생각을 전해 들은 하선이, 오늘 분명하게 자신의 생각을 밝히고자 한 것이다.

"수진아······."

"응, 말해."

이미 하선의 표정에서 무언가 중차대한 내용이 나올 것임을 직감한 수진이 살며시 깊은 숨을 내뱉었다.

"정유리 씨야!"

하선이 다부진 표정으로 낮게 말했다.

"……뭐가?"

수진은 뜬금없는 하선의 말에 의아한 표정을 지었다.

"내가 현재 만나고 있는 여자, 앞으로 결혼할 여자. 그리고 평생 사랑할 여자."

"……."

순간 민수진의 표정이 심하게 일그러졌다. 못된 놈. 잔인한 놈. 매정한 놈. 자신의 마음이 어디를 향해 있는지 뻔히 알면서 이렇게까지 돌직구를 날리며 확인 사살할 필요 없잖아! 수진의 가슴이 찢어질 듯 아파 왔다.

"축하해 줄 거지. 우린 친구니깐!"

"아니, 그럴 수 없어!"

하선을 날카롭게 쏘아보는 수진을 보며 그도 미간을 찌푸렸다.

"어째서지?"

"네가 시궁창으로 빠지는 꼴 못 보니깐!"

"시궁창?"

"너 정유리 진짜로 사랑하는 거 아니잖아. 단지 미카를 닮아서 네가 착각……."

"정유리가 미카야!"

수진이 뭐라 말을 끝내기도 전에 하선이 낮은 음색으로 단호하게 말했다. 이 말에 수진이 놀란 눈으로 그를 보았다.

"뭐, 뭐라고?"

"정유리가 미카였다고!"

그리고 이어지는 하선의 길고 긴 이야기. 이것을 듣고 있는 수진의 표정이 당황함에서 점차 체념으로 바뀌고 있었다. 그러다 하선이 모든 얘기를 끝마쳤을 때는, 그저 아무 말도 할 수가 없었다. 하선이 담담한 표정으로 수진을 보았다.

"미안하다, 수진아. 네 마음 잘 알지만, 받을 수 없어서 정말로…… 미안해. 그리고 축하해 줘."

하선의 말에 수진의 눈가가 이내 촉촉하게 젖어 들다가, 혼란함에 잠시 넋을 놓았다. 그리고 천천히 고개를 들고 그를 바라보며 웃었다.

"축하해, 이하선."

"고맙다, 민수진."

이후, 자신의 방으로 돌아온 수진이 창가에 서서 어이없이 피식피식 웃었다.

'이하선. 이제 나는 네게 그 어떤 일말의 희망도 품을 수 없게 되었구나……. 이렇게 끝인 거니……. 후후! 아쉽지만, 네가 행복해 보여서 좋다.'

사람을 좋아하게 되는 일이란 자기의 의지나 이성으로는 어쩌지 못하는 일이다. 그래서 수진은 하선을 향한 마음이 깊어지면 깊어질수록 자신의 마음을 받아 주지 않는 그 때문에, 많은 밤을 쓸쓸히 눈물로 지새우곤 했다.

그럼에도 불구하고, 언젠가는 그가 자신에게 마음을 열어 줄 것이란 한 줄기 희망이 있었기에 힘을 낼 수 있었는데, 이제 그 작은 희망조차도 꿈꿀 수 없게 되었단 사실 때문에 가슴이 아팠다. 쓸쓸했다.

마치 자신의 모습이 나뭇가지에서 이제 막 떨궈진 낙엽처럼 처량하게 느껴졌다. 그럼에도 불구하고, 수진은 하선과 유리의 재회를 축하했다. 그가 6년 동안 얼마나 괴로운 삶을 살았는지 너무나도 잘 알았기에, 진심으로 그가 행복해지길 소원했다.

"최현우 대리님, 왜 갑자기 그만둔 거예요?"

"글쎄……. 나도 잘 모르겠어. 사표를 본부장님한테 직접 갖다내고 갔더라고. 내겐 인사도 없었어……."

운전대를 잡고 있는 하선도 다소 섭섭한 눈치였다. 그것을 보며 유리가 복잡한 얼굴로 창밖으로 스쳐 지나가는 사물들을 의미 없이 바라보고 있었다.

"참, 아까 민수진 팀장님이 나 찾아왔었어요. 오해해서 미안했다고요……."

"그랬구나……. 말을 좀 직설적으로 해서 그렇지 맘은 착한 친구야……."

"그런 것 같더라고요……. 저보고 오빠한테 잘해 주라고……. 6년 동안 괴롭힌 시간 다 보상해 주라고 그러더라고요……."

유리가 하선의 옆모습을 보며 희미한 미소를 지었다. 그러자 앞을 보며 운전에 집중하던 하선이 유리를 바라보며 부드럽게 웃었다.

"그런데 왜 갑자기 존댓말이지?"

"아아……. 후후. 적응이 잘 안 돼……. 회사에서는 존댓말을 써야 하니깐……. 막 이렇게 섞어 쓰다가 회사에서 실수하면 어째요?"

"그럼, 뭐 그냥 우리 관계 확 다 밝히는 거지. 하하하."

그의 미소가 아름다웠다. 항상 무언가 가면을 쓴 사람처럼, 자신의 내면을 잘 보여 주지 않던 그가 이렇게까지 해맑아질 수 있다니……. 유리도 그의 미소에 따라 웃었다.

집 앞 주차장에 차를 세운 그들이 손을 잡고, 근처 호프집으로 향했다. 오늘, 은지와 무열, 그리고 그들이 함께 만나기로 한 날이었기 때문이다.

"그러니깐 은지 너하고 오빠하고 짜고선 나를 클럽으로 데려갔다는 거야?"

"그치!"

은지가 땅콩 하나를 입에 물고 고개를 크게 주억거렸다. 이 모습에 무열이 밝은 미소를 지었다. 아까부터 손을 꼭 잡고, 서로를 향해 무엇인가를 계속 먹여 주고 있는 그들은 아주 좋아 죽겠는 표정이다.

반면에 하선은 빙그레 웃고만 있을 뿐, 아무 말도 하지 않고 있었다.

"하선씨! 그때 클럽에서 하선 씨 봤을 때요. 그런 흐트러진 모습도 은근 괜찮던데요. 호호."

술이 들어가자 기분이 한껏 좋아진 은지가 너스레를 떨었다.

"그렇던가요? 그럼 가끔 그렇게 흐트러져 볼까요? 하하하."

"안 돼!"

갑자기 그 말에 유리가 소리를 꽥 질렀다. 이 모습에 모두 눈만 멀뚱멀뚱!

"왜, 안 돼? 은근 매력적이더만……."

은지의 말에 무열이 입을 샐쭉거리자, 은지가 '네가 더 매력적이야.' 라고 그의 귓가에 대고 속삭였다. 그러자 무열의 표정이 다시 밝아진다.

"하여튼 안 돼!"

"왜 안 될까? 우리 아가씨께서 이렇게 나오시니, 더 궁금해지는데……."

하선이 그녀의 어깨에 손을 두르며 말하자, 유리가 모기만 한 소리로 답했다.

"너무 섹시하단 말이야. 그 모습에 내가 속수무책으로 빠져들었는데, 다른 여자들도 그러면 어떡해! 그러니 절대로 안 돼!"

이 말에 순간 은지와 무열은 얼음이 되었고, 하선은 그저 그녀의 손을 꼭 잡고 크게 웃고 있었다.

어느덧 시간은 깊어졌고, 분위기도 깊어졌다. 모두들 즐거운 표정이었다. 행복한 표정이었다. 그런데 잠시 화장실을 갔다 온 은지가 진지한 얼굴로 자리에 앉았다. 이렇게 다 모여 있을 때 얘기를 하는 것이 좋겠단 판단을 한 것이다.

"저기…… 말할 게 있어요."

그러면서 유리 짐을 정리하다 발견한 한 장의 사진, 하선, 유리, 성태가 나란히 찍힌 사진을 테이블에 내려놓았다. 그것을 본 유리와 하선의 표정에 의아함이 깃들었다.

"이 남자, 최성태란 사람 맞지?"

"응. 맞아……."

유리와 하선이 은지를 진지하게 바라보았다.

"이 사람하고 현재 연락되나요, 하선 씨?"

"아니요. 안 됩니다. 실은 저도 그 친구 찾아보려고 여기저기 알아봤는데 찾기가 쉽지 않네요……. 왜 그러시죠?"

하선이 낮은 톤으로 진중하게 말했다. 그러자 은지가 그럴 줄 알았다는 표정으로 입을 열었다.

"이 사람…… 내가 아는 사람 같아요!"

그녀의 말에 유리와 하선의 눈이 휘둥그레지며 크게 놀라고 있었다.

"어, 어떻게 네가 알아? 지금 어디 있는데?"

"어디 있습니까? 성태!"

하선과 유리가 다급히 묻자, 은지가 굳은 표정으로 답했다.

"최현우! 니네 회사 다니는 그 최현우가 최성태인 것 같아!"

"뭐라고?"

"네에?"

은지를 바라보며 하선과 유리는 믿을 수 없는 표정이었다. 당황스러웠다. 최현우가 최성태라니, 얼굴도 다르고 이름도 다른데…….
어떻게 그럴 수 있단 말인가.

"혹시, 그 사람 왼쪽 팔에 큰 흉터 있지 않았어요?"

"성태요?"

"네."

"네, 맞아요. 성태 왼쪽 팔에 큰 흉터 있었습니다. 그걸 어떻게 은지 씨가 알죠?"

"켈로이드 피부라 그 흉터는 더없이 보기 흉했죠!"

"그, 그걸 어떻게…….”

"최현우라는 남자의 팔에도 그와 똑같은 흉터가 있었어요! 동일인물이 아니고서야 그런 흉터를 똑같이 지닐 수는 없죠. 안 그런가요? 그리고 사진 속 이 사람의 눈빛과 최현우의 눈빛이……
똑같아요. 아무리 얼굴이 달라졌다 해도, 눈빛은 변하지 않잖아요……."

몇 년 내내 기억 속에서 지워지지 않던 그의 눈빛이었다. 한때는 사랑했던 사람의 눈빛! 그것을 쉽게 잊을 리 없었다.

은지의 말에 유리와 하선의 머릿속이 재빨리 그의 모습 속 흉터와 눈빛을 기억해 내느라 분주하게 움직였다. 그런데 아무리 생각해 봐도, 최현우의 팔을 본 적이 없다. 그러다 여름에도 늘 긴팔만 입고 다녔던 사실이 떠올랐다.

그리고 눈빛……. 유리는 잘 모르겠다. 그의 눈빛을 6년 전에도, 현재도, 제대로 주의 깊게 보지 않았기 때문일까.

하선 역시 혼란스럽긴 마찬가지, 최현우가 성태라니……. 얼굴도 다르고, 이름도 다르고, 목소리……. 목소리……. 아! 이럴 수가!

순간, 하선의 몸이 돌처럼 경직됐다. 그리고 심장이 미친 듯 뛰기 시작했다. 목소리. 왜 여지껏 그것을 인지하지 못했을까! 목소리가 성태와 똑같았는데 말이다. 그러자 갑자기 그가 성태였다는 새로운 증거들이 속속 떠오르기 시작했다.

초조하거나 긴장될 때 엄지손톱을 물어뜯는 버릇, 뭔가 지루할 때 한쪽 눈썹이 살짝 위로 올라가는 모습, 그리고 회의 때 가끔씩 하선을 뚫어져라 바라보던 그 눈빛……. 모두 성태와 똑같았다.

그리고 떠오른 또 하나의 생각, 몇 년 전 성태는 대형 교통사고를 당했었다고 했고, 그 이후 자취를 감췄다. 어쩌면…… 그 교통사고로 인해 성형수술을 했을지도…… 모. 른. 다.

이 놀라운 사실 앞에서 하선과 유리가 크게 당황하자 은지가 천천히 자신과 최현우의 얘기를 꺼내기 시작했다. 그리고 모든 얘기가 끝나자, 무열이 안쓰럽고 안타까운 눈빛으로 은지의 손을 꼭 잡았고, 은지는 조용히 눈물을 흘렸다. 그녀의 모습에 유리의 눈에서도 눈물이 흘러내렸다. 가장 친한 친구가 그런 고통을 겪고 있었다니, 몰랐던 마음에 미안하기까지 했다.

"그리고 그날, 네가 최현우 때문에 기절했던 그날 밤. 최강혁이 최현우란 사실을 알았고, 이 사진을 보며 최현우가 최성태일지도 모른다고 생각했어. 그러고 나서 생각해 봤더니, 최현우는 항상 유리 네 옆을 맴돌았더라고. 결국 내게 접근했던 것도 같은 이유였겠지. 너를 근거리에서 더 가까이 느끼려고. 어쩐지 나와 만났을 때, 네 소식을 꽤 많이 물어봤던 기억도 나. 그때는 그저 나에 대한 호기심이 지나쳐서 그런 거라 생각했었는데, 아니었어."

"하아……. 어떻게 이런 일이……."

유리는 믿을 수 없는 표정으로 고개만 절레절레 흔들고 있었다. 하선 역시 심각하긴 마찬가지였다.

반면, 이 모든 이야기를 다 털어 내 버린 은지는 비로소 그동안 쌓이고 쌓였던 먼지를 모두 털어 낸 듯 시원한 표정으로 무열을 바라보았고 무열이 그녀를 살며시 품으로 끌어안았다.

집으로 돌아온 하선이, 위스키를 마시며 심각하게 소파에 앉아 있었다. 오늘 은지에게 들은 얘기는 가히 충격 그 자체였기 때문이다.

만일 정말로 현우가 성태였다면, 왜……. 그는 자신 옆에 있으면서 그의 존재를 드러내지 않았던 것인가! 어째서! 혹시 그날의 일로 죄책감 때문에 자신을 숨긴 것인가! 아니면 또 다른 목적이 있었던 걸까!

갑자기 온몸으로 소름이 번져 가고 있었다. 갑자기 또 천천히 돌아가는 회전목마가 떠올랐다.

"네……. 네……. 잘 알겠습니다."

전화를 끊은 하선의 표정이 충격으로 일그러졌다. 초조한 듯 눈을 살짝 감았다 뜬 그가 자신의 얼굴을 손으로 쓸어내리며 창가로 다가와 섰다.

휴우! 낮은 신음이 그의 잇새로 비어져 나왔다.

'어떻게 이런 일이…….'

은지에게 최성태가 최현우일지도 모른다는 얘기를 전해 듣고 하선은 바로 최현우란 사람에 대해 알아보기 시작했다. 그리고 그 결과를 조금 전 전화로 들었다.

―알아봤더니 이 사람, 5년 전에 이름을 최성태에서 최현우로 개명했더라고요. 그리고 그 ㄴ병원에 입원했었던 사람 역시 최현우가 맞고요. 아! 그때는 개명 전이라 이름이 최성태로 되어 있었습니다. 진료 기록도 살펴봤더니, 교통사고로 얼굴이 심하게 손상되어서 어쩔 수 없이 성형수술도 했다고 하더라고요.

그리고 이 사람이 알려 준 최현우의 주소를 본 하선은 또 한 번 놀라지 않을 수 없었다. 바로 성태의 집이 유리가 살고 있는 아파트에서 도보로 5분 거리에 있는 다세대 주택이었기 때문이다. 순간 하선의 온몸으로 소름이 돋아 올랐다. 불안함과 두려움도 함께였다.

'성태야……. 너……. 왜 그러니……. 왜……. 아직까지도…….'

삐삐! 하선의 호출이었다. 차분한 마음으로 그의 방으로 들어섰더니 하선이 심각한 표정으로 다가와 자신을 끌어안았다.

"유리야……."

불안함을 담고 하선이 천천히 말했다.

"은지 씨 말이 맞았어. 최현우가 성태였어……."

"아……."

그녀는 그만, 휘청 어지러움을 느꼈다. 그럼 자신에게 좋아한다고 고백했었던 사람도, 또 마음을 받아 주지 않는다며 분노 가득한 눈빛을 지었던 사람도, 사실은 현우가 아닌 성태였단 말인가…….

6년 전에 그가 그랬던 것처럼 똑같이. 자신이 알아낸 사실을 유리에게 담담히 들려주며, 하선의 눈빛이 걱정으로 가득했다.

"미카……. 오늘 이 시간부터 우리 집에서 나와 함께 지내. 도저히 너 혼자 둘 수 없어. 불안해. 미치도록……."

성태가 갑작스럽게 회사를 그만둔 데는 분명 이유가 있을 것이다. 무언가를 하기 위해서 그만둔 것임에 틀림없었다. 갑자기 하선의 머릿속으로 정체불명의 남자가 보냈던 이메일이 떠올랐다. 그러자 불안함은 이내 공포로 바뀌기 시작했다.

여행용 가방에 간단한 옷가지와 화장품 등을 챙긴 유리가 심각하게 은지를 바라보았다.

"유리야……. 너무 걱정 마. 뭐…… 별일이 있겠니……."

이렇게 말하는 은지 역시 뭔가 찜찜하고 불안하긴 매한가지였다.

"미안해……. 나 없으면 너 혼자 무서워서 어떡해?"

"걱정마. 무열이 함께 있어 준다고 했어."

"그래……. 당분간만 있다 올게."

거의 울상인 유리를 살며시 끌어안으며 은지가 일부러 명랑한 톤으로 말했다.

"오지 마. 이제 두 사람 곧 결혼할 건데 여길 다시 오면 어쩌겠다는 거냐! 절대로 오지 마라. 알았지!"

이 말에 유리가 웃었다. 아무렇지도 않은 듯 자신을 위로하고 있는 은지가 고마웠다. 그러면서도 매우 미안했다. 은지도 자신 때문에 상처를 받았기 때문이다. 의도하진 않았으나, 자신으로 인해 도대체 몇 사람이 상처를 받는 것인가……. 그녀의 마음이 복잡했다.

"가요."

유리가 대문 앞에 서 있는 하선을 향해 말하자, 그가 그녀의 가방을 받아 들었다.

"유리, 잘 부탁해요."

"네, 걱정 마세요. 그리고 고마워요. 은지 씨."

하선이 살며시 미소 지으며 낮게 말했다. 그리고 바로 내려와 주차장에 세워진 차에 짐을 싣고 그렇게 하선의 집으로 떠났다.

이 모습을 주차장 한쪽 구석 오래된 나무 아래서 최현우가 슬픈 얼굴로 지켜보며 서 있었다. 깊은 시름으로 그늘진 얼굴이 거칠었다. 단 하루도 편하게 살았던 날이 없었다. 단 하루도 자기 마음대로 살았던 적도 없었다. 그에게 있어서 인생이란, 그저 고달픔의 연속이었다.

그렇게 한참을 서 있던 현우가 천천히 발길을 돌려 그의 집으로 향했다.

걸어서 5분 거리에 있는 자신의 집에 도착한 현우가 방으로 들어와 창문을 활짝 열었다. 실내 공기가 답답하게 느껴졌기 때문이다. 그런 후 털퍼덕 침대 위에 자신의 몸을 던지듯 누웠다. 모든 것을 내려놓은 듯한 허탈한 몸짓이었다.

'이제, 때가 됐어……. 드디어 모든 것을 끝낼 때가…… 된 거야…….'

어둠만이 가득한 그곳에, 까딱까딱! 일본식 고양이 인형의 손짓 소리가 조용하게 울렸다.

'성태야……. 이제 나도 어쩔 수 없어……. 이제 그만 모든 것을 끝내고 싶어……. 계속 너한테 끌려다니며 살고 싶지 않아…….'

계속해서 슬픈 표정이던 그의 얼굴이 이내 심하게 일그러지더니, 그만 괴로움에 짓이긴 표정으로 그가 숨죽여 울기 시작했다.

그때 복잡한 감정, 드러낼 수 없는 생각으로 괴로워하던 그가 갑자기 벌떡 일어나더니, 책상 의자에 다리를 꼬고 앉았다. 조금 전까지만 해도 슬프고 괴로워하던 표정은 온데간데없고 대신 싸늘한 비웃음이 그의 얼굴로 녹아들었다.

'미친놈! 어디 끝낼 수 있으면 끝내 보시지.'

순간적으로, 현우가 사라진 그 자리에 성태가 모습을 드러냈다.

선과 악, 강과 약, 옳고 그름이 함께 존재하며 늘 갈등 속에 몸부림치던, 정확히 유리가 강으로 떨어지고 타들어 가는 죄책감과 자기 합리화를 번갈아 가며 그렇게 내적갈등을 반복하던 어느 날이었다.

"어, 자네가 여긴 어떻게 왔나?"

한국대 병원. 입원실에서 나오던 유리 아빠가 복도를 서성이고 있는 성태를 보고 놀란 표정을 지었다.

"저…… 미카엘라 좀 괜찮습니까?"

안 그래도 그곳을 떠날 생각이었던 그 역시 유리가 한국으로 떠났단 소식에 무작정 이곳으로 따라 들어왔다.

"응……. 몸은 많이 회복되었네. 다만…… 기억을 못 해. 미국에서의 일 모두."

"아……."

그런데 그 순간 왜 성태의 마음은 또다시 희망으로 물들기 시작했을까.

"미안하네만 유리가 스스로 기억해 내기 전까진 이 일 알리고 싶지 않네. 그러니 자네도 우리 유리, 만나지 않았음 좋겠어. 오늘은 멀리서 왔으니 잠시 얼굴만 보고 가게. 지금 자고 있거든."

그리고 병실에 들어와 조용히 자고 있는 그녀의 얼굴을 보며 희망은 다시 기대로 바뀌었다.

기억을 못 한다니 다시 자신이 다가가도 될 것 같은 희망.

그래서 그녀가 이번에는 제대로 자신을 봐줄 것 같은 기대.

그때, 잠에서 깬 유리가 성태를 보았고 순간 귀신이라도 본 것처럼 공포 가득한 얼굴로 미친 듯 소리를 질러 댔다. 아악! 아아아 아아!!! 기억하지 못한다면서 본능은 그를 알아본 건가.

그렇게 자지러지게 소리를 지르던 그녀는 그만 기절했고 성태는 하얗게 질린 얼굴로 병원을 도망치듯 나왔다. 좀 전에 품었던 희망과 기대는 다시 절망과 좌절로 변했다.

며칠 뒤, 어둠 속에 웅크리고 있던 그는 더 이상 살아갈 이유를 찾지 못한 공허한 눈빛으로 차를 몰고 나왔다.

한적한 산길, 경사진 비탈길, 급커브 지역에서 그는 일부러 핸들을 돌리지 않았고 차는 그대로 앞으로 달려갔다. 절벽을 향해서.

그리고 병원에서 눈을 떴을 때, 자신의 얼굴이 전과 달리 전혀 다른 사람처럼 변하게 된 그 시점부터 극명하게 자신을 두 개의 자아로 분열시켰다. 세상에 존재하는 최성태를 없애고, 대신 최현우를 만들었다.

그렇게 자아(自我)를 두 개로 분리함으로써, 성태는 마음 놓고 이 세상이 만들어 놓은 도덕적 책임과 윤리적 관념을 무시하며 살아왔던 것이다.

대신, 그가 본래 지니고 있던 선함과 도의적 책임은 최현우라는 인물에게 모두 전이시켰다. 이렇게 해서, 그는 한 사람이었으나 한 사람이 아니게 되었다. 현우와 성태가 번갈아 가며 독립된 인격체로 나타났다. 밝은 빛을 싫어하는 성태는 밤에, 어둠을 싫어하는 현우는 낮에 주로 나타나곤 했다. 그러나 어쩔 때는 낮과 밤, 경계 없이 성태가 불쑥불쑥 제 모습을 드러내기도 했다.

그리고 한 번씩 이 두 사람이 내면에서 부딪치는 순간도 있었는데, 그럴 때는 주로 성태가 현우를 잡아 눌렀다. 성태가 현우를 조종했다. 그래서 현우가 선의로 한 행동을 성태가 악의로 뒤집었다.

현우는 은지를 진심으로 만났으나, 성태가 그것을 거짓으로 만들었다. 최강혁이라는 거짓 이름까지 써 가며 유리를 더욱 가까이서 느끼고자, 은지에게 접근했었다.

현우는 유리에게 직장 동료로서 친절과 호감을 베풀었으나, 성태는 그것을 교묘히 이용했다. 때문에 매번 어그러진 결과로 현우는 무척이나 힘들어했다.

그럼에도 불구하고 성태가 아직까지도 극단적인 방법으로 유리를 취하지 않고 그저 그녀 곁만 빙글빙글 돌고 있는 이유는, 현우가 그를 막고 제지하고 있기 때문이었다. 현우는 성태를 도무지 포기할 수 없었다.

사실은 성태도 그렇게 나쁜 사람이 아님을 알기 때문이다. 잘못된 생각으로 잠시 판단력이 흐려져서 그럴 뿐이라고 언젠가는 다시 제자리로 돌아올 것이라고 굳게 믿고 있었던 것이다.

그러나 6년이 지난 지금, 더 이상 변할 것 같지 않은 성태의 모습에 현우는 지쳐 버리고 말았다. 자신이 포기하면 그가 얼마나 더 심하게 극악해질지 잘 알았음에도 불구하고 말이다.

어쩌면…… 지금 이 일을 하지 못한다면…… 성태는 더욱 깊고 깊은 나락으로 떨어져 고통에 몸부림치며 살아갈지도 모른다.

어둠이 사라지고 밝은 빛이 온 세상을 물들이는 시간, 현우로 돌아온 그가 또 하선에게 메일을 쓰기 시작했다. 성태가 눈치채지 못하게 하고자, 그의 손놀림은 매우 빨랐다.

유리가 잠든 것을 확인하고 하선이 서재로 들어와 책상에 앉았다.

그리고 한참을 어둠 속에 앉아 무언가를 골똘히 생각하기 시작했다.

이제, 이 길고 긴 실타래를 풀어야 한다. 한없이 뒤섞이고 엉클어져서 풀기 힘들지 몰라도 반드시 풀어내야만 한다.

그래야 모두 살 수 있기 때문이다. 어둠 속 어느새 떠오른 여명에 비춰지는 그의 모습이 어느 때보다도 비장함으로 가득했다.

월요일.

간부회의를 마치고 사무실로 돌아오는데 누군가 하선을 불렀다.

"형! 하선이 형!"

고개를 돌려 보니, 무열이 머쓱한 얼굴로 서 있었다.

"어! 무열아, 어쩐 일이야? 전화도 없이."

갑작스런 무열의 등장에 하선이 의아한 표정을 지었다. 하선과 무열은 지난번 첫 만남 이후부터 줄곧 형, 동생 하며 친밀하게 지내오고 있었다.

"드릴 말씀이 있어서요."

다른 날과 달리 무열의 표정이 심각했다.

"그래, 내 방으로 가자."

사무실로 들어와 그에게 커피를 내주고 하선도 앞에 앉았다. 아까부터 무열의 표정은 좀처럼 펴지지 않고 있었다.

"무슨 일이야?"

무열의 심각함만큼 하선도 심각했다. 분명 뭔가 심상치 않은 일이란 느낌이 왔기 때문이다.

"저…… 그 사람 만났어요."

"누구?"

"그 최현우란 사람……."

"뭐? 왜, 왜 만났어?"

하선의 당황함에 무열의 표정은 더욱 심각해졌다.

"은지 씨에게 무슨 마음으로 그렇게 큰 상처를 줬는지 물어보고 싶었어요……."

이런……. 또 젊은 남자의 치기가 발동했구나.

하선이 낮은 한숨을 내쉬었다.

"그런데요……. 형…… 그 최현우란 사람……. 이상해요……."

"뭐가 이상해?"

"아주…… 아주 이상해요……."

하선을 바라보고 있는 무열의 눈동자가 심하게 흔들렸다.

화요일.

"미카, 할 말이 있어."

아침상을 마주하고 하선이 심각한 목소리로 말했다.

"응……. 말해……."

유리도 그의 심각함에 더불어 진지한 표정을 지었다. 성태가 최현우였다는 사실을 안 이후, 그들은 제정신이 아니었다. 그렇게 자신들 앞에 성태가 가까이 있었음에도 불구하고 알아차리지 못한 사실도 충격이었고, 또다시 6년 전과 같은 악몽이 되풀이될까 불안하기도 했다.

그래도 두 사람은 자신의 충격보다도 상대방의 충격이 얼마나 클지를 더 걱정하며, 자신의 불안과 초조함을 속으로 감추고는 그저 따뜻한 손길로 서로를 안아 주며 위로를 하고 있었다.

"아무래도…… 시카고 학회는 못 갈 것 같아."

"응……."

유리는 그저 고개만 끄덕였다.

"해야 할 일이 있거든."

"무슨 일?"

"그건 나중에 말해 줄게."

"혹시, 위험한 일은 아니지?"

막연한 불안감으로 유리가 그의 눈을 조심스럽게 바라보았다.

"위험한 일…… 아니야. 걱정하지 마……. 나 믿지?"

"응, 믿어……."

"대신 이 일이 다 마무리되는 대로 시카고에 가자. 그래도 괜찮겠지?"

"응, 괜찮아. 오빠 좋을 대로 해. 난 정말로 괜찮으니깐……."

무슨 일일까……. 그가 해야 할 일이 도대체 무엇일까, 너무 궁금했지만…… 유리는 그가 말해 줄 때까지 기다리기로 했다.

"그리고, 미카……. 이번 주 휴가 내고 대전 집에 내려가 있을래? 부탁이야."

"이번 주 전부?"

"응, 내가 본부장님께 잘 말씀드려 놓을게. 그러니 대전 집에 가 있어. 이 일이 마무리될 때까지만. 그리고…… 미카……. 부탁이 있어. 내가 데리러 갈 때까지 될 수 있으면, 집에만 있어 줄래? 절대로 혼자 나가지 말고, 혹시 어디 가게 되면 반드시 부모님과 함께 다니고……."

"알았어. 그렇게 할게……."

그의 표정이 하도 심각하고 진지했기에 유리는 그저 그가 시키는 대로 하기로 했다.

아무것도 묻지 말고 그저 그를 믿자, 생각했기 때문이다.

"고마워……."

"고맙긴……."

서로를 마주 보며 희미한 미소를 짓는 그들이었지만, 사실 마음은 매우 불안했다.

유리를 대전 집에 바래다주고 올라오는 고속도로, 운전을 하는 하선의 머릿속으로 엊그제 받은 메일의 내용이 떠올랐다. 그러자 하선의 손끝이 파르르 떨려왔고, 긴장감으로 입술이 바짝바짝 타들어 가기 시작했다.

「H입니다. 이번이 세 번째 편지군요. 이것이 마지막이기를 바라 봅니다.

전 어떻게 해서든 제 힘으로 그를 되돌려 보려 노력했지만, 그 것이 매우 어렵다는 사실을 깨달았습니다. 때문에 무척 힘이 드는 군요.

드디어 그의 계획이 구체화되었습니다.

알고 봤더니, 그의 목적은 정유리가 아니라 당신이었더군요. 때 문에 당신 옆에 그렇게 가까이 있었던 건지도 모르겠네요.

이번 주, 그는 당신을 유인해 내기 위해 정유리, 그 여자를 미끼로 이용할 것입니다. 아마, 납치를 계획하고 있는 듯 보입니다.

그러니…….

조심하세요. 부디……. 조심하시기를…….

H로부터…….」

운전대를 잡고 있는 하선의 손에 힘이 잔뜩 들어갔다.

'성태야, 최성태……. 이번에도 네 뜻대로 이루어지진 않을 거다. 나도 더 이상, 그때처럼 당하지만은 않을 거니깐! 기다려라. 최성태!'

2차선에서 1차선으로 차선을 변경하면서 속도를 높인 하선의 차가, 그의 심정을 반영이라도 하는 듯 무서운 속도로 질주하기 시작했다.

목요일.

회의 중, 그의 전화가 소리 없이 울렸다. 화면을 슬쩍 본 하선의 표정이 순간 심각해지더니 실례를 무릅쓰고 자리에서 일어나 회의실을 빠져나왔다.

"네, 이하선입니다."

전화를 받는 그의 표정이 매우 심각하고 진지했다.

"네, 네……. 네……. 알겠습니다……."

전화를 끊은 하선이 낮은 한숨을 내쉬었다.

"무슨 일이야?"

그때, 하선을 따라 나온 민수진이 걱정스런 얼굴로 그를 바라보고 있었다.

"왜 나왔어?"

"너 따라 나왔어. 네 얼굴이 하도 죽상이길래, 무슨 큰일 났나 싶어서……."

"흠……."

수진을 바라보는 하선의 눈동자가 심하게 흔들리고 있다.

긴장된 표정으로 하선이 사무실에 앉아서 핸드폰을 꺼내 들고 무언가 한참을 망설이고 있다.

오늘, 그를 만나고자 한다. 오래된 친구, 최성태를…….

지금껏, 회사에서 아무렇지도 않게 자신을 대했으니 아마 팀장으로 그의 정체를 모르는 척 만나자고 하면, 만날지도 모른다.

성태 역시 자신에게 하고 싶은 이야기가 많을지도 모르니…….

일단, 만나 보자…….

드디어 마음을 다잡은 하선이 천천히 그의 번호를 눌렀다.

따르릉! 따르릉! 신호음이 울리는 동안 하선의 심장은 긴장감으로 터져 버릴 듯 요동쳤다.

-여보세요.

쿵! 그동안 인지하지 못했던 성태의 음성이, 하선의 심장을 아래로 세차게 떨어트렸다. 이렇게 들어도 확실한 성태의 음성을 그동안 왜 몰랐을까!

하선이 잠시 호흡을 가다듬고 천천히 말을 이었다.

"최현우 대리님! 저 이하선입니다."

-…….

전화기 너머로 성태의 긴장감 섞인 숨소리가 느껴졌다.

"여보세요?"

-팀장님께서 어쩐 일이시죠?

한참 말이 없던 현우의 목소리에 경계심이 가득 일었다.

"그렇게 갑자기 그만두셔서, 인사도 제대로 못 해서요. 이거 너무너무 섭섭합니다. 최현우 대리님."

최대한 침착하면서도, 평소 그의 말투대로 하선이 말을 이어 나갔다.

-아……. 네……. 그 점은…… 죄송합니다.

"무슨 일 때문에 그렇게 갑자기 그만두셨습니까?"

-개인적인 사정이라……. 말씀드리기 좀 곤란합니다…….

"그렇군요……. 오늘 저녁, 시간 괜찮음 저와 소주 한잔 어떠신지요?"

-……왜죠?

"그래도 가기 전에 술이라도 한잔하고 보냈어야 하는데, 내 마음이 좀 그렇네요. 그래도 한솥밥 먹고 산 사이가 아닙니까. 심란하기도 해서 술 한잔하고 싶은데 마땅한 상대가 없네요."

―…….

전화기 저쪽, 성태는 또다시 말이 없어졌다.

"부탁입니다."

하선이 간곡한 어조로 말했다. 그렇게 몇 분 더 뜸을 들인 성태가 이내 답을 했다.

―좋습니다.

삼겹살이 지글지글, 먹음직스럽게 익고 있었다. 그것을 사이에 두고 하선과 성태가 마주 보고 앉아 있다. 얼굴은 전혀 다른 사람이었으나, 분위기와 말투, 눈빛, 행동이 모두 성태였는데, 이렇게 확실했는데, 왜 몰랐을까……. 어떻게 몰랐을 수가 있을까…….

"진작 최현우 대리와 이렇게 술 한잔해도 좋았을 것을, 후회가 되네요."

성태 잔에 소주를 따르며 하선이 천천히 말했다.

"팀장님께서는 늘 바쁘셨지 않습니까! 또한 직원들과 사적인 만남도 싫어하셨고요!"

그랬지……. 그랬었다. 혼자 온갖 고통과 절망을 끌어안고 사는 탓에, 다른 사람에 대해서는 털끝만큼의 관심도 가지질 않았었지. 그의 말이 정확히 맞았다.

"현우 씨 말이 맞군요……. 하하……. 내가 좀 그랬어요…….."

성태는 그저 아무 말 없이 소주잔을 비웠다. 성태는 술이 세다. 아직도 그럴까, 생각하다 이내 다시 잔에 소주를 부어 주었다.

"그런데 팀장님께선 무엇이 그렇게 심란하신 겁니까?"

성태가 무표정으로 하선을 보았다.

너 무슨 생각하는 거니, 성태야. 너는 내가 누군지 잘 알면서, 왜 모르는 척하는 거야……. 왜 그러는 거야……. 잠시 감정이 흐트러지려는 것을 다잡고 하선이 웃었다.

"살다 보면…… 마음이 상할 때도, 아플 때도 있는 것 아니겠어요……. 현우 씬 마음 아플 때 없어요?"

"없습니다!"

매우 단호하게 성태가 답했다.

거짓말하지 마라. 성태야. 너도 결국엔 마음이 너무 아파서, 그 아픔…… 어떻게 떨쳐 버려 보고자 이러는 것 아니니……. 이렇게까지 네 스스로를 파괴하면서.

이상하게도 하선은 성태를 향해 전혀 화가 나지 않았다. 6년 전, 자신을 향해 총을 겨누고, 유리를 강물로 빠지게 한 장본인인데, 화가 나지도, 분노가 느껴지지도 않았다. 그저 6년 동안 그도 자신처럼 고통스런 삶을 어떻게든 살아 내기 위해 처절하게 몸부림쳤단 생각에 안쓰러웠다. 몹시도 안타까웠다.

"혹시, 현우 씨는 친한 친구가 있습니까?"

"없습니다!"

자신의 감정과 생각을 들키지 않기 위해, 끊임없이 방어기제를 사용하고 있는 그의 모습에 또 한 번 안타까운 눈길을 보내던 하선이 나지막이 말했다.

"그렇군요. 저는 친한 친구가 있었습니다. 어릴 적부터 함께 자란 친구였는데, 그 녀석과는 무엇을 함께 나눠도 아깝지 않았죠……. 후후."

하선의 눈이 깊어졌다. 더불어 성태의 눈빛은 살짝 흔들렸다.

"진짜, 무엇도 아깝지 않았는데……."

"……."

"지금 생각해 보면, 그 친구와 함께했던 시간이 제 인생에서 가장 소중했던 시간이 아니었나 싶어요……."

쓸쓸함을 담아 하선이 소주 한 잔을 비웠다. 그러자 성태가 천천히 그의 잔에 소주를 부었다.

"그런데 그 친구와는 지금 어떻게 됐죠?"

어떻게 된 건가……. 정말로 어떻게 된 것이란 말인가……. 서로를 앞에 두고 서로를 모르는 척해야 하다니……. 이 말도 안 되는 현실에 하선은 목이 메었다.

"……사라……졌어요……. 어느 날 갑자기……. 연기처럼 펑하고……."

"……왜 사라졌을까요?"

성태는 여전히 무덤덤했다. 그의 표정에선 아무런 감정도 느껴지지 않았다.

"글쎄요……. 왜 사라졌을까요? 현우 씨는 그놈이 왜 사라졌다고 생각하나요?"

왜 사라졌니? 진짜로 왜 사라졌어? 떳떳하게 나와서 네 잘못 용서 구하고, 정당하게 살지……. 왜 이렇게 숨어 사냐고……. 이 바보 자식아!

그런데 지금까지 표정에 아무것도 담지 않고 있던 성태의 입술이 살짝 비틀어지기 시작했다.

"억울해서……. 지난 과거가 너무 억울해서……. 제대로 다시 잘 살아 보려고 했는데……."

성태가 이를 악물며 낮게 읊조렸다.

"……."

억울했니? 네가? 무엇이 그렇게 억울했어! 정말로 억울한 사람이 이 세상에 얼마나 많은데……. 삶이 억울하다고 해서 모두 다 너처럼 자신을 망치면서 살지는 않는다.

"젠장! 근데 다 망쳤지……. 누구 때문에……."

순간, 성태의 눈에서 불꽃이 일더니 분노가 서렸다. 너 때문이야! 이하선! 너 때문에 내 인생 다 망쳤지. 지금까지도, 넌 내 인생을 완전 망가뜨렸어. 그러니 용서할 수 없다. 이하선. 이건 불공평하지, 너만 행복하게 잘 살고, 난 불행해지는 일 따위 이제 그만할 거야. 그러니 함께 가자. 기다려. 이하선!

감정 통제가 잘 안 되는 것인가. 성태가 하선을 뚫어져라 쏘아보다 이내 남은 소주를 입으로 마저 털어 넣고 일어섰다.

"이제 그만 전 가 보겠습니다. 이. 하. 선. 팀장님."

그리고 성태가 차가운 표정으로 문을 향해 걸어 나갔다. 그의 뒷모습을 슬픈 표정으로 묵묵히 바라보던 하선이 그가 문을 열고 나가기 직전, 목소리를 높여 그를 불렀다.

"성태야! 최성태!"

순간, 성태가 걸음을 멈추고, 잠시 미동도 않고 서 있다가 천천히 그를 향해 고개를 돌렸다.

그의 눈이 뻥 뚫린 듯 공허했다. 멍했다. 그리고 그 순간, 성태는 자신의 시야에 희뿌연 안개가 서리는 듯한 느낌을 받았다.

금요일.

집으로 돌아온 성태가 침대에 가만히 앉아 있었다. 하선을 만나고 온 후부터 몸살기가 돌기 시작했다. 몸이 욱신욱신 쑤시고, 정신이 몽롱하다.

그래도 내일 계획은 차질 없이 실행해야 한다. 머릿속으로 그 계획을 미리 생각하는 성태의 온몸으로 긴장감이 엄습했다. 이제 내일이면 모두 끝이다. 6년 이란 긴 세월, 자신을 괴롭혔던 극심한 고통과 절망도, 외로움도, 자신의 인격을 두 개로 분열시킬 만큼 힘들었던 죄책감과 타는 듯한 불안함도 모두 끝인 것이다.

"하하. 하하하. 하하하하하!"

그 기쁨에 성태가 크게 웃었다.

"오빠, 별일 없는 거지?"

전화기 너머로 들려오는 하선의 목소리에 기운이 하나도 없었다. 왜 그런 걸까……

-괜찮아. 너도 잘 지내고 있지?

"응, 완전 잘 지내……"

-미카……. 보고 싶다…….

"나도 보고 싶어……. 내일 토요일인데 그만 올라갈까?"

-아니! 오지 마. 절대로 오면 안 돼!

너무나도 단호하고 엄격하게 말하는 하선 때문에 순간 유리는 조금 섭섭한 감정이 들었지만, 무슨 이유가 있어서 그런 것이겠거니 생각했다.

"알았어……. 그럼 나 언제 가?"

-내가 데리러 갈게. 일요일에. 그때까지 기다릴 수 있지?

"응……"

그리고 하선과의 전화 통화를 마친 유리가 시무룩하게 앉아 있었다. 평소와 다른 그의 말투와 행동 때문에 유리는 요즘 고민에 빠져 있었다. 도대체 무슨 일 때문에 하선이 평소와 다른 것인지, 무척 궁금했다.

일주일씩이나 대전 집으로 내려 보내고는 아직도 오지 말라니……. 게다가 그는 전화도 잘 하지 않았고, 그녀의 문자나 전화에도 잘 응하지 않았다. 이상해도 너무 이상했다.

혹시, 다른 이유가? 마음속에 한 번 이상한 의심이 생기기 시작하면, 그것은 자신의 의지와는 상관없이 걷잡을 수 없이 커지기 마련이다.

분명 성태 때문에 정신이 없는 것이라 생각하면서도, 자꾸만 이상하게 행동하는 그 때문에 이미 유리의 마음속에는 하선을 향한 의구심이 자라기 시작했다.

토요일.

저녁, 세수를 하고 나오는 하선의 얼굴이 핼쑥했다. 요 며칠 그의 마음은 마치 늪에 빠져 있는 듯 무겁기만 했다. 오늘이 드디어 그날이다. 그날! 성태가 자신의 계획을 감행한다고 H가 미리 알려주었던 그날. 때문에 하선도 자신의 계획을 감행하는 그날!

휴우!

잇새로 낮은 한숨을 내쉬며 하선의 얼굴에 그늘이 졌다. 일의 성패여부를 떠나, 자신의 마음은 오래도록 편하지 않을 것 같았다. 근심에 잠긴 그가, 블랙 슈트를 깔끔하게 차려입고 집을 나섰다. 온몸으로 긴장감이 정신없이 흐르기 시작한다.

너무나도 적막해서 자신의 숨소리마저 크게 들리는 순간이다. 성태가 오늘 계획에 필요한 것들, 이것저것을 준비해서 채워 넣은 가방을 공허한 눈빛으로 바라보고 있다.

지긋지긋한 세상, 단 한 번도 행복하지 못했던 삶. 희망이라고 는 더 이상 찾을 수 없는 인생.

태어나지 않았으면 더 좋았을 존재.

'미카엘라, 이러한 내 저주받은 삶을 네가 행복과 희망으로 바 꿔 줄 수 있을 거라 기대했는데……. 기대했는데, 그 역시 뜻대로 되지 않았지. 그래서 이제 이 지긋지긋한 인생살이 끝내려고. 대신 나 혼자만 끝내는 것은 너무 억울해서 말이야. 하선도 함께 데리고 가려고. 그러니 네가 좀 도와줘야겠다. 약속하지. 넌 그냥 놔두고 간다고. 대신 그놈을 잡아들이는 데 네가 미끼만 되어 주면 된다.'

눈빛에 싸늘함과 매서움을 담은 성태가 천천히 일어나 위아래 온통 검은 옷으로 갈아입은 뒤, 가방을 들고 밖으로 나갔다. 자신 의 계획을 실행하기 위해…….

KTX를 타고 서울역에 도착한 유리가 하선의 집을 향해 택시를 탔다. 그는 절대로 오지 말라고 신신당부를 했지만, 도무지 궁금해 서 참을 수가 없었다.

그리고 어차피 그가 내일 오전 대전으로 오나, 자신이 지금 다 늦은 저녁에 오나, 별 차이가 없을 것이라 생각된 것이다. 또한 그 의 피곤도 덜어 주고 싶었다. 깜짝 놀라게 해 주고도 싶었다. 30분 가량을 달려, 하선의 집에 거의 다 도착한 유리가 근처 편의점에서 간단한 먹을거리를 사 가지고 들어갈 생각에 택시에서 내렸다.

그리고 편의점에서 하선이 가장 좋아하는 요구르트와 간식거리 이것저것을 사 들고, 트렁크 가방을 끌고서는 아파트 샛길 가장 빠 른 오솔길로 접어들었다.

늦은 저녁이라 그런지, 인적이 드문 길은 한산했고, 평소와 달리 으슥하기까지 했다. 누군가 자신을 지켜보고 있는 듯 느껴지기도 했다. 기분 탓인가. 유리가 잠시 느껴지는 오싹함 때문에 걸음을 빨리 하며 걸었다.

그때, 오솔길 옆으로 우거진 수풀에서 검은 물체가 휙, 갑자기 나타났다.

"악!"

그리고 유리가 어떻게 손을 써 보기도 전에, 온통 검은색으로 옷을 입고 있던 정체불명의 그 남자가 그녀의 입을 막았다. 그리고 유리는 정신을 차릴 수 없었다.

띵똥! 어딘가를 향하는 하선이 운전대를 잡고 있는데, 문자 알림음이 울렸다.

신호 대기 중 그 문자를 확인하기 위해 핸드폰을 바라보던 하선의 표정이 순간, 크게 일그러졌다. 당황함으로 입술이 바짝바짝 말랐다.

[미카엘라! 내가 데리고 있음. 이 주소로 지금 당장 올 것. 30분 주겠음.]

'제길!'

문자를 확인한 하선이 정신없는 얼굴로 속도를 높여, 빠르게 운전하기 시작했다.

서울 외곽에 위치한 낡은 건물, 음습한 공간. 천천히 어둑어둑한 계단을 따라 내려가는 하선의 발걸음이 조심스러웠다. 표정은 한없이 복잡하다. 낮은 한숨이 비어져 나왔다. 반쯤 열려진 문을 밀고, 천천히 그곳에 발을 들였다.

펙!

갑자기 그의 등 뒤로 둔탁한 무언가가 내리꽂혔고, 하선은 털퍼덕 바닥으로 주저앉았다. 순식간의 공격에 그는 속수무책으로 당할 수밖에 없었다.

당황함으로 정신없는 하선 앞으로, 성태가 천천히 다가와 하선을 의자에 앉힌 뒤 그의 손목과 발목을 밧줄로 단단히 묶었다. 고개를 들어 주위를 살펴보니, 한쪽 구석에 그녀가 정신을 잃고 쓰러져 있었다.

"최성태!"

날카로운 눈초리로 그를 바라보자 성태가 희미하게 웃으며 하선 앞에 쭈그려 앉았다.

"오랜만이군. 이하선."

"성태야……. 왜 이러는 거야?"

"왜…… 이럴까. 내가 왜 이럴까?"

정말로 왜 이러는 걸까. 무엇 때문에 이러는 걸까. 이젠 그조차 이러는 이유를 모르겠다. 이미 갈 길을 잃은 지 오래다. 때문에 왜 이러는지, 성태도 잘 모르겠다. 다만 오래된 미움과 분노가, 알 수 없는 증오가 그를 이렇게 만들었다.

"성태야……. 이러지 마……. 우린 세상에서 가장 친한, 둘도 없는 친구잖아."

하선이 조용한 목소리로 침착하게 말했다. 그러자 성태가 미친 듯 웃었다.

"하하하하하!"

그러다 순식간에 웃음기를 거둬들이고 날카로운 표정을 지었다.

"친구? 하! 친구라……. 정말 친한 친구였다고? 너와 내가? 아니……. 난 그렇게 생각 안 하는데……. 우린 한 번도 친구였던 적이 없었어. 친구라면 내 걸 그렇게 뺏어 가진 않지. 안 그래?"

"난 네 것을 뺏은 적이 없어!"

"아니! 넌 내 것을 다 뺏어 갔어. 모두 다! 공부도, 우정도, 사랑도! 모두 다!"

차갑고 냉정하던 성태의 표정이 점점 비틀어지기 시작했다. 절제되지 않는 감정으로 몸도 살짝 떨었다. 계속해서 이를 악물며 말을 내뱉었다.

"그리고 모든 사람들이 너만을 좋아했지. 네 옆에 있는 나는 늘 관심 밖이었고. 심지어 우리 부모까지도 나보다 널 더 좋아했었지! 이래도 아니야! 이래도 뺏어 간 게 아무것도 없어?"

'이 버러지만도 못한 놈! 아무짝에도 쓸모없는 놈! 하선이 발뒤꿈치도 따라가지 못할 놈! 저런 놈을 자식이라고. 에잇. 쯧쯧쯧!'

순간 아버지가 자신을 벌레 취급하며 쏟아붓던 말이 떠오르자, 점차 분노가 솟구치기 시작한 그의 눈에 핏발이 일었다.

그럼에도 불구하고 하선은 여전히 차분하게 그를 마주 대하고 있었다. 안쓰러움과 안타까움이 묻어나는 눈길로…….

"성태야……. 그렇지 않아……. 네가 잘못 생각하고 있는 거야. 학교 친구들, 선생님들 모두 너를 좋아했었어. 너의 활발함을, 너의 유머를, 너의 자상함을 모두 좋아했었다고!"

"거짓말! 그렇지 않아! 내 부모조차도 날 좋아하지 않았는데, 다른 사람들이 나를 좋아했다고? 웃기지 마! 거짓말하지 말라고. 이 자식아!"

퍽! 성태가 또 자신의 손에 들려 있는 것으로 하선의 등을 내려쳤다.

'아이고, 우리 하선이 왔냐. 그동안 더 늠름해지고 멋있어졌구나. 그래, 이번에도 전교수석 했다고. 참으로 대견하다. 쯧쯧, 우리 성태가 너 반만 닮았어도.'

언젠가 집에 놀러온 하선의 손을 마주잡고 따뜻하게 그를 바라보는 아버지의 모습이 또 떠올랐다. 자신에게는 단 한 번도 보여주지 않았던 그 눈빛! 이에 성태가 또 몸을 부르르 떨며, 하선을 노려보았다.

그러나 하선은 눈 하나 깜짝하지 않고 그를 마주 보았다.

점점 대화가 오갈수록 성태는 알 수 없는 분노로 호흡이 가빠지고 있었고, 하선은 반대로 차분해지고 있었다.

"좋아했어. 모든 사람들이 너를 정말로 좋아했었어……. 잘 생각해 봐……. 최성태……. 네가 얼마나 빛이 나던 사람이었는지를……."

잠시, 벽을 짚고 서 있던 성태가 하선의 그 말에 묘연한 표정을 지었다.

인정받고 싶은 욕구, 사랑받고 싶은 열망이 그 누구보다 강했던 성태였다. 엄마의 무관심과 아버지의 학대 때문에 상처가 심했던 그는, 때문에 부모에게 받지 못한 사랑을 타인을 통해 받으려 노력했다. 그래서 공부도 열심히 했고, 친구들에게도 최선을 다해 잘했다.

하선은 이런 그의 모습을 누구보다 잘 알고 이해해 줬던 가장 친한 친구였다. 그러나 자신보다 늘 한 수 위였던 하선에게 알 수 없는 경쟁심과 질투심도 함께 존재했던 것은 부인할 수 없는 사실이었다.

때문에 자꾸 그와 내기를 했는지도 모르겠다. 이겼을 때의 그 승리감과 성취감을 느껴 보고자…… 그러나 승리감과 성취감 대신, 그는 늘 패배감과 절망감만을 맛보았다.

이러한 감정은, 자신이 내기에서 이겼을 때도 여지없이 나타났다. 왜 그랬을까?

"시끄러! 네가 아무리 그렇게 떠들어도 바뀌는 건 아무것도 없어. 난 영원히 패배자일 뿐이고, 넌 영원히 승리자겠지. 난 영원히 시궁창에 빠져 허우적대는 쥐새끼 신세일 뿐이고…… 넌 영원히 화려한 무대 위 빛나는 주인공 역할만 하겠지…… 때문에…… 이 세상에서 나를 좋아하는 사람은…… 아무도 없지. 부모에게 버림받은 사람을 누가…… 좋아하겠어…… 그러니 미카엘라도 결국…… 나 대신 너를 선택한 거야……"

분노로 이글대던 성태는 이제 깊은 비애(悲哀)에 잠겼다. 자신의 처지가 무척이나 한스러웠다.

"성태야…… 그렇지 않아…… 미카엘라도…… 너를 좋아했어."

하선이 그런 성태를 보며 나지막이 말했다.

그러자 성태가 구석에 조용히 누워 있는 그녀를 바라보며, 씁쓸한 눈빛을 지었다. 그리고는 천천히 말을 이었다.

"미카엘라…… 내게 유일한 희망이었는데…… 깜깜한 어둠 속 유일한 빛이었는데…… 그래서 6년을 기다렸는데…… 다시 희망을 품고 기다렸는데…… 그녀와 함께 이 세상 다시…… 사람답게 살아보려고 했었는데…… 그런데 결국…… 그녀도 날 싫어했어. 그녀마저도, 나를 비웃고 깔봤지…… 그 인간, 아버지처럼! 역시 이 세상에, 내 편은 아무도 없었던 거야…… 신도, 부모도 버린 인간이니…… 당연한 거겠지. 그러니 난 이제 지쳤다……. 더 이상 다른 사람의 관심과 사랑 따위 구걸하며 살고 싶지 않아……. 그러니 하선아……. 같이 가자. 그만 다 끝내고 가자……."

6년 내내 그녀를 소망하며 실낱같은 희망을 품고 기다려 온 시간이 물거품이 되었단 사실을 깨닫자마자, 성태는 자신의 계획을 수정했다. 피곤했다. 이 삶이 무척이나 피로했다. 그리고 더없는 좌절감이 밀려들었다. 그래서 이 고단하고 노곤한 삶을 그만 끝내기로 한 것이다.

그런데 혼자 끝내기에는 너무 억울했다. 억울해서 미칠 것 같았다. 그래서 생각했다……. 하선도 같이 데리고 가자고……. 자신이 가질 수 없다면, 하선도 가질 수 없다고…….

외로운 길, 평생 외로웠던 인생, 하선과 함께하면 좀 덜 외로울 것 같다고……. 그래도 한때는 가장 친한 친구였으니……. 분명 하선도 이해할 것이라고…… 생각했다.

"그러니……. 함께 가자……. 이하선……."

그러면서 성태가 자신의 품 속에서 날카로운 무언가를 꺼내 들었다. 그것을 본 하선의 눈빛이 혼란스러웠다.

"성태야. 제발 네 마음속, 스스로 걸어 잠근 자물쇠를 열고, 소리를 들어 봐. 널 좋아했던 사람들의 마음을 느껴 봐……. 내 진심을 믿어 봐……. 널 좋아했어. 성태야. 무척이나 많이! 널 사랑했다고! 최성태! 지금도 널 좋아하고 사랑해!"

날카로운 무언가를 들고 손을 높이 쳐들던 성태가 순간 움찔했다. 사랑했다는 하선의 외침에 잠시 심장 한쪽으로 저릿한 무언가가 스쳐 지나간 것도 같았다.

우스웠다. 사랑이 뭐라고! 사랑한다는 말 한마디에 이렇게 흔들

리는가! 다시 제자리로 돌아온 성태가 더욱 차가워진 눈빛으로 이
내 다시 하선을 향해 무언가를 내리꽂으려던 찰나,

"성태 오빠!"

찢어질 듯 가냘픈 여자의 목소리가 들려왔다. 성태와 하선 모두
재빨리 소리가 나는 방향으로 고개를 돌렸다. 그곳에 유리가 서 있
었다. 성태도, 하선도 모두 눈이 휘둥그레졌다.

"성태 오빠……."

차분하면서도 담담한 표정으로 유리가 천천히 그에게 다가왔다.
그러자 오히려 놀란 성태가 뒷걸음질을 쳤다.

"어, 어떻게……."

정신 잃는 약을 흡입해서 깨어나기엔 너무 이른 시간이었다.

성태는 그런 유리의 등장에 당황했고, 하선은 그저 잠자코 그녀
의 모습을 지켜만 보았다.

"오빠……. 성태 오빠……. 최현우 대리님이 오빠였다는 사실을
알고 많이 후회했어. 그런 줄 알았으면 좀 더 잘 해 줄걸. 좀 더
살갑게 대해 줄걸. 왜 몰랐을까……. 그동안 얼마나……. 힘들었
어……."

얼마나…… 힘들었어. 얼마나…… 힘들었어. 그녀의 마지막 말
이 머릿속에서 뱅뱅 돌았다. 또 다시 느껴지는 따뜻한 울림…….
순간, 뜨거운 무언가가 성태의 마음속으로 훅 하고 들어오는 느낌
이 들었다. 이에 성태는 손에 들고 있던 것을 자신도 모르게 바닥
으로 떨어트리고 말았다.

"하선 오빠처럼 나도 오빠, 좋아했었어. 사람으로 친구로……
무척이나 많이 좋아했었어. 오빠는 참 다정하고, 친절하고, 따뜻한
사람……. 좋은 사람……. 착한 사람이었잖아……."

성태가 그녀의 말에 순간 휘청거렸다. 그 모습에 유리의 마음이 아파 왔다.

그 당시, 자신에게 끊임없이 고백해 오던 그를 무작정 밀어내지 않았더라면, 그의. 행동을 비난만 할 것이 아니라 조금이라도 이해해 줬더라면, 경멸의 눈빛이 아닌 동정의 눈빛으로 그를 바라보았더라면, 그때도 지금도 이런 일은 생기지 않았을 텐데…….

"오빠……. 좋은 사람 맞잖아. 그렇지?"

"아, 아니……. 그, 그렇지 않아……. 난……. 난……."

갑자기 식은땀이 성태의 전신을 휘감고 솟구치기 시작했다. 살짝 어지럽기도 했다. 정신이 혼미해졌다. 그만, 그만해. 미카엘라……. 그만……. 그만하라고 소리치고 싶었으나 목구멍까지 넘어온 소리는 차마 입 밖으로 나오질 못하고 있었다.

"6년 내내 나와 하선 오빠 옆에 있으면서 얼마나 괴로웠어……. 분명 오빠도…… 그날 다리에서 있었던 일 때문에, 타들어 가는 죄책감으로 무척이나 많이 힘들고 고통스러웠을거야……. 그치? 그동안 많이 힘들었지?"

유리의 눈가에 맺혀 있던 눈물방울이 기어이 흘러내렸다. 진심이, 그녀의 진정성이 느껴졌다. 또한 얼핏 바라본 하선 역시, 진실 가득한 표정으로 자신을 걱정스럽게 바라보고 있었다.

예전, 그를 향해 진심으로 걱정해 주던 표정. 그 표정 그대로였다.

그 두 사람의 모습에 성태는 결국, 꺾이는 무릎을 지탱하지 못하고 풀썩! 바닥으로 주저앉고 말았다. 그리고 자신의 의지와 상관없이 몸이 부르르 떨려옴과 동시에 눈물이 미친 듯이 흘러내리기 시작했다.

아아……. 저들이 도대체 자신의 무엇을 건드린 것이란 말인가. 어릴 적부터 아버지에게 아무리 심하게 맞아도 울지 않던 그였다. 6년 전, 미카엘라가 다리에서 떨어진 그 순간에도 울지 않았던 그였다. 뿐만 아니라, 자동차를 몰고 목숨을 끊고자 절벽을 향해 돌진할 때, 엄청난 공포가 엄습해도 울지 않았던 그였다.

그런데 갑자기 봇물 터지듯 눈물샘이 터져 버렸다. 그조차 예상하지 못한 상황에 성태는 당황했다. 울지 않으려 이를 악물었으나 소용없었다. 그렇게 터져 버린 눈물은 이내 그동안 억압되었던 모든 감정을 표출하며 흐르기 시작했다. 그는 오열했다.

하선이 안쓰러운 표정으로 그런 성태에게 다가가려 했다. 그러자 성태가 오지 마! 크게 소리치는 바람에 하선은 행동을 멈출 수밖에 없었다. 단지 그곳에 무릎을 꿇고 앉아 자신의 손에 얼굴을 묻고 울고 있는 성태를 그저 안타까운 마음으로 바라만 보고 있었다.

유리도 마찬가지의 심정으로 서 있었다.

얼마나 시간이 흘렀을까. 꽤 오랜 시간 크게 소리 내어 울며 자신의 억눌렸던 감정들, 죄책감, 불안, 억울함, 비루함, 슬픔, 비애, 회한을 모두 담아 털어내던 성태가 차츰 진정하기 시작했다. 그리고 담담하게 하선과 유리를 바라보았다. 아무 말도 없이 그저 그들을 바라보는 눈빛에 그는 많은 것을 담고 있는 듯 보였다.

그리고 그 순간, 놀랍게도 성태는 분리된 두 개의 인격이 잠시 하나로 합쳐진 듯한 느낌을 받았다. 더불어 가슴 깊은 곳에서 그들을 향한 미안함과 죄책감이 북받쳐 올라오기 시작했다.

미안하다……. 진심으로……. 이제 됐다. 이것으로 나는 충분하다……. 고맙다…….

그러면서 성태가 조금 전 바닥으로 떨어트렸던 날카로운 것을 집어 들었다. 이제 정말로 때가 되었다. 다시 극악함만 남은 자신으로 돌아오기 전에 빨리 끝내야 한다고 생각한 그가 한 치의 망설임도 없이 그 날카로운 것을 자신의 심장을 향해 쿡! 찔렀다. 그렇게 그는 그대로 고꾸라졌다.

"최성태!"

"성태 오빠!"

하선과 유리는 그의 그런 모습에 숨도 쉬지 못하고 서 있었다.

번쩍!

그때, 어둡고 음습하던 공간에 밝은 빛이 쏟아져 들어왔다. 불빛으로 밝아진 그곳은 작은 소극장처럼 보였다.

"수고하셨습니다."

흰색 가운을 입은 누군가가 그들에게 다가왔다. 넋을 잃고 있던 하선과 유리가 놀란 눈빛으로 그 사람을 보았고, 잠시 무슨 상황인지 판단하는 데 꽤 오랜 시간이 걸렸다. 그제야 정신이 돌아온 하선이 나지막이 말했다.

"아……. 선생님……. 성태는…… 괜찮을까요?"

몇 명의 사람들이 기절한 성태를 환자용 침대에 눕혀 이동하고 있었다. 그것을 하선이 걱정스럽게 바라보았다. 바닥에는 성태가 들고 있었던 플라스틱 막대와 플라스틱 칼이 떨어져 있었다.

"잠시 기절한 것일 뿐, 괜찮습니다. 이제 깨어나 보면 알겠죠……. 어떤 인격이 남아 있는지를……. 그래도 두 분이 잘 해 주신 덕분에, 최현우 씨가 억압하고 있던 감정들을 조금은 털어 낸 듯 보입니다. 분명, 카타르시스(catharsis: 정신분석에서 마음에 억압된 감정의 응어리들을 언어나 행동을 통해 외부에 표출함으로 정신의 안정을 찾는 방법)를 통해 자신의 내면을 들여다본 것 같아요. 처음치고 성과가 좋아 보입니다."

"네……. 그런데 이 사람은 어떻게 된 겁니까?"

하선이 옆에 서 있던 유리의 손을 꼭 잡자, 박성훈 정신과 의사가 싱긋 웃으며 설명했다.

"아……. 정유리 씨가 본인도 참여하고 싶다고 하도 간절하게 원해서 중간에 투입시켰는데, 그렇게 하길 참으로 잘 했다는 생각이 드네요. 정유리 씨 때문에 최현우 씨의 감정 변화가 극명하게 나타났거든요. 수고 많으셨습니다. 그럼 전 현우 씨 상태 좀 보러 병실로 올라가겠습니다."

"네, 감사합니다. 선생님."

하선이 사라지는 의사의 뒷모습을 바라보다 이내 유리를 진지하게 바라봤다. 아직까지도 조금 전 상황에서 빠져나올 수가 없었다. 그만큼 몰입했다는 것인가.

유리는 그저 하선의 손만 꼭 잡고 있었다. 머리가 복잡했다. 조금 전 성태와 대화를 나누며 그녀는 생각했다.

그 사건에서 과연 누가 피해자고, 누가 가해자인지. 사건을 바라보는 입장에 따라 모두 다 피해자도, 가해자도 될 수 있는 것이 아닌가.

그러다 성태가 자신을 스스로 파괴해 버린 이 상황에, 결국 가해자란 없었다는 생각이 들었다. 6년이라는 긴 시간, 결국 그들 모두 고통 받았고 힘들었기에, 결국 모두 피해자였던 것은 아닌지……

"미카."

심각한 유리를 바라보며 하선이 조용히 그녀를 불렀다.

"이제…… 설명해 줘."

유리가 낮게 속삭였다.

"그래……. 그럴게……."

그러면서 하선의 기억이 지난 월요일로 다시 되돌아가기 시작했다.

월요일.

하선은 정신이 하나도 없었다. 최현우가 최성태라는 사실, 몇 년을 자신 옆에 있었다는 사실, 그리고 유리 근처에도 있었다는 사실은 가히 충격 그 자체였다. 그런데 더 충격적인 일이 벌어졌다. 바로 일요일에 받은 현우의 메일 때문이었다. 그 메일에서 현우는 자신과 성태는 한 몸에 살고 있으나 전혀 다른 인격이라는, 말도 안 되는 주장을 펼치며 성태의 계획을 미리 말해 주었다.

돌아오는 토요일. 그는 유리를 납치할 것이고, 그걸로 자신을 유인해서 죽일 거라는 무시무시한 계획을 설명하며 조심하라고 친절하게 걱정까지 해 주었다.

이에 하선은 간부회의가 끝나자마자 성태를 만날 생각이었다. 직접 만나 무슨 장난을 이렇게까지 심하게 치냐 따져 묻고, 왜 자신 옆에 있었으면서 정체를 숨겼는지, 혹시 이 모든 일이 6년 전 그 일 때문에 아직도 이러는 것이라면 어떻게든 결판을 짓겠단 심정이었다.

그런데 무열이 찾아왔다.

"형……. 그 최현우란 사람…… 이상해요……."

시종일관, 무열은 심각했다.

"뭐가 이상해?"

"마치…… 한 몸에 두 개 이상의 인격을 지닌 사람처럼……. 그러니깐…… 해리성 정체감장애 환자처럼 보였다고 할까요……."

"해리성 정체감장애? 그게 뭔데?"

"다중인격 장애요."

"뭐어?"

무열의 말에 잠시 충격을 받은 하선이 말을 잇지 못하고 앉아 있었다.

"형……."

"무열아, 네가 보기에 정말로 그렇게 보여?"

"네, 다중인격인지 아닌지 확실친 않지만 정상적으로 보이진 않았어요. 분명, 정신적으로나 심리적으로 뭔가 문제가 있어 보였어요."

최근, 임상심리학 관련 실습으로 정신과 병동을 자주 방문하고 있는 무열의 눈에 정상적이지 않은 현우의 행동 패턴이 여러 번 포착되었던 것이다.

"무열아, 성태가 정말로 정상인지 아닌지 알아보고 싶은데……. 어떻게 하면 좋을까? 네가 그쪽으로 잘 아니 무슨 방법이 없을까?"

하선의 말에 곰곰이 무언가를 생각하던 무열이 고개를 끄덕였다.

"알겠어요, 형. 제가 저희 교수님께 부탁 좀 드려 볼게요."

"아니, 내가 할게. 너희 교수님 소개만 시켜 줄래?"

그날 저녁, J대학 병원.

김태수 심리학교수와 박성훈 정신의학과 교수, 송인후 심리학박사, 그리고 하선과 무열, 은지가 한자리에 모여 앉았다. 하선의 간곡한 부탁과 무열의 도움으로 이 모임이 만들어졌다. 박성훈은 태수의 가장 친한 친구였다. 때문에 모임이 의외로 쉽게 결성된 것이다.

유리는 하선의 배려로 제외되었다. 안 그래도 마음이 편치 않을 그녀에게 이런 일까지 신경 쓰게 하고 싶지 않았던 것이다.

분위기는 내내 심각했다. 여러 가지 정황상, 성태에게 심리적, 정신적으로 문제가 있는 것 같다는 결론이 내려졌다.

"이 모든 상황은 전적으로 제가 다 책임지겠습니다."

하선이 진지하게 말했다.

"그럼, 일단 일상생활 속에서의 행동 먼저 살펴보도록 하죠. 그런데 그 사람을 어떻게 끌어내죠?"

박성훈이 말했다.

"음……. 힘들겠지만…… 은지가 좀 도와주면 어떨까?"

김태수가 조심스럽게 은지를 바라보았다. 이미 무열을 통해, 이들이 얽힌 과거를 알고 있던 태수였다. 잠시 뜸을 들이며 무언가를 곰곰이 생각하던 은지가 이내 고개를 끄덕였다.

"알겠습니다. 제가 할게요."

그녀의 표정이 그 어느 때보다도 더없이 단호했다. 그런 그녀의 손을 무열이 꼭 잡았다.

화요일 점심.

플라타너스 잎들이 무성하게 떨어져 있는 거리. 그 길가 한 곳에 위치한 커피숍에 은지와 현우가 마주 보고 앉아 있었다.

"오랜만이에요."

은지가 조용히 말했다.

"그래……. 오랜만이야……."

다소 긴장한 티가 역력한 현우가 초조한 듯 자신의 손을 자꾸만 비벼 댔다.

"회사 그만두셨다고요."

"으, 응……. 어떻게 알았어?"

"유리한테 들었어요……."

"아……. 그렇구나……."

"왜 그만뒀어요? 유리 좋아한다면서, 잘 되게 해 달라고 부탁할 땐 언제고?"

다소 공격적인 말투가 자신도 모르게 튀어나왔다.

이에 현우는 더 당황한 얼굴이었다.

"내, 내가 그랬어?"

내가 그랬어? 또 같은 말이 그의 입에서 튀어나왔다. 지금 생각해 보니, 이 말 은지가 그와 1년 남짓 연애라는 것을 했을 때, 굉장히 자주 듣던 말이었다. 내가 그랬어? 내가 언제 그랬어? 그때는, 난감한 상황 어영부영 넘어가기 위해 술수를 쓰는 것이라 생각했었는데…….

"네. 그쪽이 그랬어요."

"그랬구나……. 잘 기억이……. 그런데 이제 아니야. 이제 더 이상 정유리 씨 좋아하지 않아……. 포기했어……. 내게 마음 없는 사람, 자꾸 괴롭히는 것 같아서……. 그래서 회사도 그만둔 거고……."

거짓처럼 보이지 않았다. 이 말을 하는 그의 얼굴은 진심이었다. 은지는 자신도 모르게 마음이 짠해짐을 느꼈다.

"그런데…… 왜 불렀어?"

"그냥요. 뭐 좀 확인해 보고 싶어서……."

"뭐?"

"아니 됐어요. 이제 됐어요……. 확인한 것 같아요……. 이제 그만 가 볼게요."

은지가 가방을 챙겨 일어나려는데 현우가 나지막이 그녀를 불렀다.

"그동안…… 미안했다. 전부터 하고 싶었던 말이야……. 미안했어……."

그의 뜻하지 않은 사과에…… 은지는 그만 온몸이 얼어붙고 말았다.

수요일 저녁.

또다시 은지가 현우와 같은 커피숍에 앉아 있었다. 어제와 다를 것 없어 보이는 풍경이지만, 한 가지 달라진 게 있다. 바로, 현우의 표정! 어제 낮에는 한없이 선량한 사람의 그것이었다면, 지금의 최현우는 매서웠다.

"뭐야! 왜 자꾸 불러내고 난리야! 뭐 또 할 말이 더 남았나?"

"회사 그만뒀다고요?"

"내가 회사를 그만두든 말든, 네가 뭔 상관이야?"

"말…… 그따위로밖에 못 해요?"

"홋! 어이없군. 네 어린 남친이랑 함께 나오지 그랬냐! 왜 따로 따로 사람을 불러내고 난리야. 내가 그렇게 한가해 보여? 아주 이것들이 쌍으로 사람을 괴롭히고 말이야!"

"됐어요……. 그만하죠……."

그리고 은지가 가방을 챙겨 일어나자, 현우가 벌떡 일어나며 목청을 높였다.

"야! 너 사람 가지고 장난하냐? 뭐 이런 엿 같은……. 또 한 번만 이딴 식으로 사람 오라 가라 하기만 해 봐라. 그땐 아주……. 에잇!"

불같이 화를 내던 현우는 그렇게 은지를 뒤로한 채 사라졌다.

그래 그랬었지……. 그때도 현우는 이렇게 종잡을 수 없는 모습으로 은지를 힘들게 했었다…….

그때는 그저 그의 성격이 좀 까다롭고 까탈스러워서 그런가 보다 했는데……. 그게 아니었을 수도 있다니……. 갑자기 전신으로 소름이 솟아올랐다.

그렇게 은지가 멍하게 서 있는데, 김태수와 박성훈, 그리고 몇 명의 전문가들이 다가왔다.

그들의 눈빛이 심상치 않았다.

목요일.

회의실을 빠져나온 하선이 복도에서 전화를 받았다. 태수였다.

"네, 이하선입니다."

-김태숩니다.

"네, 교수님. 말씀하세요."

-행동관찰 후 여러 명의 전문가들과 논의한 결과, 아무래도 정신장애가 있는 듯 보입니다. 일단 낮에 본 최현우 씨와 밤에 본 최현우 씨가 한 인격이라고 하기엔 너무나 달랐기 때문입니다. 심지

어 주로 사용하는 손의 위치까지 변하더라고요. 낮에는 오른손, 밤에는 왼손……. 또 성격도 전혀 다른 모습이 나타나고요. 옷 입는 스타일도 전혀 달랐고, 아무래도 정확한 상태를 알아보려면 직접적인 진단이 필요한데……. 어떻게 하시겠습니까? 그때 말한 대로 진행……하시겠습니까?

"네……. 그렇게 하겠습니다……."

-그런데 전적으로 보호자의 동의가 필요한 사항이라서…….

"현재, 이곳에서 성태를 보호할 수 있는 사람은 아무도 없습니다. 저 말고는, 아무도 없어요……. 그러니 제가 모든 책임 다 지겠습니다. 진행해 주세요. 교수님."

-알겠습니다. 그럼 다시 연락드리겠습니다.

태수와 전화 통화를 마친 하선의 표정이 상기되었다. 정말로 성태가 그렇게까지 그 스스로를 망가트렸단 말인가……. 인격을 두 개로 분리시킬 만큼, 그렇게 스스로를 파괴시킬 만큼…… 괴로웠단 말인가. 그를 향한 알 수 없는 감정으로 마음이 복잡하고 심란했다.

"왜 그래?"

그때, 언제 나왔는지 수진이 자신을 걱정스럽게 바라보고 있었다.

"왜 나왔어?"

"네 얼굴이 하다 죽상이기에 무슨 큰일 있나 싶어서……."

"흠……."

조용히 멀리 흘러가는 청명한 하늘, 가을 구름을 바라보며 그는 낮은 한숨을 내뱉었다.

목요일 저녁.

계획대로, 하선은 성태를 불러냈다.

이 모든 일이 윤리적, 도덕적으로 어긋나는 일이라 하더라도, 하선은 이렇게밖에 할 수 없었다. 더 이상 다른 선택도 없었다. 성태를 그냥 저대로 놔두면, 그는 분명 또다시 큰일을 저지를 것이다. 그가 알려 준 계획대로, 유리를 납치하고 자신을 죽일 수도 있다.

만일 그의 계획이 어긋난다면, 성태는 또 다른 일을 준비할 것이다. 이렇게 계속 다람쥐 쳇바퀴 돌 듯 악순환 속에서 살 수도, 살게 할 수도 없었다.

그리고 이미 성태 본인이, 현우라는 인격으로 자신의 위험성을 알리며 그의 행동을 멈추게 해 줄 것을 부탁했다.

「그러니 부탁드립니다. 성태의 행동을 멈추게 해 주세요. 이것은 유일하게 당신만이 할 수 있는 일입니다. 혹시 성태를 멈추게 하는 데 있어서 필요한 모든 책임은 저, 최현우가 다 책임지겠습니다. 그러니 두려워하지 말고, 멈추어 주십시오. 제발 부탁합니다.」

성태는 어쨌거나 자신의 가장 친한 친구였다. 지금도 그는 친구다. 분명, 그를 향해 화도 났고 분노도 치밀었다. 6년이란 시간, 자신을 고통 속에 몰아넣은 장본인이 바로 성태였다고 생각했다. 그렇게 자신을 지옥 속에 몰아넣고, 성태는 어딘가로 도망가서 맘 편히 잘 살고 있을 것이라 생각했다.

그런데, 아니었다. 오히려, 자신보다 더 심각한 고통으로 그는 스스로를 망가트렸다. 파괴했다. 이 사실을 알게 된 순간, 하선은 자신의 심장 한쪽으로 불화살이 뚫고 지나가는 듯한 통증을 느꼈다. 더불어 성태에 대한 분노가 사라지고, 동정심이 일었다.

그의 병을 고쳐 주고 싶었다. 그래서 다시 예전처럼 가장 순수하던 시절 늘 함께했던 그 시절의 친구, 최성태로 돌려놓고 싶었다. 그래서 하선이 단호한 결심을 한 것이다.

그가 잠시 화장실에 간 사이, 성태의 소주잔에 약을 탔다. 잠시 깊은 잠에 빠지게 하는 약……

"이제 그만 전 가 보겠습니다. 이. 하. 선. 팀장님!"

무엇에 화가 났는지, 분노로 벌게진 얼굴로 그가 일어섰다. 그리고 차갑게 등을 돌리고 걸어 나갔다. 그 모습을 하선이 슬픈 표정으로 바라보았다. 그리고 아까부터 미치도록 부르고 싶었던 이름, 최성태. 그의 이름을 목청 높여 불렀다. 예전에 좋았던 시절, 늘 부르던 그 방식 그대로……

"성태야! 최성태!"

순간 성태가 걸음을 멈췄다가 천천히 하선을 향해 고개를 돌렸다.

성태의 눈 속에서 잠시 그 시절, 자신을 바라보던 따스한 눈빛을 보았다. 우정과 신뢰로 함께했던 그 시절의 눈빛을……

그리고 곧, 성태는 스르르 무너지듯 주저앉아 깊은 잠속으로 빠져들었다.

금요일.

J대학 병원. 정신과 병동.

두꺼운 유리창을 통해, 멍하게 침대에 걸터앉아 있는 성태를 은지가 안쓰러운 표정으로 바라보고 있다.

그랬구나. 아팠던 거였어……. 아파서…… 그랬어.

이제야 그의 모든 행동이 이해되었다. 그리고 그를 이해하게 됨으로 인해, 은지는 진정으로 자신의 마음속 깊은 상처도 함께 치유되는 놀라운 현상을 경험하고 있었다.

"아직, 진단을 내리기엔 일러. 해리성 정체감 장애의 경우, 6개월 이상 지속적인 관찰을 통해 진단이 내려지거든. 그래도 현재 최현우 씨의 정신 상태는 정상이 아닌 것만은 확실해. 분명, 서로 다른 인격이 지속적으로 번갈아 가며 나타나고 있거든. 지금은 최면 상태라서 자신이 병원에 입원한 사실을 모르고 있어."

멍하게 앉아있던 성태가, 천천히 침대에 몸을 눕혔다. 자려는 모양이었다.

"오늘 저녁, 현우 씨의 계획을 이루게 해 줄 거야. 오래도록 계획해 온 일이기 때문에, 그 상황을 통해서 그의 내면에 억압되어 있는 문제가 뭔지 파악 좀 해 보려고. 방법은 사이코드라마 형식으로 진행될 거고, 하선 씨가 직접 투입되는 것으로 결정됐어. 힘들면 대역을 써도 된다고 했는데, 본인이 직접 하고 싶대."

"네……. 교수님…… 그런데 저 병은 왜 생기는 건가요?"

"음……. 대체로 충격적인 과거 경험 때문에 발생하는 것으로 보고는 있어. 즉, 과거 부모의 학대나 충격적인 사건의 경험 등에 의해 발생할 수 있다는 것이지. 그렇지만 정확한 원인은 알 수가 없지. 너도 심리학을 전공했으니 조금은 알 거야."

은지가 태수의 설명에 천천히 고개를 끄덕였다.

토요일. 바로 그날!

밤 9시. 성태가 본격적으로 등장하는 시간대에 이 치료가 시작된다고 했다. 때문에 하루 종일, 넋을 놓고 있던 하선이 시간에 맞춰 블랙 슈트로 갈아입고 집을 나섰다.

그때, 전화벨이 울렸다. 유리 아버지였다.

"네, 아버님."

-유리, 아까 서울로 올라갔네. 자네 집으로 간다고 했으니, 거의 도착할 때 다 되었을 거야. 마중이라도 나가 보라고.

이런! 모든 상황이 끝나고 난 뒤, 내일 홀가분한 심정으로 모두 다 말해 주려 했는데⋯⋯. 갑작스런 상황에 하선이 잠시 당황하다, 이내 살며시 웃었다. 마음 한편으로 몹시도 불안했었다. 과연 자신이 성태를 마주 보고 잘 해낼 수 있을지, 심하게 초조했다. 이럴 때 유리라도 옆에 있었으면, 큰 힘과 위안이 될 것 같아 실은 오늘 내내 그녀를 간절히 생각하고 있었던 것이다.

그런데 자신의 마음을 읽기라도 한 듯, 유리가 알아서 자신에게로 돌아오고 있었다. 그녀를 마주하고자 지하주차장으로 향하던 하선이 설레는 마음과 함께 밖으로 나왔다.

아파트 입구, 하선은 멀리서 가방을 끌고 걸어오는 유리의 모습을 발견했다. 너무 반가워 환한 웃음을 지으며 그녀를 향해 손을 흔들며 걸어갔다.

그런데 그를 보지 못했나. 유리가 넓은 길로 걸어오다가 갑자기 아파트 샛길, 숲이 우거진 오솔길로 들어갔다. 빠른 길로 돌아가려는 것이구나, 생각한 하선이 먼저 그곳에 도착하기 위해 큰길로 뛰기 시작했다. 그리고 그녀보다 먼저 그곳에 도착한 그가 숲에 몸을 숨겼다.

조금 뒤, 그녀의 발걸음 소리가 들렸다. 점점 자신 쪽으로 가까이 다가오고 있었다. 숨을 깊게 들이마신 그는 이내 유리가 자신

앞에 다가섰을 때, 숲에서 튀어나와 달려들었다.

깜깜한 밤, 블랙 슈트를 입고 있는 그의 모습 때문에 그가 하선이라는 사실을 유리는 전혀 인지할 수 없었다.

"악!"

그리고 놀란 유리가 정신을 차리고 상황을 미처 파악하기도 전에 그는 그만 유리의 입술을 탐하고 말았다. 자신의 입술로 유리의 입을 막아 버렸다. 미치도록 그립고 보고 싶었던 그녀의 모습에, 완전 정신이 나가 버린 것이다.

반면, 유리는 정신을 차릴 수가 없었다. 뭔가 검은 물체가 숲에서 갑자기 튀어나와 자신을 끌어안고 키스를 하는 바람에 강도나 성폭행범으로 오해한 유리가 그를 마구 걷어차다가, 이내 풍겨오는 솔향기와 익숙한 그의 입술에 하선임을 알아차렸다.

"뭐야? 오빠! 놀랐잖아!"

"미카. 보고 싶었어. 잘 지냈어?"

"응. 그런데 오빠 얼굴이 왜 이래?"

그의 품에서 올려다본 하선의 얼굴이 며칠 사이 많이 초췌하고 피곤해 보였다. 이 모습에 유리가 손을 올려 그의 한쪽 뺨을 부드럽게 쓰다듬어 주었다. 그 온기와 따뜻함에 하선의 긴장감과 초조함이 스르르 눈녹듯 풀리기 시작했다.

그러다 시간을 보니 지금 출발해도 제 시간까지 도착하려면 조금 빠듯해 보였다.

이에, 하선이 유리의 손목을 잡고 주차장으로 걸어갔다.

"유리야, 지금 어디 좀 가야 하는데, 같이 갈래?"

"어디?"

"가면서 말해 줄게."

그리고 운전을 하면서 하선은 간략하게 그간 있었던 일을 설명해 주었다. 그것을 잠자코 듣고 있던 유리의 얼굴이 심각해졌다.

성태가 아프다니……. 그것도 마음이 아프다니……. 유리 역시 심리학을 전공했기에, 마음이 아픈 것이 얼마나 힘들고 괴로운 것인지를 잘 알기에, 그녀의 심정(心情) 역시 좋지 않았다. 그때, 하선의 문자 알림음이 울렸다.

[미카엘라! 내가 데리고 있음. 이 주소로 지금 당장 올 것. 30분 주겠음.]

드디어 시작한 것인가! 그의 문자에 갑자기 초조해진 하선이 속도를 높여 빠르게 병원을 향해 달려갔다.

병원에 도착했더니, 이미 사이코드라마 형식을 빌려 성태에 대한 내면 들여다보기가 시작되고 있었다. 소극장처럼 작은 무대 위에 성태가 의자에 앉아 무언가를 생각하고 있는 듯 보였고, 유리의 역할을 맡은 여성은 이미 한 곳에 기절한 척 누워 있었다.

며칠 전 성태를 위해 전문가팀이 꾸려졌고, 장시간의 회의 결과 일단 성태가 오래도록 계획해 온 것을 실행하게 하면서 그의 내면에 내재되어 있는 문제를 파악하고, 억압된 감정을 끌어내도록 유도하고자 했다.

다른 역할은 모두 전문적으로 훈련받은 사람이 그 역할을 수행하도록 했으나, 하선의 역할 만큼은 자신이 직접 하겠다고 했다. 자신이 성태를 가장 잘 알기에, 그가 직접 하고 싶었다.

이 모든 상황을 성태는 실제 상황이라 믿고 있었다. 최면을 통해 아직까지도 그는 자신이 병원에 있다는 사실을 몰랐다. 아무것도 없는 세트는, 그의 생각에 따라 변하도록 최면을 걸어 놓았다.

때문에 현재 그는 유리를 그녀의 집 근처에서 납치했고, 그리고 자신이 미리 준비해 둔 서울 외곽 음습한 지하로 데려왔다고 믿고 있었던 것이다. 그렇기에 더욱더 모든 행동이 자연스러웠고, 그의 진짜 내면을 왜곡 없이 들여다볼 수 있었다.

그렇게 순서에 따라, 하선이 무대 위로 올라갔고, 객석에서 그 것을 바라보는 유리는 긴장감으로 몸이 뻣뻣하게 굳어지고 있었 다. 그러다 자신 역시 성태에게 직접 해 주고 싶은 말이 떠올랐다. 진심으로 전해 주고 싶은 얘기였다. 그래서 옆에 있던 태수에게 부 탁했다. 자신 역시 하선처럼 직접 성태와 마주 보게 해 달라고.

6년 전. 학교 교정. 봄바람이 제법 쌀쌀하던 어느 날이었다.

수업이 늦게 끝나는 하선을 기다리며, 유리와 성태가 벤치에 나 란히 앉아 아이스크림을 먹고 있었다.

"으. 춥다. 아이스크림을 먹어서 더 그런가?"

입술이 파래진 유리를 바라보던 성태가 무뚝뚝하게 자신의 겉옷 을 벗어 그녀의 어깨에 걸쳐 주었다.

"괜찮아. 오빠."

"그냥 걸치고 있어. 춥다며."

그러고는 다시 무표정으로 아이스크림을 먹었다. 그 모습에 유 리가 피식 웃었다.

"왜 웃어?"

"아니, 그냥."

"뭐야! 미카엘라. 빨리 말해라. 안 그럼 저세상으로 보내 준다."

"하여간, 말을 해도 꼭 그렇게 살벌하게 하지."

"그러니깐 말하라고. 왜 웃었는지."

"아니, 하선 오빠와 성격이 정반대인 듯하면서도 묘하게 닮았어. 두 사람."

하선은 자상하고 친절했고, 성대는 무뚝뚝 퉁명스러웠다. 하선의 말투는 부드러웠고 성태의 말투는 거칠었다. 하선은 늘 웃고 있었고, 성태는 늘 무표정이었다.

그럼에도 불구하고 두 사람은 친했다. 왜 친한 건지 처음에는 잘 이해하지 못했던 유리도 그들과 친해지면서 차츰 그 이유를 알게 되었다. 그것은 바로, 따뜻한 마음과 서로를 향한 신뢰. 두 사람의 공통점이기도 했다.

"뭐가 닮았는데?"

"자상하고 친절하고."

"자상? 친절? 내가?"

놀란 듯 성태가 유리의 대답에 당황스러운 표정을 짓다가 이내 고개를 숙였다. 그의 얼굴로 쓸쓸함이 감돌았다.

"왜?"

"그건, 하선이겠지. 난 아니야."

단 한 번도 들어보지 못했던 말에 성태는 씁쓸해졌다. 중고등학교 시절에는 자신도 하선 옆에 있으면서 그처럼 되고자 무척이나 노력했었다. 그런데 늘 하선의 그늘에 가려져 아무도 자신에게 이와 같은 말을 해 준 적이 없었다. 오히려 그 반대였지. 그래서 어느 순간, 하선과 전혀 다른 방향으로 행동과 표정을 바꿔 버렸는지도 모르겠다.

"왜 그렇게 생각해. 내가 보기엔 오빠가 얼마나 자상하고 친절하고 따뜻한 사람인데."

"너 자꾸 거짓말하지 마라."

"거짓말 아니야. 오빠는 정말로 따뜻하고 착하고 좋은 사람이야."

"정말이야? 정말로 그렇게 생각해?"

"응. 정말이야. 그러니 너무 자기 자신을 비하하지 마. 그러지 않았음 좋겠어."

갑자기 그의 마음으로 따뜻한 바람이 불고 지나갔다. 이런 느낌 생전 처음이다. 그녀의 말에 성태가 살며시 미소 지으며 말했다.

"고맙다……. 미카엘라. 혹시, 먼 훗날 내게 정말로 힘든 일이 생겼을 때, 그때 만일 네가 내 옆에 있다면, 지금 한 말 한 번 더 해 줄 수 있겠니?"

"왜?"

"너한테 그 말을 다시 듣는다면, 어쩌면 그 힘든 일을 잘 극복할 수 있을 것 같아서 그래."

"알았어. 그렇게 할게. 꼭!"

그녀가 고개를 끄덕이며 웃었다. 그런 유리를 바라보며 성태의 마음속으로 훈풍이 또 한 번 불고 지나갔다. 따뜻했다. 무척이나. 그리고 뭔지 모르겠지만, 마음이 깨끗하게 정화(淨化)되는 느낌이 들었다. 성태가 혼자 살며시 웃었다.

두 달 후.

유리가 담당했던 국제 컨퍼런스가 성공적으로 막을 내렸다.

전 세계 교육학자들의 총출동이었던 만큼, 유리는 단 한 순간도 긴장의 끈을 놓을 수가 없었다. 그래서인지, 끝나자마자 몸살이 났다.

"미카. 일어나서 이것 좀 먹고 자. 응?"

푹신한 그의 침대에 누워 살며시 눈을 떴더니, 사라져 가는 태양의 잔흔으로 유리창이 붉은색을 띠고 있었다. 아침 먹고 누웠는데, 어느새 저녁이 다 되었단 말인가.

"아……. 오빠. 나 얼마나 잔 거야?"

유리가 일어나 앉자, 하선이 그녀의 무릎 위에 김이 모락모락 나는 죽 쟁반을 올려 주었다. 참기름의 고소한 냄새가 좋았다.

"아침 먹고 계속 잤어. 그동안 많이 피곤했나 봐. 고생했어. 미카."

하선이 그녀의 얼굴에 붙어 있는 머리카락을 뒤로 넘겨 주며 부드럽게 말했다.

"오빠도 좀 쉬었어?"

사실 유리보다 하선의 피곤함이 더 클 터였다. 국제 컨퍼런스의 총책임자가 하선이었고, 더불어 연말 보고서도 12월 말까지 끝내야 하기 때문에 그는 말 그대로 눈코 뜰 새 없이 바쁘다.

"응, 나도 조금 잤어. 배고프겠어. 어서 먹어. 내가 먹여 줄까?"

그의 목소리가 은근했다.

"아니. 괜찮아."

유리는 그의 배려에 살며시 미소로 응답했다.

그렇게 유리가 죽을 먹는 모습을 물끄러미 바라만 보던 하선이 그녀의 얼굴을 들어 올려, 천천히 입을 맞췄다.

참기름의 고소한 냄새가 그녀의 입술 사이로 풍겨 나왔다.

"이제, 우리 정말로 온전해진 거지? 미카."

"응, 이제 모든 게 다 제자리로 돌아왔어. 오빠."

"그래, 잘됐어. 언젠가는 성태도 다시 예전처럼 돌아올 수 있겠지?"

"응. 반드시 그럴 거야. 꼭 그렇게 될 거라고 믿어."

그 이후, 성태는 병원에 입원해서 꾸준히 치료를 받고 있었다. 성태의 의지인지 현우의 의지인지는 모르겠지만, 의사 말로는 치료에 매우 적극적이고 협조적이라고 했다.

그리고 하선은 성태의 치료에 필요한 일체의 비용을 모두 부담하고 있었다. 게다가 일주일에 한 번씩은 꼭 병원에 들러, 성태의 얼굴을 보고 왔다. 그렇게 해야 마음이 편했기 때문이다.

반면, 유리는 마음으로만 성태를 응원할 뿐 병원에는 가지 않았다. 그를 볼 자신이 없었기 때문이다.

"오빠. 나 이제 몸 괜찮아진 것 같은데, 어디 가서 바람이라도 좀 쐬고 올까?"

성태 생각에 하선의 표정이 어두워지자, 유리가 재빨리 분위기를 전환하고자 말했다.

"그럴까?"

"응, 그러자."

밖으로 나오자 생각보다 날씨가 차가웠다. 12월 초, 거리는 벌써부터 연말 분위기로 들끓었다.

그의 세단을 타고 한남대교를 건너 삼청동에 왔다. 이곳에서 그들은 향이 좋은 커피를 들고, 서로의 손을 꼭 잡고 거리를 걸었다. 얼굴 가득 미소를 지으며 걷고 있는 사람들과 함께 그들도 걸었다.

사랑하는 사람과 함께 걸으니 그 거리는 더욱 아름다웠고, 마음은 무척이나 따뜻했다. 이어 그들은 북악 스카이웨이를 지나 팔각정에 도착했다. 북악산과 북한산에서 솟아나오는 맑은 공기가 온 전신을 파고들어 와 몸이 깨끗해지는 기분이 들었다.

산 아래 펼쳐진 서울의 야경은 환상적으로 아름다웠다. 멀리 남산타워, 63빌딩, 잠실 제2롯데월드까지 다 보일 만큼, 겨울 밤공기는 깨끗했다.

"오빠 이제 연말 보고서 끝나면 바로 시카고로 가자. 이미 전화로 부모님께 결혼 허락은 받았지만, 직접 가서 뵙고 인사드려야지. 오빠 아버지와 어머니, 그리고 할머니 뵙고 싶어."

"그래, 안 그래도 그럴 생각이었어. 연말 보고서 지금 거의 다 끝냈거든. 그러니 아마 크리스마스는 시카고에서 보낼 수 있을 것 같아."

"아아. 오빠. 생각만 해도 너무 설레. 그곳은 아직도 그대로일까?"

"아마 그럴걸."

하선이 유리를 향해 부드러운 미소를 드리웠다. 이제 이 여자와 진짜로 결혼을 하는구나. 그래서 평생 함께할 수 있겠구나. 함께 아침을 맞고, 그날의 일을 계획하며, 아이를 낳고 그렇게 세월을 보내겠구나.

가슴이 벅차올랐다. 뜨겁게 달아올랐다. 그 순간, 유리가 추웠는지 하선의 품속으로 파고들었다. 그러자 하선이 자신의 코트 안쪽으로 유리를 끌어안은 뒤 코트 자락으로 그녀를 덮었다. 평생 너를 이렇게 감싸 안을 수 있겠구나.

"미카, 사랑해."

그가 자신의 품 속에 있는 유리를 내려다보았다.

"나도 사랑해. 오빠."

유리도 그의 허리를 꼭 끌어안고, 고개를 들어 답했다.

그러자 하선이 그녀에게 입을 맞췄다. 부드럽고 촉촉하고 달콤했다.

그의 마음이 따뜻했다. 그녀의 마음은 충만했다.

멀리 하늘의 별조차 총총한 아름다운 밤이었다.

J대학 병원.

퇴근 후, 하선은 곧바로 병원에 왔다. 국제 컨퍼런스 때문에 삼 주 만에 찾아오는 길이다. 그동안 성태의 병세는 좀 호전되었는지, 궁금했다.

정신과 병동, 성태의 입원실로 들어서자 아무도 없었다. 어디 간 거지?

"저 908호 최현우 환자 어디 갔습니까?"

지나가는 간호사에게 묻자, 그녀가 싱긋 웃으며 휴게실을 가리켰다.

"저쪽으로 가 보세요. 그곳에 계실 겁니다."

"감사합니다."

휴게실로 들어서자 멀리 성태가 테이블에 앉아, 어떤 여자와 함께 대화를 나누는 모습이 보였다. 주로 여자가 말을 하면, 성태는 미소 띤 얼굴로 고개만 끄덕이는 형식이었다.

"고민지라는 분으로 현재 현우 씨와 같은 병동에 입원하고 있는 환자입니다."

누군가의 말소리에 고개를 돌려 보니, 박성훈이 웃으며 서 있었다.

"아! 선생님."

"현우 씨 아주 많이 좋아졌습니다. 치료에도 적극적이고요."

그래 보였다. 편안하고 안정된 표정. 확실히 좋아보였다.

"그렇군요. 다행입니다. 그럼 좀 상태가 호전된 것입니까?"

"조금은요. 그런데 아직 더 지켜보고 있는 중입니다. 그 이후로 아직까지 최성태의 인격이 나타나질 않고 있거든요. 정말로 사라진 것인지, 아니면 스스로 나오질 않고 있는 것인지, 지속적인 관찰이 필요합니다."

"네……. 그런데요. 선생님, 성태는…… 왜 자기 자신을 둘로 나눴을까요?"

"글쎄요. 여러 가지 이유가 있겠죠. 일차적으로는 부모의 학대가 가장 클 거고, 이차적으로는 미국에서의 그 사건 때문에 상당한 충격과 죄책감에 시달렸던 것 같아요. 보통 정상적인 가정에서 부모와 애착형성이 잘 된 사람들은, 심각한 역경이나 위기가 닥쳐도 어느 정도 시간이 지나면 원래대로 돌아오는 심리적 회복탄력성이 높은데, 현우 씨는 그 기능이 망가졌던 것 같아요. 때문에 정상적으로 돌아오지 못했던 것으로 보여요."

박성훈의 설명을 진지하게 들으며, 하선은 안쓰러운 눈길로 성태를 바라보고 있었다.

"거기에 현우씨는 극도의 죄책감으로, 자기 스스로를 파괴해 버린 듯 보입니다. 인간이 지닐 수 있는 가장 최하위의 감정이 바로 죄책감이거든요. 때문에 이 죄책감이 지나치게 커져 버리면, 정상적인 사고 판단의 기능이 망가져 버리거든요. 그래서 심인성 질환의 직접적인 원인이 되는 경우가 아주 많지요. 이런 요소들이 복합

적으로 작용하지 않았나 싶네요."

"그렇군요……."

그랬구나. 성태야. 불우했던 가정환경과 그 사건으로 인한 극도
의 죄책감이 결국 네 스스로 자신을 둘로 나눠 버린 거였어. 하선
의 마음이 안타까웠다.

그때, 성태가 하하 크게 웃는 소리가 들렸다. 아무것도 담지 않
은 맑은 웃음 그 자체였다.

"후후. 현우 씨 저렇게 보니 꽤 미남입니다. 그래서인지 여자 환
자들과 간호사들에게 꽤 인기가 많아요. 그리고 아무래도 민지 씨
가 현우 씨를 좋아하는 듯 보여요. 현우 씨도 뭐 그렇게 싫은 것 같
진 않고요. 사랑에 빠지면 치료 효과도 더 좋아질 텐데. 모든 병에
있어서 최고의 치료제는 역시 사랑이니 말입니다! 안 그렇습니까?"

"네, 선생님. 이번에는 정말로 성태가 제대로 된 사랑을 하게
되어서, 그래서 병이 치유될 수 있으면…… 참 좋겠습니다."

"후후! 언젠가는 꼭 그렇게 될 것이니, 걱정하지 마세요. 그럼,
친구분께 가보시죠. 전 바빠서 이만……."

"네, 감사합니다. 선생님."

박성훈이 돌아간 자리에서 조금 더 성태를 바라보던 하선이 천
천히 그에게 다가갔다.

"성태야."

하선의 부름에 성태가 담담한 표정으로 일어서자 옆에 있던 민
지가 저 옆에 있을게요, 라고 말하고는 자리를 비켜 주었다. 가까
이서 보니 얼굴이 작고 눈매가 서글서글한 귀여운 이미지의 여자
였다. 그 여자에게 고개를 끄덕인 성태가, 하선을 부드럽게 바라보
았다.

"……저 현웁니다. 팀장님."

"아……. 현우 씨……."

한동안 두 사람은 말이 없었다. 무슨 말을 해야 어색하지 않을까, 잠시 고민하던 하선이 입을 열었다.

"성태는…… 잘 지냅니까?"

"잘 모르겠습니다. 그 이후로, 사라졌거든요. 아마 잘 지낼 겁니다. 마음이 많이 편안해졌을 테니깐요."

"그렇군요……. 현우 씨는 어떻습니까?"

"저는, 아주 잘 지내고 있습니다. 어젯밤에는 잠도 푹 잤고요. 이런 적 처음입니다."

정말로 그의 얼굴이 편안해 보였다. 모든 것을 다 털어 낸 듯 맑았다.

"다행입니다. 정말로."

현우를 바라보며 하선이 부드럽게 웃었다. 그의 마음이 편안하다면, 성태도 아마 편안할 것이다.

두 개의 인격으로 분리됐지만, 그들은 결국 한 사람이기 때문이다.

"모두, 팀장님 덕분입니다. 감사합니다. 팀장님."

"그렇지 않아요. 제가 한 것은 아무것도 없습니다. 모두 현우 씨와 성태가 스스로 극복하고자 한 일입니다."

"……."

성태는 그저 조용히 하선을 향해 웃기만 했다.

"현우 씨……. 혹시, 성태가 나타난다면, 꼭 전해 주십시오. 사랑했다고, 그리고 여전히 사랑한다고. 그러니 다시 예전처럼 돌아오라고……. 기다린다고……."

"……네……. 알겠습니다."

그리고 면회를 마치고 병동을 빠져나가는 하선의 뒷모습을 오래도록 바라보던 그가 나지막한 소리로 속삭였다.

"고맙다……. 이하선. 내 친구……."

성태의 눈가로 눈물이 살짝 고였다가 사라졌다. 하선의 진심에 성태가 잠시 나타났던 것이다.

그런데 그의 눈빛에 가득했던 분노와 증오는 온데간데없고, 대신 순수했던 그 시절의 성태가 모습을 드러냈다. 잠시 성태와 현우가 하나로 합쳐진 듯한 느낌도 받았다.

"현우 씨!"

그때, 민지가 다가와 그의 팔을 잡았다. 웃는 모습이 순수하고 깨끗했다.

"현우 씨, 우리 아이스크림 먹으러 가요."

"그래요. 갑시다."

그의 대답에 민지가 햇살만큼 환한 미소를 지었다. 그 미소가 성태의 마음으로 들어와 훈훈한 바람을 일으켰다. 오랜만에 느껴보는 따뜻함이었다.

다시 희망을 품을 수 있을까. 나란히 걷고 있는 그녀의 손을 살며시 잡아 보았다. 그러자 민지가 성태를 마주 보고 해맑게 웃으며 그녀 역시 성태의 손을 꼭 잡았다. 이에 성태도 그녀를 따라 환하게 웃었다.

다시 그의 마음속으로 따뜻한 훈풍이 스치고 지나갔다.

그리고 또 다른 희망과 기대가 새롭게 싹트고 있었다.

"무열아! 여기!"

늦은 저녁, 이제 막 레스토랑을 빠져나온 은지가 저 멀리 걸어오고 있는 무열을 향해 소리쳤다. 그러자 환한 미소와 함께 무열이 그녀를 향해 뛰어왔다.

"사기야. 추운데 왜 나왔어. 안에서 기다리지."

"이제 막 나왔어."

그가 은지의 손을 꼭 잡아 자신의 파카 주머니에 넣었다. 따뜻했다.

"무열, 나 오늘 가고 싶은 곳이 있어."

"어디?"

"바로……."

연말 분위기로 반짝이는 거리를 지나 그들이 도착한 곳은 남산타워였다. 벌써 대형 크리스마스트리가 장식되어 있는 그곳은 역시나 수많은 연인들로 가득했다.

그곳에서 은지가 자신의 가방 속에 들어 있던 자물쇠를 꺼내 들며 웃었다. 지난번, 무열이 주었던 그 자물쇠. 자신의 이니셜이 새겨져 있는 그것을 꺼내 들고, 은지가 무열의 손을 잡고 걸어갔다.

"어디였지?"

"여기."

아까부터 계속해서 빙긋이 웃고만 있던 무열이 자물쇠 한 개가 홀로 외롭게 달려 있는 곳을 가리켰다. 그곳에 은지가 자신의 자물쇠를 무열의 것에 겹쳐 걸었다. 비로소 한 개의 자물쇠는 이제 완전한 한 쌍이 되었다. 그리고 은지가 천천히 무열을 마주 보고 섰다. 잠시 그녀의 얼굴로 살짝 긴장감이 스치고 지나갔다.

"무열아……. 정말 고마워……. 그리고 사랑해. 진심으로."

"아……."

그녀와 만나고 처음으로 듣는 말. 사랑해. 무열은 잠시 이 상황이 꿈은 아닌지, 자신의 볼을 세게 잡아당겨 보았다. 그런데 아프다. 역시 꿈은 아니었다. 그리고 이 믿을 수 없는 상황에 그저 감격스러운 표정으로 은지를 와락 끌어안았다. 미치도록 기쁘고, 미치도록 좋았다.

"나도, 나도 사랑해. 자기야."

은지를 꽉 껴안고 무열도 속삭였다. 이제 저 자물쇠처럼 자신들의 사랑도 완벽해진 느낌이 들었다. 이에 무열이 은지의 입술에 살며시 자신의 것을 올려놓았다. 찬 공기에 싸늘하게 식어 있던 그녀의 입술은 이내 무열의 뜨거운 체온에 사르르 녹기 시작했다.

진정한 사랑. 은지는 무열을 통해 비로소 사랑이 무엇인지를 알게 되었다. 또한 사랑이 얼마나 많은 것을 변하게 하는지도 깨달았다. 이제 그녀는 자신이 받은 만큼 그 사랑을 무열에게 되돌려 줄 생각이다. 그리고 저 자물쇠처럼 영원히 함께 붙어 있을 생각이다.

은지가 무열을 향해 밝게 웃었다. 무열 역시 은지를 보고 환하게 웃었다. 그들의 웃음이 반짝이는 크리스마스트리에 빛을 발해 더욱 빛나고 있었다.

"야! 정유리. 너 이번에 보니깐 영어 진짜 잘하더라. 의외의 능력자야. 정유리. 호호호."

휘핑크림이 잔뜩 들어 있는 커피를 티스푼으로 휘휘 저으며 김아라가 말했다.

하늘에서는 사뿐사뿐 눈송이가 조심스럽게 떨어지고 있었고, 카페 안은 감미로운 음악으로 분위기가 차분하다.

"그러게요. 처음에 팀장님께서 정유리한테 국제 컨퍼런스 시킬 때 좀 의아했거든요. 그거 담당하려면 영어 진짜 잘해야 하는데, 그런데 지금 보니 역시 팀장님이셔. 어떻게 정유리 씨가 영어 잘하는 것 알고 있었죠?"

뜨거운 커피 한 모금을 들이마신 한소미가 맞장구를 쳤다.

"후후. 감사합니다."

유리가 조용히 말하며 미소 지었다.

"아, 참! 이번에 팀장님 혁신교육본부장으로 승진한대. 이미 다 내정됐나 봐."

"어머! 정말요? 와. 역시 대단해. 그 나이에 벌써 본부장까지 달고."

"그러게, 참! 대단한 능력자야. 게다가 요즘은 성격까지 부드러워져서 그런가 완전 훈남 아니니? 그 미카엘인가 하는 그 미국 여자가 참 부럽다. 부러워. 에휴~"

갑작스런 김아라의 깊은 한숨에 한소미가 어깨를 들썩 올렸다 내려놨고 유리는 그 미카엘이 자신이라고 말하고 싶은 것을 꾹 참고 있었다. 조금만 더 참자.

저녁 본부 회식.

국제 컨퍼런스의 성공적인 마무리를 위해 본부장이 회식 자리를 마련했다. 이에 기초정책팀, 국제글로벌팀, 교수학습팀의 팀원들이 모두 한자리에 모였다.

와글와글, 시끌시끌. 그들이 통째로 빌린 식당은 소란스러웠고,

지글지글 정신없이 소고기와 돼지고기들이 맛있는 냄새를 풍겨 내고 있었다.

유리도 한소미, 김아라, 김태평 등과 함께 상을 마주하며 고기를 굽고 있었고, 하선은 본부장 및 팀장들과 따로 자리를 잡고 앉았다. 그때, 어떤 멀끔하게 생긴 남자가 소주잔을 들고는 유리의 상으로 다가와 앉았다.

"저, 정유리 씨. 반가워요. 저 교수학습팀 정찬영 대립니다. 지난번 야유회 때 한 번 뵈었죠?"

"네? 아……. 네. 안녕하세요. 대리님."

글쎄, 잘 기억은 안 나지만 유리도 일단 인사를 건넸다. 같은 본부 소속이라도 과제가 팀별로 진행되기 때문에 다른 부서의 팀원들과는 사실 잘 마주치기가 쉽지 않았다.

"한 잔 받으시죠. 이번에 국제 컨퍼런스에 참석했었는데 유리 씨 아주 프로페셔널하게 일 잘 하시더라고요. 그 모습에 제가 반했습니다. 유리 씨!"

이미 얼큰하게 취기가 오른 정찬영이 유리에게 소주잔을 건넸다. 이에 한소미와 김아라가 오오! 하며 분위기를 돋웠고, 유리는 그저 당황스러울 뿐이었다.

한 잔, 꿀꺽! 어쩔 수 없이 받아 마신 유리가 재빨리 잔을 찬영에게 돌려주며 소주를 부었다. 그러자 찬영이 매우 흡족한 표정으로 벌컥 원 샷을 해 버린다.

"와아! 이거 유리 씨가 직접 따라 줘서 그런가 소주가 다네요. 달아. 하하하. 자, 한 잔 더!"

하면서 소주를 술잔 가득 부어 유리에게 건네주는 순간, 누군가 분노의 손짓으로 그 술잔을 휙! 가로채 자신이 벌컥! 들이마시고는 테이블 위에 쾅! 소리 나게 술잔을 내려놓았다.

유리가 놀란 눈으로 그 사람을 바라보자, 하선이 이글이글 타오르는 눈빛으로 유리 옆에 앉았다.

"어머! 팀장님. 오셨군요."

김아라가 목소리를 높여 그를 반겼다.

"네, 모두 맛있게 드시고 계시죠? 아까부터 이리 오고 싶었는데 이제야 왔습니다. 하하."

유쾌하지 않은 표정으로 유쾌하게 웃는 하선. 이 모습에 유리만 안절부절, 다른 사람들은 아무것도 모르는 듯 같이 하하 웃기만 한다. 분위기가 매우 좋아졌다.

그때, 정찬영이 하선에게 다가왔다.

"안녕하세요. 이하선 팀장님. 저 교수학습팀 정찬영 대립니다. 이번에 본부장님으로 승진하신다면서요. 축하드립니다. 내년엔 팀장님 밑에서 일 배우고 싶네요. 그렇게 실력이 좋으시다니, 배울 것도 많을 것 같습니다. 앞으로 잘 부탁드리겠습니다."

그러면서 찬영이 하선에게 잔을 건넸다. 그러자 하선이 떨떠름한 표정으로 그의 잔을 받았다.

'그래, 내 밑으로 들어와라. 제발. 잘근잘근 밟아 주게.'

벌컥! 역시나 찬영이 준 잔을 순식간에 비워 버린 하선이 다시 그 잔을 찬영에게 건네려던 찰나, 어라! 찬영의 시선이 유리를 끈질기게 좇고 있다.

야! 너 어디 봐! 어디 보냐고! 눈 안 깔아?

"그런데 정유리 씨 남자친구 있어요?"

하선의 불타오르는 눈빛과 표정 따위 전혀 알 리 없는 찬영이 계속해서 유리에게 관심을 표하고 있었다.

"어머머머! 호호호. 정찬영 대리, 혹시 우리 정유리에게 관심 있
는 거야?"

아까부터 신이 나 있던 김아라가 목청을 높이며 말하자, 찬영이
고개를 끄덕이며 말한다.

"네! 관심 있습니다."

뭐! 과, 관심 있어? 내 여자에게? 감히 네가?

순간 아까부터 불편하던 하선의 심기가 더욱 불편하고 불쾌해졌
다. 아버지를 아버지라 부르지 못했던 홍길동의 심정이 이와 같았
을까……. 천번 만번 이해되는 시점이다. 제 여인을 제 여인이라
말하지 못하는 이 심정. 가히 통탄스럽다. 오호통재라!!

"그럼, 잘 됐네. 얘, 남자친구 없거든. 솔로야, 솔로. 호호호."

"와아! 이렇게 한 커플 탄생되는 건가요?"

한소미까지 장단을 맞추자, 유리는 사색이 되었다.

흘끔흘끔. 아까부터 바라본 하선의 표정은 점점 장난 아니었다.
혼자 붉으락푸르락, 아주 난리도 아니다. 이 모습에 더 이상 가만
히 있을 수 없던 유리가 소리쳤다.

"저기요. 저 아직 대답 안 했는데요!"

그녀의 외침에 모두의 시선이 유리에게로 향했다.

"무슨 대답?"

"저 남자친구 있냐고 물어보셨잖아요!"

"……."

찬영을 비롯해 모두가 숨죽였다.

"네! 있어요. 저 남자친구 있습니다."

이 말에 모두 의아하다는 표정을 지었고, 하선은 이제야 좀 안심
이 된 듯 그저 조용히 팔짱을 끼고 앉아서는 빙긋이 웃기만 했다.

그때, 찬영이 믿을 수 없다는 듯 말했다.

"누굽니까? 그 남자친구가 누구예요? 지금 당장 그 사람 이름 말해 보세요. 그리고 인증 사진도 보여 주고요. 남자친구면 함께 사진도 찍었을 거 아니에요? 확실한 증거를 대기 전에 전 물러서지 않을 겁니다."

"네에?"

확고부동한 찬영의 태도에 순간 유리는 당황했다. 사진까지 보여 달라니, 저 사람…… 보통이 아니다.

그렇게 유리가 당황해서 어쩔 줄 몰라 하고 있는데,

"보여 줘! 보여 줘! 보여 줘!"

갑자기 식당 안 사람들이 한목소리로 보여 줘를 외치기 시작한 것이다.

언제 이렇게 모든 사람들이 자신의 일에 관심이 많았는지. 참, 일할 때는 남의 것에 전혀 관심 없다는 듯 무심하게 굴던 사람들이 이럴 때는 단합도 잘하시지.

점점 유리의 당황함은 극에 달했고, 어쩔까 살며시 하선을 바라본 순간,

"접니다! 그 남자친구!"

하선이 조용하지만 단호하고도 절제된 말투로 말했고, 그 말에 식당 안은 순식간에 조용해졌다. 모두의 눈이 휘둥그레졌다.

"저, 정말입니까? 팀장님?"

그때, 김태평이 조용하게 물어보았다.

"네, 정말입니다. 그동안 말씀 못 드려 죄송했습니다. 정유리 씨가 제 애인이고 이제 곧 결혼도 할 예정입니다."

휴우! 이제야 십 년 묵은 체증이 싹 내려간 듯 속 시원하다. 그

리고 찬영을 보며 하선이 의기양양, 득의양양, 만족스런 미소를 짓는다.

"에이~ 거짓말하지 마십시오. 팀장님. 지금 자기 여직원 보호하려 이러시는 겁니까? 하하하. 진짜로 정유리 씨가 팀장님 애인이면, 증명해 보십시오!"

증명? 아니 이 사람이 속고만 살았나. 아까는 증거를 대라더니 이번엔 증명해 보란다. 참, 가지가지다. 그러자 누군가가 증명해! 증명해! 를 외치기 시작했고 점차 이 소리는 식당 안을 가득 채웠다.

증명해! 증명해! 증명해!

참 나……. 이렇게까지 원하니 증명해 보이는 수밖에……. 이건 절대로 니네 뜻이지 내 뜻이 아니다. 흠……. 이에 하선이 당황함을 가득 담고 있는 유리 앞에 한쪽 무릎만 바닥에 댄 채로 앉아서는 유리를 바라봤다. 그러고는 조용하게 속삭였다.

"미카. 괜찮겠어? 나 이제, 네가 내 여자다 확실하게 밝히고 싶은데."

부드러운 그의 속삭임에 긴장감으로 굳어 있던 유리의 마음이 사르륵 녹아 내렸다. 언젠가는 밝혀질 일, 유리가 살며시 고개를 끄덕였다. 그러자 그가 씨익 웃더니, 유리의 손을 잡고 벌떡 일어섰다.

그러고는 증명해! 를 계속 외쳐 대고 있는 사람들 앞에서, 그녀의 얼굴을 두 손으로 지그시 감싸 쥐고는 재빨리 자신의 입술을 유리의 입술에 올려놓았다.

"와아아아! 꺄아아악~"

이 모습에 식당 안은 사람들의 환호성으로 가득했고, 모두 박수를 치며 기뻐했다.

"이로써, 또 한 쌍의 사내 커플 탄생인가요?"

"자! 이 아름다운 커플을 위해 모두 건배합시다!"

언제 일어났는지 본부장이 잔을 들고 외치자 모두 즐거운 표정으로 잔을 들었다.

"축하합니다."

"축하해요!"

이들의 축하 속에 유리와 하선도 서로를 마주 보며 잔을 들었다. 둘 다 속 시원한 표정이었다.

다만, 김아라와 한소미, 김태평은 믿을 수 없다는 듯 서로를 바라보며 눈만 끔뻑이고 있었다.

미카엘이라며? 외국 여자라며? 이, 이게……. 어찌 된 거냐!

기쁨이 넘치는 날, 이들을 축복이라도 해 주려는 듯 하늘에서는 따뜻한 함박눈이 부드럽게 내리고 있었다.

❖ ❖ ❖

―승객 여러분, 우리 비행기는 현재 시카고, 시카고 오헤어 국제 공항에 도착하였음을 알려 드립니다. 현재 이곳의 날짜는…….

비행기가 활주로에 안착하자마자 하선이 유리의 손을 꼭 잡았다.

"다 왔어. 미카."

하선이 긴장한 유리를 바라보며 활짝 웃었다.

"나 떨려."

6년 만에 다시 오게 된 이곳. 이 두근거림은 설렘인가, 긴장감인가. 정체 모를 감정에 유리가 하선의 손을 더욱 꽉 부여잡았다.

공항에 내려 입국장을 빠져나오자, 오색찬란한 만국기가 바람에

펄럭이는 것이 보였다. 아! 익숙한 풍경과 장소. 6년 동안 이곳은 하나도 변하지 않았다. 그들의 사랑이 변하지 않은 것처럼.

감격에 겨워 시카고의 푸른 하늘을 바라보는 유리의 입술에 하선이 살짝 키스했다. 그리고 속삭였다.

"갈까? 우리의 찬란한 미래를 향해!"

"응, 우리의 환상적인 사랑을 향해 가자!"

두 손을 꼭 잡은 그들이 차갑지만 시원한 바람을 가르며 달리기 시작했다.

새로운 희망과 꿈으로 가득한 미래를 향해.

죽을 때까지 변하지 않을 그들만의 사랑을 향해.

사랑해 미카엘라! 사랑해 하선 오빠!

—fin

에필로그

「로맨스는 살결을 장밋빛으로 물들게 하고, 건조한 일상을 환희로 채워 준다.

- 정유란」

2년 후.

쿵쾅 쾅! 저래서 문이 부서질까 싶게 한소미가 씩씩대며 사무실 문을 쾅 닫고 들어섰다.

"아오! 정말 마녀가 따로 없어, 마녀가. 내 직장 생활 통틀어 저렇게 악랄한 팀장은 첨이다, 첨이야. 응? 그래도 이하선 본부장님은 논리에 맞게 잘못한 걸 지적해서 납득이라도 갔지만, 이건 뭐, 앞뒤 논리 하나도 안 맞고, 완전 자기 생각만 다 옳대요. 다른 사람들 의견은 개무시고. 아니, 자기 지난날 생각은 왜 못 하냐고, 부하 직원들 심정을 왜 이해 못 하냐고! 응? 이제 팀장 되셨다 이

거지? 아, 나 정말 드러워서, 회사 그만두든지 해야지."

온통 빨간색 글씨로 가득한 서류를 책상에 냅다 집어던지며, 한소미가 구시렁구시렁, 툴툴, 난리도 아니다. 아마 김아라 팀장에게 또 한 소리 들은 모양이다. 사무실 직원들은 혹시라도 저 불똥이 자신들에게 튀지나 않을까, 눈치껏 조심조심 열심히 일하는 척한다.

이때, 보다 못한 유리가 살며시 한소미에게 다가가 그녀의 어깨를 톡톡, 두드려 준다. 네 심정 충분히 이해한다는 공감과 그만 진정하라는 격려의 의미가 담긴 손짓이었다.

"과장님, 좀 진정하세요. 팀장님께서 과장님께 무슨 억하심정이 있어서 그러신 건 아니잖아요."

"휴우! 그래도 그렇지. 나 정말 스트레스 받아서 못 하겠다. 이 짓."

"그러지 마세요. 그러면 배 속 아기에게 좋지 않아요. 과장님. 자, 워워! 물 한 잔 드시고……."

그때, 삐삐! 유리의 내선전화가 요란한 호출음을 알린다. 재빨리 자리로 돌아와 번호를 확인했더니, 373. 하선이다. 유리의 입가에 잔잔한 미소가 어린다. 이젠, 그의 내선번호만 봐도 절로 웃음이 나오는가!

이제 결혼 1년 차, 꿈같은 신혼이다.

아침에 함께 눈을 뜨고, 침대에서 그날의 일을 함께 계획하기를 1년.

정말로 꿈같은 시간이 두 사람 사이를 흐르고 있었다.

"네, 본부장님!"

그녀의 목소리가 또르르륵 굴러가는 옥구슬마냥 청아하다.

－정유리 대리님, 잠시 좀 볼까요?

은근하면서도 낮은 그의 목소리가 유리의 전신을 짜릿하게 훑고 지나간다. 그의 목소리와 억양만 들어도 지금, 그가 어떤 마음으로 전화를 했는지가 눈에 그려진다.

"네, 알겠습니다."

전화기를 내려놓고 그의 방으로 갈 준비를 하자, 한소미가 벌컥 물을 들이켜며 한마디 한다.

"좋을 때다. 젤루 좋을 때지."

유리는 그저 미소만 지으며 사무실을 빠져나와 그의 방으로 갔다.

똑똑!

"네!"

유리가 문을 열고 들어서자마자 하선이 기다리고 있었던 듯, 그녀의 팔을 잡아끌어 자신의 넓은 품 안에 그녀를 담는다.

"본부장님, 회사에서 이러시면 곤란해요. 직원들이 뭐라 한단 말이에요."

"뭐라 하라 그래."

사람들의 시선 따위 전혀 관심 없다는 듯, 하선이 그녀의 목덜미에 자신의 코를 박는다. 아! 향기로운 그녀의 향과 부드러운 촉감. 하선은 이 순간이 가장 좋았다. 이렇게 유리를 끌어안고 그녀의 심장박동을 느끼며 살아 있음에 감사한다.

"오늘 우리 결혼 일주년인 건 잊지 않았지?"

"그럼요. 어떻게 잊겠어."

"끝나고 바로 와. 알았지?"

"응."

퇴근 후 그들이 도착한 곳은 지난번 하선이 프러포즈를 준비했었던 그곳, 압구정동에 위치한 원 테이블 레스토랑 '더 시카고' 였다.

레스토랑으로 들어서면서부터 기분 좋은 향과 은은한 조명 때문에 유리의 심장은 콩닥콩닥, 정신없이 뛰기 시작했다. 입구부터 로맨틱한 인테리어가 눈에 띄는 레스토랑은 따뜻하고, 포근한 느낌을 지니고 있어 특별한 날 함께하기에 딱 안성맞춤이었다.

하늘하늘 천장에 달려 있는 은은한 조명과 레이스 장식, 부드럽게 깔려 있는 고급스런 레드 카펫, 단 한 개밖에 없는 테이블 위 아름답고 화사한 꽃장식과 중세 유럽 왕궁의 식탁에서나 볼 수 있는 고급스런 촛대까지, 모든 것이 완벽해 보였다.

"아아…… 오빠. 너무, 너무 예쁘다. 어떻게 이런 곳을…… 알았어."

"실은, 2년 전 프러포즈를 이곳에서 하려다 못했지. 후후."

그가 오직 한 개밖에 없는 테이블의 의자를 빼 주며, 조용히 말했다.

그들이 앉자마자 홈 메이드 포테이토 수프, 갈릭 오일로 구워 낸 랍스타와 송로버섯을 곁들인 안심 스테이크, 통밀로 만든 빵과 하우스 샐러드가 순서대로 나오기 시작했고, 그 판타스틱한 음식 앞에서 유리는 그만 감동스런 감탄을 쉴 새 없이 내뱉기 시작했다. 이 모습에 하선의 마음은 따뜻함과 충만함으로 가득했고, 그녀에 대한 사랑이 더욱 깊어진다.

붉은색 프랑스산 와인을 담고, 잔을 부딪치자 챙그랑~ 청아하고 맑은 소리가 레스토랑에 울려 퍼졌다.

"1년 동안 부족한 이 남자와 살아 줘서 정말로 고맙습니다. 부인."

하선의 익살스런 멘트에 유리는 호호, 행복한 웃음을 만면에 담고 속삭였다.

"1년 동안 맛없는 요리 먹어 주셔서 정말 감사드려요. 서방님. 호호."

그들의 웃음소리가 끊이질 않는다. 가장 행복한 시간을 함께 공유하고 있는 이들의 마음은 따뜻하고, 충족했다. 파란색 마카롱이 얹어진 티라미슈가 마지막 디저트로 나왔을 때, 하선이 자신의 슈트 주머니에서 작은 상자를 꺼내서 테이블 위에 올려놓았다.

"뭐야?"

달콤함이 가득한 티라미슈를 입에 담고 유리가 수줍게 물었다. 그러자 하선이 싱긋 웃으며 상자의 뚜껑을 연 순간, 유리는 그만 흡, 숨을 들이마셨다.

"결혼 1주년 기념 선물이야."

그러면서 하선이 상자 속 반짝이는 목걸이를 꺼내서, 그녀에게로 다가섰다. 세련되면서도 화사한 디자인의 목걸이. 언젠가 잡지책에서 아름다운 모델이 걸고 있던 이 목걸이를 보며 혼잣말로 와, 예쁘다, 라고 지나치듯 말했던 것을 들었나 보다.

잠시, 그 감동에 말을 잇지 못하는 그녀의 뒤로 하선이 다가서서 긴 머리를 부드럽게 앞으로 넘겨주고는 그 목걸이를 살며시 걸어 주었다.

이제, 그 목걸이는 잡지책의 모델보다 더 아름다운 유리의 목에 걸려 있었다.

"예쁘다. 미카. 네가 훨씬 더 아름다워."

그녀의 모습에 자신이 더 만족하며, 하선이 살며시 유리에게 입을 맞추었다.

티라미슈의 달콤함이 하선에게도 느껴졌다. 사실, 티라미슈가 아니더라도 그녀와의 입맞춤은 언제나 달콤하다.

"고마워, 오빠. 정말로. 진짜로."

그러면서 유리가 자신의 핸드백을 뒤적이며 무언가를 꺼냈다. 하선이 다시 제자리에 앉자 기다렸다는 듯 유리가 길게 포장된 무언가를 테이블에 내려놓았다.

"나도 선물이야. 오빠."

선물을 건네주는 그녀의 표정이 야릇하다. 그러고는 이내 곧 얼굴이 잘 익은 홍옥처럼 붉어지기 시작한다.

"뭐길래 그렇게 부끄러워해?"

유난히도 부끄러워하는 유리의 모습에 하선이 의아한 표정으로 선물의 포장을 뜯었다. 그리고 작고 긴 상자의 뚜껑을 연 순간, 그만 하선은 입을 벌린 채 아무 말도 못하고 그저 놀라고 감격스러운 표정으로 유리만 바라보았다.

그것은 다름 아닌, 임신 테스트기였다. 보라색 두 줄이 가지런히 나타나 있는, 그것. 지금 그녀의 배 속에 그들의 아이가, 새 생명이 자리를 잡고 앉았다는 증거!

"아아!! 미카. 유리야! 미카엘라!"

오! 감사합니다. 신이시여!

신에 대한 감사와 그녀에 대한 찬사가 동시에 쏟아지는 순간이었다. 평생 잊을 수 없는 순간이 이렇게 또다시 그들의 기억 속에 소중하게 자리를 잡는다.

한참을 감격에 겨워 움직이지도 못하던 하선이 천천히 일어나 그녀에게로 다가가 와락 껴안았다. 감사합니다. 감사합니다. 그의 머릿속으로 끊임없이 신에 대한 감사가 쏟아져 나온다.

"좋아?"

유리가 수줍게 웃었다.

"응, 정말로, 좋아. 그럼, 나 이제 아빠 되는 건가?"

"응, 이제 오빠, 아빠 되는 거야. 호호."

"아아. 믿기지가 않아. 고마워 미카. 그리고 사랑해."

"나도 고마워. 오빠의 아이를 갖게 해 줘서 고맙고, 내 아이의 아빠가 오빠여서 또 고마워. 사랑해."

그들이 다시금 껴안는다. 오늘은 정말이지, 축복의 날이었다. 결혼 1주년 기념에 임신 소식이라니.

갑자기 유리를 껴안고 있던 하선이, 재빨리 그녀의 손을 잡더니 레스토랑을 빠져나갔다.

너무나 갑작스런 그의 행동에 유리가 의아함을 담고 물어봤다.

"어디 가, 오빠?"

"백화점."

"왜? 갑자기?"

"우리 아기 옷 사야지. 침대도 사야 하고. 음, 아, 젖병, 젖병부터 사야 하나?"

정말 너무나도 진지하게, 논문 발표할 때보다 더 진지한 표정으로 말하는 하선 때문에 유리는 그만 하하하, 웃지 않을 수 없었다.

그렇게 또다시 그들의 소중한 하루가 지나가고 있었다.

그로부터 6년 후. 미국, 일리노이주에 위치한 주립대학.

하선이 유리를 꼭 빼닮아 앙증맞고 귀여운 딸, 하은의 손을 꼭 잡고 학교 교정을 거닐고 있었다.

"하은아! 이곳이 엄마, 아빠가 처음으로 만났던 곳이야."

"정말?"

이제 막, 한국 나이로 일곱 살. 세상에 대한 호기심으로 하은의 눈빛이 반짝 빛났다.

"어때 보여?"

"응, 너무너무 예뻐요."

"그렇지?"

"응, 그런데 아빠. 엄마 처음 봤을 때 예뻤어요?"

"그럼, 엄청 예뻤어."

그러자 하은의 표정이 새초롬해진다.

"나보다 더?"

"하하하. 하은이가 엄마를 닮아서 이렇게 예쁜 거야."

"정말?"

"그럼!"

그제야 아이의 표정이 밝아졌다. 그때, 저 멀리 분홍빛 벚꽃 잎이 하늘하늘 흩날리는 나무 아래, 유리가 두 손을 크게 흔들며 그들을 향해 환하게 웃고 있었다. 그 옆에서 어떤 작은 남자아이도 떨어지는 꽃잎을 잡다가, 그들의 등장에 쪼르르르 달려오기 시작했다.

"아빠!"

"응, 그래. 유민아!"

그 작은 남자아이가 달려와서는 하선의 한쪽 다리를 끌어안고 말했다.

"아빠, 하은이랑 어디 갔었어요?"

"잠깐, 산책. 유민이는 엄마하고 뭐 했어?"

"꽃잎 잡기 놀이 했어요. 그걸 잡으면 좋은 일이 생긴대요."

이제 막, 한국 나이로 일곱 살 된 그의 아들, 하선을 쏙 빼닮아 잘생긴 유민이 어깨를 으쓱하며 하선에게 자신이 보고 들은 것을 재잘재잘 떠들기 시작했다.

"무슨 좋은 일?"

하은이 호기심에 눈을 반짝이며 말했다.

"첫사랑이 이뤄진대!"

"첫사랑?"

"응."

"그럼, 나도 잡아야지!"

하며 하은과 유민이 서로의 손을 꼭 잡고 나무 아래로 달려간다. 이들을 물끄러미 바라보며 옆으로 다가온 유리의 어깨를 하선이 부드럽게 감싸 안았다.

"쟤네들, 첫사랑이 뭔지 알아서 저렇게 뛰어가는 걸까?"

하선이 낮게 말했다.

"호호. 안 그래도 나도 궁금해서 유민이에게 물어봤더니, 유치원에서 다 배웠대요."

"뭐라고 배웠대?"

"글쎄, 호호호. 첫사랑은 뽀뽀하는 거래요."

"뭐어? 하하하."

쌍둥이였다. 이란성 쌍둥이. 유리를 꼭 닮은 딸 하은이, 그리고 하선을 꼭 닮은 아들 유민. 이로써 이들은 한 번에 아들과 딸을 동시에 갖게 된 행운을 누린 것이다.

그 아이들을 바라보는 하선과 유리의 얼굴로, 인생의 참다운 행복을 느낄 수 있었다. 그렇게 아이들 옆으로 다가간 그들이 함께 바람에 나부껴 떨어져 내리는 꽃잎을 잡고자 펄쩍펄쩍, 뛰고 있는데 멀리서 누군가가 그들을 불렀다.

"하선아, 유리야!"

소리의 방향을 향해 하선과 유리가 고개를 돌려 바라보고는 활짝, 햇빛보다 더 따사롭고 밝은 미소를 만면 가득 드리웠다. 그러자 그 목소리의 주인공이 천천히 그들에게 다가왔다. 더불어 하선과 유리도 천천히 그에게로 다가갔다.

"성태야⋯⋯."

"성태 오빠⋯⋯."

몇 년 만의 만남인가. 다시 새롭게 만난 그들의 모습으로, 이십대 함께 웃고 추억을 공유했던 그 시간이 아스라이 겹쳐진다. 성태의 눈빛으로 따스함이 스며들었다. 동시에 가슴 아픈 회한도 함께 일었다.

하선이 그런 성태의 손을 맞잡았다. 따뜻했다.

"고맙다, 하선아. 고마워, 유리야."

"돌아와 줘서 나도 고맙다. 내 친구 성태야."

한국에서 치료를 받다가 미국으로 건너간다고 했었다. 보다 효과적인 치료를 위해, 다시 시카고로 돌아온 성태는 이후 민지와 결혼을 했고, 저명한 의사의 도움으로 거의 완쾌에 가까울 정도로 병이 회복되었던 것이다.

"아빠⋯⋯."

그때, 또 다른 작은 남자아이가 성태의 옆으로 다가와 그의 손을 수줍은 얼굴로 잡았다. 그 모습이 성태를 꼭 닮아 있어, 묻지 않아도 그 아이가 성태의 아들임을 알 수 있었다.

"안녕."

유리가 웃으면서 고개 숙여 그 아이를 바라보았다.

"이름이 뭐야?"

하선이 무릎을 굽혀 시선을 맞추며 물어보았다.

"하선이요. 최하선."

"......?"

순간, 하선과 유리의 두 눈이 휘둥그레지며 성태를 보았다.

"아...... 미안. 미리 말하지 못해서. 그런데, 꼭 네 이름으로 짓고 싶었어. 너처럼 훌륭하고 따뜻한 사람이 되었으면 하는 마음에서......"

당황하여 어쩔 줄 몰라 하는 성태를 어리둥절하게 바라보던 하선이, 이내 씨익 환하게 웃으며 그의 등을 툭 쳤다. 그 옛날, 그 방식대로! 그리고는 자신의 아이들을 향해 목청을 높였다.

"하은아, 유민아. 친구 왔다."

친구라는 말에 눈이 동그래진 아이들이, 순식간에 달려왔다. 그리고는 수줍음에 성태 뒤에 숨어 있는 리틀 하선을 보며 빙그레 웃는다.

"몇 살이야?"

유민이 물었다.

"응, 다섯 살."

"어? 동생이네!"

하은이 웃었다.

"형이랑 누나랑 저기 가서 놀래?"

"응."

유민의 제안에 리틀 하선이 고개를 끄덕인다. 그러자 하은이 재빨리 리틀 하선의 손을 잡고 달리기 시작한다. 그 뒤를 유민이 따라 달린다.

"하하하."

"호호호."

아이들의 웃음소리에 하선과 유리, 그리고 성태의 만면으로도 커다란 웃음이 스며들었다. 그리고 서로를 바라보는 눈빛이 다정했다. 마치 그 시절, 그때처럼…….

"자! 이제 준비됐지?"

자전거 뒤 작은 바구니처럼 생긴 아이용 보조 의자에 유민을 태우고 하선이 크게 소리쳤다. 파랗고 노란 헬맷을 쓴 아이들이 귀여웠다.

"네! 준비됐어요. 아빠. 렛츠고~"

신이 나서 들뜬 유민과 유리의 자전거 뒤에 똑같은 모습으로 앉아 있는 하은이 동시에 대답했다.

"그럼 이제 우리 가족, 장기프로젝트! 시작합니다!"

하선이 크게 소리치며 페달을 밟자, 아이들이 와아, 소리친다. 그 뒤를 유리 역시 하은을 뒤에 태우고 자전거의 페달을 밟기 시작했다.

그들이 달려가는 곳으로 저 멀리, 드높은 에펠탑이 그 위용스런 모습을 드러내고 있었다.

파리를 시작으로, 그들의 오래된 열망이자 소망이었던 세계일주를 시작한 것이다. 하늘은 한없이 푸르렀고, 공기는 깨끗했으며, 바람은 시원했다.

옆에서 나란히 페달을 밟고 있는 하선과 유리가 서로를 바라보며, 싱긋 웃었다. 그 웃음에 행복함이 스며 있었다.

그렇게 자전거를 타고 달리는 그들의 머리 위로, 마치 그들의 앞날을 축복이라도 해 주려는 듯 찬란하고 따뜻한 햇살이 밝게 내려앉고 있었다.

www.bbulmedia.com

www.bbulmedia.com